Deborah Smith

Deborah Smith est née en Géorgie. Après des études de journalisme, elle se lance dans l'écriture et obtient rapidement un immense succès. Elle est l'auteur de plus d'une trentaine de romans, parmi lesquels *La Montagne de l'ours* (L'Archipel, 2001), qui a conquis à la fois la critique et le public, et *Secrets enfouis* (L'Archipel, 2002).

Elle vit avec son mari, leurs quatre chats et leurs trois chiens, dans les montagnes du nord de la Géorgie.

SECRETS ENFOUIS

DU MÊME AUTEUR

CHEZ POCKET

LA MONTAGNE DE L'OURS

DEBORAH SMITH

SECRETS ENFOUIS

traduit de l'anglais (États-Unis)
par Nora Camelo

l'Archipel

Ce livre a été publié sous le titre
Stone Flower Garden
par Little, Brown & Company, New York, 2002.

ISBN 2-266-14467-7

Avertissement

En 1914, à l'âge de dix-huit ans, ma grand-mère, Rachel Bennett Brown, a fait quelque chose de stupéfiant.

Elle s'est inscrite à la fac. Une décision pour le moins incongrue car elle était très pauvre et de surcroît l'aînée de dix enfants – son père se louait pour une misère dans les exploitations agricoles et minières des Appalaches de Géorgie. Sa mère, paysanne animée de la foi du charbonnier, était la fille d'un soldat nordiste qui fut fauché par la dysenterie au lendemain de la guerre de Sécession et d'une dame qui se parfumait et portait des jupons à volants. Il se pourrait en effet que ma bisaïeule ait été une femme légère.

De cet environnement familial, ma grand-mère puisa une rage de vivre et un esprit de révolte hors du commun. Possédée par une fierté farouche, elle aspirait à devenir « quelqu'un ». Un beau jour, elle quitta l'air pur et les sauvages reliefs de nos montagnes pour aller suivre des cours dans une toute petite université, à l'autre bout de l'État, autant dire à l'autre bout du monde. De charrette à mule en compartiment de chemin de fer, elle parvint dans ce plat pays torride au-delà d'Atlanta, où les pins poussiéreux écrasés de soleil évoquent le décor d'une autre planète.

Pour payer ses études, elle prit un emploi de serveuse dans le réfectoire des professeurs. Le garçon avec qui elle sortait, un passionné de football, était ouvrier agricole dans les plantations de coton voisines de l'établissement. Elle choisit un étrange mélange de disciplines – latin, arithmétique, poétique – et apprit à jouer au tennis assez bien pour poser en tenue sur le court de l'université. Sur la photographie, sa jupe balaie la terre battue et elle arbore un chemisier à manches gigot ; sa longue chevelure sombre est sagement nouée sur sa tête en un chignon bouffant.

À mon avis, le tennis n'a jamais été son fort. Elle n'était aucunement sportive. C'était une jeune fille sérieuse aux mains fortes, aussi puissantes que celles d'un homme. Elle pouvait passer une journée entière à sarcler la terre à la herse. N'empêche, elle adorait cette photo d'elle en joueuse de tennis.

Une fois sa licence en poche, elle fila à Atlanta, où elle força la main à plusieurs de ses sœurs pour qu'elles se taillent une place au soleil – avec un succès mitigé. Je passerai sous silence les noms des protagonistes de la dispute qui opposa ma courageuse aïeule à ces dames de fer. Je dirai seulement que Grand-mère n'était pas du style à esquiver les conflits.

Elle épousa un ingénieur yankee de l'Indiana et entra à la Western Union, où elle fut chargée de la formation des télégraphistes. Là, elle connut Margaret Mitchell, qui à l'époque écrivait dans le plus grand journal d'Atlanta. Un beau jour de 1945, on déposa sur son bureau un télégramme top secret destiné à Washington en provenance du lieu de villégiature du président Roosevelt en Géorgie.

Le Président était mort.

L'espace de quelques heures, Grand-mère fut l'une des seules à connaître la nouvelle qui allait ébranler le monde. Jamais elle ne devait oublier ce moment : elle aimait cette sensation d'être prise dans le cours de l'Histoire. Et sur un point elle ne nous laissa d'ailleurs jamais aucun doute : on pouvait sans crainte lui confier la sûreté de la nation.

Grand-mère portait des gants blancs et un manteau de fourrure. Quoique dépourvue de tout talent artistique, elle suivit un certain temps des cours de peinture sur porcelaine. Sur notre plat à gâteaux, ses souris ont de bizarres oreilles carrées. Elle vivait selon ses propres règles et, à la force du poignet, avait réussi à faire fleurir sa branche de notre arbre généalogique.

« Tu es le meilleur », assurait-elle sans une once d'humilité à son fils, comme plus tard elle devait le répéter à chacun de ses petits-enfants. L'à-peu-près, la demi-mesure, Grand-mère ne connaissait pas. Et, quand c'était nécessaire, elle savait jurer comme un charretier.

Elle mourut à l'âge de quatre-vingt-douze ans. Lors de notre dernière rencontre, je lui ai dit que je l'aimais.

— Je sais, a-t-elle répliqué.

Ce fut tout.

Ce livre lui est dédié du fond du cœur, un cœur qui lui a toujours porté un amour aussi sincère que complexe. Sachez que la ressemblance entre elle et Swan Hardigree, le personnage clé de ce roman, est intentionnelle, quoique exagérée. Bien que, à la réflexion, Grand-mère eût peut-être été capable de commettre le même geste que Swan, sans pour autant en perdre le sommeil.

Deborah SMITH

Prologue

Par une sombre nuit de printemps, vingt-cinq ans après avoir aidé à ensevelir ma grand-tante Clara Hardigree, je me suis retrouvée à la déterrer. On se serait cru dans un mélodrame absurde et loufoque : Scarlett O'Hara dans la scène du cimetière de *Hamlet*.

La lampe à gaz sifflait à mes pieds, balayant les fougères de lueurs mouvantes. Je piochais à tour de bras pour récupérer les restes de ma grand-tante. Me dominant de toute sa hauteur dans la forêt baignée d'une lune pâle, un énorme vase en marbre faisait cascader ses fleurs et ses vignes pétrifiées qui, comme des doigts durs, venaient tapoter mes épaules et mes cheveux. Le Stone Flower Garden – le *Jardin de pierre* – était tout autant une figure symbolique de la famille Hardigree que la tombe secrète de Clara. Je frissonnais. Les Appalaches, vieilles comme le monde, abaissaient vers moi un regard de mépris et, au-delà du vallon encaissé, des ossements et du vase en marbre, les lumières de ma ville natale assoupie, Burnt Stand, semblaient m'adresser un clin d'œil.

Le nom même de « Hardigree » *(hard* signifiant *dur)* était synonyme de solidité à toute épreuve :

son marbre comme ses femmes étaient réputés incassables. Sauf que moi, Darleen Union, petite-fille de Swan Hardigree Samples, arrière-petite-fille d'Esta Hardigree, eh bien, moi, je m'étais brisée... brisée à cause d'un homme. Je levai les yeux vers Elie Wade, celui dont j'avais trahi la confiance, tout comme, vingt-cinq ans plus tôt, mon silence avait trahi son père. Elie m'observait sans comprendre.

Les ossements de Clara ne reposaient finalement qu'à un peu plus d'une coudée sous le riche humus. Je gardais pourtant le souvenir d'avoir vu ma grand-mère creuser un trou plus profond. Clara n'était plus qu'une poignée d'os terreux. J'aurais peut-être dû apporter une serviette de table en fil brodé de notre monogramme pour en faire un balluchon. Les Hardigree sont des gens de goût.

Seule m'étonna l'apparition d'un bijou dans la terre que je malaxais au creux de ma main. Je le nettoyai et l'examinai à la lumière de la lampe. Un diamant étincelait, enchâssé dans un petit galet de marbre. Du marbre Hardigree. Grand-mère avait le même. Moi aussi. Une tradition familiale. Pas un blason, mais presque : matière dure pénétrant la matière dure extraite du terreau de notre ambition.

Je fus saisie d'un nouveau frisson. Ainsi, c'était fait. Chaque élément de notre infamie était exposé à l'air libre. Prise de nausée, je m'accroupis sur mes talons, le pendentif de Clara dans mon poing serré, le cou ployé, les paupières closes. Enfant, j'avais été la complice involontaire de ma grand-mère, aussi bien pour l'assassinat de Clara que pour la fausse accusation qui avait coûté la vie à un innocent. Comme toutes les surprises que le destin nous tient en réserve – la haine, l'amour, la réussite, l'échec –, c'était arrivé, voilà tout.

— Ton père n'a pas tué Clara, annonçai-je à Elie. C'était Swan et moi.

Elie contempla l'excavation d'un air consterné, puis se tourna très lentement vers moi. La nuit qui nous séparait se remplit peu à peu d'une tristesse et d'une rancœur innommables. À cet instant, je crus qu'il ne me pardonnerait jamais, que jamais je ne pardonnerais à moi-même.

— Comment as-tu pu me faire ça ? demanda-t-il.

— L'honneur des Hardigree, murmurai-je.

L'innocence de l'enfance s'en va petit à petit, comme des couches que l'on enlèverait de son cœur pour le laisser à nu, poli d'un éclat surnaturel. Nous passons le reste de notre vie à tenter de nous souvenir de ce qui nous a poussés à aimer avec autant de passion et de ce qui rendait nos rêves si simples, avant que la gouge du temps ne nous réduise à notre noyau brut.

PREMIÈRE PARTIE

1972

1

Quand je serai grand, je vivrai dans un endroit plat comme un filet de bave sur un plateau en marbre, se jura Elie, dix ans, très pauvre, très intelligent et extrêmement résolu. Il ne ménageait pas ses efforts pour aider son père, Jasper, à pousser le camion rouge surchargé en haut de la côte, sur les pavés brûlants d'une route de montagne mieux entretenue qu'aucune autre. Cela faisait deux semaines que la famille Wade était en route. Venus des collines du Tennessee, ils avaient grimpé sans trêve jusque dans les Smoky Mountains, en Caroline du Nord. Le vieux camion rouillé rendait l'âme dès que la montée s'avérait un peu raide.

Casseroles, lampes à kérosène, gril de barbecue, tout cela cliquetait à l'arrière du véhicule comme autant de poissons métalliques se débattant à l'hameçon. Les branches basses des arbres semblaient jouer à accrocher la toile des matelas et des chaises pliantes qui dépassaient de la plate-forme. Un torchon claquait contre une fenêtre de la cabine, à croire qu'il saluait Annie Gwen Wade, la mère d'Elie, qui marchait, stoïque, sur l'herbe tondue du bas-côté, avec la sueur qui lui ruisselait sur le visage, et la petite sœur d'Elie, Bell, suspendue à son cou.

Elie suivit des yeux les gouttes de transpiration qui roulaient sur les bras musclés de son père, l'un tendu contre le montant du pare-brise, l'autre tenant le volant pour diriger le lourd véhicule tout en le poussant, portière ouverte. La sueur, la pauvreté, l'orgueil collaient à la peau des Wade comme la poussière à celle du père quand il rentrait de la carrière. Elie éprouvait devant Jasper un sentiment de honte mêlée de fierté. Il l'imitait en tout aveuglément. Soudain, sur le tronc d'un grand sapin au bord de la route, il remarqua plusieurs pancartes couvertes d'inscriptions à la peinture blanche.

QUE DIEU BÉNISSE LE PRÉSIDENT NIXON.
JÉSUS NE SAUVERA PAS LES HIPPIES.
STOP À LA GUERRE.

Rien que de très ordinaire. Elie en avait aperçu de semblables tout au long du chemin. Mais les deux dernières le frappèrent comme si elles avaient été éclairées par des projecteurs :

BURNT STAND EST BÂTIE SUR LE SANG,
LES FLAMMES ET LA LUXURE.
ICI RÈGNE SOUVERAINE LA FILLE DE JÉZABEL.

— Maman, regarde ! s'exclama Elie en agitant le bras vers les pancartes.

Sa mère poussa un cri :

— Elie, baisse les yeux !

— Pourquoi ?

— Parce que, c'est comme ça.

Ployant le cou, il continua donc à pousser. Quel genre d'endroit allaient-ils trouver là-haut ? Au détour d'un virage, Elie jeta un coup d'œil à travers la mèche noire qui lui tombait sur les yeux et passa un index crasseux sur les verres de ses lunettes. Là, devant lui, éclatantes contre le vert profond des sapins, deux colonnes en marbre rose s'élevaient comme des tours de chaque côté de la route. Sur chacune, une plaque, de marbre elle aussi, portait des inscriptions gravées en fins caractères. « Encore ! », se dit Elie. Jézabel les attendait-elle aussi à la porte du Paradis ?

— Ces mots-là, tu as le droit de les lire, lui souffla sa mère.

Elie lut à haute voix. Car son père, capable pourtant de repérer à l'œil nu la fêlure la plus fine dans un bloc de marbre, l'étoile filante la plus fugace au milieu de la voie lactée, n'avait jamais réussi à apprendre à lire.

— Bienvenue à Burnt Stand. Faîte marmoréen des Appalaches.

Puis Elie déchiffra la deuxième plaque :

— Siège de la Hardigree Marble Company. Fondée en 1925 par Esta Hardigree, qui alluma le flambeau du progrès et bâtit son œuvre pierre après pierre.

Derrière ces étranges monuments pétrifiés s'élançaient les sapins géants et les cimes bleues et vertes des montagnes. La route se muait en une vaste allée bordée de rhododendrons et protégée de la brûlure du soleil d'août par l'ombre de la forêt. Elie et son père poussèrent le camion sur les derniers mètres qui les séparaient du sommet.

— Mon Dieu ! s'écria soudain le père.

Elie, la mère et la petite se serrèrent contre lui au milieu de la route, contemplant dans un silence sidéré le spectacle de la vallée et de la ville.

— Une ville rose, murmura Elie.

Burnt Stand s'étendait sous le soleil dans toute sa fausse innocence.

Rose. Toute ma vie était rose. Ma ville natale, la maison familiale, la marbrerie, mes robes, ma peau. Mon nom ? Darleen Swannoa Union. On aurait dû m'appeler Rose. Ma grand-mère, Swan Hardigree Samples, insistait tellement pour que j'évite de m'exposer au soleil, que j'étais sans doute à l'époque la seule gamine de sept ans de Hardigree County au teint pâle et sans taches de rousseur ! Mais voilà, j'étais l'héritière de la Hardigree Marble Company, autant dire une princesse du marbre. Et j'étais rose et malheureuse... tel le marbre.

Dans les grosses chaleurs de l'été, l'air suffocant était comme un torchon mouillé sur mon visage. La nuit, sous les fenêtres de ma chambre de Marble Hall, grenouilles, criquets et engoulevents faisaient entendre leurs chansons tristes, comme si la lune blafarde les incitait à prendre le deuil. Quelques semaines plus tôt, à Munich, pendant les Jeux olympiques, des terroristes avaient tué onze athlètes israéliens. À en croire notre pasteur baptiste, cela prouvait que la fin du monde était proche.

Burnt Stand était construite à cheval sur le seul gisement de marbre important de l'État. La pierre polie aux transparences rosées prêtait au palais de justice, aux bâtiments municipaux, à la bibliothèque, bref à tout le centre de la ville, une allure de cité antique méditerranéenne transplantée au milieu d'un paysage de montagnes. Tout ou presque était en marbre, nos barrières, les bordures de nos plates-bandes, les murets de nos potagers qu'enlaçaient les plants de tomates. La brochure de l'office de tourisme prétendait que non seulement tous les édifices publics, mais aussi toutes les maisons de Burnt Stand s'élevaient sur des fondations en marbre. Les touristes venaient admirer la beauté marmoréenne de notre grande place et faire claquer leurs talons sur le marbre de nos trottoirs.

Ah, ces trottoirs, comme je les détestais. En ce triste jour de l'été 1972, ils brûlaient mes petits pieds roses à travers la semelle de mes sandales roses. Le sol aurait aussi bien pu être chauffé à blanc. Pourtant, je me tenais sous l'auvent des ateliers de Hardigree Marble dans l'attitude que Grand-mère exigeait de moi en public : épaules bien droites, menton levé, mains croisées sur mon sac en paille rose, dans ma robe chasuble d'un rose immaculé à la poitrine brodée d'une minuscule rose. Les rubans roses de mes longues nattes étaient ramollis par ma transpiration. J'avais les cheveux châtain clair, et de grands yeux bleu saphir qui n'avaient *aucune* intention, eux, de voir la vie en rose !

Debout à mes côtés, à croire qu'elle était ma jumelle dans sa robe chasuble rose, avec ses longues nattes enrubannées, se tenait ma meilleure et d'ailleurs ma seule amie : Karen Noland. Nous avions toutes les deux le même précepteur chez ma grand-mère à Marble Hall, car nous ne fréquentions l'école ni l'une ni l'autre. Interdit de nous amuser avec les autres enfants : notre aire de jeux se limitait au vaste parc boisé derrière la grande maison. Nous étions seules et nous nous adorions. Orphelines toutes les deux, nous étions élevées par nos grands-mères respectives. Swan Hardigree Samples et Matilda Dove, son « assistante » – des amies d'enfance, comme l'avaient été avant nous leurs filles, nos mères. Une seule chose distinguait ma famille de celle de Karen : nous étions des « Blancs ». Même dans le relatif isolement de notre ville, où ma grand-mère était souveraine, cela faisait une sacrée différence.

Pourtant Karen et sa grand-mère n'étaient pas exactement « noires », leur peau ayant plutôt la couleur du miel. Des yeux noisette et de longs cheveux frisés d'un marron velouté comme de la glace au chocolat. Ni Karen ni moi n'avions jamais vu de photographie de sa mère décédée, Katherine, de sorte que nous n'avions aucune idée de la couleur de sa peau. Karen gardait un portrait de son père sur sa table de nuit : un beau soldat noir en uniforme de marine. Pour ma part, je savais seulement que Karen et Matilda n'étaient pas comme nous, mais qu'elles n'étaient pas non plus comme les Noirs des fermes alentour qui, d'après les gens du pays, étaient « noirs comme le charbon ». Je savais aussi que je les aimais toutes les deux de tout mon cœur.

— Si seulement on pouvait aller se promener un peu, on a l'air de deux potiches, me chuchota Karen du coin de la bouche.

— Ce sont les ploucs et les rien-du-tout qui marchent à pied sur les routes comme des gitans, répliquai-je, répétant mot pour mot les paroles de mon aïeule.

— Deux potiches roses, conclut Karen.

J'exhalai un soupir. Elle avait raison. On aurait

pu nous prendre pour des statues de marbre plantées là devant les ateliers de Hardigree Marble où les nantis de nos États du Sud venaient se fournir, qui de dalles pour recouvrir le hall d'entrée de sa vaste demeure, qui d'angelots joufflus pour décorer les fontaines de son jardin paysager. En face de nous, au milieu du square ombragé, se dressait notre kiosque municipal : rien moins qu'une réplique du Parthénon – les Hardigree pèchent toujours par modestie... Sur le fronton de ce monument, on lisait : « *Don d'Esta Hardigree à nos citoyens reconnaissants. 1931.* » Des enfants que je qualifierais d'ordinaires se poursuivaient les uns les autres sur la grande pelouse. Je durcis mon cœur contre la tentation d'aller gambader avec eux, tandis que Karen émettait des miaulements de chaton. Pas question de braver les oukases de nos grands-mères.

Pendant que nous transpirions sous le carcan de la discipline – moi rose et blanche, elle rose et miel –, une curieuse apparition se matérialisa en haut de West Main. Un vieux camion rouge passa entre les magnolias géants et longea le trottoir de marbre, apparemment sans chauffeur. Toute une quincaillerie bringuebalait, suspendue à l'arrière de la plate-forme. Le camion, chargé d'une montagne de cartons, ballots, vieux matelas retenus par des cordes, tintinnabulait comme une vache de nos montagnes. Un tricycle rose tout rouillé était attaché au parc-chocs avant.

Sur les trottoirs, dans le square, sur le seuil des boutiques, les passants s'étaient immobilisés pour regarder cet étrange spectacle. En me tordant le cou, je finis par distinguer la haute silhouette de l'homme au physique rude qui, caché par la portière ouverte du pick-up, poussait le véhicule. Une grande femme brune, mince et élancée, marchait sur ses talons, vêtue d'une jupe longue en nylon et de chaussures de tennis bon marché. Elle serrait contre sa poitrine une fillette qui avait la tête enfouie au creux de son épaule.

Et puis je l'ai vu, lui, le garçon.

Il avait l'air d'un dur avec ses cheveux presque noirs coupés court, sa mèche rebelle qui lui tombait sur l'œil et ses épaisses lunettes cerclées de plastique noir comme en portaient les vieux messieurs. Son blue-jean délavé et son tee-shirt semblaient flotter autour de son corps maigre. Il arrondit ses épaules et arqua son corps tout entier contre l'arrière du camion, semblable à une fourmi poussant un rocher. Non. Plutôt à un gitan, pensai-je, absurdement, puisqu'on n'avait jamais vu un seul romanichel passer par Burnt Stand. Au moins, lui, il avait la chance d'appartenir à un univers en mouvement. Le mien était aussi inerte que les angelots de marbre dans la vitrine derrière moi. Je contemplai, fascinée, le vieux pick-up tout bringuebalant qui faisait le tour du square puis se dirigeait vers nous. Très doucement, le garçon et sa maison sur roues se glissèrent dans un emplacement libre juste devant les portes blanches ouvragées et les fenêtres voûtées des ateliers de la marbrerie. À une vingtaine de pas de Karen et de moi. On était aux premières loges.

— Des étrangers. Des ploucs. Viens, ne restons pas ici ! me chuchota Karen en reculant avec une petite grimace faussement effarouchée.

Tout un univers mystérieux et effrayant venait de se figer devant moi. Le garçon reprenait son souffle. En levant la tête, il passa la main sur le verre de ses lunettes, les maculant de crasse. Il m'aperçut. Sursauta. Me regarda de nouveau. Et je sus aussitôt à quoi je ressemblais : à un gros œuf de Pâques rose enrubanné. Je rougis jusqu'aux oreilles. Comme s'il doutait de la réalité de cette apparition (moi), il ôta ses lunettes et les nettoya avec un pan de son tee-shirt blanc. Nous nous sommes regardés en chiens de faïence. Il avait de grands yeux noirs et tristes, de longs cils touffus – les plus beaux yeux de la terre. Il pencha la tête sur le côté comme s'il essayait de me voir sans ses verres correcteurs et déclara :

— Comme ça aussi t'es toute rose.

L'instant d'après, la grande femme déposa la fillette à côté de lui :

— Elie, attends ici avec Bell. Papa et moi, on revient tout de suite, d'accord ?

Le garçon prit la main de la petite fille qui se colla contre lui et cacha sa frimousse dans son tee-shirt. Il esquissa une moue résignée et lui tapota affectueusement les cheveux. Sa mère se tourna alors vers moi avec un sourire timide :

— Bonjour. Tu es belle comme un ange.

— Bonjour, dis-je avec politesse. Je vous remercie... Comment allez-vous ?

Grand-mère avait saisi toutes les occasions, thés, dîners, pique-niques, pour m'apprendre les bonnes manières. J'avais été présentée au gouverneur, au vice-président et à quelques barons de la marbrerie, dont un bon ami italien de Swan qui n'avait guère prêté attention à moi sauf pour m'appeler *la mia piccola rosa*.

— Ça va très bien, merci.

— Annie, allez, on y va !

L'homme au physique rude avait passé un peigne dans ses cheveux d'un noir de jais et sur son visage un chiffon mouillé qu'il avait tiré de la boîte à gants en vinyle craquelé du camion. Sans me jeter un regard, il se dirigea tout droit vers Carl McCarl, l'homme à tout faire de ma grand-mère. Carl traînait un peu partout en ville sa carcasse de vieil ours chauve penché sur le manche de sa serpillière, qu'il passait et repassait sur les trottoirs et les murs des bâtiments. Ce jour-là, il n'avait pas l'air de bonne humeur. Grand-mère lui avait demandé d'aller sur la grande route une fois qu'il aurait terminé son travail pour arracher les pancartes que « Preacher Al » avait de nouveau clouées au tronc du grand sapin.

Preacher Al avait jadis été tailleur de pierre, mais pour une raison ou pour une autre, il était devenu fou, si bien que ma bisaïeule Esta avait été obligée de le bannir de notre ville. Il prêchait dans la forêt ; personne ne prenait garde à lui. Swan l'appelait « le pauvre bougre » avec une nuance d'affection dont le sens m'échappait. Carl McCarl allait de temps à autre retirer les messages que cet énergumène placardait au bord des routes. Swan refusait de m'en expliquer la signification.

— Excusez-moi, dit le père du garçon à Carl d'une voix fruste et rocailleuse d'homme habitué aux chantiers. Je m'appelle Jasper Wade. Je suis venu voir Tom Alberts. On m'a dit que je le trouverais aux ateliers. C'est bien ici ?

Je dressai l'oreille. Tom Alberts était le gérant de ma grand-mère. Il avait entre autres la tâche ingrate d'embaucher et de licencier les ouvriers de la carrière et des ateliers. Hardigree Marble employait plus de trois cents personnes... Un tiers de la population active de Burnt Stand.

Carl McCarl contempla longuement le nouveau venu sans mot dire. Si bien que Jasper Wade finit par croiser ses bras musculeux :

— Si ma tête vous revient pas, dites-le tout de suite !

Comme s'il sortait d'une transe, Carl indiqua en appuyant ses paroles d'un grand geste :

— Prenez vers la gauche, puis à droite après le virage. Au bout de l'allée, vous verrez une enseigne. C'est un bureau. Vous sonnerez. Et vous inquiétez pas pour votre camion. Un de nos mécaniciens s'en occupera.

La stupéfaction se peignit sur le visage bronzé de Jasper Wade. Manifestement, il avait plutôt l'habitude de se faire envoyer au diable. La gentillesse de Carl le prenait de court. Après avoir bafouillé un « merci », il fit signe à sa femme de le suivre. Ils s'éloignèrent sur les dalles brûlantes et tournèrent au coin du square pour descendre l'allée de marbre. Carl McCarl ne les lâcha pas des yeux jusqu'à ce qu'ils aient disparu. Jamais je ne l'avais vu s'adresser ainsi à un carrier ; d'ailleurs, il n'était aimable avec personne. Après s'être essuyé le front du revers d'une main tremblante, il se précipita à l'intérieur, dans les ateliers.

Je me tournai alors de nouveau vers le garçon, cherchant un moyen de le mettre à l'épreuve. Pourquoi ne pas lui lancer un de ces « Mes hommages » de petite fille modèle qui avait l'art de désarçonner mes contemporains moins fortunés que moi ? C'est ce que je fis et, à ma grande surprise, le garçon me répondit le plus naturellement du monde :

— Mes hommages.

J'eus un sourire incrédule.

— Je m'appelle Darl Union. Et toi ?

— Elie Wade.

— C'est ta sœur ?

— Oui.

La petite enfonça de plus belle son nez dans la poitrine de son frère en serrant son tee-shirt dans ses minuscules poings. Je me penchai vers elle :

— Elle arrive à respirer ?

— Elle ? Oh, mais c'est une truite, répliqua-t-il avec un haussement d'épaules. Elle s'est fait pousser des branchies.

Jamais je n'avais entendu quelque chose d'aussi drôle. J'ouvrais la bouche pour le lui dire quand, du coin de l'œil, je vis que ça allait se gâter. La bande des enfants du square comptait parmi ses membres plusieurs grands garçons, tous blancs sauf Léon Forrest, le fils d'un cultivateur de tabac. Léon faisait les cent pas un peu plus loin sur le trottoir, longiligne dans son jean et son tee-shirt uniformément gris de crasse. Il attendait que son père sorte de chez le grainetier. Léon avait un faible pour Karen, mais elle, elle le battait froid.

Mon sang ne fit qu'un tour en voyant la bande du square se diriger vers nous.

— Darl ! Viens ! me souffla Karen.

Mais je ne bougeai pas d'un pouce. Elie bomba le torse, remonta ses épaisses lunettes sur son nez et défia du regard les petits voyous qui fanfaronnaient pour nous faire peur, avec force crachats et injures. De la graine de carrier... durs comme du marbre.

— Il a une de ces gueules, ce camion ! s'exclama l'un d'eux.

— Une gueule de vieux débris, oui ! renchérit son copain.

— Et vous dormez tous entassés là-dedans ?

Sans un mot, Elie fit lâcher prise à sa sœur, ouvrit la portière du pick-up, posa la fillette sur le skaï déteint du siège, puis claqua la portière. Avec des gémissements de petite bête, la fillette jeta des yeux terrifiés aux garçons puis disparut à l'intérieur de la cabine. Je l'entendis sangloter. La bande entoura Elie. Un des garçons le secoua par l'épaule en disant :

— Qu'est-ce qu'elle a cette chialeuse ? Elle est débile mentale ou quoi ?

Elie riposta à la vitesse de la mangouste face au cobra. Son adversaire, sonné par le coup de poing, tituba en arrière. Hurlement général. Elie écarta largement ses jambes maigres et prit l'attitude d'un boxeur. Les verres de ses lunettes étaient embués par la transpiration.

— À l'attaque ! vociféra un des garçons en se ruant en avant.

Les coups volèrent. L'un d'eux atteignit Elie à la bouche. Il s'écroula. La meute se jeta sur lui.

Ma vie de statue était terminée.

Je bondis comme le rose animal que j'étais sur le tas de jeunes corps en furie, m'efforçant de dégager Elie. Le cri de Karen me vrilla les tympans. Je la vis qui se précipitait à son tour pour me défendre. Un des garçons la repoussa brutalement. Mais aussitôt Léon Forrest prit celui-ci par le col et se mit à le secouer. Quand les autres s'aperçurent que Léon venait à la rescousse des deux filles – et pas n'importe quelles filles ! –, ils s'écartèrent comme par enchantement. Elie se releva, un peu vacillant sur ses jambes, le menton en sang. Moi, je restai allongée sur le marbre du trottoir.

Ceux de la bande me contemplèrent d'un air très embêté. La petite rose brodée de ma robe était à moitié arrachée, les rubans de mes cheveux défaits, ma jupe relevée jusqu'à la taille découvrait une superbe culotte rose. Je considérais les griffures rouges qui zébraient mes bras.

— Désolé, dit l'un d'eux.

— Merde, lâcha un autre.

— Il est à moi ! proclamai-je. Vous le laissez tranquille ou je dis à Grand-mère de virer vos pères de la carrière.

Où était l'âme magnanime de l'aristocrate ? Soudain je me sentis soulevée de terre par les aisselles. Elie me remit debout puis vint se poster devant moi pendant que je remettais de l'ordre dans ma tenue.

— Maintenant, fichez le camp ! lança-t-il à l'adresse des voyous.

Ils ne se le firent pas dire deux fois. Je fermai les yeux, prise d'un brusque étourdissement. Quand je les rouvris, ce fut pour voir le visage d'Elie très proche du mien. Il paraissait à la fois inquiet et désapprobateur. Je secouai mes nattes.

— Je parlais pas sérieusement pour leurs pères, me défendis-je. Tous les carriers *appartiennent* aux Hardigree. Ils savent que tu es l'un des leurs.

Elie essuya d'un geste rageur le filet de sang qui coulait d'une de ses narines.

— Je *n'appartiens* à personne ! Fichez-moi la paix !

Là-dessus, il grimpa dans le camion, aida sa sœur – qui pleurnichait encore – à descendre, puis claqua la portière.

— Chut, c'est fini, dit-il tout doucement en s'asseyant sur le marchepied pour prendre la fillette sur ses genoux. Il n’y a pas eu de casse, sauf un peu pour notre fierté...

Karen me prit par le bras en me hurlant dans les oreilles :

— Mais regarde dans quel état tu t’es mise ? Oh, Darl ! On va se faire attraper !

Ses nattes à moitié défaites laissaient échapper des touffes de cheveux frisés emmêlés comme le crin d’un matelas éventré.

— Ça va, Karen ? demanda Léon Forrest en se collant presque contre elle.

Karen s’esquiva et pivota pour faire face au grand garçon maigre penché vers elle, à croire qu’elle avait peur que le « charbon » de sa peau ne déteignît sur elle.

— Tu peux partir maintenant, lui dit-elle. Va-t’en !

— Du moment que t’as rien.

— Je vais très bien, merci beaucoup. Allez, au revoir !

Avec un soupir, à moitié de contentement, à moitié de frustration, il partit la tête basse. Je jetai un regard désemparé à Elie et à sa petite sœur qui sanglotait contre lui. Il ne semblait même pas avoir conscience de ma présence.

À cet instant, un cabriolet doré s’arrêta en double file devant les ateliers. En sortit la grand-mère de Karen, Matilda, une grande femme mince et athlétique, très belle, vêtue d’un tailleur bleu, avec des cheveux frisés noirs coupés très court.

Son teint était à une nuance près aussi clair que celui de son amie Swan.

— Qu’est-ce qui se passe, ici ? dit-elle en posant sur Elie ses yeux de velours. Qui êtes-vous, jeune homme ?

Elie se leva en posant sa petite sœur à côté de lui et répondit poliment :

— Elie Wade, madame.

Ce nom eut sur elle un effet aussi radical et aussi étrange que tout à l'heure sur le vieux Carl McCarl. Elle leva sa main à son cou et articula d'une voix faible :

— Wade...

Au même titre que le factotum de ma grand-mère, elle semblait médusée.

— Il n'a rien fait de mal, m'empressai-je de lui assurer. *Il est à moi*, Matilda. S'il te plaît...

J'essuyai du bout des doigts le sang qui perlait aux égratignures de mes bras. Puis, rapide comme l'éclair, je passai mon index sous le nez d'Elie pour y recueillir un peu de son sang, comme je l'avais vu faire dans un film documentaire sur les rites indiens. Après quoi, j'appliquai mon doigt sur ma joue.

— *Mon tailleur de pierre*, dis-je en soutenant le regard sidéré d'Elie tandis que, sans doute, un maelström de forces surnaturelles se formait autour de nous.

J'avais décidé que nous étions tous les deux taillés dans la même roche.

L'empreinte du passé est gravée dans la pierre. Ne jamais en laisser traîner des morceaux. Swan Hardigree Samples n'avait pas oublié le jour où elle avait, petite fille, écrit cette devise sur un bout de papier. Le souvenir lui en revenait à présent tandis qu'assise à son bureau dans la pénombre de la vaste bibliothèque de Marble Hall, elle tenait entre ses mains une photographie jaunie. Matilda rapprocha son fauteuil du sien et elles penchèrent ensemble leurs belles têtes sur le petit cadre.

La photo avait été prise au printemps, pendant les années 30, dans une rue de Burnt Stand. La mère de Swan, Esta, déjà assez âgée mais toujours très élégante, posait devant les échafaudages et les blocs de marbre d'une future Esta House, ces logements patronaux marmoréens qui formaient à présent le cœur de notre ville.

Autour d'elle, les ouvriers avaient l'air gauche avec leur chapeau à la main et leurs yeux soumis. En arrière-plan, sur un piédestal formé par un tas de pierres, le regard rieur planté dans l'objectif, Swan resplendissait dans la gloire de ses dix-neuf ans ; elle portait une longue jupe blanche assortie à un chemisier boutonné jusqu'au col. Sa sœur cadette, Clara, se tenait étendue sur un muret en habit d'écolière, une écolière qui aurait pris une pause lascive à la Cléopâtre, sans parler de ses yeux luisant de malignité. Sur le côté de l'image, à l'écart... à quelques pas des Blanches : Matilda, debout dans la même posture calme et décidée que Swan ; un camée fermait sa blouse. Les gens la prenaient en général pour une demoiselle de compagnie, ou une femme de chambre.

Derrière elles, ou plutôt au-dessus, debout jambes écartées sur une plate-forme de l'échafaudage grimpant contre le bâtiment inachevé, se découpait la haute silhouette d'un homme, un homme blanc aux cheveux très noirs. Vêtu d'un bleu de travail, il avait une musculature puissante de tailleur de pierre, mais son visage respirait plutôt la fierté que l'humilité du prolétaire. Il avait glissé ses pouces dans ses poches de pantalon. Il paraissait dominer le monde. *Leur* monde.

Cet homme s'appelait Anthony Wade.

— Comme Anthony était beau à l'époque, dit Matilda. On ne voyait que lui.

— Lui n'avait pourtant d'yeux que pour toi.

Swan remit la photographie dans la petite boîte en bois incrustée de marbre, fermée comme un coffre-fort par un système de combinaison. Puis elle tendit le tout à Matilda en disant :

— J'aurais préféré que tu ne la gardes pas.

— C'est la seule photo que j'ai de lui... Merci de m'avoir aidée à retrouver sa famille.

Leurs mains se frôlèrent. Swan lui adressa un signe de tête attristé.

— Je te rappelle qu'Anthony avait quitté depuis longtemps Burnt Stand quand il a eu cet enfant. Tu ne leur dois rien.

— Je dois tant à Anthony.

— Si Clara a vent de leur présence ici, tu sais ce qui nous attend.

— Elle n'en saura rien. Personne ne se souvient d'Anthony sauf nous – et le vieux Carl. « Wade » est un nom qui n'évoque plus rien à personne dans la région.

Puis, se levant avec la boîte à la main, elle ajouta :

— Je dois aider son fils et sa famille, Swan. Il faut que j'essaie au moins.

Swan acquiesça. Elle avait depuis longtemps renoncé à tout élan de bonté, mais à Matilda, elle ne pouvait rien refuser. Toutes les deux, elles avaient survécu à une enfance malheureuse, aux préjugés d'une société bornée, à la légèreté d'amants volages et à la mort d'une fille qui n'avait rien compris. L'installation des Wade à Burnt Stand était, craignait-elle, une erreur qu'elle risquait de regretter jusqu'à son dernier souffle.

— Envoie-moi Darl, dit-elle à Matilda.

— Tu sais qu'elle a déclaré que le petit Elie Wade lui *appartenait* ? Elle prend sa défense. Je ne sais pas quoi en penser. Tu aurais dû les voir. Des guerriers en herbe.

« Quelle enfant extraordinaire », songea Swan. Elle posa son menton dans sa main et ferma les yeux. Darl était aussi intelligente que jolie et affectueuse. Il ne fallait pas gâcher son avenir. Elle devait être ciselée comme un bloc de marbre précieux. Elle ne reproduirait pas les erreurs qu'elle avait commises avec Julia, la mère de la petite.

— Qu'elle garde donc ce garçon, pour l'instant, soupira Swan. Elle finira bien par voir que chacun a sa place.

— Comme chacun d'entre nous, n'est-ce pas ? lança Matilda avec une mine mélancolique avant de s'éclipser.

— Toi, mon petit, tu ressembles tous les jours plus à ta grand-mère, roucoula une vieille dame en s'adressant à moi un jour dans un *soda shop* de Burnt Stand où j'attendais Swan.

— Moi je trouve qu'elle ressemble plus à sa grand-tante Clara, corrigea son amie.

— Oh, ne dis pas ça. Tu vas lui porter malheur.

— Mais Clara était *ravissante* !

— Dis plutôt qu'elle était laide comme le péché !

Je prêtai à cette discussion, sur ce que je supposais être la moralité de ma grand-tante, une oreille abasourdie. Dès qu'elles virent Swan, les deux vieilles chipies se turent. J'en conclus qu'il n'était pas convenable de prononcer le nom de Clara en public.

Et à présent, c'était moi qui avais souillé l'honneur des Hardigree.

J'attendais le verdict de Swan, assise sur un banc en teck dans le hall en face de la bibliothèque. Battant vaguement la mesure du bout de mes chaussures sur le marbre du sol, je frissonnais. Swan avait récemment fait installer un système de climatisation. Je regrettais le ronron du ventilateur de plafond et les courants d'air tièdes.

— Au secours, murmurai-je à l'adresse de ma mère dont le portrait ornait le mur au-dessus de la cheminée.

Hélas, Julia Samples Union abaissait vers moi son éternel sourire de débutante qui ne s'était jamais révélé pour moi d'aucune aide. Tout le monde s'accordait à dire qu'elle avait été un être adorable, d'une douceur peu commune. Je rêvais d'elle la nuit, et de mon père, un simple carrier de la marbrerie familiale. Je n'avais connu ni l'un ni l'autre. Ils s'étaient tués ensemble en voiture dans la montagne parce que mon père roulait trop vite. J'étais encore au berceau quand c'était arrivé. Il n'avait pas fait exprès. Les hommes ne font jamais *exprès*, d'après Swan.

Ma bisaïeule, Esta, me contemplait du haut d'un autre mur. Son portait presque grandeur nature, exécuté vers la fin des années 30, peu avant sa mort, la montrait âgée d'une cinquantaine d'années, resplendissante de beauté et de majesté. Elle considérait le monde, le sourcil un peu relevé. Une robe de bal d'un bleu froid moulait sa poitrine et s'évasait à la taille comme une fleur. Autour de son cou, on distinguait le petit pendentif Hardigree – un galet de marbre incrusté d'un diamant – qu'elle portait en breloque sur un collier de perles et de saphirs. Swan avait exactement le même.

Le portrait voisin, tout aussi imposant par la taille, représentait son mari, mon bisaïeul A. A. Hardigree. Un beau ténébreux aux yeux de braise. C'est lui qui avait ouvert la carrière dans les flancs de la montagne, lui aussi qui avait construit la première ville de Burnt Stand. Il était mort lors de l'incendie qui avait ravagé celle-ci dans les années 20. Sa vue m'effrayait ; je ne pouvais m'empêcher de penser à lui en train de rôtir en enfer. Un peu plus loin, mon grand-père, le Dr Paltrow Samples, souriait dans un superbe cadre de marbre. Il avait appartenu à une très bonne famille d'Asheville et était mort des suites d'une maladie du cœur avant ma naissance. Swan parlait rarement de lui, pas plus qu'elle ne prononçait le nom de feu ma mère, ou celui de ma grand-tante Clara, qui vivait à Chicago.

Aucun portrait de Clara n'ornait les murs de Marble Hall. Elle était le croque-mitaine qui *viendrait me chercher si je n'apprenais pas les bonnes manières*. Non que Swan s'exprimât en ces termes, mais bon, j'avais assez d'expérience pour savoir que c'était mauvais signe, quand on taisait le nom de quelqu'un.

Si je n'étais pas sage, je finirais moi aussi par devenir invisible...

Les lourdes portes de la bibliothèque craquèrent en s'entrouvrant. Je bondis sur mes pieds, tenant mes mains serrées très fort dans mon dos comme si l'on m'avait ligotée. Les battants s'ouvrirent pour laisser le passage à Matilda.

— Tu peux entrer. Tout va bien, me dit-elle en me tapotant affectueusement dans le dos avec une chaleur dont Swan était dépourvue.

Des scintillements colorés tremblaient sur les larmes en cristal de l'énorme lustre. Swan se leva de derrière son bureau. Je frémis de nouveau, non par crainte d'une punition : ma grand-mère n'aurait jamais levé la main sur moi. Elle haussait même rarement la voix. Mon éducation était son principal souci. Toujours protectrice et bienveillante, elle se montrait très fière de moi. Et moi, je n'aspirais qu'à lui plaire.

— Tu sais que *nous* ne nous conduisons pas comme ça en public, accusa-t-elle de sa voix modulée en traversant la pièce avec l'élégance d'un top model, vêtue d'une jupe pâle qui flottait autour de ses hanches étroites, d'un chemisier et de mocassins blancs.

Un rang de perles chatoyait à son cou, assorti à ses boucles d'oreilles. Elle portait une montre-bracelet en or, une alliance enchâssée de diamants et son pendentif Hardigree. Swan, à cinquante ans et des poussières, était encore d'une grande beauté. Tout juste si elle commençait à mettre un peu de couleur dans ses cheveux. Ses yeux, encore plus bleus que les miens, étaient surmontés de sourcils magnifiquement arqués.

— Tu ne m'avais encore jamais désobéi, dit-elle.

— Je vous demande pardon.

— Tu aurais préféré ne pas te faire prendre ?

— Oui... je veux dire... non.

À ma stupéfaction, un petit sourire se dessina sur ses lèvres.

— Raconte-moi ce qui s'est passé, continua-t-elle en se rasseyant derrière son bureau en bois sculpté et en frappant le marbre noir du plateau du bout de son stylo en or – un cadeau du baron du marbre italien.

— Vous dites toujours qu'il est de notre devoir de défendre nos ouvriers. Ils allaient lui taper dessus, je ne pouvais pas rester là à me tourner les pouces.

— Ce garçon m'a l'air bien susceptible. Les autres l'avaient à peine provoqué et il s'est jeté sur eux. Qu'en penses-tu ?

— À mon avis, il a l'habitude qu'on se moque de lui et il sait se bagarrer. Mais il n'a donné de coup de poing à personne avant qu'ils ne s'en prennent à sa petite sœur.

— Je vois. D'après toi, donc, il a l'esprit chevaleresque, c'est cela ?

— Il m'a aidée à me relever. Il les a empêchés de s'en prendre à moi.

— Bien, mettons qu'il soit un preux chevalier. Mais il faut tenir ton rang. Je veux que tu me promettes que tu n'auras plus affaire à ce jeune homme.

— Je vous le promets, dis-je, le cœur serré.

(Swan ne donnait jamais d'ordre.)

— On ne doit jamais s'abaisser au niveau des inférieurs.

— Oui, Grand-mère.

— Mais il faut se battre pour ce qui vous appartient.

Je la contemplai avec des yeux ronds.

— C'est tout ?

Oui, pour cette fois... Tu peux y aller, termina-t-elle en appuyant ses paroles d'un geste du bras.

Je bondis vers les énormes et lourdes portes, en songeant que les décisions de mon aïeule étaient parfois indéchiffrables. Par la suite, je comprendrais que ma conduite l'avait impressionnée – les doux recevront peut-être la terre en héritage, mais certainement pas Hardigree Marble. Je marquai une pause devant les battants sculptés de bois sombre et pivotai sur les talons pour lancer :

— Où les Wade vont-ils vivre, Grand-mère ?

Swan, qui avait déjà ouvert un tiroir pour en tirer un dossier, me regarda non sans une certaine impatience :

— Au Stone Cottage. J'ai besoin d'un gardien.

Je retins une exclamation de surprise. Le Stone Cottage non seulement nous appartenait, mais il se trouvait à une dizaine de minutes de marche à travers le parc de Marble Hall. Ce qui signifiait que « les Wade » n'étaient pas des gens comme les autres. Et que Karen et moi ne serions désormais plus seules à nous amuser dans la forêt. Un coup de chance incroyable !

Mon petit monde solitaire et bien protégé s'était élargi d'un seul coup par la présence d'un être fascinant. Elie Wade.

2

Elle nous regarde comme si nous étions à vendre. Cette pensée vrilla le cerveau d'Elie tandis qu'il se tenait avec sa mère et son père, et Bell dans les bras de ce dernier, devant le bureau de Swan Hardigree Samples à la carrière. Elle avait l'air de les étudier. Jamais Elie n'avait vu une femme aussi belle. Elle n'avait en tout cas rien d'une grand-mère. Derrière elle, debout à la façon d'une sentinelle au milieu des beaux meubles en bois d'antiquaire, une femme de couleur, tout aussi belle, couvait son père des yeux, comme si sa vue lui mettait du baume au cœur.

— Vous connaissez les travaux domestiques ? interrogea Swan Samples à l'adresse de sa mère.

Comme cette dernière répondait par l'affirmative, Swan leva le bras pour montrer la femme derrière elle :

— Mrs Dove prendra contact avec vous. C'est elle qui s'occupe de la maison.

— Merci, madame, dit la mère.

Swan se tourna alors vers le père :

— Comment s'appelle votre petite fille ?

Les petites jambes de Bell s'agitèrent dessous la

robe en coton et elle enfouit sa tête dans la poitrine de son père.

— Annette Bell. Elle est très timide. Parle pas beaucoup. C'est comme ça qu'elle est née, d'après le médecin.

— Une faiblesse de naissance, ça se surmonte à force de volonté et de discipline, Mr Wade.

Le père fit le dos rond. Il ne savait pas lire et il avait beau essayer, cela ne servait à rien. Swan appartenait à la catégorie de gens dont il avait appris à se protéger en gardant ce handicap secret. « Une faiblesse », voilà tout ce que c'était à leurs yeux. Mais son fils, lui, était rongé de chagrin et de honte.

— Oui, madame, on y travaille, déclara enfin le père.

Les yeux de Swan se posèrent sur le garçon. Ce dernier se composa une mine impassible, mais elle ne fut pas dupe.

— Pourquoi fronces-tu les sourcils, jeune homme ?

Elie sentit peser sur lui l'inquiétude de ses parents. *Trouve quelque chose à dire, vite ! Tu te trahis tout le temps !* À force de s'employer à garder ses traits d'une immobilité parfaite, un petit muscle comme sous l'effet d'un tic nerveux finit par tressaillir sous son œil droit, le plus myope des deux. Il remonta ses lunettes sur son nez. Sans doute allait-elle lui déclarer qu'avec un peu de volonté, il verrait mieux !

— Je... C'est... C'est cette peinture derrière vous, madame, mentit-il.

Swan afficha une expression perplexe. Derrière elle, une immense toile représentait la Liberté (les seins à l'air) guidant Washington et ses troupes sous un ciel d'orage.

— Qu'est-ce qui te dérange dans cette peinture ? interrogea-t-elle.

— Eh bien, si la Liberté voulait vraiment que le général Washington la prenne au sérieux, n'aurait-elle pas dû se couvrir la poitrine d'une armure ?

La mère s'empressa de lui pincer le dos de sa chemise à carreaux. Un mot de plus, semblait dire ce geste, et c'est la chair que je meurtris. Elie glissa un coup d'œil penaud à son père. Ce dernier paraissait furieux. Quant à Swan, curieusement, elle avait changé d'attitude à son égard.

— La meilleure armure est souvent invisible, dit-elle.

Que pouvait-il répliquer à cela quand chaque mot qu'il prononçait pouvait se retourner contre lui ?

— Tu as de la réflexion, bravo. Et tu as soif d'apprendre...

— Oui, madame.

— Bien. Continue dans cette voie... Mais ne t'avise pas de me regarder encore une fois avec ces vilains sourcils froncés !

Sidéré, il consulta son père du regard. Son père hocha la tête. Ceci était une bataille. Et ils n'avaient d'autre choix que d'avaler l'humiliation de la défaite. Elie frémit de rage.

— Oui, madame.

Jamais il n'oublierait ce moment.

Je fus sidérée d'apprendre qu'Elie avait manqué de respect envers la « Liberté » de Swan. Ne se rendait-il pas compte du pouvoir de ma grand-mère ? Elle était intraitable sur ces questions.

L'année précédente, elle s'était brouillée avec une dame du monde très fortunée qui vivait dans la montagne, à Asheville, à une heure et demie de routes en lacets de Burnt Stand. Nous séjournions en son château – car sa somptueuse demeure méritait bien cette appellation – chaque fois que Swan donnait un bal ou une réception au Grove Park Inn, à mes yeux l'hôtel le plus somptueux de la Caroline du Nord, avec son hall grand comme une gare et son portique en granit. J'adorais ce bâtiment parce qu'il n'était pas rose, et qu'il n'était pas en marbre. Là, au moins, pas de sombre mystère à la Burnt Stand.

Burnt Stand – la ville si pleine de vice que le diable lui-même a dû y mettre le feu.

Cette légende accompagnait une photographie ancienne dans un livre sur l'histoire de la Caroline du Nord que j'avais trouvé sur les rayonnages de la bibliothèque de cette dame. Burnt Stand au début des années 20, peu de temps avant l'incendie où mon grand-père avait trouvé la mort. Sa femme, Esta, avait réussi à s'échapper avec Swan, la petite Clara et Matilda, la fille d'une domestique noire.

Il n'était pas surprenant qu'Esta ait voulu coûte que coûte reconstruire la ville en marbre, cette matière ininflammable. Le bourg d'origine n'avait été qu'un ramassis de bicoques en rondins agglutinées au fond de la vallée. Sur la photo, tous les arbres alentour avaient été coupés. Une charrette couverte et son mulet étaient embourbés dans ce qui devait aujourd'hui correspondre à la rue principale. Des hommes renfrognés et des femmes mal fagotées se tenaient par petits groupes sur les trottoirs en planches. Même nos belles montagnes en arrière-plan semblaient ternes. Dans un coin de l'image, une main anonyme avait griffonné ces mots sous une flèche tracée en direction d'un nuage de poussière : « Pas un arbre entre la carrière et la ville. Quand le vent souffle, les filles de A. A. Hardigree rosissent. Ha ! Ha ! »

Je montrai ces feuilles à Swan en la bombardant de questions.

— C'est quoi, le vice, Grand-mère ? Pourquoi le monsieur fait « ha ha » ? Elles étaient comment les filles ? Qu'est-ce que ça veut dire ?

— Cela veut dire que j'ai perdu une amie, répliqua Swan d'un ton glacial. Elle n'a pas bon goût du tout en matière de livres d'histoire, et aucun respect pour le nom des Hardigree.

Swan me prit le volume des mains et ne prononça pas un mot de plus sur ce sujet. Mais nous n'avons jamais remis les pieds chez cette dame.

Le Stone Cottage recelait lui aussi des secrets associés au passé de ma famille. Mon arrière-grand-mère l'avait construit vers la fin des années 30, en même temps que Marble Hall et les Esta Houses en ville. Trois chambres, un salon, une salle à manger, une cuisine et même un garage – tout en marbre rose, bien entendu. Une allée bordée d'azalées s'ouvrait sur la route à l'arrière de notre vaste propriété.

Swan me disait toujours que c'était là qu'Esta logeait ses amis, ce qui me semblait bizarre, puisque la maison était séparée de Marble Hall par plusieurs collines couvertes de forêt. Pour l'atteindre, il fallait traverser le Jardin de pierre, qui était un autre de ces lieux magiques.

Carl McCarl en assurait l'entretien, mais Swan ne s'y rendait jamais. De temps en temps, un ami ou une connaissance en mal de solitude y élisait domicile pour un mois ou deux. Mais avant l'arrivée des Wade, le cottage avait été vide plusieurs années de suite.

À présent, il était éblouissant de lumière.

— La maison est hantée, ça c'est sûr, me murmura Karen couchée comme moi à plat ventre derrière les lauriers de l'escarpement boisé en surplomb de Stone Cottage.

Karen était obsédée par la mort et les fantômes ; son père était mort au champ d'honneur au Viêtnam quand elle était au berceau et sa mère, Katherine, avait succombé peu après à une maladie inconnue. Pour ma part, je ne m'intéressais guère à ce qu'était devenu l'esprit de mes parents.

Karen abattit sa petite main dorée sur un moustique qui tournoyait près d'une de ses nattes.

— J'espère qu'il en vaut la chandelle, ajouta-t-elle.

Je fis rouler ma salive dans ma bouche et envoyai un boulet de bave à la face d'un de ces insectes importuns.

— Je l'ai eu !

— Beurk.

— Au moins moi, j'ai pas peur des fantômes.

— Je t'assure, Stone Cottage grouille de fantômes.

— Non, c'est juste une maison isolée. Elle n'est pas hantée.

— Je parie que ceux de nos mères sont là-dedans.

— Pourquoi ?

— Elles jouaient dans la forêt, non ? C'est ce que dit ma grand-mère.

— Oui, mais elles n'ont pas traîné longtemps, constatai-je. Elles devaient pas être très heureuses. De toute façon, elles s'en fichent de nous. Alors qu'est-ce qu'elles feraient là ?

Je repoussai un nuage de moucherons de mon visage en priant le Ciel qu'aucun serpent vert, aucun mille-pattes, ne vînt ramper dans la jambe de ma salopette. Soudain, quelque chose bougea dans le cottage.

— Le voilà !

Elie était en effet apparu sur le seuil de la porte de derrière. On était début septembre, juste après Labor Day, la fête du travail. Des étalages avaient poussé comme des champignons à tous les carrefours, proposant toutes sortes de mets de nos campagnes, des travers de porc, des sandwichs au porc, du *Brunswick stew*, un succulent ragoût de poulet avec des haricots, de la tomate et du maïs vert. On avait vu les parents d'Elie rentrer avec des boîtes en carton pleines de nourriture. Cela faisait maintenant près d'un mois que Jasper Wade travaillait pour Hardigree Marble.

Un travers de porc dégoulinant de sauce entre les doigts, Elie se régalait visiblement, jusqu'à ce qu'il en mît sur les verres de ses lunettes, ce qui l'obligea à marquer une pause. Il passa la langue dessus avant de les nettoyer.

— Il n'est pas beau à voir, chuchota Karen. Bigleux comme pas deux, et maigre comme un clou avec ça...

Je la poussai du coude :

— C'est un pauvre. Il a besoin de manger. Moi, je le trouve vraiment beau. Et noble. Il a voyagé, en plus...

— Noble ? Mmm...

Mon cœur se serra en le voyant ronger les os comme pour en extraire le dernier zeste de saveur. La rentrée scolaire était fixée à la semaine suivante. Karen et moi n'étant pas scolarisées, on allait avoir moins l'occasion de le voir.

— Noble et beau, commentai-je.

— Qu'est-ce que tu veux ? En faire ton petit ami ? Ta grand-mère ne te laissera jamais. Elle va t'en choisir un quand tu seras grande et elle t'obligera à te marier.

— J'ai le droit d'avoir un petit ami quand je veux !

— Ha ! Tu es dingue ou quoi ? Toi et moi, on est des filles bien. On va épouser des hommes riches.

Je me levai sur un coude :

— J'épouserai qui je veux !

— Chut ! Idiote ! Baisse-toi !

Je me recouchai à plat sur le ventre. Trop tard. Elie nous avait repérées. Il jeta en vitesse les côtelettes dans les buissons et se mit à grimper l'escarpement à toute allure. Mes cheveux se dressèrent sur ma tête. À mes côtés, Karen cria :

— Cours !

Sitôt dit, sitôt fait. Je traversai les bois en quatrième vitesse, escaladant les côtes à toute allure puis dévalant les pentes, trébuchant sur les racines des bouleaux, tandis que derrière moi se rapprochaient les pas d'Elie. À un moment donné, Karen prit un sentier et disparut. Les pas d'Elie se firent plus distintcs. Je fonçai vers le seul endroit où je ne m'étais jamais sentie vraiment en sécurité.

J'étais presque arrivée au fond du vallon, quand je me pris le pied dans une liane. Mon front heurta quelque chose de dur et de mou à la fois : un morceau de marbre recouvert de mousse. Je roulai sur moi-même et me retrouvai sur le dos à regarder des étoiles flotter devant mes yeux. Au-dessus de moi, des fleurs et des vignes de marbre rose retombaient, délicatement enroulées, d'un vase de marbre rose géant, plus haut qu'un homme. Autour de moi, de vieux bancs en marbre à moitié enfouis sous les fougères et le chèvrefeuille côtoyaient des urnes vides, qu'aucune plante ne viendrait jamais remplir. J'avais couru vers le Jardin de pierre, et celui-ci m'avait saisie entre ses bras solides et durs.

Elie se jeta à genoux à mes côtés et prit ma tête comme une coupe entre ses mains :

— Ne t'évanouis pas, je t'en supplie...

Il était blême, plus du tout en colère.

— Attends... Je vais aller chercher de l'eau dans le ruisseau.

Au bout d'une minute, il revint en tenant son tee-shirt relevé comme si un chat y était lové. Je me redressai et, comme la tête me tournait un peu, m'adossai à l'énorme vase derrière moi, tandis qu'il baignait d'eau fraîche mon front et mes joues.

— Tu croyais quoi ? cria-t-il presque. Que je voulais te tuer ?

Recouvrant mes esprits, je rétorquai :

Tu courais comme un diable, voilà ce que je pense ! Tu avais l'air furieux !

— Je l'étais. Mais je ne t'aurais jamais fait de mal. Je ne frappe pas les filles.

Je posai un doigt sur l'œuf de pigeon qui grossissait à vue d'œil sur mon crâne. Il remonta l'épaisse monture noire de ses lunettes sur son nez et examina ma tête, puis plongea son regard dans le mien. Ses mains, longues et déjà très fortes, cueillirent les feuilles sur ma salopette.

— Tu vas pleurer ?

— Non. Je suis une Hardigree. Je pleure des larmes de marbre.

Il émit un sifflement et s'accroupit sur les talons.

— Pourquoi tu m'espionnais ?

— Je voulais seulement voir si tout allait bien pour toi dans ta nouvelle maison.

— Bien, mais moi, tout ce que je veux, c'est qu'on nous laisse tranquilles. Mon père a besoin de ce boulot. Il est au chômage depuis six mois. La carrière dans le Tennessee a fermé. Et c'est tout ce qu'il sait faire, le carrier...

— Pourquoi ? Il a l'air d'un homme plein de ressources, fort, intelligent...

Silence. Puis, finalement, Elie baissa la tête :

— Il n'est pas *intelligent*, pas dans le sens qui compte.

Nouveau silence. Je sentis grandir en moi un immense élan de sympathie :

— C'est un bon père, hein ?

— Oui.

— Bon. Alors, tu ne devrais pas te plaindre. Moi, j'ai pas de père. Ni de mère d'ailleurs.

— Comment ça se fait ? dit-il en se levant, choqué.

— Ils ont eu un accident de la route quand j'étais bébé. On voit encore les traces sur les grands rochers sous Hightower Ridge.

— Je suis désolé.

— Mon père était carrier à Hardigree Marble. Comme le tien.

Cette fois, il eut l'air stupéfait :

— Non ?

Ses yeux s'arrondirent, puis il regarda autour de lui, contempla le vase débordant de fleurs pétrifiées et murmura presque :

— C'est quoi tout ça ?

— Une bonne cachette. Sauf que tu m'as rattrapée. C'est mon arrière-grand-mère qui l'a construit. Personne ne sait pourquoi.

— Je parie qu'il y a de la magie là-dedans.

Je sentis un frisson d'excitation me parcourir. Il comprenait !

— Oui, pas mal, admis-je.

— Qui vient ici ?

— Juste moi. Mon amie Karen a peur de cet endroit... Mais toi, ajoutai-je après un instant d'hésitation, tu peux venir aussi. Ça m'est égal.

Ses yeux se durcirent :

— Pourquoi es-tu si gentille avec moi ? Qu'est-ce que tu veux ? Je suis pas ton genre...

— Et moi je dis que si !

Nous nous sommes tus de nouveau. Je me suis levée, j'ai mis un peu d'ordre dans ma tenue, puis je me suis dirigée vers la pente opposée.

— Hé ! m'interpella-t-il.

Je m'arrêtai tout net pour me retourner. Il levai vers moi des yeux dont l'expression fit manquer un battement à mon cœur.

— Je deviendrai jamais rose comme toi ! Mais je trouve que t'es une bonne copine.

À cet instant, je tombai amoureuse de lui : j'avais sept ans.

Pourquoi est-elle gentille avec moi ? Cette question taraudait Elie. Dans le Tennessee, il avait pris l'habitude d'être ridiculisé ou ignoré, traité de plouc, de crève-la-faim, de bigleux, d'affreux et que sais-je encore, le fils du débile qui ne sait pas lire, le frère de la muette. Il s'était bagarré à chaque fois tout seul, jusqu'à ce jour où la petite fille rose avait pris son parti.

Et maintenant, elle lui avait montré son jardin secret. La magie et la chance étaient au rendez-vous. Le jardin immobile allait changer la vie de sa famille.

Elie voyait sa mère pleurer chaque matin de joie en préparant des œufs frits et un bol de bouillie de maïs à la mode du Sud que l'on appelle des « grits » dans leur belle maison, même si cette dernière n'était pas la leur, leur ayant été prêtée gracieusement par Hardigree Marble. Pendant des années, ils avaient vécu dans des meublés, de vieilles caravanes et même, ces dernières semaines, dans le camion. C'était la première fois qu'ils avaient une maison, en marbre qui plus est. L'air qu'on y respirait était pur, presque parfumé. Du lierre verdoyait sur les murs extérieurs, s'enroulait autour des gouttières. Toutes les surfaces, extérieures comme intérieures, étaient peintes d'un beau rose clair. Rose comme Darl Union.

— Le jardin n'est pas assez ensoleillé, se plaignait son père, qui n'avait pas d'autre reproche à formuler au sujet de la maison.

La cuisine était impeccable et équipée de manière fonctionnelle. Il y avait deux salles de bains confortables ornées de superbes baignoires en marbre. Et la nuit, le cottage était inondé par la lumière des appliques en fer forgé. Il y avait même une machine à laver le linge.

Lorsque, le soir, après avoir pris son bain, Elie s'allongeait à côté de Bell dans le lit qu'ils partageaient, il posait un vieil exemplaire de poche des *Voyages de Gulliver* sur son cœur et jurait qu'il ferait n'importe quoi du moment que sa famille pût rester ici. Il allait chaque jour au Jardin de pierre pour prier le Ciel de lui accorder ce vœu.

Son père accrocha un minuscule portrait noir et blanc de Grand-père Wade sur le mur du salon, près de la cheminée. C'était la seule image qu'ils possédaient de lui, une image en lambeaux. D'après son père, son grand-père avait en fait découpé un morceau d'une photographie beaucoup plus grande dont on ignorait le sujet. Grand-père avait été le meilleur tailleur de pierre des États du Sud avant qu'un accident de travail ne le réduisît à l'invalidité. C'était avant la naissance de Jasper. Avant même sa rencontre avec sa femme. Elle l'avait épousé malgré son handicap et avait gagné leur pain comme cuisinière ou comme infirmière. L'alcool avait tué le grand-père quand Jasper était encore en culottes courtes.

Mais sur la photo, il se tenait debout dans toute la splendeur de sa jeunesse, contre le mur de marbre d'une grande maison, les jambes écartées, les pouces passés dans ses poches de pantalon, avec sur les lèvres un sourire affectueux, plein d'une admiration teintée d'ironie, qu'il adressait à quelqu'un en contrebas.

Elie s'était toujours demandé qui était cette personne qu'il regardait d'un air aussi radieux. Où son grand-père avait-il été aussi heureux ?

Au cours de l'automne et de l'hiver qui suivirent, je passai un temps fou à espionner Stone Cottage. J'apercevais parfois Elie qui aidait sa mère à pendre du linge dehors. Un jour, son père vint voir Swan dans son bureau de la carrière et, tournant son chapeau entre ses mains, lui demanda l'autorisation de défricher un arpent de terrain autour du cottage pour faire un potager.

— Vous êtes travailleur, Mr Wade, je vous accorde cette faveur, répondit Swan de derrière son grand bureau d'acajou au plateau de marbre noir.

De la part d'une femme aussi exigeante, c'était un compliment inespéré.

Au plus gros de l'hiver, par un froid de loup, emmitouflée dans un pull en cachemire et un manteau de laine, je me cachai sur la colline en surplomb de Stone Cottage pour observer Elie et son père en train d'abattre de grands sapins. Elie grelottait dans sa veste en gros coton et sa casquette. Jasper aussi. Mais ni l'un ni l'autre ne s'avouaient vaincus. Jamais ils n'abandonnaient leur tâche pour se réfugier dans la chaleur du foyer. Avec des trésors de patience, alors qu'il aurait gagné du temps à débiter lui-même les grumes, Jasper apprenait à son fils à se servir de la tronçonneuse, si pesante qu'Elie arrivait à peine à la soulever.

Chaque fois qu'un arbre tombait, Jasper Wade passait un bras affectueux autour des épaules de son fils, lequel levait aussitôt vers son père un sourire joyeux. Elie aimait autant son père que moi Swan. Sauf que moi, je ne recevais jamais la moindre marque d'affection de la part de ma grand-mère.

De temps à autre, la mère, Annie Gwen, leur apportait des boissons chaudes et venait ranimer le feu de branchages. La petite Bell, enveloppée d'une couverture et d'une mauvaise écharpe en acrylique, gambadait armée d'un bâton autour des flammes. Souvent la famille s'asseyait autour du feu à la fin d'une longue journée de labeur pour y griller des marshmallows et des hot dogs. Bell se lovait alors sur les genoux de sa mère tandis qu'Elie s'asseyait en tailleur entre ses parents. Parfois Annie Gwen chantait des chansons traditionnelles pendant que Jasper l'écoutait en fumant une cigarette. L'odeur aigre-douce du pin brûlé montait jusqu'à moi ; je la humais avec un sentiment de solitude déchirant.

Ce que je sentais, c'était le parfum d'une famille unie.

Un beau jour du mois de mars, Elie déboucha des profondeurs de la forêt vêtu d'un jean et d'une chemise de treillis de chasse. Très méthodique, il avait attendu que les feuilles repoussent sur les arbres pour mieux passer inaperçu. Jusqu'ici, il n'avait fait qu'apercevoir les murs roses de la demeure des Hardigree, dont la taille lui semblait de loin monumentale. Et à présent, la gorge nouée, il rampait sous les lauriers à la lisière du jardin, pour avoir une meilleure vue sur la façade arrière. Les joues picotées par les premiers nuages de moucherons de l'année, il s'arrêta soudain, cloué sur place par la splendeur du spectacle.

Un palais beau et rose comme ce palais de maharajah qui figurait dans un de ses livres d'enfant. Les balcons en marbre resplendissaient sous le soleil.

Des saules pleureurs et des cornouillers montaient la garde. Surélevée sur une immense terrasse de marbre, une pelouse lisse et verte comme un tapis de billard cernait des parterres de fleurs, un pavillon de marbre et une piscine. Une vraie piscine privée ! Elie n'en revenait pas.

Des marches descendaient en zigzag le long du mur de la terrasse vers un patio inondé de soleil, dont le centre s'ornait d'une fontaine semblable à une pagode tout en marbre au milieu d'un plan d'eau. Une eau cristalline cascadait sur le bord du toit retroussé pour arroser d'un torrent de stalactites les nénuphars de l'étang. Ébloui, Elie se pencha pour regarder l'onde vert pâle : de vrais poissons vivants, des poissons rouges géants blanc et or y menaient un ballet désordonné. Il avait lu dans ses livres qu'en Chine et au Japon, les gens élevaient et apprivoisaient même ces carpes grosses comme des truites.

En levant les yeux, il fut parcouru d'un frisson : alignés entre deux grands massifs d'obiers de la variété « boule-de-neige », une douzaine de cygnes de marbre hautains montaient une garde féroce sur le muret de la terrasse.

Le diable avait ses anges noirs. La grand-mère de Darl – peut-être à cause de son prénom, Swan, qui signifie « cygne » – avait ses grands oiseaux blancs.

Furieux contre lui-même d'avoir eu si peur, il défia du regard les volatiles pétrifiés, se retenant de leur jeter des pierres. À cet instant, un éclair de lumière l'aveugla à moitié : le reflet du soleil sur la vitre de la porte-fenêtre qui venait de s'ouvrir sur la terrasse. En voyant sortir la grand-mère de Darl, Elie se terra sous le feuillage noir d'un rhododendron.

Elle avait l'air d'une star de cinéma. Maillot de bain noir, lunettes noires, robe de bain noire transparente. Au lieu de se diriger vers la piscine, elle marcha jusqu'à l'escalier de la terrasse en repoussant ses cheveux en arrière d'une main distraite, les yeux fixés sur les arbres de la forêt. Elie se recroquevilla davantage sous son buisson.

Dans le patio, elle alla s'agenouiller au bord de la fontaine et trempa ses doigts dans l'eau obscure. Une seconde plus tard, elle souleva au creux de sa paume une des carpes et la contempla comme si elle hésitait entre la manger tout cru ou la regarder s'étouffer. Le poisson se débattait de toutes ses forces. Elle ne lâcha pas prise.

Finalement, alors que la carpe était au bord de l'évanouissement, elle se pencha vers l'eau et la laissa glisser de sa main. La queue de l'animal l'éclaboussa. Elle se rinça les mains, puis se leva et remonta sur la terrasse. Alors, enlevant d'un seul geste sa robe de bain, elle plongea dans l'onde bleue de la piscine. Elle était maîtresse d'elle-même. Elle aimait à jouer les déesses. Personne n'allait lui tenir la tête sous l'eau !

Elie exhala un soupir silencieux. Il savait à présent à qui il avait affaire : il avait vu de quoi « Madame Swan » était capable !

3

Le professeur, Mrs Dane, fixa durement Elie à travers ses lunettes carrées aux verres teintés. Elle brandit d'une main sa copie de contrôle comme si elle avait l'intention de l'en frapper. On l'aurait en effet soupçonnée du pire, avec sa tête de bulldog et sa perruque blonde qui laissait échapper des touffes de cheveux bruns comme un vieil animal empaillé.

— Au tableau, Wade !

Elie se leva à regret. Il détestait être appelé au tableau. Il ne supportait pas qu'on le voie dans sa chemise de l'Armée du Salut et son jean tire-bouchonné trop court pour ses longues jambes maigres.

— Wade, reprit le professeur. Vous avez terminé votre devoir en cinq minutes alors que les autres ont eu besoin de plus d'une heure...

Abattant violemment la feuille sur la table, elle conclut :

— Vous avez triché !

— Non, madame, je n'ai pas triché.

— Alors comment expliquez-vous ça ? dit-elle en agitant de nouveau sa copie.

— Je... Je n'ai pas besoin de réfléchir. Les chiffres sortent tout seuls.

— *Comme du pus*, chuchota l'un de ses camarades.

Les autres pouffèrent. Mrs Dane frappa du plat de la main sur sa table. Elie devint rouge jusqu'aux oreilles.

— Venez au tableau, ordonna-t-elle au malheureux dont les genoux flageolaient.

Il se tint devant le tableau noir comme un soldat au garde-à-vous. Mrs Dane griffonna quelques chiffres sur son bloc-notes.

— Multipliez ces chiffres au tableau. 270...

Elie prit une craie et écrivit.

— ... par 250.

Elie dit tout en écrivant :

— 67 500.

— Ne vous payez pas ma tête, jeune homme !

— Mais c'est le résultat, madame.

Le professeur fit un rapide calcul sur sa feuille. Elle avait les joues en feu.

— Bon, bon, dit-elle, tandis qu'Elie retenait un soupir de soulagement. Maintenant, 6 007 divisé par 12.

Il ne prit même pas la peine d'écrire les chiffres au tableau.

— 558,33333. On peut arrondir à 558,3.

Elle vérifia sur son papier et le fixa, l'air abasourdi derrière le verre sombre de ses lunettes.

— 2 000 021 fois 67 !

— 134 001 407.

Cette fois, Mrs Dane mit un peu plus longtemps à calculer. Elle lança d'un geste de dégoût son crayon en travers de son bureau puis, tout en le regardant, se mit à tirer nerveusement sur sa perruque. Une mèche de cheveux bruns lui dégringola derrière l'oreille.

— Wade, vous êtes un génie ! finit-elle par hoqueter.

Du coup, Elie redressa la tête. Il se félicitait d'avoir gardé son sang-froid ; il avait remporté ce concours humiliant. Ses camarades de classe le couvaient des yeux. Des rats devant un fromage.

Swan m'emmenait avec elle à son bureau de la carrière presque tous les samedis, afin que je m'initie au difficile métier de marbrier en l'observant et en l'aidant à classer des papiers. Je travaillais donc assise à mon petit secrétaire dans un coin de la pièce, jetant des coups d'œil mélancoliques par la grande fenêtre en direction du ciel, de la fosse de la carrière, des hommes en bleu de chauffe qui s'affairaient autour des pelles mécaniques, du pic à trancher, de la scie, du marteau taillant, des excavatrices à chenille et de la machine dite « à fil diamant » qui découpe les blocs de marbre et de laquelle il vaut mieux se tenir à distance quand elle est en marche, à cause des risques d'accident. Pour ma part, je préférais l'atelier voisin qui, avec ses bancs de pierre, semblait sorti d'un autre âge. Là, j'avais parfois le droit de rester à regarder, équipée de lunettes de sécurité, les marbriers débiter et polir le marbre. Le samedi, les hommes amenaient leurs fils avec eux pour commencer leur apprentissage. Jamais leurs filles.

Ce jour-là – on était en mars – Elie, équipé de gants en cuir, un bandana noué autour de la tête pour se protéger le nez et la bouche, les vêtements couverts de poussière, aidait son père dans son rude labeur. Il prétendait ne pas me voir, mais moi, je voyais bien qu'il me glissait des regards à la dérobée chaque fois que je faisais mine de me détourner.

Tout à coup, Swan sortit de son bureau pour entrer dans l'atelier, chose dont elle se gardait bien en général quand la poussière volait. Elle avait grande allure dans sa tenue de femme d'affaires de magazine de mode : un costume pantalon bleu dont la veste comportait un foulard en guise de ceinture, foulard qui, dénoué, flottait sur sa hanche comme une bannière. Les talons de ses escarpins martelaient le marbre du sol. À tour de rôle, les carriers levèrent la tête pour regarder passer leur patronne.

Moi, bien sûr, j'étais vêtue d'une robe en laine rose et de bottines fourrées roses.

Swan alla se poster devant Jasper Wade et lui fit signe de la suivre. Il rabattit son masque de protection et posa son polisseur.

— Venez dans mon bureau, Mr Wade. Et prenez votre fils avec vous.

Je me demandai pourquoi diable elle voulait les voir tous les deux, ravie à l'idée d'assister à l'entretien. Mais quand il enleva son bandana et nettoya ses lunettes, mon cœur se serra : ses grands yeux de velours étaient noirs d'inquiétude.

Comme nous emboîtions le pas à Jasper et à ma grand-mère, je lui soufflai pour le rassurer :

— Elle ne licencie jamais personne elle-même, c'est Mr Alberts qui le fait à sa place, te fais pas de souci pour ton père.

En entrant dans le bureau, Swan me fit signe de m'asseoir à mon secrétaire. Le père d'Elie semblait préoccupé, lui aussi, malgré sa haute stature et toute la vigueur de ses fortes épaules. Ce bel homme aux cheveux noirs était une figure drapée de poussière, de sueur et de soumission. Ils restaient tous les deux, le père et le fils, debout sur les dalles de marbre, n'osant pas salir le tapis persan qui réchauffait la pièce. Je croisai sagement les mains sur la pierre froide du marbre de mon secrétaire.

— Mr Wade, commença Swan, le professeur de votre fils m'informe que celui-ci est un génie en mathématiques.

Dans le silence médusé qui s'ensuivit, je regardai Elie avec de grands yeux. Ceux de Jasper s'arrondirent aussi.

— C'est un enfant intelligent, laissa-t-il finalement tomber. Eh oui, je crois, il est bon en calcul. C'est lui qui tient nos comptes à la maison. Il n'a jamais fait une seule erreur.

— Quel âge avait-il quand vous l'avez laissé s'occuper de votre comptabilité ?

Le père interrogea le fils du regard :

— Tu sais, toi, à quel âge ? Je m'en rappelle plus trop.

Le visage d'Elie se rembrunit. Après une légère hésitation, il avoua :

— Six ans.

Une lueur de fierté brilla dans les yeux de son père. Il se tourna vers Swan :

— C'est ça, l'année du cours préparatoire.

Swan se carra dans son fauteuil en cuir. Joignant les mains devant sa bouche, elle étudia Elie de ses prunelles de saphir bleu, comme si elle cherchait à évaluer un bloc de pierre fraîchement extrait de la carrière. Et puis, subitement, elle se pencha en avant et se mit à pianoter sur sa calculatrice de bureau. La machine bruissa et cliqueta, cracha une langue de papier. Elle la déchira et la dissimula dans son poing.

— Elie, vite, de tête. Combien font 123 fois 42 ?

Elie soutint son regard sans ciller et répondit d'un ton neutre :

— 5 166.

Elle haussa les sourcils de surprise.

— Exact.

Je manquai de tomber de ma chaise. Ma grand-mère effectua une nouvelle opération sur sa calculatrice.

— 895 divisé par 82.

— 10,90 arrondi au dixième, répliqua-t-il du tac au tac.

Swan le mitrailla de dix opérations supplémentaires. Pas un instant il n'hésita, et il ne commit aucune erreur. Finalement, elle jeta la poignée de papiers froissés sur sa table et se carra de nouveau dans son fauteuil, posant son menton sur le dos de sa main fine, à peine tavelée.

— Mr Wade, je voudrais qu'Elie vienne travailler ici à mi-temps après l'école. Je voudrais qu'il apprenne la comptabilité avec Mr Alberts. Bien sûr, je sais qu'il est encore un enfant, mais ce n'est pas un enfant comme les autres. J'accorde une fois par an une bourse d'excellence pour l'entrée à l'université. Si sa conduite est à la hauteur de ses bulletins, il pourra compter dessus à la sortie du lycée. Il ira étudier la gestion à Duke University, à Chapel Hill. Ensuite il reviendra travailler pour moi.

C'était incroyable ! Elle avait d'abord permis aux Wade d'habiter notre précieux Stone Cottage, puis à Jasper d'abattre des arbres centenaires dans notre propre parc, et maintenant, la voilà qui promettait d'envoyer Elie dans la meilleure fac de l'État. Cela ne pouvait dire qu'une chose : elle reconnaissait sa supériorité... il appartenait à l'aristocratie du mérite !

Jasper Wade, quant à lui, était muet de surprise. Elie ouvrait et fermait la bouche comme les carpes de notre fontaine. Ses yeux finirent par se poser sur moi. *Elle sait que tu es le meilleur. Réjouis-toi !* Il dut percevoir mon excitation. Pourtant son visage ne reflétait que la colère et le mécontentement. Qu'il le veuille ou non, il allait *appartenir* à Hardigree Marble.

— Personne dans ma famille n'a jamais fait d'études, déclara son père d'une voix lugubre.

— Alors, il est temps, répliqua ma grand-mère d'un ton égal. Vous avez là la possibilité de changer le destin de votre famille. Ça vaut bien un sacrifice, non ?

— Oui, madame. Sa mère va être aux anges. C'est son rêve.

— Bon. Eh bien, ce rêve, il est en votre pouvoir de le réaliser.

— Merci, madame, merci. Il fera ce que vous voudrez...

Jasper considéra son fils d'un air fier et autoritaire. Son fils aîné, son fils unique allait avoir la chance de travailler avec sa tête et non avec ses mains. Il allait devenir « quelqu'un ».

— Qu'est-ce que t'en dis, mon petit ?

Elie leva vers lui des yeux suppliants, mais se

heurta à un regard implacable. Alors il se tourna vers Grand-mère, le haut du corps soudain bizarrement ployé, comme s'il portait un bloc de marbre sur le dos.

— Merci, madame.

L'aveu de la défaite. Un jour, il m'appartiendrait, contre sa volonté. Des larmes mouillèrent mes yeux. Une victoire peu enviable.

Voilà donc le mauvais côté de la médaille pour nous autres, gens d'argent et de pouvoir : pour garder ce dernier, il fallait en priver les autres, guider leur destin et en assumer la responsabilité. Je passai le plus clair de ce sombre printemps à méditer sur mon avenir de patronne et sur l'accablement qui avait frappé Elie en se voyant pris soudain dans les fers de Hardigree Marble. À ce problème, j'avais une solution : une fois que « j'héritais » de l'entreprise, je le libérais et ensuite je l'épousais.

Je n'avais aucune envie de me marier, mais je le ferais, rien que pour lui. En fait, je ne pouvais pas imaginer ce en quoi consistait un mariage heureux, ou même malheureux, n'en ayant aucun exemple sous les yeux. Ma mère avait été tuée, accidentellement certes, par son mari, et bien entendu je ne pouvais imaginer Swan dotée d'un époux. Mon grand-père, le médecin, était pour moi un gentil bonhomme chauve sur une photographie. Pour ce que j'en savais, ma mère aurait aussi bien pu être le fruit d'une immaculée conception ! Swan recevait avec des manières charmantes des messieurs à ses réceptions, mais je ne l'avais jamais vue embrasser l'un d'eux. Le baron italien faisait parfois de brèves apparitions quand nous étions de passage à New York. Swan m'abandonnait alors à l'une de ses mondaines amies de jeunesse pour passer la soirée avec lui. Mais cela s'arrêtait là.

Le mari de Matilda, M. Dove, était une énigme sans visage. Elle vivait seule avec Karen dans une des plus petites et des plus agréables Esta Houses, sur une rue ombragée non loin de Marble Hall. Swan lui avait offert la maison quand elles étaient encore de très jeunes femmes. Quelle était la raison profonde de ce geste : regain du vieux système des dédommagements accordés aux anciens esclaves, générosité aristocratique de « la » Hardigree ? Toujours est-il que Matilda avait certainement gagné, et plutôt deux fois qu'une, le toit de marbre sous lequel elle respirait. L'orgueil et l'indépendance étaient tout aussi puissants chez elle que chez ma grand-mère.

Et puis, il y avait ma grand-tante Clara... au passé trouble qu'il valait mieux taire. Ce qui ne faisait qu'attiser ma curiosité.

Bref, la société masculine n'avait rien à nous offrir : les hommes, d'après ce que j'avais compris, n'étaient que des fleurs au chapeau des dames Hardigree. Il était pour moi inimaginable de penser que Swan avait accompli l'acte nécessaire à la mise au monde d'un enfant. Karen m'avait tout raconté ; les corps nus, les étreintes, les baisers sur la bouche. J'étais bien obligée de la croire, puisqu'elle l'avait lu dans *Les Joies du sexe*, chipé sur les rayonnages de notre bibliothèque municipale. Mais ça me paraissait quand même invraisemblable.

Swan ne se serait jamais déshabillée devant un homme – elle ne se montrait jamais nue d'ailleurs, même devant moi. Seulement dans ses belles chemises de nuit en soie blanche dont elle avait une collection fabuleuse. Et puis, Swan n'aurait permis à personne – homme, femme, dieu ou diable – de monter sur elle.

De cela, j'étais convaincue.

Chaque année, au mois de mai, Swan organisait un week-end à Marble Hall en l'honneur des anciennes élèves de la Larson School for Girls d'Asheville. Parmi elles, comptait une cousine des Vanderbilt qui avait été à l'époque une camarade de classe de ma grand-mère et dont la richissime famille habitait alors encore le domaine de Biltmore à la périphérie d'Asheville.

La grande maison bruissait de la présence de toutes ces élégantes de la bonne société du Sud. Pour la circonstance, Swan avait engagé des extras, car il fallait non seulement servir les principaux repas, mais le thé et les cocktails au bord de notre piscine en marbre et autour du pavillon. Annie Gwen faisait pour la première fois office de femme de chambre. Quant à Elie, il était employé à débarrasser et à faire la plonge. Pendant les temps morts, il était chargé de surveiller sa petite sœur. Une double tâche impossible.

La petite Bell me contempla avec des yeux terrifiés du fond d'un des grands placards blancs de la vaste cuisine où elle était cachée parmi les casseroles. De fines mèches de cheveux noirs se dressaient toutes droites à travers les trous de la passoire dont elle s'était coiffée.

— Ça y est ! Je l'ai trouvée ! Elie, elle est dans son terrier.

Il s'agenouilla comme à regret devant le réduit, relevant le pantalon de sa salopette pour ne pas en user les genoux. Pour ma part, j'étais vêtue d'une robe en organdi rose avec des escarpins assortis.

— Mon bébé Bell, murmura-t-il en tendant la main à sa petite sœur. Viens. Tu ressembles à un extraterrestre comme ça.

Les yeux noirs de la petite s'arrondirent, mais elle ne bougea pas d'un pouce.

— Il faut la sortir de là avant que Matilda l'attrape !

Je jetai des regards inquiets sur la porte battante de la cuisine. Matilda et Annie Gwen se trouvaient juste de l'autre côté, occupées à servir une salade de poulet aux amandes à Swan et à ses vingt-cinq amies de jeunesse.

— Depuis que Matilda a fait nettoyer ces casseroles à ta mère... On peut se regarder dedans, ajoutai-je.

— Et elles font de jolies couronnes à Bell, commenta-t-il en prenant la main de la petite avec une infinie douceur.

— Allez, sors de ta coquille, bébé Bell, pour moi...

Elie avait à sa disposition d'inépuisables réserves de patience quand il s'agissait de sa petite sœur.

— Sors d'ici tout de suite ! ordonnai-je d'un ton sec en m'accroupissant à côté de lui. Le temps c'est de l'argent, et nous allons perdre une fortune si tu continues à nous retarder...

Elie me lança un regard noir et susurra :

— J'ai pas besoin de ton aide.

Sur ce, il agrippa le petit poignet de Bell et la tira de toutes ses forces. Elle poussa un cri de souris, mais Elie ne lâcha pas prise. Je rattrapai au passage les casseroles qui menaçaient de dégringoler : le bruit aurait fait venir Matilda au galop. Le minuscule pied de Bell s'accrocha au montant de la porte comme dans une ultime tentative de protestation : elle ne voulait pas quitter la matrice protectrice de sa cachette.

Je la vis glisser sur les dalles de marbre de la cuisine comme si j'assistais à une naissance. Et, dans le soleil qui éclaboussait la cuisine depuis les hautes fenêtres, je m'étonnai de sa pâleur et me rendis compte à quel point elle était terrifiée par l'étrangeté des lieux, par toutes ces femmes si bizarres. Elle tremblait de peur. Elie la prit dans ses bras tendrement.

— Ça va, ça va, tout va bien, bébé Bell.

Il se trompait. Un filet de liquide jaune forma une flaque par terre sous son derrière. Je bondis sur mes pieds. Je venais d'entendre des bruits de pas derrière la porte battante. Elie se leva à son tour avec la petite dans les bras.

— Cours la cacher ! dis-je en fermant en toute hâte la porte du placard. Il y a une grande armoire en haut de l'escalier de service. Au premier étage. Elle est assez grande pour vous cacher tous les deux. J'arrive dans une minute...

Comme Elie se montrait hésitant et que les pas se rapprochaient de plus en plus, j'ordonnai :

— Vas-y !

Il sortit en courant par la porte voûtée qui donnait sur la cage de l'escalier. Rassemblant mon courage, je me positionnai en face de la porte battante. Annie Gwen, chignon brun et uniforme rose, entra la première avec un grand plateau en argent vide. Son visage s'éclaira en me voyant :

— Ma petite Darl, tu as besoin de quelque chose ?

Je posai un doigt sur mes lèvres puis indiquai la petite flaque sur le marbre.

— Bell.

Annie Gwen posa son plateau en étouffant un cri de surprise.

— Où est-elle ?

— Elie l'a emmenée là-haut. Je vais aller l'aider à faire sa toilette. Tout va bien.

Annie Gwen sortit une serpillière d'un placard. Je bondis dans l'escalier de service. Tandis que je gravissais les marches quatre à quatre, j'eus l'impression que la maison m'enserrait de ses épais murs de marbre, aussi tranquille qu'un tombeau. Sur le palier, j'entrouvris l'armoire à linge. Elie était assis par terre avec Bell sur ses genoux. Il l'avait enveloppée dans un drap de bain de Swan brodé de son monogramme. En boule dans un coin, un short miniature et une culotte en coton mouillés trahissaient l'incident.

— Il faut que je lui trouve des vêtements secs, souffla Elie.

— Je vais aller en chercher. Il y a toute une malle pleine de mes vêtements d'enfant. Attends !

Je refermai la porte et courus à l'étage supérieur. Ma chambre consistait en une suite de plusieurs pièces roses qui regardaient à l'arrière de la maison, vers la piscine, le pavillon et, au-delà de la terrasse en pierre rose, la fontaine en forme de pagode. Le long de la balustrade, les cygnes de marbre gardaient tous les secrets des Hardigree, dont celui que je détenais à présent sur la petite Bell.

Dans un coffre en bois de cèdre, je trouvai au

milieu d'un méli-mélo d'étoffes, un short et une culotte de la bonne taille. Puis je descendis l'escalier quatre à quatre. J'étais en train d'ouvrir l'armoire à linge, quand des pas résonnèrent dans le grand escalier à l'autre bout de la galerie. Je jetai vivement le paquet à l'intérieur du meuble en murmurant :

— Une invitée ! Je vais lui parler.

J'eus tout juste le temps de le voir serrer Bell très fort contre lui.

— Ne les laisse surtout pas ouvrir cette porte, me recommanda-t-il.

— Compte là-dessus.

Je m'installai dans une immense bergère près d'une fenêtre, comme si je faisais partie du décor, au même titre que les arabesques et les fleurs de lys semées sur le tapis qui recouvrait en partie les dalles de marbre de la galerie, ou les copies de peintures de maîtres accrochées au mur. Je m'efforçai de me tenir le plus immobile possible, priant le Ciel que la visiteuse ne s'aperçoive pas de ma présence.

Une dame blonde vêtue d'une minirobe sans manches de soie claire gravit en soufflant les dernières marches du palier. En m'apercevant dans le grand fauteuil, elle s'immobilisa en chancelant sur ses jambes, et s'exclama d'une voix plutôt pâteuse :

— Mais qui est là, ma parole ? C'est ma petite Darl ! Que fais-tu là ? Bonjour !

Deux ronds rouge vif décoraient ses joues pâles : elle avait sans doute abusé du bloody mary de ma grand-mère.

— Bonjour, Mrs Colson. Je rêve, c'est tout.

Elle vint s'asseoir non loin de moi sur la causeuse tendue de velours. Les yeux larmoyants, elle reprit d'un ton moins guilleret :

— Quand je te vois ici, tu me rappelles tellement Julia quand elle était petite. Elle aimait beaucoup s'asseoir dans cette bergère. Elle jouait à la poupée dans cette armoire, là-bas, dit-elle en indiquant le meuble où se cachait Elie.

Julia... Ma mère... Personne ne me parlait jamais d'elle. Surtout pas les amies de Swan. Je pris une profonde inspiration. Peut-être allais-je apprendre enfin quelque chose sur celle qui m'avait donné le jour ? Ce qu'elle venait de me raconter sur les habitudes de Julia qui venait s'installer au même endroit que moi me donnait la chair de poule. Qu'avais-je d'autre de commun avec cette enfant d'autrefois ?

— Elle était aussi jolie que sur les photos ? interrogeai-je, tremblante.

— Jolie comme un cœur. Toute brune avec de grands yeux bleus, comme toi...

— Et intelligente ?

— Non, ma chérie, c'était une vraie tête de linotte. Mais elle était très mignonne. Une gentille petite, vraiment.

Nous sommes restées un moment à nous regarder en silence. Puis Mrs Colson se mit à me dire combien Swan et ma mère avaient été proches l'une de l'autre. Elles étaient toujours en train de bavarder et de rire ensemble. À l'entendre, Swan l'avait « surprotégée ». J'eus un petit pincement de cœur. Ainsi ma mère avait eu, elle, une vraie mère. Pourquoi Swan ne pouvait-elle pas m'aimer, moi, de cette manière ?

— ... C'est tellement triste pour Julia et Katherine. Pauvre Katherine. Elle avait ça dans le sang... Mais que pouvait-on attendre d'autre d'un pareil mélange ?

Katherine Dove. La fille de Matilda, la mère de

Karen... au visage inconnu, puisqu'elle ne figurait sur aucune photographie. Nul dans notre entourage ne prononçait jamais son nom. Je me levai de mon fauteuil, raide comme un soldat. Mrs Colson posa une main moite sur mon bras et me considéra de ses yeux embués de larmes :

— Si cette fille n'avait pas eu sur ta mère une aussi mauvaise influence, sans doute Julia serait-elle encore en vie, mon pauvre chou. Il ne faut pas lui en vouloir. Elle n'aurait peut-être pas été une très bonne mère, alors que tu as une merveilleuse grand-mère.

D'une voix saccadée, j'articulai :

— Ma mère ne me voulait pas ?

Mrs Colson me caressa les bras. Pour masquer sa gêne, elle roucoula :

— Je... non... Eh bien, ta grand-mère, elle, t'aime très fort. Et Swan Hardigree Samples, quand elle aime, c'est pour la vie...

Après avoir passé une main affectueuse sur mes cheveux, elle se leva et s'en alla d'une démarche vacillante en direction de la dernière chambre tout au bout de la galerie.

Des sanglots dans la gorge, j'ouvris la porte de l'armoire à linge. Elie était assis par terre, tenant toujours sa petite sœur sur ses genoux, enveloppée dans la grande serviette dont elle mordillait le coin où était brodé le monogramme de Swan. Elie me regarda avec des yeux pleins de sympathie. Je compris tout de suite, avec consternation, qu'il avait tout entendu.

— Darl, dit-il simplement.

C'était la première fois qu'il prononçait mon prénom. J'étais tellement émue que j'arrivais à peine à respirer.

— Je vais au Stone Flower Garden, hoquetai-je avant de le planter là et de dévaler l'escalier de service.

Je traversai la terrasse derrière la maison en courant à perdre haleine, descendis les marches, passai à toute vitesse devant la fontaine, m'élançai sous les arbres et courus jusqu'au creux du vallon où je me jetai à plat ventre sur mon banc préféré. Là, la tête entre mes bras, je me laissai envahir par les pleurs.

Elie ne tarda pas à me rejoindre. Il avait toujours Bell dans les bras. Ils s'assirent sur le tapis de feuilles à côté de moi. Elie se pencha pour passer un bras autour de mes épaules.

— Tu as raison d'être venue ici, c'est un bon endroit... Ici, on n'a plus besoin de jouer la comédie. On peut être la personne qu'on est vraiment. On peut être celui ou celle qu'on a vraiment envie d'être. Non ?

Je redressai la tête. Une petite main collante vint alors se poser sur mon bras. Sous nos yeux étonnés, à Elie et à moi, Bell montra du doigt le short que je lui avais donné – rose, naturellement.

— Je suis rose maintenant, rose comme toi, murmura-t-elle tristement de sa petite voix sucrée.

— Seigneur, elle a parlé ! souffla Elie.

Bell était douée pour la compassion, un talent que venait de révéler cette réaction si inattendue devant mes flots de larmes. Je les séchai aussitôt et m'assis au bord du banc. Mais Elie ne relâcha pas l'étreinte tendre et chaude de son bras autour de mon épaule.

— Dorénavant, déclara-t-il, nous serons ce que nous sommes vraiment, quoi qu'il arrive.

Par la suite, nous devions souvent nous retrouver dans ce curieux jardin secret, pour rêver d'un monde où tout serait vrai et où nous n'aurions plus rien à craindre.

4

Trois années s'écoulèrent. Elie demeura solitaire, tenant le compte des jours où les siens vivaient à l'abri du besoin comme un avare compte ses sous. Mais dans le Stone Flower Garden, leur jardin secret, il racontait ses rêves à Darl. Jamais il n'exprimait le dégoût que lui inspirait son travail de bureau à la marbrerie ; cette aversion était implicite dans leurs conversations. Comme le fait de savoir Darl seule au monde, sauf quand elle se trouvait avec lui. Alors, tout l'univers se mettait à graviter autour d'eux.

Bon sang, mais c'est Léon Forrest en personne ! S'il pouvait nous foudroyer du regard, nous serions tous morts ! songea Elie en voyant le grand garçon entrer dans la marbrerie pour remplir ses papiers d'embauche. Elie le surveillait du coin de l'œil depuis sa table de travail dans le coin de la pièce où Mr Alberts l'avait consigné à additionner les fiches de paye. Léon se tenait sur le seuil, les épaules voûtées dans son vieux manteau militaire comme s'il portait déjà un bloc de marbre sur le dos. Il semblait d'une humeur aussi noire que la couleur de sa peau. Âgé de quatorze ans, il dominait d'une bonne tête Elie qui atteignait pourtant déjà son mètre quatre-vingts. Les affaires de ses parents à la ferme étant peu reluisantes, Léon avait dû arrêter le lycée pour chercher du travail. Son regard tomba aussitôt sur Elie.

— Tu veux mon portrait ou quoi ? lui jeta-t-il, les yeux étincelants.

Elie ne se détourna pas.

— Je me disais seulement qu'on était tous les deux dans le même bateau. Moi aussi je suis obligé de bosser ici.

— Ha ! Mais toi ce que tu fais, c'est pas du travail.

— C'est mieux que de suer dans le froid, il faut travailler du chapeau, dit Elie en tapotant du bout de son crayon l'épais volume cartonné posé devant lui.

— Tu penses que je suis pas assez malin pour faire ce que tu fais ?

— Je n'en sais rien. Je t'apprendrais à tenir ces livres à ma place s'ils le voulaient bien. Je hais ce boulot.

— Ça serait pas de refus : j'ai pas l'intention de tailler le marbre toute ma vie.

— Pourtant c'est ce qui va t'arriver si tu n'apprends pas autre chose.

Léon fulminait. Mr Alberts l'aperçut de la vitre de son bureau. Il se leva pour venir l'avertir :

— Ne traîne donc pas par ici, mon garçon. Ton père va venir remplir les papiers pour toi...

Puis, pointant l'index vers la carrière à travers les carreaux, il ajouta :

— Va trouver le grand en manteau bleu, il va te guider.

— Bien, m'sieur, marmonna Léon.

Mr Alberts considéra avec une répugnance manifeste la salopette du jeune homme et ses gros souliers de paysan.

— Et ne rentre plus jamais ici. Tu salis la moquette !

Sur ces paroles, il lui tourna le dos et retourna s'enfermer dans la cabine vitrée qui lui tenait lieu de bureau.

Elie lança un regard de sympathie à Léon Forrest, dont il ne comprenait que trop bien le sentiment d'humiliation.

— Le grand dans le manteau bleu, c'est mon père, lui dit-il. Fais ce qu'il dit. Il te traitera bien. Ça ira, tu verras.

Mais la gentillesse n'allait pas amadouer Léon. Il articula entre ses dents avant de sortir en claquant la porte :

— Un jour, personne ici ne pourra me dire ce que je dois faire et où je dois mettre les pieds !

À 18 heures, Mr Alberts ferma le bureau. Au temps froid de l'après-midi avait succédé une nuit de glace. Elie enroula autour de son cou une écharpe en grosse laine et s'en fut attendre son père dans le parking. Il ne restait plus que quelques pick-up stationnés sur le terre-plein couvert de graviers formant une sorte d'arène naturelle au milieu des grands sapins qui descendaient en gradins du haut des collines alentour. Elie grelottait dans sa veste en toile matelassée. Tout d'un coup, dans la pénombre, il aperçut trois jeunes à la lisière de la forêt qui rouaient Léon de coups de poing, de pied, de tête. Elie n'avait jamais vu ces voyous. Léon se battait comme une panthère. Bientôt lui et ses assaillants se laissèrent glisser le long de la pente. Dans la bagarre, ils se cognaient contre les carrosseries comme des balles de flipper.

Je devrais aller chercher Papa. Ce fut la première pensée d'Elie. Mais voilà, le temps lui manquait. Aussi se baissa-t-il pour se cacher derrière les camions et se rapprocher à pas feutrés de Léon et de ses assaillants. Il entendait à présent distinctement les grognements et les insultes. Léon était en train de se prendre la raclée du siècle ! À un moment, Elie aperçut l'éclat d'une lame : un des voyous avait sorti un couteau. Alors, comme mû par un ressort, à l'instant même où le garçon levait son arme, Elie se redressa de toute sa haute taille et poussa un hurlement d'outre-tombe. Il y eut un sursaut général. L'extrémité de la lame ouvrit la joue de Léon. Le sang gicla et ruissela dans l'encolure de son vieux manteau militaire.

Soufflant une vapeur blanche comme la cheminée d'une locomotive, Elie se jeta dans la mêlée, tous poings dehors. La vue d'un jeune escogriffe blanc vociférant comme un dément en faisant les moulinets avec ses long bras maigres dut réveiller chez ces voyous la peur du gendarme de Burnt Stand et du Blanc en général. Car tous trois prirent aussitôt la fuite sans demander leur reste.

— Va te faire foutre, espèce d'enculé ! éructa pour la forme le garçon au couteau en faisant mine de planter sa lame dans le cœur d'Elie avant de s'élancer derrière ses deux compères.

Ils s'enfournèrent dans une voiture basse gris métallisé, qui démarra dans un crissement de pneus et un nuage de poussière.

Elie resta un instant interdit, les jambes écartées,

puis il abaissa son regard sur lui-même, constatant avec horreur que sa veste vomissait son rembourrage de coton par une entaille d'au moins quarante centimètres au niveau du ventre. Les mains tremblantes, il ouvrit son vêtement ; mais ses boyaux étaient toujours en place : il n'avait pas une égratignure. En entendant Léon pousser un gémissement, Elie se précipita auprès de lui, réprimant une grimace devant son visage en sang. Sa joue avait été ouverte de part en part : un sillon de viande crue sur le noir de sa peau.

— Il va te falloir plusieurs points de suture, je crois, dit-il.

— T'es dingue ? Tu crois que mes parents ont le fric pour le toubib ?... Toi aussi t'es blessé ? s'exclama Léon en contemplant la veste tailladée d'Elie.

— Non, je suis trop maigre et ma veste trop grande.

— T'es dingue, je te dis. Te mêle pas de mes emmerdes.

— Qu'est-ce qu'ils avaient contre toi ?

— Oh, ces enfoirés, ils sont de Ludawisse Gap. Y'en a un qu'a mal parlé de ma sœur Prig. Elle a une épicerie là-bas. Ils arrêtent pas de chaparder dans ses rayons. Je suis allé leur donner une petite leçon avec des potes. Ils font que me rendre la politesse.

Ainsi Léon avait une sœur à protéger, lui aussi. C'était un langage qu'Elie comprenait. Il allait raconter à Darl les hauts faits de Léon. Darl n'allait pas en revenir.

— T'as bien fait, dit-il à Léon. Mais on n'arrive à rien avec ses poings. J'ai mis une croix là-dessus.

— Vraiment ? Alors tu crois que t'es guéri de la

bagarre ? Tu les as boxés comme un con, mon vieux, tu te prends pour qui ? Joe Frazier ou quoi ? hoqueta Léon avec une moue de douleur en donnant une tape amicale dans le dos d'Elie.

Ils se levèrent. Elie arracha une poignée de coton de sa veste pour la donner à Léon :

— Tiens, pour ta joue... Jusqu'à ce que tu rentres chez toi.

Son père surgit à cet instant à l'autre bout du parking. Il s'arrêta pour chercher son fils des yeux dans l'obscurité.

— Viens, on va te déposer chez toi, dit Elie à Léon tout en songeant qu'il n'accepterait sans doute pas l'aide de Blancs.

Il ne s'était pas trompé. Le garçon secoua la tête. Pressant le coton contre sa joue blessée, il mit le cap sur la forêt. Au dernier moment, il se retourna pour lancer :

— Un jour, je te revaudrai ça !

Elie conta toute l'histoire à Darl, qui s'empressa de la chuchoter à l'oreille de Matilda. Cette dernière veilla à ce que Léon Forrest se fît recoudre la joue par un médecin. Désormais d'ailleurs, elle devait prendre le jeune homme sous son aile. Elle qui ne s'était jamais mêlée aux familles noires de la périphérie de Burnt Stand semblait, en aidant Léon, vouloir se racheter auprès d'eux. Leur dire qu'elle leur demandait pardon, pensait Elie, persuadé que Darl et lui avaient réveillé en elle, par leur influence magique, une volonté de rédemption.

Le jour de mon dixième anniversaire – qui tombait cette année-là un dimanche –, je déjeunai en face de Swan dans la grande salle à manger de Marble Hall. Les plats de porcelaine embaumaient le poulet rôti, les pains au maïs, la salade de haricots. Prendre mon repas en tête à tête avec ma grand-mère, c'était mon plus beau cadeau. Pour une fois que je l'avais pour moi toute seule ! Le matin, comme chaque dimanche, nous avions assisté à l'office de l'église méthodiste de Burnt Stand, tout en marbre, avec sa plaque avertissant l'Éternel qu'elle avait été édifiée par ma bisaïeule, Esta Hardigree.

La porte battante s'ouvrit pour laisser le passage à Annie Gwen, portant au bout des bras un lourd plateau d'argent avec un objet volumineux dissimulé sous une serviette blanche. En souriant devant ma mine interloquée, elle posa son fardeau sur le grand buffet en chêne sculpté, passa la main sous l'étoffe et déroula un câble électrique marron terminé par une fiche. Pendant qu'elle branchait le mystérieux appareil, je gardai ma fourchette en suspens au-dessus de ma salade préférée.

Après avoir consulté Swan du regard, Annie Gwen tourna vers moi son gentil visage :

— Bon anniversaire, Miss Darl !

Là-dessus, elle retourna à la cuisine. Je considérai tour à tour l'objet et ma grand-mère. Cette dernière se leva, toujours d'une extrême élégance dans son tailleur d'ambre chaud. Quant à moi, j'étais revêtue de mon habituelle cuirasse rose.

— Tu as dix ans, ce n'est pas n'importe quel âge, déclara Swan en sortant une bouteille de champagne ruisselante d'un seau à glace en argent posé sur le buffet.

Elle remplit à moitié deux coupes en cristal puis versa sur le liquide pétillant un filet de jus d'orange pressé.

— Ton premier cocktail mimosa. Viens !

Je m'approchai à pas lents, précautionneux, du gros meuble sculpté, l'œil fixé sur les plis de la serviette blanche. Mon cadeau. À moins que Swan ne voulût me mettre à l'épreuve – elle était si imprévisible. Elle me tendit une coupe. Je la levai à sa santé, imitant les adultes dans les réceptions. Elle fit cliqueter son cristal contre le mien. J'attendis un « bon anniversaire » ; rien ne vint ; elle continuait de se taire. Avec un soupir, je portai la coupe à mes lèvres. C'était donc ça, la saveur de mes dix ans, de cette décennie qui me posait à mi-chemin entre l'enfance et l'âge adulte. Une saveur sucrée, piquante, qui pénétra en moi comme une douce langue de feu.

Je bus d'une traite. J'avais très envie de grandir. Qu'elle soit fière de moi.

— Ne refais jamais cela, dit-elle.

Je battis des paupières ; la tête me tournait un peu. Ses yeux lançaient des éclairs.

— N'avale jamais une boisson alcoolique d'un seul coup comme un ivrogne qui vide sa chope au zinc. Déguste à toutes petites gorgées. Prends soin de laisser toujours quelque chose au fond. Tu n'es pas un glouton. Surtout quand il s'agit d'alcool. Et ne bois jamais plus de deux verres – et pas une goutte quand tu es seule avec un membre du sexe opposé.

— Oui, Grand-mère.

Elle prit ma coupe et la posa avec la sienne, à moitié pleine encore, sur le marbre du buffet.

— Maintenant, j'ai un cadeau pour toi.

Mes yeux se posèrent d'eux-mêmes sur la serviette.

— Ça va faire mal ?

— Quoi ?

— Rien. Rien. Pardon, Grand-mère.

Elle souleva un coin de l'étoffe en fil, découvrant une superbe boîte à bijoux en or. Elle me la tendit. En l'ouvrant, j'émis un miaulement de plaisir devant le pendentif et sa chaîne en or : une larme de marbre rose incrustée d'un diamant étincelant.

— Il est exactement comme le tien !

— C'est vrai, dit-elle en soulevant le collier de son écrin et en reposant la boîte sur le buffet.

Swan dégagea son propre pendentif de dessous le col soyeux de sa veste.

— Ma mère me l'a donné pour mes dix ans. Si tu regardes son portrait, tu verras qu'elle porte le même...

Elle marqua une pause et, abaissant la commissure des lèvres de manière imperceptible, ajouta :

— Ma sœur Clara en a reçu un aussi. Et...

Deuxième temps d'arrêt. Puis, d'une voix adoucie :

— ... J'en avais donné un à ta mère au même âge. Nous en avons toutes. Toutes les Hardigree.

Je ne sais où je trouvai soudain la force d'interroger :

— Tu aimais ma mère. Et moi, tu m'aimes ?

Peut-être était-ce l'effet du champagne ? Toujours est-il qu'elle se figea si bien qu'on aurait cru voir le visage d'une statue.

— Tu es ma petite-fille, prononça-t-elle d'un ton égal et glacial, et ma seule héritière. Tu comptes beaucoup pour moi.

Toute ma joie, mon excitation, ma fierté, tout avait été soufflé d'un seul coup, comme la flamme d'une bougie. Elle refusait jusqu'à exprimer son affection pour moi. Qu'est-ce que j'avais fait pour mériter pareil traitement ? D'un geste gracieux, elle m'attacha le pendentif autour du cou. Puis elle ôta la serviette de dessus le mystérieux objet.

Je contemplai, sidérée, l'espèce de pistolet géant au canon en forme d'aiguille. Saisie de vertige, je fermai les paupières et les serrai très fort en retenant mon souffle.

— C'est un fer à souder, dit Swan.

Je rouvris les yeux tandis qu'elle passait les doigts sous la chaîne. Elle plia la serviette en quatre et la glissa à la place de ses doigts.

— Je vais sceller la fermeture.

— Pourquoi ?

Elle se posta devant moi pour plonger ses prunelles de saphir jusqu'au fond de mon âme.

— Parce que ainsi le veut la tradition. Et tu ne dois pas faire exception. Le mien est scellé, celui de ta mère l'était aussi. Celui de Clara, de même. Comme celui de ton arrière-grand-mère.

— Je ne vais jamais l'enlever ?

— Non.

Je me tins immobile, suspendant jusqu'au mouvement de ma respiration. Le fil du fer à souder grésilla sur ma nuque. Une odeur de brûlé me souleva le cœur. *Elle ne m'aime pas, c'est pour ça qu'elle me met une chaîne autour du cou. Comme à un chien. Je porte un collier...*

— Là, c'est fait, dit Swan en s'écartant d'un pas.

— Merci, Grand-mère, parvins-je tant bien que mal à articuler.

Dès que possible, je quittai la salle à manger, sortis en courant, descendis quatre à quatre l'escalier de la terrasse, passai à toute allure devant la fontaine-pagode pour me réfugier dans la forêt, où je vomis tout mon déjeuner.

— Non, pas celui-là, dit Elie à sa petite sœur en lui prenant son ballon des mains juste avant qu'elle ne l'attache à la branche la plus basse d'un jeune sassafras.

Cet arbre avait surgi un an plus tôt sur l'escarpement en surplomb du Stone Flower Garden. Car quoique Darl et lui, avec l'aide de Bell, aient bêché, pioché et ratissé la terre du vallon, ils avaient décidé d'épargner les pousses de sassafras dont ils aimaient les drôles de feuilles en forme de moufle.

Bell fit la grimace en voyant son frère s'emparer de son ballon par la ficelle.

— Qu'est-ce qu'il a ?

— Il est rose. On veut pas de rose.

La fillette arrondit la bouche, l'air horrifié :

— C'est vrai ! Darl détesterait ça !

Elie dégonfla le ballon et le fourra dans la poche de son blue-jean. Il consulta sa montre – cadeau de ses parents pour ses treize ans.

— Bon, il est temps. Je vais aller l'attendre de l'autre côté de la colline. Tiens-toi prête !

Bell sourit. À sept ans, elle était encore silencieuse et réservée, mais avait perdu son côté petit animal craintif qui tremblait sous le regard des étrangers. Vêtue d'un bermuda en jean et d'un teeshirt, elle bondit se cacher derrière le vase de fleurs pétrifiées. Elie approuva d'un signe de tête en remontant ses lunettes sur son nez.

Ses parents lui avaient acheté de nouvelles lunettes, cerclées de fer, dont les verres couvraient un énorme champ visuel : des « lunettes d'aviateur ». Elie avait en outre perdu sa mèche qui lui tombait sur les yeux. Car toutes les six semaines, en compagnie de son père, il se rendait chez le coiffeur à Burnt Stand où leurs épaisses boucles noires se répandaient en pluie sur le marbre rose.

Tout allait de mieux en mieux. D'après la rumeur, son père allait bientôt être promu contremaître. Sa mère avait économisé sur l'argent qu'on lui versait à Marble Hall pour son travail de domestique. Elle avait eu de quoi acheter une salle à manger en chêne dans un magasin d'Asheville. Son père avait ajouté vingt dollars pour l'achat de deux lampes au marché aux puces.

« C'est ainsi que va le monde », se dit Elie en s'asseyant sur un tronc d'arbre poli par les intempéries pour attendre Darl, « il faut donner beaucoup pour recevoir un tout petit peu. » Le Bon Dieu et Swan Hardigree Samples s'étaient montrés généreux avec les siens. Jamais il ne risquerait de gâcher leur chance au bonheur. Soudain, un bruit de feuilles froissées le fit se lever d'un bond. Il se sentait tout de suite plus léger quand Darl apparaissait en haut de la colline. Elle lui fit un grand signe des bras.

Elle ne portait jamais de rose pour ses escapades en forêt. Ses cheveux mi-longs cascadaient comme des vaguelettes d'écume brune sur ses épaules bleues. En trois ans, elle avait énormément poussé. Elle allait être grande, sûrement, et mince comme sa grand-mère. Sa peau laiteuse était douce comme la soie ; ses yeux bleus, semblables à de minuscules lacs tropicaux. La présence de Darl suscitait chez Elie une émotion qu'il ne parvenait pas encore à déchiffrer. Chaque jour elle lui paraissait plus jolie, plus tendre. Il l'aimait de tout son cœur, mais devait s'interdire de la dévorer des yeux. Ce n'était encore qu'une enfant : elle n'avait même pas encore de poitrine.

Car Elie, lui, n'était plus tout à fait un enfant. Certes, il était encore capable de passer des heures délicieuses dans le jardin immobile à lire à Darl et à Bell les passages les plus poignants de ses romans préférés, à écouter Darl lui réciter ses poèmes favoris, à bavarder de tout et de rien, à danser sur les mélodies qu'égrenait le transistor de son amie. Mais à présent, il rêvait aussi aux seins des filles de troisième et des mannequins des pages lingerie du catalogue de chez Sears. Il se surprenait même à fantasmer sur la forme des poires dans les linéaires du supermarché de Burnt Stand, ce qui ne manquait pas à chaque fois de le faire rougir jusqu'aux oreilles.

La voilà qui descendait vers lui, son amie la plus chère, sa plus fidèle supportrice, son solitaire amour : Darl Union. Comme elle avait l'air triste aujourd'hui... À vrai dire, son visage avait souvent cette expression mélancolique, jusqu'à ce qu'il lui parle. Il aimait voir sa présence jeter une étincelle de joie dans son regard.

— Stop ! dit-il en s'élançant vers elle et en sortant un bandana bleu de sa poche de jean. Je vais te bander les yeux. Bell et moi, on a une surprise pour toi.

— Si je tombe d'une falaise, ce sera une belle surprise, oui.

— Chut ! Je vais te guider...

Tout en nouant le foulard autour de sa tête, il huma l'odeur de foin coupé de ses cheveux. Alors qu'il s'apprêtait à faire glisser l'étoffe sur ses yeux, elle leva vers lui un regard si confiant qu'il se sentit fondre. Une fois le masque en place, il la prit par le bras.

— Marche à côté de moi.

— Ça, c'est facile.

Il la guida jusqu'en haut de la colline. Et quand ils furent au sommet, en surplomb du jardin immobile, il lui ôta son bandeau.

— Joyeux anniversaire !

Prenant son visage en coupe entre ses mains, elle éclata d'un rire joyeux. Des ballons multicolores s'élançaient de tous les coins du vallon encaissé ; du vase de fleurs pétrifiées, des bancs, des jeunes sassafras, des rhododendrons. Les sphères légères vacillaient, dansaient dans le vent tiède de ce début d'automne.

— Joyeux anniversaire, Darl ! murmura Bell de sa petite voix flûtée.

La fillette jaillit de derrière la masse monumentale du vase avec, en équilibre sur la paume de sa menotte, un minuscule gâteau nappé d'un glaçage blanc. Dix bougies allumées s'y pressaient.

— Oh, c'est adorable ! s'écria Darl en prenant Elie par la main pour dévaler le reste de la pente en courant.

Rouge comme un coquelicot, la fillette baissa une tête timide :

— C'est moi qui l'ai fait, chuchota-t-elle en se cachant derrière ses longs cheveux châtains.

— Vraiment ? C'est encore mieux. Il est tellement joli.

Elie serra sa main dans la sienne.

— Fais un vœu, et souffle !

Darl redressa la tête et contempla d'un air mélancolique le drôle de petit gâteau blanc surmonté de sa fragile couronne de lumière.

— Je voudrais que toi et Bell, vous fassiez partie de ma famille...

Bell la regarda avec un grand sourire. Elie sentit des picotements de plaisir lui courir sur tout le corps en même temps qu'une sourde angoisse lui étreignait le cœur.

— Tu n'es pas censée le faire tout haut ! s'écria-t-il.

Sa sœur laissa échapper un petit cri. Elle hocha la tête avec une vigueur qui étonna Darl. Bell croyait dur comme fer au monde de la magie.

— Maintenant, ça ne va pas se réaliser ! gémit-elle.

— Il se réalisera. Compte sur moi, répondit Darl, ses yeux bleus soudain aussi durs que le saphir.

Elle souffla les bougies de tout son cœur puis se tourna vers Elie qui était en train de sortir de la poche de son jean un tout petit paquet. Le cadeau était emballé avec soin dans des mouchoirs en papier. Elle les effeuilla avec délicatesse, comme s'il s'agissait de papier de soie. À l'intérieur se nichait un minuscule morceau de marbre, taillé et poli en forme de galet, un galet à l'ovale parfait.

— C'est moi qui l'ai sculpté, pour toi.

Le chiffre 8 avait été gravé à l'horizontale au milieu de la pierre.

— C'est le symbole de l'infini. Ça veut dire : pour l'éternité...

Elle se hissa sur la pointe des pieds, et avant qu'il ait eu le temps de se rendre compte de ce qui se passait, elle agrippa son col de chemise, l'attira vers elle et déposa un baiser léger sur sa bouche. Ils avaient tous deux les joues en feu. Elle croisa son regard et se détourna avec une mine gênée qui ne lui ressemblait guère.

— Pour *l'éternité*, murmura-t-elle.

L'incident fut suivi d'un silence qui sembla en effet se prolonger pendant une éternité. Bell, Elie et Darl s'assirent en rond par terre à côté d'un banc. Ils repoussèrent en riant les ballons qui venaient se frotter à eux quand le vent les inclinait dans leur direction. Ils plongèrent leurs doigts dans le glaçage du gâteau. Elie et Darl n'osaient plus se regarder, ni regarder Bell, qui les enveloppait de son grand sourire.

Elie savoura chaque seconde de ce moment. Il crut que son cœur allait se briser. Rien ne serait jamais aussi doux que Darl. *Pour l'éternité*.

C'était un chaud après-midi ensoleillé de la mi-octobre. Je me rappelle les silhouettes dorées des chênes de l'allée de Marble Hall, le silence de la terre, les bruits comme étouffés à l'intérieur de la maison. Je me préparais moi aussi à plonger dans l'atmosphère ouatée de l'hiver.

J'étais assise au bord d'un bow-window de la bibliothèque, lovée sur les coussins, me réchauffant dans une flaque de soleil tout en dévorant le beau roman de Richard Adams intitulé *Les Garennes de Watership Down*, où les lapins ressemblent étrangement à des hommes. Quelque part dans la grande demeure, Swan parlait au téléphone à son traiteur et à son décorateur, afin de préparer les réceptions de fin d'année à Burnt Stand et à Asheville. Matilda s'était absentée pour le week-end et Karen faisait la sieste dans ma chambre. Annie Gwen, qui s'occupait désormais toute seule de la cuisine et du ménage, époussetait le grand salon.

Une heure plus tard, je comptais enfiler mon manteau pour aller retrouver Elie, Karen et Bell dans le jardin immobile. J'avais supporté avec bravoure des leçons de danse dans une école d'Asheville, et j'essayais d'apprendre la valse à Elie. Mais c'était un élève réfractaire. En général, il refusait même de se lever et nous laissait, Bell, Karen et moi, tournoyer en sautillant tandis qu'il restait à paresser au soleil et à sourire de notre bêtise.

L'horloge de la cheminée égrenait son tic-tac. Je tournai une page. Un bourdonnement incongru me fit dresser l'oreille. De toutes mes forces, je le repoussai à la périphérie de ma conscience, comme on préfère ignorer le « bzz » du moustique. Mais le bruit grandissant, je levai la tête. Une voiture remontait l'allée. Rien d'étrange jusque-là. Swan avait dû inviter l'une de ses amies à prendre le thé. Et aucune n'était assez folle pour refuser. Je sautai sur mes pieds pour courir dans l'entrée.

— Je vais ouvrir ! m'écriai-je à l'adresse d'Annie Gwen.

Je traversai le hall dont on avait allumé les lustres et jetai un coup d'œil par une des élégantes fenêtres cintrées qui flanquaient la porte d'entrée sculptée. Une voiture de sport rouge vif ronronnait dans l'allée de chênes que l'automne avait éclaboussés de toutes les couleurs de sa palette de feu. Une Pontiac Trans Am... Comme dans les feuilletons à la télévision, me dis-je. Curieux... Swan ne connaissait aucune dame roulant dans une aussi belle voiture de sport. Elle avait beau être décapotée, je ne parvenais pas à distinguer le visage de la conductrice. J'ouvris un des lourds battants et sortis sous le portique au fronton triangulaire devant lequel deux cèdres montaient la garde dans des caisses de marbre rose. J'attendis en plissant les yeux au soleil.

Une femme. Cheveux noirs. Lunettes noires. La décapotable entra dans la cour comme un jeune taureau dans l'arène : elle faillit renverser deux cèdres et frôla les buissons taillés. Dans un crissement de freins, elle pila devant les marches du perron. Je n'avais jamais vu un spectacle pareil, sauf peut-être au cinéma. J'étais sans voix, médusée. Elle ouvrit sa portière d'un seul mouvement. Les talons aiguilles de ses boots rouges claquèrent sur les dalles roses de la cour. Ses longues jambes étaient gainées dans l'étoffe brillante d'un pantalon en soie. Elle ramena ses épaules en arrière, faisant voler autour d'elle les franges de sa veste en daim. Ses seins écartaient les boutons d'un chemisier blanc si transparent que je voyais son soutien-gorge à balcon. Des lèvres Rouge Baiser. Une chevelure ruisselante de boucles rebelles.

Une femme sauvage, me dis-je. *Chez nous !*

Elle me regarda droit dans les yeux. Un petit sourire en coin tordit sa bouche, couvrant sa joue de petites rides. Je remarquai qu'elle avait un cou de vieille dame, un « cou de tortue », comme j'aimais les appeler. Cette femme sauvage n'était pas aussi jeune qu'elle voulait le faire croire.

— Eh bien, toi, si tu n'es pas une copie conforme de ta grand-maman ! s'exclama-t-elle d'un ton si cinglant que je fis un pas en arrière.

Redressant le menton, je rétorquai :

— Seuls les rien-du-tout me parlent aussi mal.

Elle se contenta de rire.

— Ciel ! On croirait entendre Swan !

Derrière moi, la double porte s'ouvrit en grand. Je me retournai vivement. Swan se tenait dans l'encadrement, très grande, très élégante, aussi distinguée que notre visiteuse me paraissait vulgaire. Ma grand-mère portait une tenue de week-end – un pantalon, un cachemire à col rond gris clair et un rang de perles.

Ni l'une ni l'autre ne prononcèrent un mot. Les yeux de Swan, comme deux saphirs pâles, fixaient la nouvelle venue qui restait là, figée, comme pétrifiée. Je sentis mon pouls s'accélérer. J'étouffais. Pour le coup, j'avais l'impression d'être dans un western, au moment où les deux cow-boys s'affrontent dans un duel final au milieu de Main Street, la main sur le colt...

— Tire, dis-je sans réfléchir.

L'inconnue ôta ses lunettes noires. Des yeux couleur saphir. Les yeux de ma grand-mère ! Mais avec une lueur de méchanceté que ceux de Swan n'avaient jamais.

— Bonjour, Swan, tu es toujours ma sœur, tu sais, susurra-t-elle d'une voix persifleuse.

— Bonjour, Clara.

— Et ensuite elle a sorti quatre ou cinq énormes valises du coffre de la décapotable et les a traînées à l'intérieur de la maison...

Je parlais si vite que les mots se bousculaient dans ma bouche. Impossible de dérouler le fil de mon récit de façon chronologique. Les événements se chevauchaient, s'intervertissaient dans le temps. Je me répétais, comme si je m'efforçais de me persuader moi-même de la véracité des faits.

— ... Alors... alors... ma grand-tante a monté toutes ses valises en haut et s'est installée dans la plus grande chambre d'amis. Et elle a claqué la porte. Claqué la porte ! Grand-mère est allée s'enfermer dans la bibliothèque. Et elle a aussi claqué sa porte ! Et moi, je suis restée plantée là avec les yeux qui me sortaient de la tête. Ha ! Je voulais connaître la suite...

Elie, Karen et Bell étaient assis devant moi dans le jardin immobile. Le visage maigre d'Elie était pensif et vaguement soucieux. Celui de Bell stupéfait et émerveillé. Quant à Karen, elle poussait des « oh ! » et des « ah ! ». Finalement, Elie déclara d'un ton philosophe :

— Bon, mais tout ça n'a rien à voir avec toi, et c'est ce qui compte pour moi.

Je me penchai vers lui :

— Tu n'as jamais entendu ta mère parler de ma grand-mère et de Clara ? Je veux dire, je suis sûre que Matilda sait certaines choses sur nous qu'elle tait, mais elle fait peut-être des confidences à ta mère...

— Ma mère est une petite souris comme moi, dit Bell. Elle dit jamais rien...

— Il faut pourtant que je comprenne. Grand-mère et Clara se détestent ; ça au moins, c'est clair ; sauf que personne ne veut me dire pourquoi. Il doit bien y avoir une raison pourtant, une raison précise.

Elie remonta la barre de ses lunettes d'aviateur sur son front, un geste machinal – presque un tic – qu'il esquissait lorsqu'il cherchait la solution à un problème, ou tout simplement quand il était ému.

— Il suffit que tu évites de te mettre entre elles deux. Si elles se mettent à se flanquer des gifles ou à tirer des coups de fusil ou des missiles de croisière ou je ne sais quoi, tu n'as qu'à hurler. J'arriverai au galop...

Je me sentis fondre.

— Bien. Je me cacherai derrière la pagode et je

crierai : « Canard ! » quand les bombes commenceront à tomber. Parce que je risquerais de me faire *canarder*.

C'était un peu tiré par les cheveux, mais sur le moment, cela me parut très drôle. Comme d'ailleurs à Karen qui enchaîna en pouffant dans sa main :

— Pas canard... Cygne !... pour Swan, corrigea Karen en gloussant.

Et nous voilà tous pliés en deux de rire – quand nous étions ensemble, nous avions le fou rire facile, même quand rien ne tournait rond. Je riais encore quand j'entendis un bruit prolongé dans le lointain, puis de nouveau... Je reconnus la cloche de Marble Hall. Ma grand-mère ou Matilda s'en servaient de temps en temps pour nous faire rentrer, Karen et moi, de nos escapades en forêt.

— Il faut qu'on y aille, dis-je en bondissant sur mes pieds en même temps que Karen.

Elie et Bell se levèrent pour nous dire au revoir. En agitant la main en guise d'adieu, la petite Bell s'écria :

— Attention aux canards et à Clara !

Je l'embrassai sur la joue en disant :

— Clara ne me fait pas peur. Elle est tellement vulgaire qu'on la voir venir à un kilomètre. Elle ne peut pas me prendre au dépourvu.

Elie m'enveloppa de ce regard tendre et protecteur qui me donnait à chaque fois de délicieux frissons. Ses yeux devenaient alors d'un noir liquide.

— Tu me promets de crier à l'aide si tu as besoin de moi.

J'avais envie de l'embrasser lui aussi. Mais je me contentai d'acquiescer :

— Promis, juré.

Mon estomac se noua dès que je montai avec Karen l'escalier de la terrasse. Matilda nous attendait, debout sur le muret. Autour de son visage inquiet, ses cheveux courts semblables à un casque gris n'offraient pas de prise au vent d'automne, qui faisait tressaillir les feuilles cuivrées du massif de boules-de-neige à côté d'elle. Là, parfaitement immobile au bout de la rangée des cygnes de marbre blanc, on aurait dit une statue de pierre brune dans sa robe de laine marron foncé.

— Darl, va donc prendre tes affaires pour le week-end, ordonna-t-elle d'un ton sec. Ta grand-mère veut que tu viennes dormir chez nous pendant quelques jours.

— Génial ! s'écria mon amie à mes côtés.

— Grand-mère et Clara vont se bagarrer ? questionnai-je.

Le front de Matilda se plissa un instant de minuscules rides comme des vaguelettes courant à la surface de l'eau.

— Clara est venue réclamer de l'argent. Quand elle aura obtenu ce qu'elle veut, elle s'en ira. Tout dépend de ce que ta grand-mère veut bien lui donner, et de la persévérance de Clara.

J'étais sidérée. En général, Matilda refusait d'offrir la moindre explication aux événements familiaux. Prenant Karen par la main, je me précipitai dans la maison pour mettre mes petites affaires dans un sac. Tous mes sens en éveil, je dressai l'oreille pour écouter les bruits de la maison. Je n'entendis qu'un silence tendu, débordant de l'hostilité mutuelle des deux sœurs, réfugiées chacune dans sa tanière : elles se préparaient à faire exploser le monde de mon enfance.

— Je suis contente d'être ici avec toi, murmurai-je à Karen. J'ai dit à Elie que je dormais chez toi.

Nous étions pelotonnées sous un immense duvet dans le grand lit à baldaquin de Karen, dans sa chambre jaune aux meubles vanille. Une chambre jaune, pas rose ! Et Karen avait la photographie de son père en uniforme de marine posée sur sa coiffeuse, dans un cadre jaune... Jaune, pas rose. J'étais émerveillée.

Karen, couverte de la tête aux pieds par une longue chemise de nuit en satinette, se serra contre moi en frissonnant. Les jours d'automne avaient beau être chauds, la nuit, il faisait déjà un froid glacial.

— Si tu n'étais pas blanche, tu pourrais venir tout le temps dormir ici. Personne ne dirait rien.

— J'aimerais bien que tu viennes dormir à Marble Hall. Personne n'ose dire du mal des invités de Grand-mère.

Elle laissa échapper un petit rire pétillant d'ironie : elle avait conscience de ma naïveté.

— J'aimerais tant qu'on soit sœurs toutes les deux, dit-elle.

— Moi aussi...

Nos doigts s'enlacèrent.

— ... On ne serait pas comme Grand-mère et Clara. On serait gentilles l'une avec l'autre.

— Sauf que ça n'arrivera jamais... Je suis une négresse, Darl.

Le mot « négresse » resta comme en suspens

dans l'air au-dessus de nous, à croire qu'en le prononçant, Karen avait réveillé un esprit maléfique. Pourtant elle l'avait dit avec un naturel et une simplicité qui auraient dû lui ôter tout pouvoir de nuire. Mais c'était ainsi, même dans la forteresse de nos vies de recluses, nous n'échappions pas aux réalités. Je contemplai dans la pénombre le reflet doré des murs jaunes de la chambre, les motifs mystérieux de la dentelle des rideaux vanille, le miroitement de la photographie du père sur la coiffeuse.

— On s'en fiche de ce que les gens pensent.

— Tu ne sais pas comment on nous traite, Grand-mère et moi, quand nous nous déplaçons toutes seules sans vous.

— Ils n'oseraient pas ! Swan ne le permettrait pas !

— Non, pas ici à Burnt Stand. Mais c'est quand on va à Asheville. Dans les magasins, les dames nous regardent avec des yeux... Une fois j'en ai entendu une qui a dit, je te jure, mot pour mot : « Vous avez vu ces négresses déguisées ? » Et un autre jour, à une station-service, le pompiste a dit à Grand-mère : « Elle doit être fichtrement riche ta patronne, pour laisser sa négresse conduire sa belle bagnole... » Tu vois, c'est toujours comme ça, Darl. C'est pourquoi on ne va jamais très loin toutes seules, Grand-mère et moi.

— Je vous protégerai toujours. Toujours. Je te promets.

— Mais tu comprends pas, je ne veux pas que tu me protèges. Et de toute façon, tu peux pas. Le reste du monde, c'est pas comme Burnt Stand.

Mon cœur se serra. À quoi servaient le pouvoir

et la fortune s'ils n'étaient pas en mesure de protéger ceux que l'on aimait ? Saisie d'une rage incontrôlée, je m'agenouillai et me mis à frapper mon oreiller avec mes poings serrés.

— Merde ! Merde !

Le reste du monde était comme Clara.

5

Matilda partit faire des courses le lendemain après-midi, nous laissant seules dans la maison, Karen et moi. Karen ne tarda pas à s'endormir sur le canapé du salon au milieu de ses livres et de ses cahiers de classe tandis qu'un épisode de « Jours de notre vie » déroulait son dialogue insipide sur l'écran du téléviseur noir et blanc – seule concession de Matilda à la société du spectacle. J'enfilai un pull rose sur mon chemisier et ma jupe roses, et me glissai dehors sur la pointe de mes tennis roses. Je parcourus d'un pas alerte presque deux kilomètres de forêt à travers un dédale de chemins de terre qui desservaient les fermes environnantes.

Le soleil allongeait ses rayons d'or pâle sur l'allée plantée de chênes de Marble hall. J'avais noué mon pull rose autour de ma taille. Il n'était pas encore 17 heures. Swan devait être comme d'habitude à la carrière ou aux ateliers en ville. Je passai vite devant le portique pour me faufiler entre les bacs et les jardinières jusqu'à la porte de la cuisine, dont je détenais la clé. Mon plan consistait à débusquer Clara à l'intérieur de la maison pour voir si son aura maléfique était en train de fondre dans la chaleur tiède de cette superbe journée.

Je n'eus même pas à pousser jusqu'à la cuisine. En franchissant le portail de fer forgé du grand mur de marbre rose qui fermait le jardin, je la vis tout de suite. Allongée sur une chaise longue en osier blanc, elle prenait un bain de soleil.

Nue.

Je m'arrêtai tout net dans mon élan, comme une biche tombant nez à nez avec un chien sauvage, priant le Ciel que la totale immobilité de mon corps – rose des pieds à la tête – me rendît invisible contre la pierre rose du mur. C'était peut-être pour cette raison que Swan m'habillait toujours en rose : pour me camoufler, afin de me mettre hors de vue, donc hors de danger. Mais voilà, je m'étais pétrifiée trop tard. Clara me faisait face. Elle redressa un peu la tête. Un vilain sourire plissa ses lèvres. Je ne voyais pas ses yeux derrière les verres d'un noir opaque de ses lunettes de soleil octogonales cerclées de blanc – on aurait dit un insecte mutant dans un film d'horreur. Avait-elle l'intention de me manger tout cru ? Sa crinière de cheveux bouclés était maintenue en arrière par un foulard aux couleurs criardes. Elle croisait et décroisait aux chevilles ses longues jambes minces et hâlées.

Quarante-huit ans. Elle avait encore cette sveltesse musclée qui rendait les femmes Hardigree si gracieuses, et si redoutables dans leurs entreprises de séduction. Je n'avais encore jamais vu de femme nue. Mes yeux restaient fixés, comme hypnotisés, sur ses seins qu'elle avait haut et d'une rondeur si parfaite que je soupçonnai l'intervention de la chirurgie...

— Viens ici, Darl chérie, je ne mords pas, tu sais, roucoula-t-elle d'une voix presque affectueuse qui me stupéfia.

— Je venais juste faire un saut pour prendre quelques vêtements, bredouillai-je.

— Oui, bien sûr.

Elle se renfonça dans le matelas de plage moelleux recouvert d'une serviette en éponge bleue qui traînait à moitié sur le marbre rose du bord de la piscine. Sans doute pour se moquer de ma pruderie, elle rabattit le coin de la serviette sur ses jambes. En revanche, elle n'esquissa pas un geste pour couvrir ses seins.

— Alors, viens t'asseoir, on va bavarder un peu, toutes les deux, dit-elle en m'indiquant du menton la chaise longue à côté d'elle.

Comme je restais plantée là sans bouger, elle me houspilla en disant, les sourcils arqués au-dessus de la monture blanche de ses lunettes :

— T'as quand même pas peur de ta vieille grand-tante, ma petite ? Je ne peux pas croire que Swan ait élevé une poule mouillée.

Piquée au vif, je m'avançai vers elle d'une démarche que je voulais aussi digne que possible. Un effluve parfumé, mêlé à l'odeur âcre de l'herbe brûlée, me prit à la gorge. Je vis le cendrier posé, dissimulé sous sa chaise longue. Une drôle de petite cigarette roulée à la main y fumait. À côté, un beau verre à whisky en cristal de baccarat, vide. Je m'y connaissais un peu en alcool, mais c'était la première fois que je voyais un joint de marijuana ! Je m'assis au bord de la chaise longue, les genoux pressés très fort l'un contre l'autre, comme si le fumet exotique de l'herbe pouvait se glisser sous ma jupe et me pousser à enlever tous mes vêtements, moi aussi.

C'est alors que je le vis. Le pendentif. Le galet

de marbre incrusté du diamant suspendu à une chaîne en or autour du cou de Clara. Le même que le mien, le même que celui de Swan. Je retins un soupir de soulagement. Une personne honorant les traditions de la famille ne pouvait pas être foncièrement mauvaise, non ?

— J'en ai un pareil, dis-je en sortant mon pendentif de dessous le col rose de mon chemisier.

Elle émit un rire rauque :

— Ha ha, marquée au fer Hardigree comme les autres, hein ? Je devrais arracher le mien et le jeter dans les cabinets. Mais c'est tout ce qu'il me reste de ma mère. Swan m'a tout pris en me bannissant de Burnt Stand. J'avais seulement seize ans à l'époque, mais tu connais l'histoire...

Je me raidis, de nouveau plongée dans l'incertitude sur la question de la méchanceté supputée de ma grand-tante.

— Non, dis-je en me levant comme mue par un ressort. Il vaut mieux que je parte. Je dois prendre mes vêtements.

Comme si elle cherchait à me retenir, Clara agita vers moi une main aux ongles beaucoup trop longs, vernis en blanc moiré.

— Je râle parce que je m'ennuie. Je n'ai pas le droit de quitter la propriété... Swan m'a mise aux arrêts, conclut-elle en riant.

— Pourquoi ? Qu'est-ce que vous avez fait de mal ?

— Je suis née avec tous les défauts de la famille, Darl chérie. Si tu en crois Swan, en tout cas.

Je fourrai ma main dans ma poche et serrai le galet en marbre poli qu'Elie m'avait offert en guise de talisman pour mon anniversaire. Clara me faisait peur. J'avais besoin de sentir la protection de mon ami.

— Elle ne m'a jamais parlé de vous, affirmai-je.

— Bien sûr que non. Je vis sur la face cachée de la planète Hardigree. Là où on s'amuse...

Elle se pencha en avant. Ses seins se balancèrent devant mes yeux. J'en restai médusée. Clara grimaça un sourire :

— ... Je pourrais te raconter de sacrées histoires sur la famille... Mais je ne le ferai pas.

Je serrai le galet d'Elie dans mon poing, mais ma paume était tellement moite de nervosité que, sous la pression de ma main transformée en valvule huileuse, il jaillit comme une savonnette de ma poche, tomba sur le sol avec fracas puis se mit à rebondir à la façon d'un haricot mexicain, en direction de Clara, laquelle abaissa d'un geste nonchalant sa main griffue pour l'attraper.

— Tiens, tiens, je vois que tu as un petit porte-bonheur en marbre ? Que signifie le chiffre huit ?

— Rien, ma tante, répondis-je en tendant la main comme si je demandais l'aumône. Vous pouvez me le rendre, s'il vous plaît ?

— Non, dit-elle en refermant ses serres sur mon précieux porte-bonheur. D'abord, dis-moi ce que ça veut dire, ou je le jette dans la piscine.

— Le huit ne signifie rien. Rien du tout. Je vous assure. C'est pas un huit d'ailleurs. Il faut le regarder de côté. C'est un signe mathématique. Ça veut dire l'infini. Pour l'éternité.

— Mmm... Tu serais pas une petite bêcheuse, par hasard ?

— Vous pouvez me le rendre, maintenant ?

— Pas encore.

Clara ouvrit sa main, retourna le galet comme une crêpe et examina sa seconde face avec un bruit de gorge très étrange.

— Rrrah ! Un cœur ! Voilà qui est instructif. Et des initiales. D.U. Ça c'est toi : Darl Union. Et E. W... Ha ha... Darl a un petit ami. Qui est E.W. ?

— Un ami, c'est tout.

— Non, c'est ton petit ami. Et il est tailleur de pierre.

— Non. Non !

— Le fils d'un carrier, voilà qui c'est ! dit-elle en riant. Mais c'est parfait, tout ça !

Tenant ses seins entre ses paumes, elle se rallongea dans sa chaise longue et se mit à rire à gorge déployée – un rire vraiment vulgaire, qui me rappela celui des chauffeurs routiers dans les feuilletons télévisés. Naturellement, elle m'avait lancé mon galet que j'avais rattrapé au vol pour le fourrer de nouveau dans ma poche. Clara abaissa ses lunettes d'insecte jusqu'à la pointe de son nez et me regarda par-dessus ses verres d'un air de dégoût amusé.

— Tu ne comprends donc toujours pas ? Swan a beau t'avoir mise sous une cloche de verre, tu as hérité de la tare familiale. Nous sommes toutes maudites, vois-tu. Condamnées à aimer les hommes qui taillent la pierre de leurs mains... Et plus ils sont sales, plus on les aime. Laisse-le tomber, ma petite. Ou il te ruinera, ou te tuera, ou brisera ton cœur. Ou alors, c'est Swan qui s'en chargera.

Elle était tellement contente d'elle que j'en étais écœurée. Mon orgueil me rendait sourde à la voix du bon sens. Je me surpris à me dresser de toute ma petite hauteur et à débiter d'une seule traite, d'une voix furieuse :

— Mon petit ami est un vrai génie. C'est le garçon le plus intelligent de la ville. Jamais il ne me ferait de mal. Grand-mère l'a même engagé pour tenir les comptes à la carrière. Il ira un jour à la fac, bientôt... Il ne va pas tailler du marbre toute sa vie. Et en plus, il n'est pas sale !

— Oh, que si, et il finira d'une façon ou d'une autre par tailler le marbre. Il est beau ? continua Clara avec une expression sournoise. Beau et dur à la fois, c'est ça ? C'est comme ça qu'on les aime, nos hommes. Bruts de décoffrage. Pauvres et fiers, mais pas assez fiers pour se rebiffer devant nos désirs. Tu peux toujours le traiter comme un chiot, quand il sera grand, un jour ou l'autre, il te pissera dessus. Débarrasse-toi de lui. Ou bien Swan le fera pour toi.

À écouter ce discours chargé de haine et de mépris, je sentis grandir en moi une colère sourde qui faisait bourdonner mes oreilles. Je serrai les poings et avançai vers elle en scandant mes phrases :

— Vous avez de vilaines pensées et une vilaine bouche. Je vois maintenant pourquoi Grand-mère ne vous a jamais invitée. Eh bien, je vais vous dire une chose... Il n'y a pas plus gentil qu'Elie Wade...

— Elie quoi ? s'exclama-t-elle, bouche bée.

— Elie Wade. Il est arrivé il y a plusieurs années, avec ses parents et sa petite sœur. Ils travaillent dur. Ils habitent le cottage. Sa mère fait des ménages chez Matilda. C'est vous dire si elle est sérieuse. Et Grand-mère les traite mieux que tout le monde, et vous savez qu'elle ne veut pas avoir affaire avec les gens pas bien...

— Wade. Tu as dit Wade ? Wade... Oh, mon Dieu ! Wade... Wade...

Clara essuya ses lunettes de soleil avec le coin de la serviette de plage en répétant Wade, Wade, Wade, à la façon d'une incantation. Pour une fois, elle ne paraissait ni moqueuse, ni sarcastique. Seulement stupéfaite.

— Wade. Tu es sûre qu'ils s'appellent comme ça ?

Effrayée par la violence de sa réaction et le changement spectaculaire de son attitude, je reculai d'un pas.

— Oui, dis-je d'une toute petite voix.

— D'où viennent-ils ?

— Du Tennessee.

— À quoi ressemblent-ils, les hommes ? Comment est le père de ton Elie ?

— Je ne vois pas... Il est grand. Il a des bras musclés. Et il est très calme...

— Il a des cheveux noirs et des yeux noirs ?

— Oui, mais...

— Que le Ciel me damne !

Ma grand-tante – qui avait tout à fait enlevé ses lunettes – ouvrait à présent de grands yeux, regardant dans le vide, ses pupilles dardant de droite et de gauche comme si elle étudiait de mystérieuses inscriptions sur un tableau noir imaginaire. Pour ma part, je la contemplai avec un étonnement inquiet. Tout d'un coup, elle bondit sur ses pieds, s'enveloppa de sa serviette de plage comme d'une toge romaine et, en tremblant, les prunelles fiévreuses, me postillonna à la figure en me disant :

— Fiche le camp d'ici ! Et ne va raconter à personne qu'on a prononcé le nom de Wade ici. Et surtout, ne dis pas que je suis allée en ville !

Clara n'était plus ni décontractée, ni cynique, ni même ironique ; elle avait perdu toute sa superbe.

— Je croyais que vous n'aviez pas le droit de quitter la propriété.

— On remet les compteurs à zéro. Tout est changé maintenant... si ce que je pense est vrai.

Sur ces paroles sibyllines, elle renversa la tête en arrière et fit de nouveau résonner son rire rauque de camionneuse de série B.

— Swan et Matilda, chantonna-t-elle à mi-voix, espèces de putes... sales menteuses !

Clara se dirigea vers la maison d'une démarche chaloupée. Elle me laissait seule dehors au bord de la piscine, remplie de crainte et d'un sentiment paralysant de culpabilité : cette femme – ce démon, cet esprit du Mal – avait été tenue à l'écart jusqu'ici comme par magie. Et je ne sais comment, j'avais rompu l'enchantement et lui avais ouvert toute grande la porte de notre vie.

Elie était ivre de rêves d'avenir. La chance ne venait pas d'un seul coup – de cela il était persuadé. Il suffisait de remarquer que la grand-mère de Darl accumulait les faveurs du sort. La chance était une somme qui progressait en ordre géométrique, comme la vie elle-même. Une fois que vous en aviez établi la raison dans votre tête, vous n'aviez plus qu'à y croire pour voir votre fortune grandir.

Et, à présent, la Fortune frappait à la porte des Wade.

— Il faut fêter ça, Elie, dit son père, son visage s'éclairant d'un de ses très rares sourires, ses yeux brillants fixés sur le propriétaire et barman du Neddler's Place, le vieux Neddler, qui déposait devant le père une chope de bière et devant le fils un petit verre rempli de la même boisson mousseuse.

Neddler's était un bar de carriers perdu au milieu de la forêt au bord d'une petite route des environs de Burnt Stand. Un juke-box, un comptoir avec des tabourets, des tables de billard et une odeur de détergent. Au sol, des centaines de fragments de marbre rose coulés dans une dalle de béton. Des photographies encadrées de la carrière côtoyaient sur les murs recouverts de contreplaqué les trophées de cerfs et les enseignes de bière au néon qui faisaient office de lampes dans cet antre sans fenêtre.

— À la santé de notre nouveau contremaître, Jasper Wade ! s'exclama un client.

Aussitôt, comme un seul homme, plusieurs douzaines de carriers se levèrent pour porter un toast avec leur chope ou leur bouteille.

— Chef Wade ! Chef Wade ! entonnaient-ils.

Elie sauta de son tabouret en levant fièrement son verre :

— À mon papa... Au chef Wade !

Tous portèrent leur chope à leurs lèvres. La bière coula dans le gosier d'Elie comme un sirop amer. Il réprima un haut-le-cœur, posa son verre sur le bar et sourit à son père, lequel éclata d'un rire grave et joyeux qui résonna dans l'atmosphère chaude et enfumée. Elie ne l'avait jamais vu aussi détendu.

— On va pas tarder à rentrer annoncer la bonne nouvelle à Maman et à Bell. Et tu sais quoi ? Quand j'aurai touché ma première paye de contremaître, on va sortir dîner au restaurant. On ira à Asheville. Dans un restaurant avec des nappes. Et des bougies...

— Génial, Papa !

Ses jambes maigres flageolaient tellement sous l'effet de l'alcool qu'Elie dut se rasseoir ; non pas se hisser sur le tabouret comme quand il était petit, mais poser ses fesses sur la rondelle de skaï sans même soulever ses pieds du sol. Il avait, à un ou deux centimètres près, la même taille que son père. Il était presque un homme. Elie remonta sur son nez ses lunettes de pilote et contempla autour de lui les visages souriants, plus ou moins burinés selon leur âge, des carriers. Oui, en ce moment, chaque jour, le monde lui semblait plus beau, meilleur – depuis qu'il savait que son père, en dépit de son analphabétisme, allait être promu chef de chantier.

Les pensées d'Elie se tournèrent alors vers Darl. Auprès d'elle, il se sentait capable de soulever des montagnes. « J'irai à la fac sans l'aide de personne, se dit-il, le cœur battant. Je n'ai pas besoin de cette bourse Hardigree. Comme ça, je ne serai pas obligé de revenir à Burnt Stand travailler à la marbrerie pour rembourser Swan. » Il reviendrait plus tard chercher Darl, quand il serait plus vieux, et riche – car il allait gagner beaucoup d'argent, une fois son diplôme en poche. Il emmènerait ses parents et sa sœur loin d'ici, et Darl aussi. Ils s'en iraient explorer le vaste monde.

La vieille porte battante en bois s'ouvrit vers l'intérieur dans un cliquetis de chaînes frottant contre le sol. Toutes les têtes pivotèrent sur elles-mêmes tandis qu'un rayon de soleil pâle, en cette fin d'automne, transperçait comme une flèche l'épais nuage de fumée de cigarettes. Ébloui par l'éclat du jour, Elie plissa les yeux. Une femme se tenait sur le seuil. Longues jambes serrées dans un jean, boots à talons aiguilles, veste moulant une paire de seins aussi ronds que ceux des mannequins des catalogues, crinière brune sur les épaules. La femme s'avança d'un pas, et le battant se referma automatiquement derrière elle dans un bruit de chaînes.

Un silence pesant s'installa. Les joueurs de billard couchèrent leur bâton sur le tapis vert des tables. Toutes les bouches s'entrouvrirent, tous les yeux se fixèrent sur elle, elle en qui le mot SEXE s'affichait en lettres aussi voyantes que celles de l'enseigne au néon du Neddler's Place au bord de la route escarpée. Dans la pénombre du bar, on lui donnait à peine trente ans, mais ses prunelles bleues avaient la dureté prédatrice du vieux faucon. Elle repoussa une boucle brune qui caressait sa joue et scruta l'assemblée d'un regard perçant. Elie sentit quelque chose remuer au fond de lui et dans son pantalon aussi. Son visage s'empourpra. Qui était cette extraordinaire femme, tout à la fois étrangère et familière ?

Derrière son comptoir, Neddler secoua sa tête blanche comme s'il n'en croyait pas ses yeux, puis s'exclama à la surprise générale :

— Miss Hardigree...

Il avait crié ce nom à la cantonade. Aucun carrier ne pouvait prétendre ne pas avoir entendu.

— ... C'est un honneur, Miss... Puis-je vous offrir une petite bière ?...

En guise de réponse, elle continua à scruter le visage des clients, un à un. La gorge d'Elie se noua. *Une Hardigree ! C'est la grand-tante de Darl, Clara ?* Ce qui voulait dire qu'elle avait près de l'âge de Swan. Elle avait l'âge d'être grand-mère ! Il jeta un coup d'œil à son père. Celui-ci avait l'air morose. Manifestement, la présence d'une Hardigree dans ce bar ne pouvait qu'être de mauvais augure pour tous ceux qui avaient besoin de la marbrerie pour mettre du pain sur leur table.

Son père repoussa sa chope de bière sur le côté. Il avait désormais une équipe qui comptait sur lui. À partir d'aujourd'hui, c'était lui le responsable du groupe. Lui le contremaître. Il se leva. Et d'une voix grave à l'accent épais et rocailleux de paysan, il déclara d'un ton empreint d'une autorité naturelle :

— M'dame. Je suis le nouveau contremaître de Hardigree Marble. Je m'appelle Jasper Wade. On peut quelque chose pour vous ? Vous cherchez quelqu'un ?

L'œil de saphir se posa sur lui comme un dard. Puis sur Elie. Ensuite de nouveau sur le père. Elle pencha la tête sur le côté et l'inspecta de la tête aux pieds. Son visage reflétait alternativement une colère rentrée et une souffrance étrange. Puis, elle redressa la tête d'un geste brusque et marcha droit sur eux, comme le rapace fondant sur sa proie. Elle s'arrêta à quelques pas, assez près pour toucher Jasper. Elie faillit s'étouffer en la voyant lever la main et caresser du bout d'un ongle nacré la joue de son père. Ce dernier se figea, puis s'écarta brutalement. Mais la main griffue ne lâcha pas prise. Elle caressa son autre joue. Elie dut se mordre les lèvres pour ne pas hurler : « Bas les pattes ! »

Son père ne pouvait pas la repousser, ne pouvait pas poser la main sur une femme, tout simplement parce qu'il ne brutalisait jamais les membres de l'autre sexe. Il ne pouvait pas non plus reculer – sinon que penseraient ses hommes de lui ? Tous attendaient, le souffle suspendu.

— S'il vous plaît, retirez votre main, dit-il enfin. Je suis un homme marié.

Elle abaissa sa main le long de sa cuisse gainée de noir, mais pas son regard. Elle maintint celui-ci braqué sur lui, la tête renversée en arrière, la poitrine soulevée par une respiration courte. Une lueur d'amertume s'alluma au fond du saphir de ses yeux. Elle sourit :

— Vous lui ressemblez. C'est donc vrai. Votre père était Anthony Wade ?

S'ensuivit un silence stupéfait. Puis le nouveau contremaître répondit :

— Oui.

— De Wichitaw, dans le Tennessee ?

— Oui.

— La carrière de Payson Marble. C'est là qu'il travaillait à Wichitaw avant de venir ici.

Elie n'en revenait pas. Que se passait-il ? Il se glissa de l'autre côté de son père pour mieux voir son visage. L'expression de Jasper était le reflet de sa propre perplexité. Il ne savait rien, lui non plus.

— Mon père est mort quand j'étais gamin. Il y a bien trente ans de ça. Je sais pas où vous voulez en venir. Vous dites que vous le connaissiez ?

— Si je le connaissais ? dit-elle dans un éclat de rire. Oh, que oui, et avant votre naissance. À l'époque, il était « l'homme par qui le scandale arrive ». Personne n'a jamais taillé la pierre comme Anthony Wade...

Elle prononça ces derniers mots d'un ton sifflant, en penchant la tête sur le côté. Jasper devint écarlate.

— Mon père, déclara-t-il, n'a jamais vécu en Caroline du Nord, et encore moins travaillé pour Hardigree Marble.

— En êtes-vous sûr ? Vous n'étiez pas né. C'est vrai, pourtant, il a vécu ici.

Elle marqua une pause avant d'enchaîner en haussant la voix :

— Ma mère l'avait ramené ici. Il a construit Marble Hall. Il a aussi construit les Esta Houses. Et le Stone Cottage, et le Jardin de pierre... Il faisait tout ce qu'elle lui demandait de faire – c'est lui qui a bâti cette ville.

Elie arrivait à peine à respirer. Son grand-père, ce vieil infirme alcoolique, son grand-père avait construit tout cela ? Lui-même et les siens habitaient une maison dont il avait taillé et disposé les pierres de ses propres mains ? Il avait sculpté le vase magique du Stone Flower Garden et édifié ces belles maisons qui étaient les joyaux de Burnt Stand. Mais, alors, pourquoi avoir gardé son œuvre secrète ? Son père avait l'air médusé. Autour d'eux, les hommes se taisaient.

— Si mon père avait fait tout ce que vous dites, on l'aurait su. Il en aurait parlé à ma mère. Non, m'dame, vous vous trompez de bonhomme.

Elle se rapprocha d'un pas. Son parfum remplissait l'espace entre eux. Ses yeux lançaient des éclairs. Elle posa de nouveau la main sur le visage de Jasper, enfonçant ses ongles dans la chair de ses joues. Cette fois, il recula.

— Il n'a jamais rien dit, susurra-t-elle, pour la bonne raison qu'il était un homme entretenu. Il était le *gigolo* de ma mère.

Jasper encaissa le choc. Comme au ralenti, il se tourna vers son fils et l'agrippa par les épaules.

— Nous partons, Elie. Tout de suite !

Puis, à l'adresse de Clara Hardigree, il ajouta d'une voix plus profonde, entre ses dents :

— Je ne crois pas un mot de ce que vous racontez, mais si vous étiez un homme, je vous tuerais.

Je vous tuerais. La menace ne fit même pas ciller

Clara, mais donna des sueurs froides à Elie. Jasper le poussa devant lui jusqu'à la sortie sous l'œil arrondi des hommes qui l'appelaient désormais « chef Wade » et qui venaient de le voir essuyer la pire des humiliations : Clara Hardigree avait traîné l'honneur de son père dans la boue.

— Encore une chose, aboya Clara au moment où ils franchissaient le seuil. Je sais comment votre père est devenu infirme. Ses hommes, des carriers comme lui, l'ont battu à mort en le bannissant de cette ville. Vous voulez savoir pourquoi ?...

Elie eut la sensation que le monde basculait. Il regarda son père. Jasper était blanc comme un linge. Après avoir ménagé une pause, Clara Hardigree poursuivit avec un sourire diabolique :

— Parce que, non content d'être un gigolo, il aimait les négresses. Vous devriez être gentil avec la fille de Matilda Dove.

Encore un temps de pause, avant le coup de grâce :

— C'est sa petite-fille.

Au crépuscule, je revins en catimini chez Matilda. Quand je lui fis le récit de ma rencontre avec Clara, Karen commença par pousser des cris, dégoûtée à l'idée que j'aie pu avoir cette aventure sans elle. Puis, devant l'intensité de mon désarroi, elle essaya au contraire de me rassurer sur l'étrange conduite de ma grand-tante.

Matilda rentra à l'heure du dîner, l'air sombre et fatigué. Elle avait passé sa journée à faire des courses pour Swan. Pendant le repas, je voulus confesser ma fugue, mais les mots restèrent coincés dans ma gorge avec la mie de mon sandwich thon-mayonnaise. Une fois la vaisselle expédiée, Matilda passa un long déshabillé bleu et s'assit dans le canapé du salon avec un verre de bourbon sec – c'était la première fois que je la voyais boire autre chose que du jus de fruits.

— Bon, voilà les nouvelles, finit-elle par déclarer. Clara a disparu. Personne ne sait où la dénicher. Elle avait promis à Swan de ne pas quitter Marble Hall, mais comme elle n'a aucune parole... Si pour une raison ou pour une autre, elle venait à frapper à cette porte, je compte sur vous pour monter illico dans votre chambre et me laisser lui parler seule à seule, d'accord ?

— Elle est méchante ? demanda naïvement Karen en me glissant un regard de complicité.

— Oui, très méchante, dit Matilda. Et cruelle et irresponsable. Elle a une réputation déplorable à Burnt Stand. C'est tout ce que je peux dire. Swan fait tout son possible pour limiter les dégâts.

— Elle est peut-être partie pour de bon ? Elle est peut-être retournée à Chicago, suggérai-je.

— Non, Darl. Le Mal ne se laisse pas chasser aussi facilement.

Ainsi, à cause de moi, Clara s'était-elle échappée de sa prison de marbre pour commettre un nouveau crime... À cause de moi ! De moi !

6

Même dans les heures les plus noires de leur vie, Elie n'avait jamais vu son père aussi abattu que le soir où ils rentrèrent du Neddler's Place.

— Ne te fais donc pas de souci, dit Annie Gwen en levant vers son mari un regard suppliant et en resserrant l'étreinte de ses bras autour de ses genoux.

Il était assis, la tête dans les mains, dans la grosse bergère que sa femme avait commandée par correspondance dans le catalogue de chez Sears pour son anniversaire, pas plus tard que l'été dernier. Elle se tenait à ses pieds, assise par terre. Des bûches de chêne craquaient gaiement dans l'âtre de la belle cheminée de marbre. Le feu envoyait des lumières dansantes sur les murs au-dessus des lampes et sur les rayonnages qui accueillaient la collection de figurines d'Annie Gwen. Le salon du cottage était confortable, chaleureux, amical, et pourtant...

Les yeux d'Elie étaient attirés par la minuscule photo de son grand-père comme par un aimant. Bell avait passé ses bras autour de sa taille et pleurait contre sa poitrine. Son père, lui, ne versait pas une larme, mais sa voix laissait transparaître une souffrance indicible.

— Je suis fichu. Si ce que cette femme dit est vrai, le nom de Wade va être la risée de la ville.

— C'est un mensonge, Jasper. Cette Clara Hardigree n'est rien qu'une folle, et avec ça méchante comme une teigne. Tout le monde dit qu'avec elle c'est toujours des histoires à n'en plus finir. Même Mrs Swan ne peut pas la supporter. Elle peut même pas supporter que les gens voient ce qu'il en est de sa sœur. C'est pour ça que Mrs Matilda m'a demandé de ne plus venir travailler tant que la sœur était là.

Une expression de désespoir teinté de résignation se peignit sur les traits de Jasper.

— Annie Gwen, tu comprends donc pas ? Mrs Swan et Mrs Matilda t'ont demandé de ne pas venir parce qu'elles voulaient pas que cette femme apprenne que tu t'appelles Wade. Elles cherchaient à cacher notre nom. À *nous* cacher...

Annie Gwen retomba dans un silence morne. Ni l'un ni l'autre ne parlait. Le couple n'était guère loquace, s'exprimant plutôt par des gestes que par des mots. Elie, fou de chagrin, regarda son père caresser les cheveux de sa mère.

— Je suis pas un homme intelligent, je sais pas lire et tout, mais j'ai toujours fait de mon mieux pour que tu sois fière de moi. Je regrette tellement...

— Mais je suis fière de toi ! s'éleva Annie Gwen en se saisissant de sa main. Ce que ton père a fait il y a quarante ans, ça n'a rien à voir avec toi. Tu n'as pas à te sentir honteux d'avoir dans ta famille des gens de couleur. D'abord, y'a pas une personne au monde qui n'en ait pas.

Jasper lui prit le menton entre pouce et index et plongea son regard dans le sien.

— Tu sais bien que ma mère m'a toujours dit qu'il fallait bien traiter les gens de couleur et, par exemple, Matilda et Karen, elles sont à peine moins blanches que toi et moi. Mais, Annie Gwen, y'a des types à la carrière, ils aiment pas les colorés et ils veulent rien avoir affaire avec eux. Et moi maintenant, je suis leur chef. Et qu'est-ce qu'ils vont penser de moi ? Que j'ai des cousins nègres...

Elle secoua énergiquement la tête.

— Écoute ! On est bien ici, mieux que n'importe où ailleurs. Ici, Mrs Swan nous traite bien. Elle va pas tolérer toutes ces bêtises. Même si une bande d'imbéciles te cherche des noises pour ça, elle va quand même vouloir que tu restes contremaître.

Jasper se pencha pour l'enlacer en murmurant :

— Tout ce qu'on a, on l'a bien gagné, va. Et plutôt dix fois qu'une. Je te jure, je jure devant Dieu, que je ne partirai pas sans m'être battu jusqu'au bout.

Un peu plus tard, Elie, étendu dans le noir sous les draps du lit jumeau de celui de Bell, à l'autre bout de la chambre, écoutait ses parents parler dans l'autre pièce sans comprendre leurs paroles. Il se sentait seul et abandonné. Il n'avait même pas enlevé ses vêtements. Bell non plus d'ailleurs, qui dormait à présent d'un sommeil agité. Elle aussi s'était couchée tout habillée. Ses parents sortirent dans le couloir. Il tendit l'oreille pour écouter le bruit de leurs pas qui s'éloignaient et perçut le cliquetis d'un trousseau de clés. Puis la voix de son père lui parvint, incroyablement claire, comme s'il lui murmurait à l'oreille :

— Je vais retourner chez Neddler pour voir ce que les hommes ont dit après mon départ.

Elie se dressa aussitôt. Sa mère répondit alors :

— Je t'en supplie, attends demain matin au moins.

— Je ne peux pas. Ça me tue ! Je ne serai pas long. Ne t'inquiète pas.

Pour la deuxième fois de la journée, son père venait de prononcer le mot « tuer ». Elie se leva et, ouvrant la fenêtre de la chambre, se glissa dehors. Il fut assez rapide pour arriver avant son père à la camionnette. Il était caché sur la plate-forme arrière, sous la capote, quand son père se mit au volant.

Il n'allait pas laisser son père se battre seul.

Elie grelottait à l'arrière du pick-up recouvert de sa capote pour l'hiver. Il surveillait son père depuis la lucarne arrière. Neddler's Place n'était qu'un baraquement au toit de tôle et aux fenêtres bâclées. Pas une très jolie vision de jour, et la nuit, surtout après minuit, un lieu peu recommandable. Isolé, au bord d'une petite route étroite qui grimpait jusqu'à Doe Ridge, un des sommets montagneux dominant Burnt Stand. Le parking était vaguement éclairé par un lampadaire suspendu tout en haut d'un poteau électrique. Un vent glacial agitait par rafales les branches dénudées des arbres.

À côté des autres pick-up et de la voiture de Neddler, un peu à l'écart, il vit la Trans Am dont le rouge paraissait presque noir dans la demi-obscurité. Elle était restée tout ce temps au bar ? Grands dieux ! Quel genre de dame était-ce pour fréquenter un endroit pareil ?

Il posa la main sur la capote puis courut se cacher dans l'ombre. Il était temps. La porte battante du bar s'ouvrit avec un grand claquement qui résonna dans la nuit froide.

Jasper sortit, ou plutôt jaillit du bar d'un pas furibond, les mains au fond des poches de sa veste de chasse comme pour les empêcher de cogner tout ce qui se trouvait à leur portée. Le vieux Neddler surgit derrière lui dans l'encadrement de la porte ; il s'essuyait les mains sur un torchon.

— Je te jette pas dehors, Jasper. Je te dis juste de laisser tomber pour le moment. J'ai assez eu d'emmerdements ce soir avec elle. J'ai dû chasser tous mes clients pour pas qu'ils lui mettent la main aux fesses et qu'ensuite elle les fasse tous virer de la marbrerie. Je te jure, Swan Samples renverra le premier qui touche à sa sœur, et pourtant Dieu sait qu'elle le cherche, la Clara !

Jasper se retourna pour protester :

— Elle a pas le droit ! Elle peut pas dire des trucs qui démolissent les gens comme ça, en se servant du passé ! En plus, qu'est-ce qui prouve que c'est vrai ?

Après un instant d'hésitation, il avança le menton en lançant :

— Mon père baisait Esta Hardigree ?

Elie, même de loin, vit les épaules du vieux s'affaisser. Il répondit :

— On racontait à l'époque qu'il passait plus de temps à niquer la vieille au cottage qu'à tailler le marbre.

Elie entendit son père pousser un grognement. Un silence presque palpable envahit le parking. Elie avait honte, pour son père, pour sa famille et soudain, oui, pour Darl. Sa grand-tante Clara n'était déjà pas très reluisante, mais alors, si sa grand-mère... Il n'osait pas aller jusqu'au bout de sa pensée. Mais il savait combien il aimait Darl. Sa tristesse et son déshonneur lui semblaient à cet instant au moins égaux aux siens.

— Rentre chez toi, dit Neddler à Jasper. Les gens qui veulent traîner ton nom dans la boue le feront de toute façon ; les autres seront seulement plus malins. Et avec un peu de chance, cette histoire n'arrivera pas aux oreilles de Swan.

Jasper acquiesça. Il se dirigeait vers le camion, quand Clara Hardigree se profila sur le seuil du bar. Elle avait manifestement bien employé son temps : elle était ivre morte. Tout d'un coup, elle s'élança et se mit à traverser le parking d'une démarche chaloupée, faisant des moulinets avec sa main droite qui tenait une cigarette allumée, comme si ce geste garantissait comme par magie le maintien de son équilibre. Au bout d'un moment, elle envoya d'une pichenette son mégot sur le gravier.

— Tu te casses ? Ah ! fit-elle en se rapprochant de Jasper. Je suis déçue. Tu n'es pas à la hauteur de la réputation de ton papa.

La toisant d'un air de profond mépris, Jasper articula entre ses dents :

— Ne m'approchez pas !

Neddler tenta de s'interposer. Mais elle esquiva. En un clin d'œil, elle s'était jetée sur Jasper et avait noué ses bras autour de son cou, pressant sa cuisse entre ses jambes, la tête renversée en arrière. Jasper rabattit ses bras avec une telle violence qu'elle tituba en arrière, trébucha sur ses talons et tomba. Le vieux barman, qui avait tenté en vain de la rattraper au vol, s'écarta pour ne pas perdre lui-même l'équilibre. Il lui tendit une main secourable. En guise de remerciement, elle frappa méchamment sa paume. Elie était pétrifié. Son père se pencha au-dessus d'elle.

— Je vous ai dit que je vous tuerais si vous étiez un homme. Si vous touchez ne serait-ce qu'un seul cheveu d'un des miens, je vous jure que je vous tue.

Là-dessus, il pivota sur lui-même et grimpa dans le pick-up. Elie essaya de se glisser dans l'ombre jusqu'au camion, mais trop tard. Les phares s'allumèrent, le moteur vrombit, le camion dévala la côte. Clara Hardigree se releva en chancelant.

— Personne ne me parle sur ce ton ! déclara-t-elle en ouvrant la portière de la Trans Am et en sortant sa clé de contact de la poche de son jean.

Elle se glissa au volant de la voiture de sport et quelques secondes plus tard, elle fonçait à la poursuite du pick-up de Jasper.

— Qu'elle aille au diable, marmonna le vieux Neddler en retournant à son bar. Si seulement elle pouvait tomber dans un ravin et qu'on n'en parle plus !

Elie se recroquevilla dans l'obscurité, grelottant de froid, d'inquiétude et de colère. Une longue marche l'attendait. Mais peu lui importait. Il n'avait pas peur de la nuit.

Il avait peur de Clara Hardigree, de Clara poursuivant son père sur les routes obscures...

L'aube n'allait pas tarder à poindre. Allongée à côté de Karen, j'étais en proie aux tourments de l'indécision. Devais-je aller voir Grand-mère pour lui rapporter ma conversation avec Clara ? J'avais, après tout, provoqué la fuite de ma grand-tante. C'était moi qui l'avais en quelque sorte « lâchée » dans la nature... Sauf qu'il faudrait aussi lui avouer que nous avions parlé des Wade ; c'était un risque que je préférais ne pas courir. Prise dans l'étau de ce dilemme, je me faisais toute petite dans le lit, repliée à la façon d'un fœtus, la tête sur les genoux.

Le bruit d'un caillou frappant les carreaux me fit dresser l'oreille. Je me glissai hors du lit pour regarder dehors dans le jardin de Matilda. C'était bien lui, Elie. La tête levée vers moi dans le clair de lune. Je lui fis un signe de la main, posai une robe de chambre sur mes épaules et descendis l'escalier sur la pointe des pieds pour sortir par la porte de derrière. Je courus vers lui.

— Qu'est-ce qu'il y a ? Qu'est-ce que tu fais là ?

— Je suis rentré de chez Neddler's à pied.

— Qu'est-ce que tu fabriquais dans cet horrible endroit ? Qu'est-ce qui va pas ?

Il se tordit les mains. Ses épaules se voûtèrent sous son blouson en denim. De sa bouche s'échappaient de petits nuages blancs qui s'effilochaient dans l'air glacé.

— Je sais pas par où commencer... Ce qui est arrivé, avec ta... Tout ça est tellement horrible...

— Clara ! m'écriai-je. Quelque chose est arrivé à cause d'elle, c'est ça ?

Il fit oui de la tête ; il avait l'air bouleversé. Pendant que je lui racontais ma conversation avec ma grand-tante au bord de la piscine de Marble Hall, il m'emmena sous le feuillage protecteur d'un chêne, jusqu'à un banc de pierre enfoui dans les ténèbres. Et à son tour il me fit le récit de ce qu'il savait et m'informa de ce que Clara avait rapporté sur ma famille.

J'avais l'impression que ma tête allait exploser. Le grand-père d'Elie avait vécu à Burnt Stand dans sa jeunesse ? Il avait travaillé pour ma bisaïeule Esta ? Et construit le Stone Cottage et le Stone Flower Garden qu'Elie et moi aimions tant ? Et... et avait couché avec Matilda ? Avait eu un enfant avec elle ? Katherine était leur fille ? *Karen était sa petite-fille ?* C'était plus que mon petit cerveau n'en pouvait supporter. Je pressai mes mains contre mes tempes qui battaient, battaient...

Elie ploya le cou, accablé.

— Tu sais ce que les gens vont dire sur les miens quand ça va se savoir.

— Non, je sais pas. Quoi ?

— Que nous sommes comme Matilda.

— Mais vous êtes des Blancs.

— Ça ne fait rien. Papa dit que ses hommes ne le verront plus jamais comme avant. Ils diront que... que Grand-Papa aimait les femmes noires.

— Mais ton père n'a rien fait de mal. Seulement ton grand-père. Et Matilda, je suppose, mais je ne peux pas imaginer...

— Hé ! fit soudain la voix de Karen. Qu'est-ce que vous faites ?

Elie et moi avons sursauté. L'instant d'après, Karen arriva hors d'haleine après sa course à travers le jardin. Dans le clair de lune, le châle jaune et blanc dont elle avait enveloppé sa chemise de nuit lui donnait l'air d'un joli papillon au visage doré. *Si toute cette histoire est vraie*, pensai-je, sidérée, *Karen est la cousine germaine d'Elie puisque son père est le demi-frère de Katherine, sa mère.*

Elie se leva et déclara d'un ton faussement dégagé :

— Oh, on bavardait, c'est tout. J'avais juste envie de voir Darl.

— Elie Wade, tu es fou furieux et tu vas nous attirer des ennuis, dit gaiement Karen en lui donnant une tape amicale sur l'épaule.

Il abaissa vers elle un regard songeur, puis lui tendit une main ferme :

— Serrons-nous la main.

— Quoi ?

— On va tous avoir des ennuis, tu as raison, allez, donne-moi ta main.

— Bien, souffla-t-elle en obtempérant.

Je posai ma main sur leurs mains.

— Un pour tous, tous pour un, déclarai-je.

Je croisai le regard noir et franc d'Elie. Nous n'allions pas encore la mettre au courant, non, pas encore. C'était peut-être un mensonge, après tout. Une tempête dans un verre d'eau. Ni l'un ni l'autre ne pouvions encore entrevoir les conséquences de la méchanceté de Clara, ni sur la famille de Karen, ni sur celle d'Elie, ni sur la mienne.

Alors nous nous tenions la main en espérant que seule notre amitié comptait vraiment.

Elie était étendu sous les draps, les yeux clos dans le matin clair, quand il entendit son père rentrer. Alors, comme mû par un ressort, il se dressa sur son séant. De l'autre côté de la chambre, Bell se retourna en marmonnant dans son sommeil. Puis, de nouveau, le silence. Elie tendit l'oreille, son cœur battant à tout rompre... Les pas de sa mère sur le marbre de l'entrée.

— Jasper ? soufflait-elle. Où étais-tu ? J'ai eu si peur.

— J'ai fait un tour en voiture, pour réfléchir. Excuse-moi. Je suis resté à Cheetawk Point à regarder les étoiles.

— Qu'est-ce qui s'est passé ?

— Rien. Le vieux Neddler m'a dit que Clara faisait toujours des histoires et que mon père, c'est vrai, était plutôt coureur. Je ne sais pas. Je n'arrive plus à penser. Il faut que je dorme une heure ou deux avant de partir au travail. Je ne perdrai pas mon emploi. Je te le promets. C'est promis...

— Arrête de te faire de la bile. Je t'aime... Et enlève ces vêtements, tu es en nage. Allez, va te coucher.

Elie avait l'impression d'avoir le cerveau en feu. Une fois que ses parents eurent fermé la porte de leur chambre, il se prit la tête entre les mains. Où avait été son père ? Qu'était devenue Clara Hardigree ? Pourquoi son père n'avait pas dit à sa mère qu'il l'avait revue ?

Clara avait apparemment disparu. Et moi, j'avais l'impression d'être serrée dans une longue robe pleine de piquants. La nouvelle de la visite de Clara chez Neddler's n'était pas encore parvenue aux oreilles de Swan. En ville, pourtant, les mauvaises langues allaient déjà bon train. L'histoire des Wade et de Matilda se chuchotait en famille, entre époux et épouse, frère et sœur, parents et enfants, amis et amies. Personne n'avait envie de se voir accuser de médisance. Personne ne voulait être surpris en train de jaser dans la galaxie dont Swan était le soleil. Car plus on se rapprochait du centre, plus on avait de chances de se brûler les ailes.

Cet après-midi-là, je travaillais dans le bureau de la carrière à remplir des formulaires pendant qu'Elie terminait la comptabilité du mois écoulé pour Mr Alberts. Swan nous adressa à peine la parole. Mais on voyait bien qu'elle était d'humeur volcanique. Le saphir de ses yeux étincelait de mille feux. Et son dos droit, son port de tête, tout chez elle semblait dire que Clara allait avoir affaire à elle pour avoir désobéi à ses ordres. J'avais des démangeaisons partout rien qu'à l'idée de sa réaction quand elle apprendrait ce que sa sœur avait dit chez Neddler's.

Je n'avais jamais vu Elie avec ce regard, ces yeux cernés. Il trouvait mille excuses pour se lever et aller se planter devant la fenêtre qui donnait sur la carrière. Son père était en train de diriger une manœuvre. De l'eau et de la vapeur giclaient du système de refroidissement de la scie géante ; Jasper Wade, l'œil rivé sur l'engin, ne desserrait pas les dents. Il travaillait avec une férocité tranquille qui me donna la chair de poule.

Le temps s'était refroidi. Pas de bain de soleil au bord de la piscine aujourd'hui pour Clara, pensai-je. Presque 17 heures. Et elle n'avait toujours pas donné signe de vie. J'en avais la nausée. Qu'était-elle devenue ? Qu'allait-il arriver maintenant ? Tout d'un coup, un grand cri retentit dehors. Et nous voilà, Elie et moi, nous précipitant à la fenêtre avec Mr Alberts, personnage maigre et chauve, caricature de comptable.

Ce que je vis me donna des sueurs froides.

Preacher Al, celui-là même qui clouait sur les arbres au bord de la route des pancartes vouant aux gémonies les Hardigree, eh bien, il était là, debout sur une passerelle en bois au-dessus de la carrière. Un vieux prophète à barbe grise avec des yeux de cheval emballé et des hardes – jean et manteau noir – en guise de froc. Il brandissait un grand rectangle de carton blanchi où il avait peint en lettres rouge sang :

L'AUTRE FILLE DE JÉZABEL EST REVENUE DIRE LA VÉRITÉ.

— Il veut parler de Clara, chuchotai-je à Elie.

Un groupe d'hommes grimpa quatre à quatre l'escalier de métal qui menait aux niveaux supérieurs de la carrière, à plus de quinze mètres du sol. Jasper Wade venait en tête. Elie agrippa le rebord de la fenêtre. La passerelle était équipée d'un garde-fou, mais celui-ci n'était pas très haut et l'équilibre de Preacher Al, très instable. On disait de lui qu'il était perclus de rhumatismes et qu'une tension élevée lui donnait le vertige même quand il ne voyait pas le Seigneur lui apparaître. Il vacillait au-dessus de l'abîme, tenant des deux mains sa pancarte à bout de bras et hurlant :

— Tu as ramené ta putain de sœur et le fils du pécheur pour mettre encore une fois à l'épreuve la foi en Dieu de cette ville !

— « Le fils du pécheur ! », répéta Elie d'un ton horrifié. Il parle de mon père !

Preacher Al s'adressait à Swan qu'il supposait enfermée dans son bureau. Il ignorait qu'elle était partie quelques minutes plus tôt inspecter un nouveau broyeur aux ateliers.

— Malheur à celui qui profane le Verbe ! vocifèra-t-il. Le péché du père vit dans le cœur du fils ! La sœur et la mère de la honte ont engendré la honte ! Swan Hardigree ! Sors donc de ta caverne de pécheresse et repens-toi de tes péchés !

Cramponnée au rebord de la fenêtre, je regardais Jasper Wade à la tête de ses hommes s'arrêter au bord de la passerelle. Ils ne pouvaient pas y monter à plusieurs. Elle était trop étroite. Le père d'Elie demanda par signes au vieil Al de se diriger vers lui. Mais comme le prophète ne bougeait pas, Jasper posa le pied sur l'étroit tablier en bois.

— Arrière ! Satan ! hurla le dément. Ton père a été l'instrument de la luxure. Il a couché avec la race maudite !

Jasper marqua une halte. À côté de moi, Elie tressaillit. À cet instant, mon aïeule apparut à une extrémité de la passerelle voisine.

— Oh, mon Dieu, chuchota comme à part lui Mr Alberts. Si Mrs Swan s'y met !

Elle avait l'air dangereux. D'un pas tranquille et assuré de fauve, elle franchit le pont étroit. Les hommes se rangèrent pour la laisser passer. Elle posa une main sur le bras de Jasper et hocha la tête. Le front plissé, il s'écarta d'un pas.

Ma grand-mère marcha vers Preacher Al et le regarda droit dans ses yeux de cheval fou. Elle n'hésita pas une seconde. Ne prononça pas un mot. Il se mit à reculer sur la passerelle en agitant sa pancarte devant lui et en psalmodiant des choses bibliques incompréhensibles. Elle continua à marcher vers lui. Et subitement les yeux du vieux se révulsèrent et il enjamba le garde-fou, s'y retenant d'une seule main, secouant sa pancarte de l'autre, toujours vociférant :

— Je sais la vérité, je la sais !

Swan s'arrêta et, très calme, se mit à lui parler à voix basse. Du bureau, on n'entendait pas ce qu'elle disait. Mais, par la suite, on nous rapporta ses paroles : « Anthony Wade a été bon pour toi. Il t'a sauvé la vie un jour au fond de la mine. C'est ta faute si tu as laissé ma sœur te pousser à trahir ses secrets. Et maintenant il faut que tu vives avec, ou que tu meures avec, selon ton choix. »

Jasper et ses hommes s'écrièrent à l'unisson :

— Laisse tomber la pancarte, Preacher ! Remonte sur la passerelle !

Mais rien ne pouvait apaiser les flammes de l'Enfer que le vieux fou voyait flamboyer dans les yeux de Swan. Il leva son bras droit comme pour se faire un bouclier de la pancarte. Un coin du carton lui érafla l'œil et, en rejetant la tête en arrière, il lâcha prise et tomba à la renverse. La bouche ouverte en une ultime oraison, dans un cri déchirant, il s'écrasa quinze mètres plus bas sur le marbre du sol, à plat sur le dos.

Dès le premier coup d'œil, il était évident qu'il était mort.

Je m'appuyai à Elie. Il me prit par le bras et, d'une voix rauque, me dit :

— Elle l'a tué d'un regard.

Que pouvais-je faire d'autre qu'acquiescer ?

Swan me ramena à la maison, avec Matilda et Karen. Cloîtrée derrière nos murs de marbre, je croyais la fin du monde venue. Karen – encore ignorante de ses liens de parenté avec Elie – essayait en vain de me consoler après le choc que je venais de subir en assistant à la chute mortelle de Preacher Al. Je m'endormis ma main dans la sienne. Mais cela ne m'empêcha pas de faire les plus horribles cauchemars ; toute la nuit je revis le vieillard tomber à plat sur le dos avec un bruit de pastèque qui éclate.

Le lendemain matin, je laissai Karen endormie pour descendre le grand escalier dans ma chemise de nuit, les deux mains sur mon ventre. Matilda me cueillit au bas des marches.

— Remonte tout de suite, me dit-elle. Ta grand-mère et moi nous sommes en train de discuter de ce que Clara a raconté sur ton arrière-grand-mère et Anthony Wade...

Après une pause, elle ajouta :

— ... et sur moi. Ces ragots ne sont ni pour tes oreilles ni pour celles de Karen.

— Mais puisque je suis au courant...

— C'est bien ce que je craignais, opina-t-elle, le front plissé. Et nous en sommes navrées toutes les deux, crois-moi.

— Allez-vous le dire à Karen ? Je ne crois pas qu'elle se scandalisera à l'idée d'avoir des Blancs dans sa famille.

Matilda posa une main fraîche sur ma joue et, avec une lueur de tendresse au fond des yeux, souffla :

— Qu'est-ce que tu penses de moi, maintenant que tu sais ? Exprime-toi sans crainte.

— Je ne sais pas quoi penser, avouai-je. Mais je sais que je vous aime aussi fort qu'avant.

À cet instant, Swan sortit de la bibliothèque, le visage lisse, habillée à la perfection d'un pantalon gris tourterelle et d'un cachemire de la même nuance subtile. En me voyant, elle s'exclama :

— Ah ! Il est temps que nous ayons une petite conversation.

Je tressaillis.

— Je voudrais qu'on m'explique un peu ce qui se passe, Grand-mère.

Elle me guida jusqu'au salon et aux canapés à

pattes de marbre, tendus de brocart, disposés en vis-à-vis. Je la regardai d'un air interrogateur ; elle se racla la gorge avant de se lancer :

— Il y a des rumeurs qui pourraient salir tout ce dont tu hériteras un jour. Je tiens à ce que tu saches que nous avons construit quelque chose de très beau dans cette communauté. Nous avons une ville entière, deux cents ouvriers... nos pauvres... Nous encourageons les vertus morales de tous... Tout cela entre en ligne de compte dans notre fortune et notre détermination. Les Hardigree ont bâti cette cité, et nous devons continuer à nous en occuper aussi bien que par le passé. Nous avons une lourde responsabilité. Tu comprends ?

— Oui, Grand-mère. Nous avons beaucoup de chance.

— Non. La chance, ou le hasard, n'y est pour rien. C'est notre volonté qui la favorise. Si ton arrière-grand-mère n'avait pas pris son destin par les cornes, cette ville n'existerait même pas. Il n'y aurait rien. Nos mérites ne sont pas sculptés dans la pierre, Darl. Ils sont gravés là, prononça-t-elle en posant ses doigts sur son cœur.

Je l'imitai, posant mes petits doigts sur ma poitrine, et acquiesçai.

— Maintenant, reprit-elle, les choses terribles que ta grand-tante Clara a dites sont vraies. Au moins en partie.

— Vous voulez dire que le grand-père d'Elic a vraiment travaillé pour nous dans le temps ?

— Oui. Il y a près de quarante ans.

— Et il aimait bien... Grand-mère Esta ?

— Oui.

— Et aussi Matilda ?

— Oui.

La triste vérité prenait racine.

— Mais alors, tout est gâché...

— Tant qu'il n'y a pas de preuve, ils ne peuvent que se répandre en médisances. Hélas, en l'occurrence, la preuve vit et respire près de chez nous, ou plutôt chez nous, sous le toit du cottage.

Je retins un hoquet de désespoir, et me tordant les mains, suppliai :

— S'il vous plaît, Grand-mère, ne dites pas que vous devez licencier le père d'Elie et renvoyer les Wade. Je vous en prie.

— Je n'ai pas le choix. Je n'ai pas envie que les gens se mettent à les comparer à Matilda et Karen. Voudrais-tu voir maltraiter Karen ?

— Oh, non, mais...

— Matilda est une des nôtres. Ma réputation la protège. Mais je ne peux pas protéger tout le monde. Les Wade doivent partir.

Je vais mourir ; je vais me transformer en statue de pierre, sans Elie... Ces pensées tournaient dans ma tête. Je brûlais de me jeter à genoux devant Swan, mais, en mon for intérieur, je savais que toute tentative en ce sens était inutile. Cela ne servirait qu'à la renforcer dans sa résolution de se débarrasser des Wade.

— Mais si Matilda veut qu'ils restent... S'ils sont des cousins de Karen...

— J'ai promis à Matilda que je m'assurerais que Jasper Wade trouve un bon travail ailleurs. Matilda comprend. Elle doit penser à Karen. Et, franchement, c'est mieux aussi pour les Wade. Les ragots ne sont bons pour personne.

— Qu'est-ce que ça peut faire tout ça ? Quelle différence ? Matilda et Karen sont comme nous !

— Tu verras en grandissant jusqu'à quels abîmes peut sombrer la bêtise humaine.

— Je le sais déjà. Vous ne pouvez pas renvoyer Elie !

Quelque chose de nouveau se mit à palpiter dans l'espace entre nous. Elle abaissa sur moi son regard perçant.

— Sache que le sort d'Elie ne te concerne pas. Même s'il restait, je ne te permettrais pas de le garder.

— Si tout le monde dans la famille a le droit d'aimer qui il veut, alors, pourquoi pas moi ? Je n'aurai pas à payer Elie pour m'aimer, comme Grand-mère Esta l'a fait pour Anthony Wade.

Swan me gifla si fort que ma nuque craqua. C'était la première fois. Elle ne m'avait encore jamais frappée. Le sang dans mes veines se transforma en glace, mais je me sentis curieusement plus forte. Je cillai des paupières et levai vers elle des yeux sans regret ni humilité, la défiant de porter de nouveau la main sur moi. Puis je vis les larmes qui brillaient dans ses yeux.

Un bruit de voiture. Swan sortit avec précipitation. Je me ruai sur ses talons. Matilda nous retrouva dans l'entrée.

— C'est Clara, nous annonça-t-elle.

7

La Trans Am rouge se figea devant le perron. Clara en sortit, vêtue d'une tenue sans doute neuve, étant donné qu'elle était partie sans le moindre bagage.

— Les Galeries d'Atlanta ! entonna-t-elle en effet en passant la main sur son costume pantalon en laine crème. J'ai fait des petites emplettes. Je suis descendue en voiture. Oh là là, quelle route... j'ai eu le temps de faire la liste des courses. Mon Dieu, à côté d'Atlanta, Asheville a l'air d'un trou paumé...

Levant la main droite en l'air, elle fit étinceler un diamant.

— Il est beau, hein, Swan ? C'est toi qui l'as payé ! C'est toi qui payes pour tout... J'ai la clé de ton cœur maintenant. Avec une étiquette : Wade. Salut Matilda. Alors qu'est-ce que ça fait d'être la vedette de Burnt Stand ? Tu as toujours voulu qu'il revienne, mais tu n'as trouvé que son fils. Ma pauvre, tu es en retard de quarante ans...

Matilda, du haut du perron, abaissa un regard froid sur Clara :

— Je vois que tu as toujours l'âme aussi gaie...

Clara éclata de rire. Elle s'élançait pour gravir les marches quand Swan l'arrêta d'un geste :

— Tu ne remettras plus jamais les pieds dans cette maison.

Clara, qui n'osait pas repousser sa sœur, esquissa une grimace :

— Écoute, je vais juste boucler mes valises. Et ensuite, nous discuterons de mes revenus futurs.

— Là-dessus, ne compte pas sur moi.

Le visage de Clara se rembrunit.

— Bon, alors puisque c'est comme ça, je vais rentrer par la porte de service. Je te rappelle que j'ai toujours la clé !

Là-dessus, elle dévala les dernières marches de l'escalier et se dirigea d'un pas conquérant vers le jardin et la piscine. Swan et Matilda coururent derrière elle. Je suivis sans hésitation, ma chemise battant comme un drapeau contre mon torse.

— La porte de derrière est verrouillée de l'intérieur, observa Matilda au moment où elles entraient dans le patio.

Clara pivota sur elle-même pour s'écrier, hors d'elle :

— Pour quelle raison ?

— C'est moi qui l'ai fermée, dit Swan. Je te connais trop bien.

— Tout ce que je te réclame, ma vieille, c'est encore un peu de pognon. J'ai beau adorer te torturer, je veux juste la part de la fortune qui me revient.

— Je me suis toujours occupée de toi. Tu n'as pas besoin de plus.

— Occupée de moi ? *Occupée de moi ?...*

Soudain, Clara remarqua ma présence attentive. Je m'étais glissée le long de la piscine pour me poster près du muret de la terrasse. Clara se tourna alors vers moi et fit le tour de la piscine en courant.

— Il faut qu'on parle toutes les deux, Darl chérie. Tu ne peux pas te fondre dans le décor, ma petite. Écoute plutôt ce que j'ai à te dire, je vais t'instruire sur l'histoire de la famille...

Je tentai de m'esquiver en reculant d'un pas, mais elle me prit par le bras. Ses yeux me fixèrent comme deux billes de saphir.

— Ton arrière-grand-mère, Esta Hardigree, était la tenancière du plus grand lupanar de ce côté de la Mason-Dixon Line. Swan et moi y avons vu le jour. Et aussi Matilda. Nous sommes toutes les trois les filles du sieur A. A. Hardigree, sauf que la mère de Matilda était une putain. Ce qui fait de Matilda notre demi-sœur. Intéressant, non ?

M'eût-elle giflée que je n'en aurais pas éprouvé une douleur plus vive. Swan était auprès de nous à présent. Elle obligea Clara à lâcher mon bras, puis me poussa vers Matilda qui me prit par les épaules. Swan et Clara se tenaient debout face à face. Les mots de Clara tourbillonnaient dans ma tête.

— Silence ! Arrête tout de suite ! articula Swan entre ses dents.

Mais Clara triomphait :

— Darl, ton arrière-grand-mère n'a jamais épousé A. A. Hardigree. Mais elle a décidé qu'elle serait une dame et qu'elle élèverait ses filles comme si elles portaient un nom respectable. Alors, elle a mis le feu à la ville et s'est assurée que ce bon A. A. grillerait avec les meubles. Ensuite, elle a fait faire un faux certificat de mariage et un faux testament. C'est comme ça qu'elle s'est approprié la carrière. Elle et ses filles ont pu entrer dans la bonne société du Sud. Par pure bonté d'âme, elle a eu la charité de prendre avec nous notre demi-sœur à la peau sombre, Matilda.

— Bon, si tu arrêtes maintenant, je te donne ce que tu veux, dit Swan.

— Tu sais ce que ta grand-mère m'a fait, Darl ? Elle m'a envoyée dans une maison de redressement. J'avais seize ans. Une prison pour filles ! Dirigée par des putains de bonnes sœurs. Deux ans que j'y ai passé. Ah ! Elle s'est bien débarrassée de moi... Elle trouvait que j'avais la langue trop longue. Je disais la vérité, rien que la vérité. Il paraît que j'attirais les ennuis. Matilda a eu la permission de rester et d'accoucher de l'enfant d'Anthony Wade, mais moi, j'ai été chassée...

Les billes de saphir fixaient tour à tour Swan et moi de leur éclat haineux.

— ... Mais je reviens toujours, hein ? Je suis toujours aussi bavarde. Et il faut que tu vives avec, n'est-ce pas, Swan ?

— Non, plus maintenant, dit Swan en donnant à sa sœur une gifle à lui ébranler le cerveau.

Clara porta la main à sa mâchoire endolorie et enveloppa sa sœur d'un regard où la haine se mêlait d'un sentiment de terreur. Je reconnus dans les yeux de Swan la lueur que j'avais vue dans les yeux de Preacher Al juste avant qu'il ne basculât dans le vide.

Swan frappa de nouveau Clara. Mais, cette fois, ce ne fut pas une gifle, mais un coup porté du plat des deux mains sur sa poitrine. Clara tituba en arrière. Swan esquissa un bond en avant, la poussa de nouveau, puis la gifla. Matilda poussa un cri sauvage et hurla :

— Attention !

Les talons de Clara heurtèrent le muret de la terrasse. Elle s'agrippa à un cygne, le prit par son long cou de marbre blanc.

Mais les créatures de ma grand-mère n'allaient pas sauver le démon qui menaçait de détruire ce qui lui était le plus cher au monde. Les doigts de Clara glissèrent sur la pierre lisse. Elle tomba à la renverse pardessus le muret. Je la vis faire un saut périlleux dans les airs, puis elle disparut.

Je ne la vis pas heurter de la tête le rebord de marbre de la fontaine-pagode en contrebas, mais j'entendis le même bruit de pastèque écrasée que lors de la chute de Preacher Al. Je me précipitai pour me pencher par-dessus le muret. Swan m'enveloppa de ses bras afin de m'empêcher de tomber à mon tour. Matilda nous rejoignit. Nous contemplâmes toutes les trois l'affreux spectacle qui s'offrait à nos yeux.

Clara flottait dans l'eau de la fontaine, couchée sur le ventre. Des bulles gargouillaient autour de ses cheveux.

— Elle respire encore ! hurlai-je en gigotant pour me libérer de l'étreinte de Swan et courir à la fontaine.

Swan et Matilda s'élancèrent sur mes talons. J'allais me jeter dans l'eau pour sauver ma tante quand Swan me retint par la taille.

— On va la sortir de là, décréta-t-elle d'une voix égale. Va chercher la trousse à pharmacie dans la buanderie. Dépêche-toi. C'est pas la peine d'appeler les secours. Ni de prévenir Karen. Il n'y a pas de temps à perdre...

Sur le moment, ces arguments me parurent logiques.

— Bien, Grand-mère !

Je bondis en haut des marches. Mais une fois sur la terrasse, quand je me retournai, je vis que Swan, au lieu de s'occuper de sa sœur, tenait Matilda par les épaules et lui chuchotait quelque chose à l'oreille. Matilda indiqua Clara d'un geste nerveux de la main tout en essayant de se dégager de l'étreinte de Swan. Mais cette dernière la secoua légèrement. Puis, enfin, elle entra dans l'eau. Une fois auprès de Clara, elle la contempla sans même tenter de la secourir alors que les bulles se raréfiaient à la surface autour de sa tête ; elle se contenta d'enfoncer son doigt dans le dos de sa sœur. À quelques pas, immobile et figée comme une statue, Matilda, le visage enfoui dans les mains, tournait le dos à la scène.

Je ne savais pas trop quoi en penser : que faisaient-elles ? Qu'est-ce que cela voulait dire ? Je me ruai dans la maison. Vite dans la buanderie. Vite la trousse à pharmacie. Des sanglots secouaient ma poitrine. Je redescendis quatre à quatre l'escalier de la terrasse avec la trousse. Swan et Matilda étaient assises au bord de la fontaine, Matilda penchée sur la tête de Clara qui reposait sur ses genoux. Elle pleurait des larmes silencieuses. Clara avait les yeux et la bouche grands ouverts. Un teint livide. Je tombai à genoux et tendis la trousse comme si j'apportais un médicament miracle.

— J'aurais dû courir plus vite, haletai-je.

Swan me fit taire d'un regard.

— Il n'y avait rien à faire.

Je laissai échapper un cri de désespoir, pliée en deux sur la trousse désormais inutile. Swan n'esquissa pas un geste. Elle me laissa geindre et sangloter tout mon soûl. Elle contempla le cadavre de sa sœur, repoussa une mèche de cheveux qui cachait le front de Clara. Ses doigts tremblaient un peu. Mais il n'y avait pas l'ombre d'un doute dans le regard qu'elle jeta à Matilda.

— C’est moi, pas toi, dit-elle.

— Non, je t’ai laissée, dit Matilda en caressant la joue rigide de Clara. J’ai si souvent demandé dans mes prières qu’elle change. Je n’ai jamais compris pourquoi elle avait ce besoin de blesser, de se blesser elle-même, de blesser les autres.

Matilda ploya de nouveau le cou au-dessus de Clara. Elle dégagea la blessure rouge sur la tempe de la morte, là où sa tête avait frappé le bord de la fontaine.

— Je vais rester avec elle pendant que tu appelles la police.

Comme Swan ne bougeait toujours pas, Matilda redressa la tête. Elles échangèrent un long regard. Celui de Swan était froid et décidé. Celui de Matilda, d’abord perplexe, puis bouleversé.

— *Swan*, souffla-t-elle.

— Je me suis opposée au vieil Al hier, et il est tombé de la passerelle. Je me suis disputée aujourd’hui avec Clara, et elle est tombée de la terrasse.

— C’était un accident. Personne ne va t’accuser de l’avoir fait exprès...

— Clara a quitté la ville il y a deux jours. Pour moi, elle n’est jamais revenue.

— Swan, on ne peut pas, on ne peut pas...

— Tu sais comment vont les mauvaises langues, et tu sais combien les ragots peuvent nous faire du mal. Clara nous en a assez fait voir comme ça. Je ne veux pas que sa mort salisse ma réputation ni la tienne.

— Tu veux dire qu’en plus, tu veux...

— Après tout ce que nous avons subi à cause d’elle depuis des années, tu voudrais que ça continue ?

Silence. Je vis alors se peindre sur le visage de Matilda une expression de haine à l'état pur.

— Non, tu as raison.

Swan acquiesça et considéra le visage sans vie de Clara. En proie à une violente nausée, je réprimai un haut-le-cœur et bafouillai :

— Que... Qu'est-ce qui se passe ?

Ma grand-mère répondit sans ciller :

— On va enterrer Clara dans la forêt ; et on ne dira jamais rien.

Je garde un souvenir flou des événements de cette journée et de la nuit qui s'ensuivit. Je me rappelle du vieux Carl McCarl surgissant au volant d'un énorme camion de déménagement, conduisant la Trans Am de Clara le long d'une rampe dans le ventre du monstre, puis disparaissant dans la nuit. Je me rappelle que, dès que nous fûmes au lit, Karen et moi, Matilda et Swan ont traîné le corps de Clara, enveloppé d'un drap, jusqu'au Jardin de pierre.

Je les ai suivies dans le noir, me cachant sous les feuillages en haut de la butte. Elles ont creusé la tombe à la lueur d'une lampe de poche, au pied du vase aux fleurs pétrifiées. Elles y ont déposé la morte. Matilda a prononcé une prière. Swan a posé une main sur son épaule, mais n'a montré aucun autre signe de compassion. Puis elles ont recouvert Clara de terre.

Je suis retournée à la maison, me suis assise au bord de la piscine, en tailleur sur le marbre, dans la flaque de lumière projetée par le réverbère. Lorsqu'elles eurent remonté l'escalier de la terrasse et qu'elles me virent là, je lançai :

— On est des meurtrières ?

Matilda se précipita, se jeta à genoux devant moi, me prit dans ses bras et me serra fort, très fort.

— Non, il ne faut pas penser comme ça.

Mais ma grand-mère, elle, plus respectueuse de la vérité, me regarda droit dans les yeux.

— On a fait ce qui devait être fait.

Je restai cloîtrée à la maison pendant une semaine. La nuit, je rêvais que la terre du jardin immobile s'ouvrait, laissait le passage à Clara dont le spectre plein de cendres et de moisissures traversait la forêt, gravissait l'escalier de la terrasse, entrait dans la maison, montait le grand escalier, pénétrait dans ma chambre... Preacher Al flottait dans l'air derrière elle. Du sang coulait de ses oreilles et de sa bouche ouverte. Clara et Preacher Al ne s'en prendraient jamais à Swan. Swan avait un regard glacial même pour les morts. Mais à moi, oui, ils s'en prendraient à moi.

« Pourquoi m'as-tu laissée mourir ? », demandait Clara en se penchant vers moi, immonde charogne dégoulinante de boue et d'asticots. « Pourquoi n'as-tu pas couru plus vite avec la trousse à pharmacie ? Pourquoi ne m'as-tu pas au moins enterrée dans le caveau de famille ? Pourquoi n'as-tu rien dit ? Je te hanterai pour le restant de tes jours. »

Pendant ce temps, le vieil Al hululait : « Les péchés de Jézabel sont aussi les tiens maintenant ! »

Une nuit, leurs visages hideux furent supplantés par celui de Swan. Je me dressai assise comme si on m'avait piqué les fesses. Elle était bien là, penchée sur moi dans la pénombre. L'air d'un ange du ciel dans sa chemise de nuit rose et son déshabillé rose pâle. Elle avait à présent un peu d'argent dans ses cheveux, aux tempes, mais sinon ils étaient aussi bruns que jamais, cascadant en longues boucles soyeuses sur ses épaules.

Elle me caressa la tête, écarta les mèches que la transpiration collait à mon front. Ses doigts froids me rafraîchirent la joue.

— Ne rêve pas, ordonna-t-elle d'une voix douce. Avec le temps, ça s'adoucira. Tu oublieras ce qui est arrivé mais tu te souviendras de la raison de notre geste. Et cela te rendra plus forte.

Elle a tué Clara. Si je ne lui obéis pas, elle est capable de me tuer, moi aussi. Cette pensée absurde me traversa l'esprit ; aussi sournoise qu'un serpent, elle se lova autour de mes pensées.

— Ça va très bien, mentis-je, tremblante sous mes couvertures. Je ne le dirai jamais à personne.

Pendant un certain temps, le silence fut total. Quelque chose au fond de ses prunelles bleues m'indiquait qu'elle était au bord d'admettre son propre désarroi. Mais elle se ressaisit.

— Bien, dit-elle.

Le lendemain, je pris mon courage à deux mains et allai voir au jardin si Clara y était toujours. Je n'eus pas celui de descendre jusqu'au fond de ce curieux vallon que j'avais tant aimé. Je me contentai de le regarder du haut de la colline. Swan avait pris soin de recouvrir la tombe de feuillages et de petites racines. Un tapis de verdure. Ma grand-mère avait un talent remarquable pour dissimuler les péchés des Hardigree.

Subitement, un bruit de feuilles que l'on froisse me fit tressaillir jusqu'à la moelle des os. Clara essayait de sortir de son trou !

— Darl !

La voix d'Elie. Elie ! Sur l'escarpement opposé. Si grand, si dégingandé, si beau avec ses lunettes et si bon, si doux... Il descendit la pente d'un pas tranquille quoique rapide, puis monta dans ma direction. Ses yeux noirs semblaient soucieux.

— Où étais-tu ? me demanda-t-il d'un ton pressant. Je suis venu ici tous les jours. Je t'ai attendue.

— J'ai été malade, c'est tout... La... la grippe.

Il effleura ma joue de ses doigts.

— Tu es glacée. Tu n'as pas de fièvre ?

— Je suis presque guérie.

J'appuyai ma joue contre la paume de sa main. Un geste d'adulte, romantique, sensuel et pourtant aussi innocent que ma solitude et mon désespoir. Il n'avait pas l'air tellement plus en forme que moi. Les traits tirés. Pâle.

Il me prit alors dans ses longs bras maigres d'adolescent et me serra longtemps contre lui. Les branches de ses lunettes s'accrochèrent à mes cheveux. Au bout d'un moment, il fallut bien se séparer.

— Mon père ne sait pas ce qui nous attend. Tu es au courant, toi ? s'enquit Elie.

Je fis non de la tête. D'après ce que j'avais compris, Swan avait promis à Matilda de laisser les Wade en paix, au moins pour un temps. Un trop grand nombre d'événements les uns à la suite des autres pouvaient en effet éveiller les soupçons. Elie me dévisagea avec douceur :

— Clara est revenue ?

Swan m'avait dicté la réponse à cette question précise. Je levai sur mon meilleur ami, mon tendre amour, un regard d'une franchise désarmante et lui mentis :

— Elle est rentrée à Chicago.

Il laissa échapper un soupir de soulagement, ferma les yeux puis les rouvrit :

— Quand ça ?

— Juste après la soirée chez Neddler's. Swan lui a ordonné de quitter la ville. Je ne l'ai découvert qu'après coup.

— Alors tu ne l'as pas vue partir ?

— Non. Mais, elle... est bien partie.

— Mercimondieu ! débita-t-il d'une traite comme s'il s'agissait d'un seul mot.

Il me prit par la main et m'entraîna au bas de la côte vers le banc auprès duquel était enterrée Clara. Les yeux fixés sur la tombe invisible, je remontai mes genoux contre ma poitrine, puis, prise d'une nausée aussi soudaine qu'irrésistible, je bondis sur mes pieds en m'écriant :

— Il faut que je parte !

J'arrachai ma main de la sienne et montai en trébuchant la colline vers la maison. Une fois en haut, je tombai à genoux et vomis. Il me rattrapa, passa un bras affectueux autour de mes épaules.

— Tu es encore malade. Allez. Je vais te ramener chez toi.

Il m'aida à me relever. Appuyée contre lui, tenant sa main au creux de mon ventre, je réussis à atteindre le jardin. Mais à la vue de la pagode, mon estomac fut saisi d'un nouveau spasme. Après quoi, je repoussai violemment Elie et courus en haut de l'escalier de la terrasse sans un regard en arrière.

Après avoir encaissé les premiers coups, Elie se défendit avec une férocité qui fit gémir ses adversaires. Mais il était seul contre des garçons plus âgés et plus forts que lui, membres de l'équipe de football de Hardigree County : les High Warriors. En moins d'une minute, ils avaient réussi à le laisser pour mort, étalé parmi les cannettes vides sur l'aire de livraison du réfectoire de l'école. Du sang coulait de son arcade sourcilière et il arrivait à peine à respirer, tant ses côtes lui faisaient mal.

— La prochaine fois, tu n'auras qu'à appeler tes nègres en renfort ! lui lança un des garçons.

À quoi l'un de ses acolytes ajouta :

— Ben quoi, avec la famille, faut pas se gêner !

Après leur départ, Elie chercha ses lunettes à tâtons. Il les retrouva sous un couvercle de poubelle. Les montures tordues, brisées. Il se releva péniblement. Le monde, sans verres correcteurs, était plongé dans un brouillard angoissant. Il contourna l'établissement scolaire pour traverser la route puis la forêt en direction de la carrière. Trois kilomètres. Il mit une heure à les parcourir à force de se perdre. Il attendit l'heure de la sortie dans le parking. Quand enfin il vit la silhouette de son père se diriger vers le pick-up, il s'avança, les yeux plissés, le visage maculé de sang, en proie à une immense migraine. Son père se rua sur lui, lui prit le menton, le dévisagea.

— Tu tiens le choc, petit ?

— Oui... et toi ?

Son père fit oui de la tête. Ses doigts étaient gonflés et bleuis aux jointures. Un des types de son équipe lui avait dit : « J'ai dans l'idée qu'on n'est pas obligé d'obéir aux ordres du fils d'un baiseur de négresse ! » Et son père lui avait montré ce qu'il en pensait, de sa brillante idée.

— Monte dans le camion, dit son père. On va

aller voir l'ophtalmo pour qu'il te prescrive de nouvelles lunettes.

Elie obtempéra. Ils roulèrent en silence. Elie n'avait pas le courage d'interroger son père sur ce qui s'était passé cette nuit-là avec Clara. Clara était partie. Peu importait le reste.

Elie se rendit chaque jour au Jardin de pierre. Mais Darl ne venait jamais. Au bout d'un moment, il cessa d'y aller et se mit à la place à fendre du bois devant le cottage jusqu'à en avoir mal aux épaules et les mains en sang. Par une froide après-midi, Bell le regardait d'un air inquiet. De temps en temps, elle fonçait vers lui, comme un petit bonhomme de neige dans son anorak et son pantalon matelassé, s'emparait du morceau de bois qui tombait sous la hache et le posait sur la pile qui grandissait sur la marche de marbre.

Elie abattit sa hache sur la grosse bûche d'un geste rageur. *Darl ne veut plus avoir affaire à moi. Elle n'ose pas me le dire, mais je la dégoûte depuis qu'elle sait quel genre d'homme était mon grand-père. Les Wade ne sont plus pour elle qu'une plaie insupportable.*

Peut-être les Wade étaient-ils une plaie pour eux-mêmes ? Peut-être la chance se soustrayait-elle désormais pour eux par ordre géométrique, au lieu de progresser ? Matilda Dove avait prié sa mère de ne plus revenir travailler à Marble Hall, du moins pour le moment. Et même si Swan n'avait pas licencié son père, Mr Alberts découvrait soudain qu'il n'avait plus besoin des services d'Elie à la comptabilité après les heures de cours.

Elie abattit de nouveau sa hache. L'idée que son père ait pu mentir à sa mère au sujet de sa rencontre avec Clara chez Neddler's lui était insupportable. Il voulait sans doute lui épargner de souffrir... Forcément, elle se dirait que les gens supposeraient le pire. Clara ne l'avait-elle pas dragué ? Puis suivi en voiture ? Pourtant, dans le fond de son cœur, Elie savait que son père avait tort. Il avait entaillé le roc de confiance qui les unissait tous les deux, son père et sa mère. Et aussi la confiance qu'Elie avait en lui.

La hache fit voler un éclat de bois. Bell poussa un cri. Elle avait été frappée à la bouche. Elle se couvrit le visage des deux mains et se mit à pleurer. À sept ans, elle se conduisait parfois comme un bébé. Elie jeta l'outil et se précipita pour écarter les petites mains. Quelques gouttes de sang perlaient sur sa lèvre inférieure.

— Oh, Bell chérie, je suis désolé.

Des larmes mouillèrent les yeux d'Elie. Bell le contempla, consternée, oubliant jusqu'à l'envie de pleurer.

— Elie, gémit-elle en lui caressant la joue. Rien ne peut te faire pleurer. Qu'est-ce qui se passe ?

Elie secoua tristement la tête. Il était le grand frère. Presque un homme maintenant. Dans deux semaines, c'était Noël. Et il avait peur, peur des autres, peur de lui-même... Peur de « mal tourner ». Il ne s'était jamais senti aussi seul de sa vie. Il avait la sensation que son père l'avait abandonné.

« La chance a tourné pour nous », se dit-il, mais il se garda bien de prononcer la phrase tout haut.

8

La grande maison était parée pour la fête de Noël. Dans chaque pièce de réception, un sapin ruisselait de girandoles, de guirlandes et de boules de toutes les couleurs. Des compositions florales où dominait le rose ornaient le centre des tables. Les poinsettias étalaient dans tous les coins leurs feuilles rouges comme des étendards sanglants – en tout cas, c'était du sang que je voyais en les regardant, du sang... et la Trans Am de Clara.

Matilda amena Karen un après-midi. Elle accourut aussitôt dans ma chambre. J'étais assise sur un coussin rose devant le bow-window, le regard perdu au loin, au-delà de la terrasse et de la forêt, en direction du jardin immobile. Karen s'assit face à moi.

— Qu'est-ce que tu fais ? me demanda-t-elle gaiement.

Et moi de la contempler en songeant à toutes ces choses qu'elle ignorait. Non seulement que sa grand-mère était la demi-sœur de Swan, mais que son grand-père était Anthony Wade ; que nos aïeules étaient toutes les deux des filles de putain – une expression qui évoquait pour moi une image vague mais terrifiante –, qu'elle était la cousine germaine d'Elie ; qu'elle était aussi ma cousine. Seulement, ces secrets, je n'avais pas le droit de les divulguer. La malédiction des Hardigree pesait sur moi de tout l'ignoble poids du passé.

— Qu'est-ce que tu as ? lança Karen. Tu es sourde ou quoi ?

— J'essaye de mettre de l'ordre dans mes idées, répondis-je. Je ne me sens pas bien.

— Ça fait des siècles que tu as la grippe. On n'a jamais vu ça...

— Je mets du temps à me remettre. J'ai été très malade.

Karen inspecta avec un froncement de sourcils la pile de livres reliés de cuir à mes pieds. Je les avais remontés de la bibliothèque de Swan. Elle posa un des volumes sur ses genoux et l'ouvrit à la page marquée d'un bout de papier.

— Qu'est-ce que tu lis ?

— Des livres de droit.

— Des livres de *quoi ?* s'exclama-t-elle en se penchant sur la page. « Complicité de meurtre »...

Elle avait prononcé le mot avec une lenteur et une candeur exaspérantes, puis elle me regarda en roulant des yeux :

— Qu'est-ce que ça veut dire ?

— Ça veut dire que tu n'as pas commis le crime mais que tu peux quand même aller en prison.

En roulant de nouveau des yeux devant mes étranges goûts littéraires, elle referma le volume, bâilla et enleva ses chaussures de deux coups de pied. Puis elle s'assit en tailleur en face de moi sur le rebord de la fenêtre et posa ses pieds sur mes genoux. Je posai à mon tour les mains sur les chaussettes jaunes de ma cousine, le bout de mes doigts se réchauffant à ses chevilles brunes, et je songeai combien je l'aimais. Mes yeux cependant, comme attirés par un aimant, se tournèrent de nouveau vers les arbres dehors. Elie me manquait à en mourir, mais je n'osais pas mettre les pieds dans notre jardin. Il n'était pas question d'avouer, je ne pouvais pas lui dire ni pour Clara et Grand-mère Esta, ni pour le bordel, ni pour Swan et Matilda, ni pour ce qui gisait sous la terre au pied du vase de fleurs pétrifiées. Je ne pouvais rien dire à personne.

À cet instant, je crois que je me serais volontiers assise sur la chaise électrique... condamnée à la peine capitale pour complicité de meurtre. Mais je ne voulais surtout pas accuser Swan et Matilda. Qu'adviendrait-il de Karen dans ce monde cruel sans sa grand-mère ? J'étais murée dans le silence et la solitude.

Dans le silence et la solitude pour toujours... Pour toujours murée dans le marbre !

Une semaine avant Noël, un pêcheur à la ligne aperçut la Trans Am de Clara au fond de Briscoe Lake. Le grand lac se trouvait à une heure de route de Burnt Stand, dans la vaste Nantahala National Forest. Les Indiens cherokees appelaient cette forêt « le pays du soleil de midi », parce qu'elle s'étendait entre des montagnes aux à-pics si vertigineux que leur ombre dissimulait toutes sortes de choses... même des Trans Am rouges...

Le shérif Lowden vint informer Swan de la trouvaille et des premiers pas de l'enquête.

— On a dragué la voiture hors de l'eau. Les gars de la police scientifique sont en train de l'examiner. Jusqu'ici, on n'a rien découvert...

Assise sur le canapé du salon, j'écoutais avec la gravité d'un juge. Le shérif Lowden, qui sous ses allures de brute cachait un cœur tendre, lançait de mon côté des coups d'œil soucieux. Il finit d'ailleurs par faire observer à ma grand-mère :

— Vous ne croyez pas que tout ça, c'est pas pour les oreilles de la petite, Mrs Swan ?

— Ma petite-fille n'est pas une enfant ordinaire, décréta-t-elle. Poursuivez.

— Eh bien, on va envoyer des plongeurs dans le lac... pour... pour voir si on ne peut pas... trouver le corps.

Swan acquiesça avec un calme souverain, comme s'il s'agissait du cadavre d'une parfaite inconnue.

— Vous avez vos chances, énonça-t-elle d'un air détaché.

— Vous dites que votre sœur a été vue le soir de sa disparition chez Neddler's ?

— Oui. Elle m'a annoncé qu'elle retournait à Chicago. Ensuite, je ne l'ai plus revue. Je ne savais pas qu'elle avait l'intention de se rendre dans ce bar. Mais ça ne m'a pas trop étonnée d'elle.

— Mmm... Bon, je sais que vous et votre sœur, vous n'étiez pas exactement... en bons termes... Mais... vous ne vous attendiez pas à ce qu'une fois à Chicago, elle vous téléphone pour vous dire qu'elle était bien arrivée ?

— Non. Des années se sont passées sans que nous échangions une seule parole.

Le shérif laissa échapper un soupir. Tout le monde savait en ville que Clara était le mouton noir de la famille Hardigree. Sa conduite scandaleuse et notre passé sulfureux formaient une inquiétante nébuleuse dont même les plus hauts murs de marbre ne pouvaient nous protéger.

— J'ai dans l'idée qu'elle aura voulu rejoindre l'autoroute par le chemin des écoliers, reprit le policier. Pour une raison ou pour une autre, elle a fait un détour par le lac. Les forestiers disent que le chemin de traverse était ouvert aux visiteurs à l'époque. On dirait qu'elle est passée par un petit pont en bois au-dessus d'une crique où personne ne vient jamais.

— Ma sœur était... est une tête brûlée. Elle avait peut-être trop bu chez Neddler's, suggéra Swan, imperturbable.

— Je l'ai vue emboutir quelques véhicules au temps de son adolescence, en effet, admit-il. Et, chaque fois, elle était ivre... Écoutez, je suis désolé.

— Vous n'y pouvez rien. Je n'ai jamais compris pourquoi elle se conduit ainsi. Ce qu'elle pouvait bien faire à Briscoe Lake toute seule au milieu de la nuit dépasse mon entendement. Je préfère ne pas le savoir, d'ailleurs.

— Non, il ne vaut peut-être mieux pas, opina le shérif Lowden, qui devait à une donation de Hardigree Marble sa voiture de patrouille flambant neuve et l'état impeccable de ses locaux.

Swan pencha la tête de côté pour lui montrer combien elle appréciait ce témoignage de sympathie.

Après son départ, voyant que je tremblais de tous mes membres, Swan vint s'asseoir à côté de moi et, me prenant le menton, me dévisagea avec une expression pleine de mélancolie.

— Tâche d'oublier, laissa-t-elle tomber simplement.

Ensuite, elle alla se verser un verre de vin d'une carafe dont le bouchon en argent était gravé d'un superbe H. Elle en but une longue gorgée et ferma les yeux. Quand elle les rouvrit, ils n'avaient plus la moindre lueur de tristesse.

— Ta vie, c'est ta réputation, Darl, déclara-t-elle, et ta réputation, c'est ton destin.

Clouée sur le canapé, je frottai furieusement mes ongles contre la chair de ma paume.

Quand il apprit que Clara n'était pas retournée à Chicago, Elie posa sa tête sur ses bras croisés et éclata en sanglots.

La ville bruissait de commérages. La découverte macabre de Briscoe Lake, même si on n'avait pas retrouvé le corps de Clara, faisait jaser. Les gens ne parlaient plus que des révélations de Clara concernant notre passé, les Wade, Matilda... En dépit de ces médisances, Swan était trop orgueilleuse pour annuler la traditionnelle fête de Noël de Hardigree Marble, dont on célébrait cette année le cinquantième anniversaire.

— Va-t-elle renvoyer Jasper Wade ? m'enquis-je auprès de Matilda.

— Après les fêtes, opina-t-elle en évitant de croiser mon regard.

Ainsi, une semaine avant le jour de Noël, aux côtés de Swan en minirobe mordorée, j'accueillis les invités dans une robe rose ourlée d'une frange écarlate. Nous étions toutes les deux postées à l'entrée d'une tente chauffée que l'on avait dressée au milieu d'une clairière, non loin de la carrière. Plusieurs centaines de personnes – des employés, leurs familles, le maire, les notables de Burnt Stand, bref tout ceux qui gravitaient autour de nous – se serraient autour des buffets. Un Père Noël faisait rire les enfants et leur distribuait des petits cadeaux et des bonbons. Au centre de la vaste tente avait été aménagée une piste de danse sous un dais de boules de gui enrubannées de rouge. Des girandoles multicolores étaient suspendues aux montants en fer de la tente. Un petit orchestre jouait des mélodies de Noël.

— Bienvenue, disait Swan à chaque nouvel arrivant.

Et ces gens modestes, tout intimidés, la saluaient en rougissant et en bredouillant.

— Mes hommages, disais-je.

J'étais affreusement déçue de ne pas voir Elie et sa famille. Sans doute n'avaient-ils pas l'intention de venir, songeai-je, quand tout à coup Karen me chuchota à l'oreille :

— Les voilà !

Elle était debout derrière moi, à côté de Matilda qui, depuis les événements que l'on sait, lui laissait si peu de liberté que je la voyais de plus en plus rarement. Elle avait l'air d'un joli lutin dans sa robe vert et or. Elle n'avait encore aucune idée de ce qu'impliquait la disparition de Clara.

Mon cœur se mit à cogner fort dans ma poitrine à la vue d'Elie accompagné de Bell, d'Annie Gwen et de Jasper. La famille Wade s'était mise sur son trente et un. Bell, les cheveux ramenés en arrière par un élastique piqué d'une feuille de houx et de baies rouges en plastique, me rendit mon sourire d'un air heureux. Annie Gwen, pâle, stoïque, portait une robe marron très simple réchauffée d'une veste à carreaux. Jasper, superbe dans un costume choisi dans le catalogue de chez Sears, regardait droit devant lui, les traits durs et figés. Il était si séduisant que les femmes se tordaient le cou pour le voir passer.

Moi, je n'avais d'yeux que pour Elie. Il portait un costume bleu marine comme son père et une vilaine cravate bordeaux, nouée trop serré et un peu de travers. Son pantalon était trop court. Ses manches laissaient dépasser des poignets osseux. Derrière les verres de ses lunettes, ses yeux me mitraillèrent de mille questions plus brûlantes les unes que les autres. Je frémissais intérieurement du désir de parler à ce grand jeune homme sombre de treize ans.

— Mes hommages, lui lançai-je d'une voix éraillée par l'émotion.

Il ne répondit pas.

— Bienvenue, dit Swan à Jasper et Annie Gwen.

— Merci, madame, entonnèrent-ils tout en scrutant la foule d'un air inquiet.

Les gens murmuraient entre eux, les surveillaient du coin de l'œil, et parfois les fixaient sans vergogne. Lorsque Jasper l'interrogea du regard, par-dessus l'épaule de Swan, Matilda le contempla, lui, le fils de son amant, avec une dignité sereine, une main sur l'épaule de Karen, l'autre agrippée au velours de sa robe grenat.

Swan, à qui rien jamais n'échappait, se détourna, la bouche dure, le visage de marbre.

— Viens, Darl. On a d'autres invités.

Elle avait honoré la tradition d'hospitalité des Hardigree. Son devoir accompli, elle pouvait tourner le dos à Jasper Wade. Elle en avait fini avec lui. La brutalité de son geste signait son renvoi de la marbrerie. Les gens s'écartèrent comme des courtisans devant leur reine, puis resserrèrent leurs rangs pour montrer aux Wade qu'ils étaient désormais exclus.

Swan avait tellement l'habitude que je lui obéisse au doigt et à l'œil, qu'elle ne prit même pas la peine de vérifier si je me trouvais dans son sillage. Et, pour une fois, je n'en avais fait qu'à ma tête, ou plutôt, qu'à mon cœur... Je lisais sur le visage de Jasper Wade une souffrance qui me chavirait. Burnt Stand venait de lui fermer ses portes. Il ne lui restait plus qu'à partir.

— Qu'est-ce qui se passe ? demanda Karen. Pourquoi tout le monde est si bizarre ?

Un garçon, fils d'un des fermiers noirs des environs de la ville, cette communauté singulière, jaillit soudain de la foule pour cracher par terre à quelques centimètres de ses chaussures vernies dorées.

— Et toi, va donc jouer avec tes cousins !

— De quoi tu parles, espèce d'idiot ?

— Des Wade, dit-il en crachant de nouveau. C'est tes cousins, non ?

Tout s'était passé si vite que Matilda n'avait pas eu le temps d'intervenir. L'instant d'après, Léon Forrest se fraya un chemin dans la mêlée. Dès qu'il le vit, le jeune voyou prit la poudre d'escampette. Léon salua Karen du buste ; misérable chevalier servant, dans son costume du dimanche en polyester.

— Je m'en fiche de qui tu es, lui dit-il. Ça m'est égal.

Karen, bouche bée, nous regarda tour à tour, Léon, moi et sa grand-mère.

— Viens avec moi, lui ordonna Matilda en la prenant par les épaules et en l'entraînant vers la sortie.

Karen se débattit, me lança des regards suppliants, puis se tourna dans un ultime appel à l'aide vers Elie, lequel se contenta de faire la grimace :

il n'y pouvait rien. En fin de compte, Karen se détourna avec une mine désespérée. Je me tordis les mains tandis qu'il me semblait que je tombais jusqu'au centre de la Terre. Dans ma poitrine, mon cœur battait comme dans une tombe de marbre. La nuit avala Matilda et Karen. Elle n'allait par tarder à tout savoir. Tout savoir sauf une chose : que nous avions assassiné Clara.

Je me dirigeai vers Elie sur des jambes en coton. Son visage exprimait la colère, la tristesse, l'incertitude, le sacrifice. Pour lui et les siens, il était trop tard. Je le savais et lui le savait aussi. L'orchestre de l'autre côté de la tente attaqua un chant de Noël. Je tendis mes deux mains vers lui :

— Tu danses ?

Il n'avait jamais été un bon danseur. Il abaissa vers moi sans mot dire des yeux dans lesquels je vis le reflet de mon propre chagrin.

— Le seul endroit qui nous appartienne encore est le jardin immobile.

Je tressaillis alors de tout mon être. À peine si je parvins à articuler :

— Non, c'est le monde entier qui nous appartient.

Un soupir souleva sa poitrine. Il me prit par le coude. Nous étions seuls tous les deux sur la piste de danse, encerclés des regards pleins de curiosité malsaine de la ville tout entière. Elie et moi l'un en face de l'autre. Elie et moi nous tenant à bras-le-corps. Elie et moi accordant nos pas au rythme lent de la musique. Quand l'orchestre s'arrêta, un lourd silence s'établit sous la tente. Un silence fait d'étonnement, de désapprobation et de craintes informulées.

— Elie, dit la voix de Jasper Wade derrière nous. C'en est assez. On part.

Elie continua à me regarder au fond des yeux. Cinq secondes. Ses lèvres remuèrent. J'entendis à peine ce qu'elles disaient.

— Mes hommages, murmura-t-il en guise d'adieu.

Mes yeux se remplirent de larmes.

— Mes hommages.

Elie et les siens quittèrent la tente. Seule au milieu de la piste, je me tournai comme mue par un ressort invisible pour me heurter au regard sans merci de ma grand-mère.

Le lendemain, le vieux Neddler vint voir le shérif Lowden dans les locaux aux murs de marbre du commissariat de Burnt Stand.

— Je sais pas si ça veut dire quelque chose, mais ça me travaille depuis qu'on a repêché la voiture de Miss Clara.

Il décrivit la scène qui avait opposé en pleine nuit Clara et Jasper Wade devant son bar ; insistant sur la colère de Jasper, sa violence, les menaces de mort qu'il avait proférées à son encontre... précisant qu'elle était ensuite partie à la poursuite de Jasper sur les routes de montagne.

Un peu plus tard, sur le seuil de notre élégant salon de Marble Hall, le shérif Lowden rapporta mot pour mot la conversation à Swan.

— La dernière personne à avoir vu votre sœur en vie ce soir-là, c'est Jasper Wade. Et il avait de bonnes raisons de lui en vouloir. Je n'ose pas penser à ce qui s'est passé...

— Grand-mère, lançai-je en guise d'avertissement. Grand-mère...

Son visage au teint d'albâtre montrait une froideur encore plus stupéfiante que d'habitude.

— Sors d'ici, Darl, ordonna-t-elle d'un ton glacial.

Je me rebiffai, au moins à l'intérieur. Je n'allais pas la laisser faire une chose pareille au père d'Elie ! Mais que dire ? « C'est nous, Mr Lowden. Grand-mère, Matilda et moi. On a laissé Clara se noyer dans la fontaine et on a traîné son cadavre à travers bois au cœur de la nuit pour l'enterrer à l'ombre des fleurs de pierre. » Oh, Matilda ! Oh, Karen ! Je n'avais pas le droit de les entraîner dans ma chute.

— Grand-mère, répétai-je en serrant les dents. Mr Wade n'est pas un meurtrier. Je le sais, je le sens.

La lueur sauvage qui brilla alors dans ses yeux me donna la chair de poule. Le combat qui nous opposait s'était mué en guerre déclarée, quoique muette.

— Je suis sûre que tu as raison. Rassure-toi, le shérif va seulement poser quelques questions à Mr Wade.

Le policier confirma par un hochement de tête tout en me regardant avec gentillesse :

— C'est vrai, Darl, tu es une brave petite qui pense toujours du bien des autres. Et je te félicite. Je te promets que je ne vais pas les embêter plus que nécessaire. Je vais juste faire un saut au cottage pour discuter un peu avec Jasper Wade ; qu'il m'explique quelques petites choses. Ensuite, on n'en parlera plus. Personne n'a rien à craindre, mon petit.

« Vous voulez dire qu'on a tous tout à craindre ! », brûlai-je de m'écrier, mais j'étais comme congelée à l'intérieur. J'étais en train de m'initier à l'art de la dissimulation : il est préférable que certaines vérités restent non dites.

— Bon, soupirai-je, faussement résignée.

D'un pas lent, je sortis du salon sous l'œil étrangement fixe de Swan. Mais, une fois dehors, je me mis à courir, à courir... Je filai le long de la piscine à présent bâchée pour l'hiver, dégringolai l'escalier de marbre et m'enfonçai entre les arbres de la forêt.

Une remorque en bois. Des meubles et tout un bric-à-brac. Un nouveau moteur pour le vieux pick-up. Une petite liasse de dollars – ils avaient vidé leur compte à la banque de Burnt Stand – fourrée dans une boîte en carton sous le siège du conducteur. Voilà tout ce qui pouvait témoigner des changements, en bien et en mal, que leur séjour dans cette ville avait apportés dans leur vie. Ils repartaient ainsi qu'ils étaient venus, trois ans plus tôt : comme des romanichels. Les larmes aux yeux, Elie serra de toutes ses forces la corde autour des meubles qui s'entassaient dans la remorque.

— Voilà, on n'a plus rien à mettre, déclara son père en jetant son manteau dans la cabine du pick-up.

— On a encore ça, dit sa mère qui sortait du cottage avec une boîte en carton.

Elie ne fit qu'un bond pour la lui prendre des bras.

— Tu peux lui trouver une petite place ? demanda-t-elle, les yeux tout gonflés et rouges. Attention. C'est notre pique-nique... des sandwichs à la dinde. Cale-le bien dans un coin à l'arrière du pick-up. Faudrait pas qu'il se fasse écraser.

Un pique-nique ! Leur repas de Noël ! La dinde rôtie qu'ils auraient dû déguster tous les quatre autour d'une table joliment dressée, la voilà à présent emballée dans du papier sulfurisé. Elie réprima un hurlement de rage en passant le carton à son père occupé à ranger des sacs de vêtements à l'arrière du camion. Jasper, comprenant ce qu'il y avait dans les boîtes en plastique, se redressa, blanc comme un linge.

— Qu'ils aillent tous au diable ! souffla-t-il tout bas.

Puis, tapant du poing sur la carrosserie du camion, il vociféra :

— Au diable mon père ! Au diable cette ville ! Au diable cette peste de Clara Hardigree !

Sortant à l'instant du cottage, Bell cacha ses pleurs dans le sac à provisions débordant de décorations de Noël qu'elle transportait.

— Je veux pas partir ! C'est chez nous ici ! sanglota-t-elle.

Sa mère la prit tendrement dans ses bras.

Ainsi se présentait le tableau de famille quand Darl jaillit des massifs de rhododendrons en surplomb du cottage.

— Elie ! hurla-t-elle.

Il courut à sa rencontre. Darl, ses cheveux longs piqués de brindilles et de feuilles mortes, avait le visage cramoisi et soufflait comme un phoque.

— Je... j'ai fait aussi vite que j'ai pu, Elie, le shérif va...

— Reprends ton souffle ; chut ! lui dit-il en passant un bras autour de ses épaules et en la guidant vers la maison.

En apercevant le camion et la remorque prêts à

prendre la route, Darl émit un gémissement d'animal blessé.

— Non ! s'écria-t-elle.

Dans un sursaut d'orgueil, Elie déclara :

— Écoute, tu vas rentrer chez toi. Ne te retourne pas. Je ne vais pas te dire au revoir. Non. Je t'écrirai dès que nous aurons trouvé un endroit où nous installer.

Mais Darl se cramponna des deux mains au col de sa chemise et le secoua de toutes ses forces :

— Elie, la police va venir arrêter ton père !

Jasper s'avança alors en prononçant lentement, douloureusement :

— Que dis-tu là ?

« Mon Dieu, Papa, se dit Elie. Est-ce toi ? » Darl avait donné l'alerte trop tard. Déjà des bruits de moteurs se rapprochaient sur le chemin de terre battue. Deux voitures de police surgirent dans le virage et pilèrent devant la maison. De la première sortit le shérif Lowden, saluant à la ronde d'un aimable signe de la main. Il était accompagné du plus musclé de ses lieutenants, un ancien GI du nom de Canton.

Elie remarqua que ce dernier avait la main sur la crosse de son revolver. L'officier Canton était venu un jour dans son école parler aux élèves de la sécurité. Il s'était vanté d'être appelé dans les cas les plus « délicats ». Et, dans une ville aussi paisible que Burnt Stand, une affaire de meurtre relevait à coup sûr de cette catégorie.

— Annie, reste en arrière avec les enfants, ordonna son père.

Puis, croisant le regard de son fils, il ajouta :

— Elie, occupe-toi de ta mère et de ta sœur.

Elie se posta devant sa mère et Bell. S'il ne put empêcher Darl de le suivre, il l'obligea cependant à se mettre derrière lui. Toutes trois se pressèrent contre son dos.

Son père, pour sa part, fit face au shérif :

— Nous partons. Je ne vais pas attendre la lettre de licenciement de Mrs Samples.

Le policier émit un soupir sonore. Derrière lui, l'officier Canton écarta lentement les jambes, la main toujours sur son revolver.

— Pas si vite, Jasper ! lança le shérif. Il faut qu'on parle tous les deux. Et pas de blague surtout !

— Je n'ai rien à me reprocher ! protesta Jasper.

— J'ai entendu dire que vous aviez rencontré Clara le soir de sa disparition dans un bar de Doe Moutain.

Elie sentit sur ses épaules se crisper les doigts de sa mère. Il écouta en serrant les dents le shérif décrire dans tous ses détails sordides la scène à laquelle il avait lui-même assisté. Sa mère laissa échapper un gémissement sourd. Son père, qui leur tournait le dos, courbait les épaules.

— Où vous êtes allé quand elle vous a suivi ? interrogea le shérif en dévisageant Jasper.

— Il est rentré tout droit à la maison ! intervint Annie Gwen d'une voix rauque. Il a passé la nuit ici.

Jasper se retourna pour regarder sa femme avec des yeux pleins de larmes, d'amour et de regret.

— Annie, arrête ! dit-il d'un ton rude.

Puis il fit de nouveau face à Lowden.

— Ma femme essaye de m'aider, mais je n'ai rien à cacher. Je vous dis la vérité. J'ai laissé Clara Hardigree me dépasser, ensuite je suis monté jusqu'à Cheetawk Point où je suis resté un long moment à regarder les étoiles et à réfléchir. Je suis rentré à la maison juste avant l'aube.

Lowden secoua tristement la tête.

— Je suis désolé, Jasper, mais pour moi ce n'est pas un alibi. Vous avez eu amplement le temps, si je puis me permettre, de tuer Clara Hardigree et de jeter sa voiture avec son corps dans Briscoe Lake. Vous avez eu tout le loisir de commettre un meurtre cette nuit-là, Jasper, et vous aviez un mobile parfait.

— Je n'ai pas tué Clara Hardigree, articula Jasper, les poings serrés. Je ne l'ai pas tuée et je ne l'ai pas jetée dans ce lac. C'est du délire.

— Vous allez venir avec moi maintenant pour répondre à quelques questions...

— Vous m'arrêtez ?

— Vous arrêter ! Tout de suite, les grands mots ! Je veux juste enregistrer votre déposition. Vous raconterez votre histoire, on prendra vos empreintes, voilà tout. Allons, venez. Montez dans ma voiture. Ce ne sera pas long. C'est même pas sûr qu'on vous garde pour la nuit. Tout ce qu'on vous demande, c'est un peu de bonne volonté.

Jasper resta totalement immobile. Elie sentit ses jambes se dérober sous lui. Il lisait dans les pensées de son père à livre ouvert. Une enfance misérable, la mort du père dans un accident de carrière alors qu'il était encore tout petit, son incapacité à apprendre à déchiffrer les mots qui se brouillaient bizarrement dans sa tête, son talent de tailleur de marbre, son arrivée à Burnt Stand en qualité d'indigent sauvé par une œuvre de bienfaisance, son ascension, puis aujourd'hui sa chute. C'était au-delà de ce qu'il pouvait supporter. Être accusé de meurtre devant sa femme, son fils, sa fille si fragile, se voir menacer de la honte de traverser la ville à l'arrière de la voiture du shérif. À la veille de Noël, le mauvais sort avait fini par avoir raison de lui.

— Va leur parler ! s'écria Elie. Papa, je viens avec toi !

Son père hocha la tête de manière presque imperceptible en déclarant au policier :

— Je vous promets de quitter la ville avant ce soir, mais il n'est pas question que j'aille en prison. Même pas pour un interrogatoire.

— Je ne peux pas vous laisser partir, Jasper. Allez, ne faites pas d'histoires, montez.

Jasper se tourna alors pour se diriger vers le pick-up. Lowden le regarda s'éloigner, bouche bée :

— Ne bougez pas, Jasper. Ça me rend nerveux et Canton n'aime pas ça, quand je suis nerveux...

Canton sortit son revolver de son étui. Jasper ouvrit la portière du camion côté conducteur et plongea la main sous le siège. Elie tressaillit : il savait ce que son père avait glissé à côté de la boîte contenant leurs économies. « Non, non, pas ça, Papa, pas ça ! » Elie allait hurler ces mots quand derrière lui sa mère poussa un grand cri.

Son père avait à présent son pistolet à la main.

— Jasper Wade, je vous ordonne de jeter cette arme, prononça Lowden.

Pendant ce temps, Canton avait braqué son revolver sur Jasper. Sans viser, ce dernier leva son arme, tâtonnant manifestement à la recherche de la détente.

— Allez-vous-en ! s'écria-t-il. Je vais quitter cette ville. C'est tout ce que je demande.

— Jette ton arme !

— Impossible !

Son père enroula son index autour de la gâchette. Peut-être avait-il seulement l'intention de tirer en l'air – une balle pour le Très-Haut avant de poser le pistolet sur le capot du camion et de se rendre. On ne lui en laissa pas le temps.

L'officier Canton lui logea une balle dans le cœur.

9

J'étais allongée dans mon lit, dans le noir, abrutie par des calmants, à peine consciente des mots échangés par Swan, le shérif Lowden et notre médecin de famille.

— C'est vrai, je vous jure, docteur, je l'ai sortie de là dès que je l'ai vue, là, cachée derrière les autres, disait le policier. Elle était comme folle. J'ai dû la traîner. Vous avez vu dans quel état elle était quand vous êtes arrivé. Hystérique.

Ma chambre était sens dessus dessous. Objets brisés, renversés, vêtements étalés un peu partout. J'avais même cassé les carreaux du bow-window qui donnait sur la forêt. Mes mains étaient emmaillotées dans des pansements.

— Cette enfant doit garder le lit pendant au moins une semaine, décréta le médecin d'une voix chuchotante. Peut-être plus, on verra.

— Je ne pense pas que ce sera nécessaire, observa Swan d'une voix lasse.

— Écoutez, Mrs Swan, au cours de ces derniers jours, elle a assisté à la chute mortelle de Preacher Al dans la carrière, elle a perdu sa grand-tante et maintenant, voilà qu'elle a vu un homme se faire abattre d'une balle. Si ça continue, elle va finir avec une dépression nerveuse.

— Non, elle va devenir une âme forte. Elle l'est déjà beaucoup plus que vous ne le croyez.

— Une âme *dure*, vous voulez dire. Pas forte. Bizarre et dure.

— Deux traits de caractère très utiles. Le monde est sans pitié pour les faibles, ou les tendres, si vous préférez.

Les deux hommes lui jetèrent des regards stupéfaits. Le médecin se racla la gorge :

— Bon. Toujours est-il que la seule façon de la faire se tenir tranquille en ce moment, et d'empêcher qu'elle ne se blesse, c'est de lui donner des barbituriques.

Après un silence prolongé, Swan finit par acquiescer :

— Donnez-moi une ordonnance. J'enverrai quelqu'un à la pharmacie.

Le médecin et le shérif s'en allèrent. Je sentis vaguement la fraîcheur de la paume de Swan sur mon visage. J'entrouvris les yeux. Elle s'assit à côté de moi au bord du lit. Je respirais l'odeur de son parfum. Ce parfum qui devait désormais me donner la nausée...

— Quand j'étais petite, me confia-t-elle à voix basse, comme si elle démarrait un conte de fées, j'ai appris à pleurer en silence, afin que les messieurs dans la maison de ma mère ne me trouvent pas.

Je cillai, le cœur en feu. Pleurer ? Ma grand-mère avait-elle jamais pleuré ?

— Ils n'étaient pas gentils avec les petites filles, tu vois, continua Swan. J'ai appris à Matilda à pleurer comme moi, sans faire de bruit. Nous avions le même père, mais il ne nous protégeait ni l'une ni l'autre. Quant à nos mères – celle de Matilda travaillait pour la mienne, et elle était noire, bien sûr ; elle ne comptait pour rien aux yeux de notre père. Elle est morte d'une maladie dont souffraient les femmes comme elle à l'époque, et ce fut ma mère – Grand-mère Esta – qui s'occupa de Matilda.

« Elle a été tentée de l'envoyer dans un orphelinat pour gens de couleur à Asheville, poursuivit Swan, mais je l'ai suppliée de n'en rien faire, et en fin de compte elle a cédé. "Tant que tu es sage, tu peux la garder", m'a-t-elle dit, comme si on était encore au temps de l'esclavage et que l'on pouvait posséder quelqu'un comme un objet. Dans l'esprit de ma mère, tout le monde était un esclave d'une sorte ou d'une autre. Après tout, elle gagnait sa vie en vendant des filles à des "messieurs".

« À partir de ce jour, ma mère a dit à qui voulait l'entendre que Matilda était ma "femme de chambre", ça faisait chic. Les clients trouvaient ça "charmant". Mais Matilda et moi savions que nous étions demi-sœurs. Nous savions aussi que nous ne pouvions compter sur personne d'autre que sur nous-mêmes. Il y avait des cachettes formidables dans la grande maison de ma mère. Les filles n'arrivaient jamais à nous trouver... Ni les messieurs.

Swan prit dans ses mains un de mes poings bandés. Sans doute pensait-elle que j'étais trop abrutie par les drogues pour comprendre et mémoriser tout ce qu'elle était en train de me raconter. Pourtant chacun des mots qu'elle prononça ce jour-là est resté gravé en moi.

— Nous avions à peu près cinq ans quand Clara est née. Notre père, A. A. Hardigree, était un véritable ivrogne. Ce soir-là, il était en bas en compagnie d'une fille. Matilda et moi, on était cachées dans l'armoire du couloir. On l'a espionné quand il est sorti de la chambre de cette fille. La chemise sortie, le pantalon déboutonné, il puait l'alcool et la sueur.

« C'était un grand type, plutôt beau, avec des mains de carrier, sauf qu'il était si élégamment mis qu'on voyait bien qu'il ne taillerait plus jamais de marbre de sa vie. La carrière lui appartenait. Il avait construit la ville pour lui et ses ouvriers. Il se conduisait en seigneur. Devant lui les gens tremblaient de peur. Bref, à un moment donné, on a entendu du bruit à l'étage. Ma mère s'était levée de son lit de douleurs et avait réussi à se traîner jusqu'au palier. Elle se cramponnait à la rampe et lui lançait des injures en pleurant. Sa chemise de nuit trempée de sang lui collait au corps. Elle avait des longs cheveux bruns, comme toi, comme moi, et des yeux bleus avec une expression terrible. Elle était incroyable, terrifiante, magnifique. "Je viens de te donner une deuxième fille *blanche*, déclara-t-elle. Tu es content ?" Et lui, il a renversé la tête en arrière et lui a adressé un sourire moqueur, comme si la naissance de Clara avait été une bonne blague. "Les garçons et le marbre, voilà tout ce qui a de la valeur ! Mais que vaut la bâtarde d'une putain ? Néant !"...

Tout en parlant, Swan suivait du bout du doigt les bordures rugueuses de mes pansements.

— ... Je pense que c'est cette nuit-là que ma mère a décidé de sauver ses enfants du destin qu'il nous préparait. Elle a décidé de devenir quelqu'un et de faire de nous des « dames ». L'été suivant – pendant la pire des canicules –, elle nous a réveillées au milieu de la nuit et nous a fait sortir de la maison – Matilda et moi, avec bébé Clara dans les bras – sous la surveillance d'une de ses « filles ». La fille nous a entraînées toujours plus loin, puis, quand on a été en dehors de la ville, elle s'est effondrée en larmes – elle avait peur de la forêt, du noir, de la montagne et aussi de ma mère. Alors elle nous a tout simplement abandonnées toutes les trois à notre sort.

« Matilda et moi nous sommes serrées l'une contre l'autre, et nous avons serré Clara contre nous. On ne comprenait pas ce qui nous arrivait. Il n'y avait presque plus d'arbres sur les collines à cause du déboisement. Il ne restait que des moignons. On voyait la ville de là où on était, et les éclairs de chaleur qui tombaient sur les maisons en rondins. Burnt Stand n'était pas comme aujourd'hui. Tout était en bois. Et puis subitement – je m'en souviendrai toute ma vie –, les maisons ont pris feu ! Toute la ville a pris feu d'un seul coup ! Des tourbillons de chaleur et de fumée sont montés jusqu'à nous. On s'est enfuies.

« Il y avait une source – elle est asséchée depuis longtemps – mais à l'époque elle coulait tout là-haut, sur Bald Stone Trace, au milieu des rochers et des arbres. Elle formait un étang ravissant. Matilda et moi adorions aller y jouer. Nous prétendions que des fées vivaient dans l'eau. On est montées jusqu'à cette source et on s'est assises au bord, un peu soulagées. Clara étouffait à cause de la chaleur. Nous l'avons baignée dans l'eau fraîche. Je me rappelle combien nous nous sentions libres et en sécurité là-haut. Combien nous étions fières d'avoir échappé aux flammes, d'avoir sauvé Clara. Depuis, j'ai toujours adoré l'eau.

« La maison de ma mère était gigantesque, tout en bois, avec un toit en goudron. Elle a brûlé comme un vieil épi de maïs. Tout le monde en est sorti en hurlant, certains avec leurs vêtements en flammes. Notre père, lui, n'en est jamais ressorti. Il serait mort dans le lit de ma mère, paraît-il. Les gens ont dit que c'étaient les éclairs de chaleur qui avaient provoqué l'incendie. Mais Maman, elle, n'a rien dit.

« Et puis elle a sorti le testament de notre père et a engagé un avocat d'Asheville pour la défendre. Elle a juré qu'il lui avait laissé la carrière. Juré que le testament la désignait comme son épouse. Et elle a gagné. Elle est devenue Mrs Hardigree. Tout lui appartenait – les ruines calcinées de la ville, la carrière, le nom, la fortune. Elle n'a jamais regardé en arrière. Nous non plus...

Swan poussa un profond soupir avant d'enchaîner :

— ... Mais Clara n'a jamais compris d'où nous sortions. Elle a grandi dans un état d'esprit très différent de Matilda et de moi. Elle n'a jamais connu ce qu'était la vraie terreur. Elle n'a jamais souffert d'être humiliée. Elle n'a jamais compris pourquoi nous étions si prudentes, si résolues à nous hisser au-dessus de notre condition de départ. Maman a reconstruit la ville tout en marbre. Ça lui a pris beaucoup de temps. Elle a négligé l'éducation de Clara. Clara pouvait faire tout ce qu'elle voulait. Peut-être que Maman la détestait parce que c'était à cause d'elle, de sa naissance, que notre père avait eu ces mots si durs. Je n'en sais rien. Maman ne s'est jamais beaucoup étendue sur ses sentiments. Nous n'étions pas proches l'une de l'autre.

« Matilda et moi avons fait de notre mieux, mais avec Clara, c'était perdu d'avance. Elle ne voyait vraiment pas pourquoi nous tenions tant à ce que l'on nous respecte. Nous, on savait que l'argent, le pouvoir, la réputation, ça se perd aussi vite que ça se gagne. Clara ne voyait qu'une chose : elle était née riche, belle et gâtée.

« Nous étions déjà adolescentes quand Maman s'est lancée dans son plus grand projet d'architecture. Elle souhaitait engager un maître de la taille pour construire un palais, pour elle, et de belles maisons, pour la ville, tout en marbre rose. Elle fit circuler un appel d'offres dans les carrières de tous les États du Sud, jusqu'à ce qu'elle trouve un homme, dans le Tennessee. Un certain Anthony Wade. Un jeune homme d'une beauté extraordinaire. Très brun. Pauvre et ignorant, mais si distingué pourtant. Et un véritable génie en matière de construction et de taille de la pierre. Il possédait comme un sixième sens pour le calcul et la logique... Comme Elie, un peu...

J'émis un long miaulement et tentai en vain de repousser sa main crispée sur mes pansements.

— Écoute-moi bien, il faut que tu comprennes, s'obstina-t-elle. Ailleurs, à une autre époque, il aurait pu devenir un architecte de renom. De s'être retrouvé ici, dans un sens, ce fut une chance pour lui. *Car il n'y a pas de progrès sans sacrifices*. Voilà au moins une chose que l'expérience vous apprend.

Elle ferma un long moment les yeux, puis reprit :

— Ma mère, donc, l'a engagé et s'est entichée non seulement de son travail, mais aussi de sa personne. Elle avait déjà un certain âge, mais elle était toujours très belle et séduisante. Je crois qu'elle a vraiment été amoureuse de lui, et que c'était réciproque... Du moins, disons qu'il n'était pas malheureux de recevoir ses faveurs. Au début en tout cas. La grande crise des années 30 se terminait tout juste, il y avait encore beaucoup de chômage, la pauvreté était affligeante. Elle *possédait* vraiment ses carriers. Elle tenait la ville tout entière sous sa coupe.

« Elle fit construire par Anthony Wade cette maison, le Stone Cottage et le Stone Flower Garden. Elle meubla luxueusement le cottage et l'y installa. Il est vite devenu une célébrité dans la région. Ensuite, elle l'a mis à l'œuvre en ville, où elle tenait à édifier des bâtiments publics et de belles maisons de pierre. Son talent de bâtisseur était stupéfiant. Les gens ne se doutaient pas qu'aux yeux de ma mère il avait aussi d'autres talents. Elle le tenait à sa disposition dans sa petite maison au bout de la propriété.

« Je me suis mise à détester ma mère, à cause de tous les ragots qui couraient en ville à propos d'Anthony Wade. Tout comme j'ai détesté Clara qui, à peine sortie de l'enfance, couchait déjà avec tout ce qui portait culotte à Burnt Stand – sauf Anthony, qui ne lui a jamais accordé même un regard.

Swan retomba dans le silence, ferma les yeux. Quand elle les rouvrit, ils brillaient d'une étrange lueur.

— Tu comprends, reprit-elle, il couchait avec Maman par nécessité, mais il était en fait tombé amoureux de Matilda. J'aurais dû le voir venir. Matilda était tellement troublée, tellement incertaine quant à la place qu'elle occupait. Elle et moi, nous étions toutes les deux de grandes filles bien élevées, bien éduquées. On se ressemblait de bien des façons, et pourtant la société n'avait pas la même attitude vis-à-vis de l'une et de l'autre. Elle avait la peau plus mate qu'une Blanche, et des cheveux crépus. Elle était très belle, mais elle était noire. Et les garçons, les Blancs, autour de nous, ne se privaient pas de le lui rappeler. Cela avait fini par la rendre distante, méfiante. Je faisais tout mon possible pour l'aider, mais il n'était pas en mon pouvoir de changer le monde dans lequel nous respirions.

« Comme ma mère m'avait inscrite dans une école – oh, une école très chic d'Asheville –, j'insistai pour emmener Matilda avec moi en dépit du qu'en-dira-t-on : on chuchotait que je ne pouvais me séparer de ma femme de chambre ! Nous avons logé chez des cousins Samples ; c'est comme ça que j'ai rencontré ton grand-père. Matilda, elle, n'a pas été autorisée à suivre les mêmes cours que moi, ni aucun cours d'ailleurs, ce qui nous fut à toutes les deux très pénible. Elle décrocha un emploi de secrétariat chez un homme de couleur qui vendait des assurances à la population noire de l'État. Matilda n'était pas amoureuse de lui, mais elle se sentait seule, et il était persévérant. Elle se mit à sortir avec lui. Si bien que tout le monde pensait qu'ils allaient se marier.

« Nous sommes rentrées à Burnt Stand pour les grandes vacances juste avant mes fiançailles avec le Dr Samples. Un jour, Maman nous a envoyées au cottage pour donner à Anthony des dessins qu'elle avait elle-même tracés en vue de la construction d'un nouveau bâtiment en marbre. Comme je préférais ne pas me retrouver seule à seul avec lui dans cet endroit loin de tout, j'avais demandé à Matilda de m'accompagner. Nous avons pris la superbe voiture de Maman, une Cord. Nous étions à la fois nerveuses et insouciantes. Anthony Wade était le "factotum" de ma mère – nous savions ce que cela signifiait.

« Mais au cottage nous attendait une des plus grandes surprises de notre vie. Anthony avait construit à côté de la maison une cage qu'occupaient deux faons. Quand nous sommes arrivées, il était en train de leur donner le biberon, comme à des petits veaux. Leur mère avait été tuée par des chiens. Il les avait trouvés dans la forêt. Il fallait les nourrir comme des bébés, c'était épuisant, d'ailleurs il était épuisé ; mais c'était plus fort que lui : il devait les sauver. "Je peux vous aider ?", a demandé Matilda. Elle était extatique. Elle qui n'adressait jamais la parole à un Blanc, elle n'avait pas su résister.

« Quant à Anthony Wade, je n'oublierai jamais le regard qu'il a posé sur elle : à croire qu'une princesse s'était abaissée à lui dire un mot gentil. "Si une dame aussi gentille que vous les caresse, je suis sûr qu'ils vont vouloir vivre", a-t-il déclaré. Matilda a posé sa main sur son cœur, comme pour lui montrer qu'il venait de le lui prendre. Pas un jour ne se passa ensuite qu'elle ne descendît l'aider à nourrir les petites bêtes. Je l'ai vue tomber folle amoureuse de lui, et lui d'elle : un vrai coup de foudre.

« Bien sûr, cela n'était pas simple : un Blanc avec une fille de couleur. Je l'ai suppliée de ne pas le revoir, mais elle a refusé de m'écouter. Il était aussi fou d'elle qu'elle de lui. Ils allaient jusqu'à évoquer le mariage – ils voulaient partir, n'importe où, là où la loi les autoriserait à légaliser leur union.

Swan eut un instant d'hésitation et sa voix prit une inflexion plus douloureuse :

— Je savais qu'ils couraient à la catastrophe. J'aurais dû deviner que Clara allait la provoquer...

« Clara les a surpris tous les deux au cottage. Elle avait seize ans ; elle était immature et d'une jalousie maladive. Elle est allée tout raconter à Maman, et à tout le monde d'ailleurs. Toute la ville a su qu'Anthony Wade couchait avec la *femme de chambre* d'Esta Hardigree. Maman était folle de rage. Elle s'est précipitée chez Preacher Al – qui n'avait rien d'un illuminé à l'époque, ce n'était qu'une grosse brute de tailleur de pierre – et l'a payé grassement pour qu'il aille avec une bande de types réduire Anthony Wade en bouillie. Matilda eut vent de ses intentions et envoya Carl McCarl arrêter le massacre.

« Carl était déjà âgé. Il avait connu la mère de Matilda. En fait, il avait été son client préféré avant que notre père ne se la réserve pour son usage exclusif. Carl, donc, avait vraiment aimé sa mère, et il se comportait avec Matilda comme si elle avait été sa propre fille.

« Carl a réussi à sauver la vie d'Anthony, mais tout juste : ce dernier avait été sauvagement battu. Carl l'a transporté dans un hôpital du Tennessee. J'ai payé les frais médicaux. Personne ne s'attendait à ce qu'il survive. Pourtant il s'en est tiré, mais dans quel état... Dès qu'il a retrouvé l'usage de ses jambes, il a disparu corps et âme.

« Maman a jeté Matilda dehors en lui disant de ne jamais remettre les pieds chez nous. J'ai caché Matilda chez des amis à moi à Asheville. J'ai cru qu'elle allait mourir de chagrin après ce qui était arrivé à Anthony. Pire encore, elle était enceinte ! Enceinte de lui évidemment. La nouvelle parvint aux oreilles de son “prétendant” – l’homme des assurances – qui rompit aussitôt toute relation avec elle. Maman a menacé de me déshériter si je continuais à lui venir en aide. Ce fut une époque très pénible. Et Clara qui n’arrêtait pas de se moquer ! Par miracle, je parvins à tenir toute cette histoire cachée à la famille de mon époux, ton grand-père. Au début, ils ne se doutaient de rien ; puis, quand les bruits sont quand même arrivés jusqu’à eux, nous étions déjà fiancés. Mais je savais qu’il fallait agir si je voulais préserver notre avenir, à Matilda et à moi.

Swan se tut un long moment. Les échos tragiques de son récit se mêlaient dans mon esprit au souvenir de l’expression de chagrin, de honte et de souffrance qui s’était peinte sur les traits d’Elie tandis qu’il prenait son père dans ses bras, son père couvert de sang, son père mort. Je sentis comme une mosaïque d’images indicibles qui se repliait autour de moi, m’enserrant comme dans des chaînes de pierre. Swan finit par dire :

— Et puis Maman est morte brutalement, et tout a basculé...

Nouveau silence. Un silence qui pénétra ma conscience goutte à goutte, comme un lent poison. J’étais incapable de formuler ce qui se profilait à l’avenir, mais désormais, j’étais sûre que la mort de Clara n’avait pas été un accident fortuit.

— J’ai envoyé Clara dans une espèce de pension, dans l’Illinois... Un établissement dirigé par des religieuses catholiques...

Une espèce de pension... Une prison. J’étais prise de vertige.

— ... Je fis en sorte de recueillir la totalité de l'héritage de Maman : la carrière, cette maison, l'argent. Et, soudain, tous les doutes qu'avait pu entretenir à mon égard la famille Samples ont comme fondu au soleil de ma fortune. J'ai épousé ton grand-père et nous sommes venus vivre ici. La fille de Matilda est née à Asheville ; elle était aussi blanche que toi et moi. Katherine était une beauté. Des cheveux d'un noir de jais, des yeux de braise : le portrait en fille d'Anthony Wade. Et une peau de la couleur du marbre rose.

« Je l'ai fait venir ici et j'ai raconté à ton grand-père qu'elle était la fille d'une cousine éloignée qui venait de mourir. Nous l'avons élevée. Puis j'ai fait venir Matilda, je lui ai donné une maison en ville et la charge de Marble Hall, pour qu'elle soit près de sa fille. Une année plus tard, ta mère est née. Julia et Katherine : quelle jolie paire elles formaient ! Matilda et moi avons élevé nos filles ensemble, sans leur révéler nos secrets. On les a gâtées, oui, mais on voulait faire d'elles des jeunes filles bien, fières. D'ailleurs, elles étaient formidables, intelligentes, fortes. Katherine était persuadée qu'elle était une Hardigree. Elle jouissait des mêmes privilèges que nous. Et Matilda veillait sur elle avec un orgueil douloureux...

Swan ralentissait son débit, comme si les mots avaient du mal à sortir.

— ... Clara revint un beau jour alors que Julia et Katherine étaient sur le point de décrocher leur diplôme de fin d'études à la Larson School d'Asheville. Elles étaient toutes les deux folles de joie à l'idée d'intégrer la fac à l'automne. Elles se réjouissaient de rencontrer toutes sortes de garçons séduisants. Elles avaient des vies en or.

« La vie de Clara, elle, n'était guère brillante. Elle avait été la maîtresse d'une série de gangsters, auprès desquels elle avait acquis des goûts et des manières peu recommandables. Mais voilà, comme elle commençait à vieillir – elle approchait la quarantaine – elle avait peur de voir ses charmes et donc son gagne-pain se flétrir. Elle voulait que je lui verse une pension. J'ai refusé tout net. Mais je sous-estimais son pouvoir de nuisance. En guise de vengeance, elle est allée raconter à Katherine et à Julia l'histoire de la famille. Sans omettre que Katherine était en fait la fille de Matilda.

Swan se tut brusquement. J'ouvris un œil pour voir son visage défait, son expression hagarde. Elle déversait en moi tout le fiel des secrets anciens comme dans une plaie ouverte.

— Clara a menacé de tout divulguer à leurs camarades de classe, à la bonne société qui leur ouvrait toute grande sa porte, à quiconque adulait les ravissantes cousines Hardigree. Matilda et moi étions effondrées. J'ai donné à Clara l'argent qu'elle réclamait et lui ai promis de lui verser désormais une pension. J'ai acheté son silence. Elle est partie. Mais le mal était fait.

« Ta mère et Katherine ne se sont jamais remises. Elles étaient si jeunes, si bien cloîtrées dans ce monde innocent et rose que nous leur avions construit, Matilda et moi.

« Maintenant, elles devaient vivre avec la conscience d'être les descendantes de prostituées. Plus, pour Katherine, le fait qu'elle était métisse. Katherine adorait Matilda, mais elle la considérait comme une gouvernante, une nounou, une employée de maison. Et désormais, elle savait que c'était sa mère : une femme de couleur qui n'avait pas le droit à une chambre d'hôtel si je ne spécifiais pas que c'était ma bonne ! Une femme à qui il était interdit de se soulager dans des toilettes publiques ! Une femme qui ne pouvait étancher sa soif à une fontaine réservée aux Blancs ! Et cette femme était la mère de Katherine.

« Julia et elle étaient toutes les deux inconsolables. Elles nous accusèrent d'hypocrisie, de mensonge, comme si nous étions responsables de cet héritage dont nous avions si fort tenté de les préserver. Elles avaient le cœur brisé. Elles avaient honte. Elles étaient cruelles sans s'en rendre compte. La seule solution qu'elles envisageaient, c'était la révolte, contre nous, contre leur vie, contre ce lieu : elles se jetaient à corps perdu contre un ennemi invisible. Katherine s'est enfuie. J'avais peur que Julia ne l'imite. Je l'ai retenue prisonnière entre ces murs. Je l'ai menacée. Je l'ai fait surveiller jour et nuit. Je ne la laissais jamais se déplacer seule. Et bien sûr, elle n'en fut que plus résolue à me détruire...

Swan se pencha vers moi d'un air affligé, comme si elle cherchait à s'excuser.

— ... Elle était une princesse enfermée dans son donjon, et je suppose que ton père s'est pris pour son prince charmant. Elle voulait être sauvée, enlevée. Et son prince devait être de la plus basse extraction possible ; celui dont je ne voudrais pour rien au monde. Elle tomba enceinte, elle l'épousa en secret. Tout cela à mon insu...

« Je pris encore une mauvaise décision en essayant de gagner son jeune mari à ma cause en l'achetant. Je lui offris le Stone Cottage, un emploi de contremaître à la carrière. Il ne se fit pas prier. Mais ta mère m'a haïe à cause de cette manipulation, et s'est prise à le haïr lui aussi pour s'être laissé manipuler.

« Ils n'étaient pas faits l'un pour l'autre. Lui, c'était une brute, un garçon sans éducation. Elle a vite compris qu'elle n'avait pas d'avenir avec lui. Ils se disputaient tout le temps, mais elle refusait de le quitter – pour me narguer, je crois. Quand tu es née, je t'ai prise sous ma garde. Le jour où ta mère et ton père sont morts, ils allaient à une audience au tribunal pour essayer de te récupérer... En s'unissant contre moi, ils avaient enfin réussi à former un couple. Mais c'était trop tard.

Quelle que fût la raison qui la poussait à raconter tout cela à une fillette de dix ans traumatisée, anesthésiée par les barbituriques, j'en tirai une étrange et paradoxale consolation. Ma mère ne m'avait donc pas abandonnée. Comme à une planche de salut, je me raccrochai de toutes mes forces à cette pensée. Swan me dévisagea calmement.

— Tu as compris chaque mot que j'ai prononcé, dit-elle. C'est incroyable.

Elle serra un peu plus fort mon poing bandé.

— Bien, alors je vais t'apprendre la suite. Nous avons fini par trouver Katherine. À New York. Elle avait intégré un groupuscule qui militait pour les droits civiques. Là, elle avait rencontré un garçon, un Noir, et lui avait confié son histoire. Et elle l'avait épousé. Je suppose qu'elle l'aimait. Je n'en sais rien. Toujours est-il qu'il fut envoyé au Viêtnam. Il fut tué au combat. Une semaine plus tard, Katherine confia sa fille Karen à une amie. Et se donna la mort.

« Matilda et moi, nous sommes allées à New York pour chercher Karen. On a ramené le corps de Katherine ici pour l'enterrer à côté de Julia dans un caveau anonyme. Personne ne le sait, mais elle est là ; dans le caveau des Hardigree. On a ramené Karen ici pour l'élever avec toi. Nous savions qu'un jour ou l'autre, nous allions être forcées de vous dire au moins une partie de la vérité. Nous attendions que vous soyez assez grandes... Il semble que ce moment soit venu.

Je bougeai les lèvres ; aucun son ne sortit de ma bouche. Swan y posa trois doigts.

— Nous avons commis une erreur il y a trois ans en recherchant la famille d'Anthony pour la ramener ici. Matilda voulait les aider. Nous avons échoué. J'en suis désolée. Je t'avais promis. Mais si je te raconte tout cela, c'est parce que je veux que tu comprennes une chose : je n'ai qu'un seul véritable regret... J'aurais dû noyer Clara quand elle était bébé, la nuit de l'incendie, dans l'étang de Bald Stone Trace.

Tout ce qu'elle venait de me décrire – ces choses si émouvantes, si pathétiques, sur sa vie et celle de Matilda, sur ma mère, sur la mère de Karen, sur nous, sur Anthony Wade, sur Clara – était de peu de poids comparé à sa terrible et implacable volonté de détruire la vie des autres. Elle me forçait à accepter notre héritage ainsi qu'un rite d'initiation. Je lui offris la seule réponse susceptible d'apaiser ma propre colère :

— Je te hais, chuchotai-je.

Ses yeux se détournèrent, puis replongèrent dans les miens avec une expression d'une dureté inimaginable :

— Si c'était facile d'arrêter d'aimer quelqu'un, je te croirais.

Et elle me laissa dans l'obscurité. Je fermai les paupières.

Elie, Annie Gwen et Bell enterrèrent Jasper juste au sud de Nashville, Tennessee, dans le cimetière de l'église délabrée où son père Anthony avait été lui-même enterré plusieurs décennies plus tôt. Deux jours après les funérailles, Elie reprit le volant du pick-up et fila droit devant lui sur l'autoroute – peu lui importait où il allait, peu importait à sa mère et à Bell. Mais un soir, dans une miteuse chambre de motel au bord de la route, il leur déclara :

— Je vais m'occuper de nous.

Bell, qui s'était réfugiée dans un mutisme obstiné depuis une semaine, se mit à sangloter :

— Tu crois que Papa a pu faire ça ?

Sa mère sanglota à son tour :

— Non, non, jamais... Il n'aurait jamais pu.

— Je vais m'occuper de nous, répéta Elie, comme en transe.

Dans le secret de son cœur, il était persuadé que son père avait tué la grand-tante de Darl. Il était hanté par le souvenir des yeux de Darl au moment où le shérif l'avait emmenée de force : elle avait fixé sur lui des yeux écarquillés par la honte... honte de l'avoir connu, de l'avoir aimé... honte de savoir que son père avait sur les mains le sang de sa tante. Toute la colère du monde, tout le chagrin, toutes les bonnes résolutions qu'il venait de prendre au regard de sa famille, rien ne changerait jamais le sentiment de rejet violent qu'il avait cru lire au fond de ces yeux si bleus.

Il avait perdu Darl pour toujours.

J'avais perdu Elie. Inutile de me lancer à sa poursuite, car jamais je ne pourrais lui dire la vérité, et jamais il ne pourrait me pardonner. Je n'avais aucun droit. Où que j'aille et quoi que je fasse de ma vie à partir de ce jour, quelle que soit mon attitude vis-à-vis de Swan, même si j'échappais au plan qu'elle avait échafaudé pour moi, je resterais prisonnière de mes souvenirs, habitée par une culpabilité secrète pétrifiée dans mon cœur comme nos fleurs de pierre dans la forêt. Une voix mystérieuse née des profondeurs de mon inconscient me soufflait que ma mère ne m'avait pas abandonnée. C'était Swan, et Swan seule, qui l'avait écartée de moi.

Une chose était sûre : si, pour le moment, j'étais impuissante à échapper à Swan, cela ne saurait durer toujours. Animée par le courage de la révolte, j'étais prête à enfreindre des règles que ma grand-mère avait voulu me faire croire gravées dans le marbre.

Lorsqu'on cessa de me droguer, vers le mois de février ou de mars, je montai dans une petite pièce sous les combles de Marble Hall, une espèce de grenier encombré de vieilles malles et de boîtes en carton. À force de fouiller, je finis par trouver ce que je cherchais : les vêtements d'adolescente de ma mère. Comme elle était plus petite que moi, la jupe marron et le chemisier blanc étaient à ma taille malgré mes onze ans. Je retrouvai même une paire de mocassins, avec le penny encore glissé dans la bride sur le devant à la mode des années 60. Swan avait tout gardé ; elle avait posé les scellés sur la mémoire de ma mère.

Je commençai par enfiler ses chaussures. Car, sans avoir l'intention de mettre mes pas dans les siens, j'étais curieuse de connaître les pierres qui avaient pavé son chemin. Je mis ensuite la jupe marron et le chemisier blanc et, ainsi vêtue, je descendis le grand escalier. Swan se tenait debout à côté de la grande table ronde au milieu du hall d'entrée, les yeux dans le lointain, les mains autour d'un fin vase de marbre. L'espace d'un instant, juste avant qu'elle ne me vît, elle m'apparut dans toute son immense solitude. J'hésitai au bas des marches, mais elle entendit le frottement de mes semelles sur les dalles et leva les yeux.

Elle dut me prendre pour ma mère. Le vase de marbre lui échappa, se fendit en deux sur le sol en pierre.

Je demeurai dans une attitude hiératique, imperturbable.

— Le rose, c'est fini ! décrétai-je.

SECONDE PARTIE

Vingt-cinq ans après

10

La fin d'automne, non loin de Memphis, Tennessee. La vapeur du soir estompait le tracé du Mississippi que survolait le bimoteur Cessna d'Elie. La forêt de conifères et les marais qui s'étendaient à perte de vue de chaque côté des rives du vaste fleuve semblaient le mettre en garde. Mais Elie n'avait peur de rien. Il pouvait sans se vanter se dire un as de l'aviation. Il avait posé son Cessna dans les jungles d'Amérique du Sud, dans les montagnes canadiennes, dans les déserts de l'Ouest, dans de minuscules ports de pêche où les crocodiles ouvraient leurs gueules à deux pas des roues du train d'atterrissage. À trente-huit ans, il avait un visage anguleux tanné par le soleil, les mêmes yeux noirs que quand il était petit, les épaules larges et solides de son père, pas d'épouse, pas d'enfant, et plus de cinquante millions de dollars en banque. Joueur, investisseur, inventeur – il avait bourlingué un peu partout dans le monde où le hasard l'avait mené.

Mais aujourd'hui, le hasard n'y était pour rien.

Les eaux du Mississippi s'étiraient en contrebas comme un immense lac qui n'en finirait pas. Se fiant à un point de repère sur le rivage, il perdit de l'altitude, frôlant presque la cime des arbres. Il bouillait de rage. En contrebas, la forêt, comme atteinte d'eczéma, montrait de vilaines croûtes brunes. Et un peu plus loin, dressée au bord d'une des surfaces déboisées du chantier de construction, une grande enseigne au néon clignotait. Elie n'avait pas besoin de voir ce qui était écrit pour savoir où il se trouvait : *« Rivercross Landing – La maison de vos rêves à partir de 300 000 $. »*

Il n'eut pas de mal à trouver la courte section de route qui menait à l'entrée du lotissement. Il manœuvra son appareil entre les arbres d'une allée avec une dextérité de vieux professionnel. *Han Solo*, l'avait autrefois surnommé son instructeur à l'aéroclub. Et ce sobriquet lui était resté. *Solo*. Elie calcula avec précision sa vitesse par rapport à la distance qui le séparait des squelettes de bois des énormes bâtisses en construction. Train d'atterrissage sorti, il toucha terre. Il freina dans un nuage de poussière puis roula doucement le long des zones déboisées jusqu'à une caravane de chantier affichant sur sa porte la pancarte : « CANETREE DEVELOPMENT. »

Un ouvrier l'accueillit à la descente du Cessna.

— Vous êtes fou ou quoi ? s'exclama-t-il pour se taire aussitôt, impressionné par le regard d'Elie, sa haute taille, sa carrure, la musculature de ses bras, la force de ses mains larges.

L'homme recula respectueusement d'un pas devant cet inconnu vêtu d'une chemise bleue auréolée de sueur et de crasse, d'un vieux pantalon de l'armée et de gros souliers pleins de boue séchée.

Ses yeux noirs n'étaient plus masqués par des lunettes de vue ; il les avait troquées d'abord contre des verres de contact, puis contre une intervention chirurgicale au laser. Conscient de l'effet que son physique avait sur les gens, Elie hocha la tête, les yeux étincelants.

— Je suis le beau-frère d'Alton Canetree, dit-il en indiquant du menton la caravane. Il est là ?

— Oui, hum... Il n'est pas dans l'un de ses bons jours. Personne ne l'a vu aujourd'hui.

— Ça ne m'étonne pas.

Elie lança un as de cœur en l'air, le rattrapa entre pouce et index, puis le plaqua sur sa paume ouverte comme s'il s'agissait de jouer à pile ou face. Patience. Maîtrise de soi. Il compta jusqu'à dix. Les chiffres, eux, ne vous trahissaient jamais. En dirigeant ses pas vers la caravane, il glissa la vieille carte à jouer dans la poche de sa chemise.

Il ouvrit si brutalement la porte en métal qu'elle rebondit avec fracas contre le flanc de la caravane. Alton était affalé dans un canapé en vinyle, endormi, son bras replié sur ses yeux, le polo chiffonné, le pantalon plein de cendres de cigare, sa tête blonde trempée de sueur. Une bouteille de bourbon à demi vide et un cendrier débordant de mégots tenaient en équilibre au bord d'un classeur métallique.

Elie eut un instant d'hésitation, l'inquiétude et la surprise prenant le pas sur la colère. Ce n'était pas dans les habitudes d'Alton de se laisser aller. Au cours de ses cinq années de mariage avec Bell, il s'était toujours conduit en homme responsable, sur qui l'on pouvait compter. Il était en quelque sorte devenu le frère adoptif d'Elie, et le second fils de sa mère. Il adorait manifestement Bell, qui l'aimait de tout son cœur. Leur premier enfant, Jessie, une petite fille, avait six mois. Alton en était fou. Alors, que s'était-il passé ?

— Alton, nom d'un chien, lève-toi !

Elie se pencha sur son beau-frère et l'agrippa par le col. Dès la première secousse, Alton ouvrit des yeux bouffis injectés de sang. Il contempla Elie d'un air hagard. Alton ne s'était pas seulement soûlé, il avait pleuré ! Elie le prit par les épaules.

— Qu'est-ce qu'il y a ? Qu'est-ce que tu as fait à ma sœur ?

— Je ne savais pas quoi faire d'autre. Je l'aime trop pour continuer cette comédie.

— Écoute, je sais qu'elle a de drôles d'idées. Mais tu ne peux pas laisser tomber comme ça ta femme et ton bébé. Tu ne peux pas abandonner ta famille.

— Elie, une de ses voyantes a fini par lui faire perdre totalement la tête. Elle ne parle plus que de ce qui s'est passé quand vous étiez petits en Caroline du Nord.

Elie émit un grognement sourd. Bell était depuis toujours obsédée par le passé. Comme sa mère, elle n'avait jamais lâché le morceau, même quand toutes ses questions restaient sans réponse. Sauf que sa mère avait canalisé son désarroi dans ses prières et ses bonnes œuvres ; Bell, elle, s'était tournée vers les tarots et les médiums.

— Elle a trouvé ce moyen pour supporter ce qui nous est arrivé. Tu sais combien elle est fantasque. C'est juste une phase, ça va lui passer. Si elle te ruine avec ses extralucides, envoie-moi la note.

— Ce n'est pas seulement ça. C'est beaucoup plus grave. Et puis, je ne veux pas de ton argent. Si ce n'était qu'une question financière, je sais que tu nous donnerais un coup de main.

— Quoi qu'il en soit, tu vas rentrer tout de suite avec moi à Nashville. On bavardera en route. Je vais vous aider à trouver une solution. Tu verrais sa tête, elle vaut bien la tienne. Allez. Elle est chez Maman avec la petite.

Alton se leva tant bien que mal et, vacillant sur ses jambes, articula d'une voix épaisse :

— C'est pas aussi facile que tu crois... Une de ces folles lui a dit que vous devez tous retourner sur les lieux où votre père est mort. Dans cette ville... Là où vous avez vécu autrefois. À en croire le médium de Bell, la vérité est sous terre, enterrée, je ne sais pas quoi. Oh, et puis je n'en sais rien... Je n'arrive plus à raisonner Bell. Depuis la naissance de Jessie, je ne la reconnais plus ! Elle prétend qu'elle doit ça à notre fille, la preuve que son grand-père n'était pas un assassin.

— Je me fiche de ce qu'une de ces dingues de spirite peut bien avoir raconté à Bell.

— Elie, ta sœur s'est débrouillée pour vider nos comptes en banque dans mon dos, dit Alton en passant d'un geste rageur ses doigts dans ses mèches blondes. Elle a acheté pour un demi-million de dollars de terrain sans m'en avertir.

Elie se figea :

— Quel terrain ?

Alton enfouit son visage dans ses mains, ses épaules se soulevant dans un sanglot silencieux.

— Le terrain où vous viviez en Caroline du Nord. Avec le cottage et le jardin je ne sais plus quoi...

— Le Stone Flower Garden, prononça Elie en fixant sur son beau-frère un regard absent.

Alton acquiesça :

— Elle a l'intention d'y entreprendre des fouilles.

Le vol qu'Elie effectua pour rentrer à Nashville cet après-midi-là fut bref mais pénible. Comme il se l'était juré quand il était enfant, il vivait dans un endroit plat comme le plateau d'une table en marbre. D'une certaine façon, cette mise à niveau permanente était sa raison de vivre. Alors que, paradoxalement, il menait une existence de globe-trotter, un jour ici, un jour là, toujours seul, toujours dans les airs. Et Burnt Stand était peut-être le seul endroit où il se refusait à se poser, cette ville rose, ville de collines, ville de montagnes, où l'on ne trouvait ni surface plane ni réponse à ses questions. Même au bout de toutes ces années, il pensait encore à Darl tous les jours.

Il se posa sur une piste ménagée au milieu des champs et des bois. Au loin, les buildings de Nashville se découpaient sur le crépuscule. Le terrain qu'il avait acheté quelques années plus tôt se trouvait à quelques kilomètres seulement du cimetière où son père était enterré. Sa mère venait chaque semaine prier sur sa tombe et avait donné des milliers de dollars à l'Église. Elle était contente de vivre près de Jasper.

Elie monta dans l'énorme 4 × 4, un « SUV », qui l'attendait au bord de sa piste privée, et dévala un chemin de terre bordé de barrières blanches derrière lesquelles paissaient des vaches et des chevaux. Lorsqu'il n'était pas en voyage, Elie s'occupait de sa ferme, tentait de s'enraciner dans un terroir. Mais ils avaient tant changé de lieux, lui, sa mère et Bell, pendant toutes ces années d'errance, qu'il lui paraissait encore bizarre de demeurer longtemps au même endroit.

Marche devant toi et ne regarde jamais en arrière, se prenait-il souvent à penser.

Il passa devant des granges, des hangars et la petite maison de brique où logeaient le fermier et sa famille. Cet arrangement avait quelque chose de tout à la fois cruel et ironique quand il songeait à la situation des siens jadis à Burnt Stand. Aujourd'hui, c'était lui le propriétaire terrien. Il se rassurait en se disant qu'il versait à son employé un salaire suffisant tout en lui offrant de bonnes conditions de travail. Sa propre maison se dressa soudain devant lui après un dernier virage, si belle et charmante dans son nid d'arbres et de verdure, entourée des dernières fleurs de l'été. Il l'avait construite pour sa mère, dans l'esprit d'Annie Gwen qui penchait pour la grâce tranquille du foyer. Une maison vaste et simple, inspirée d'une photographie de ferme traditionnelle en bois blanchi qu'elle avait découpée dans un magazine de décoration, *Southern Living*.

Sa mère l'accueillit sur le seuil avec une expression tendre et inquiète. Annie Gwen avait près de soixante ans. Le dos droit, un peu d'embonpoint, un peu d'arthrose à la hanche. Elle entretenait chez le meilleur coiffeur de Nashville une coiffure courte et bouclée qui seyait à ses cheveux gris. Jetée négligemment sur l'épaule de sa robe, une petite couverture de bébé et une couche.

— Tu n'as pas pu persuader Alton de rentrer ? demanda-t-elle.

Elie fit non de la tête en embrassant affectueusement sa mère.

— Mais il l'aime. Je vais m'occuper du problème.

— Comment ? dit sa mère en s'écartant de lui,

l'œil hagard. Il t'a dit ce que Bell a fait ?... Elle prétend que Mrs Swan a mis le terrain en vente et...

— Je sais, Maman. Alton m'a raconté les détails.

— Elle est devenue folle ! Elle veut retourner la terre du coin où nous vivions à Burnt Stand, sans même savoir pourquoi.

— On ne va pas retourner là-bas. Et personne ne va ouvrir un chantier de fouilles !

Sa mère serra entre ses doigts le crucifix incrusté de diamants qu'Elie et Bell lui avaient offert une année pour Noël. Bell communiquait avec les esprits. Sa mère guettait un signe divin.

— Si je pensais qu'il y avait moyen de prouver que ton père n'a pas tué Clara Hardigree, tu sais très bien que je n'hésiterais pas. Mais ça, c'est tellement stupide !

— Non, Maman ! C'est le destin ! déclara la voix de Bell au-dessus d'eux.

Elie s'avança au milieu de l'entrée pour lever les yeux vers le palier. Bell se tenait en haut de l'escalier, pieds nus, en jean et chemisier de soie blanc. À trente-deux ans, elle avait encore des allures de femme-enfant. Des cheveux couleur caramel comme sa mère, et les mêmes yeux noirs qu'Elie. La petite Annie Jessamine Canetree – Jessie – dormait dans ses bras.

— Nous n'avons jamais eu l'intention de retourner là-bas, déclara Elie.

— Si nous n'y retournons pas, nous serons hantés tout le reste de notre vie ! Hantés ! répéta Bell en pleurant et en berçant son bébé. Je ne veux pas que ma fille grandisse elle aussi au milieu des fantômes.

— Ta voyante t'a dit n'importe quoi ! lui jeta

Elie sans cacher son impatience. Il n'y a rien d'enterré là-bas, que des mauvais souvenirs.

— Non, les coïncidences, ça n'existe pas. Quand la voyante m'a appris que la vérité se trouvait sous la terre à l'endroit où nous vivions autrefois, j'ai engagé un avocat pour qu'il se renseigne sur Swan Samples et la propriété. Elle va sur ses quatre-vingts ans. J'ai pensé qu'elle avait peut-être fait une donation à Darl qui...

Elie l'interrompit en frappant du poing contre la rampe :

— Tu n'as pas contacté Darl, quand même ?

— Non, non. L'avocat s'est contenté de discuter un peu avec les agents immobiliers de Burnt Stand.

Bell descendit lentement les marches, serrant la petite Jessie contre son épaule. Sa mère monta à sa rencontre en boitillant et prit avec une infinie douceur le bébé dans ses bras. Aussitôt qu'elle eut les mains libres, Bell les joignit et supplia son frère :

— L'avocat a découvert que Swan Samples avait mis en vente tout le terrain à l'arrière de la grande maison depuis plus d'un an ! Le Stone Cottage, le Stone Flower Garden, tout ! Elle veut vendre ! Tu ne trouves pas que c'est une coïncidence extraordinaire, Elie ? C'est comme si une force supérieure voulait que nous achetions la propriété !

— Tu as fait affaire avec Swan Samples ? Elle sait que c'est toi ?

— Non, j'ai préféré que l'avocat n'aille pas l'embêter avec ça ; c'est une vieille dame, maintenant.

— Tu ne crois pas qu'elle n'a pas eu la puce à l'oreille quand elle a vu débarquer les pioches et les bulldozers ?

— Elle est peut-être contente. Je suis sûre qu'elle aussi aimerait bien savoir la vérité sur la mort de sa sœur. Ils n'ont jamais trouvé le corps de Clara dans ce lac.

— C'est un grand lac, profond. Ça t'étonne ?

— Quelqu'un a tué Clara Hardigree. Et ce n'était pas Papa. Je vais creuser jusqu'à ce que je trouve une explication.

— Tu ne vas rien trouver du tout, déclara Elie d'une voix profonde ; nous n'allons rien prouver sauf que nous sommes de sacrés imbéciles. Et bien sûr, que nous sommes devenus riches.

Le rouge monta aux joues de Bell, ses yeux s'arrondirent sous l'effet de la colère.

— Pourquoi refuses-tu de croire en l'innocence de Papa ? Comment oses-tu agir comme s'il était coupable ? Tu ne veux pas blanchir son nom ? C'était notre père. Il nous aimait. Il ne mérite pas d'être considéré comme un assassin. Je ne veux pas que ma fille en grandissant entende que son arrière-grand-père était un gigolo et son grand-père, un criminel. Tu voudras qu'on raconte ça à tes enfants, quand tu en auras ?

Elie eut un instant d'hésitation. Il sentait les yeux de sa mère sur lui.

— Je n'aurai jamais d'enfants...

Sa mère émit un tout petit gémissement et berça la petite Jessie. Quant à Bell, elle leva les bras au ciel.

— Elie ! Tu ne te rends pas compte de la vie que tu mènes ? On dirait un vieux romanichel, toujours par monts et par vaux dans ton Cessna, couchant avec toutes les femmes qui se trouvent ressembler un peu à Darl Union...

— *Bell*, gronda Annie Gwen.

Bell soutint quelques secondes le regard sombre de son frère avant de reprendre :

— Je te demande pardon, Elie, mais tu sais que ce n'est pas bien. Tout ça, c'est à cause de Papa, n'est-ce pas ? Toi aussi ça te hante, comme ça me hante, comme ça hante Maman. La seule solution, je t'assure, c'est de retourner à Burnt Stand.

— Il n'y a rien d'enterré là-bas qui puisse changer ce que Papa a fait ou pas fait, décréta Elie. Il faut laisser le passé tranquille et aller de l'avant, voilà tout.

— Aller de l'avant ? Comme toi ? Je sais comment tu as employé ces dernières années, Maman aussi. On n'est pas des idiotes, tu sais.

— Je fais tout mon possible pour bien employer mon temps et mon argent, dit Elie avec un sourire crispé.

— On est au courant pour Darl et le Phoenix Group.

Silence. Les mots parurent résonner entre les murs blancs de l'entrée. Bell se tordit les mains.

— Tu ne peux pas continuer à jouer un rôle dans sa vie à son insu. Elie, c'est pas juste. Pas juste pour elle, ni pour toi.

— Elle n'a aucune raison de vouloir me revoir un jour.

— Tu ne sais même pas quels sont ses sentiments à notre égard. Tu ne sais même pas si elle pense que Papa est coupable.

— Si, laissa-t-il tomber d'une voix sourde. Je n'ai jamais oublié cet instant. Papa par terre avec ce flot de sang qui coulait de sa poitrine...

Il s'interrompit devant la pâleur soudaine de sa

mère. Puis, prenant une profonde inspiration, il ajouta :

— ... et son regard, les yeux de Darl.

Bell fondit en larmes.

— C'est pourquoi il nous faut retourner là-bas, dit-elle en posant avec tendresse sa main sur la sienne. Elie, tu ne te demandes jamais si Darl ne souffre pas autant que nous ? Elle aussi a envie de savoir ce qui s'est vraiment passé, non ?

— Et si on réussit seulement à prouver qu'il a tué sa grand-tante ?

Sa mère qui, jusqu'ici, avait laissé son fils exprimer ses doutes, intervint en disant d'un ton calme :

— C'est ça qui te fait peur, Elie ?

Elie ploya le cou en faisant oui de la tête. Blanche comme un linge, Annie Gwen s'assit sur une marche en serrant le bébé contre elle. Elie se pencha pour la prendre par le coude. Bell dévala les dernières marches de l'escalier en s'écriant :

— Maman !

Bell lui prit Jessie, puis s'assit auprès d'elle. Elie caressa les cheveux de sa mère. Cette dernière se redressa, essuya ses larmes.

— Votre père était la bonté même, et je sais tout au fond de moi qu'il n'a pas tué Clara Hardigree. On aura peut-être l'air d'une bande d'idiots si on se met à creuser la terre de Burnt Stand, mais ça m'est égal. Bell a raison. Il faut qu'on y retourne, il faut qu'on cherche, et prions le Ciel que nous trouvions la vérité et que la vérité soit supportable.

Elie sentit soudain un poids terrible peser sur ses épaules.

Darl.

Quand il séjournait à Nashville avec sa mère, Elie passait le plus clair de son temps dans une petite maison sans fenêtre qu'il avait construite dans les bois à quelques minutes de marche de la ferme blanche. Sur la porte, une petite plaque indiquait : « SOLO, INC. » – le nom de sa compagnie. Cette maison comprenait une chambre spartiate et une cuisine, mais surtout des pièces encombrées de livres et de CD-Rom sur les mathématiques, la science et la technologie. Dans d'autres pièces, des tables et des étagères accueillaient des outils d'ingénieur électronicien, du matériel électronique, des ordinateurs et tout un enchevêtrement de câbles divers qui enlaçaient comme des lianes les murs et les faux plafonds. La passion d'Elie pour ce domaine l'avait incité à investir dans plusieurs start-up qui valaient à présent des fortunes. Il avait les moyens de s'entourer de tous les appareils à la pointe du progrès.

Ce soir-là, installé dans un vieux fauteuil en cuir au milieu de ces machines impersonnelles au cerveau de silicone, il appuya sur quelques touches de son clavier pour faire apparaître sur son moniteur le générique de début d'un show télévisé diffusé par une des grandes chaînes nationales. Le présentateur expliqua le sujet qu'il comptait aborder et présenta son invitée.

— Bienvenue sur le plateau, dit-il à Darl. Nous sommes ravis de vous recevoir de nouveau parmi nous...

Elie laissa échapper un soupir. Elle était chaque fois pour lui d'une beauté à couper le souffle. Il avait fait de son mieux pour ne plus penser à elle après avoir quitté Burnt Stand, parce que son souvenir était trop douloureux. Mais, à présent, il la regardait à loisir sur l'écran de son moniteur.

— J'aurais préféré ne pas avoir à revenir, dit Darl.

— Je comprends, répliqua le présentateur. Pour les téléspectateurs qui ne sauraient pas ce qu'est le Phoenix Group, pouvez-vous nous expliquer ce que vous faites ?

— C'est une association à but non lucratif. On travaille avec cinq avocats et quelques bénévoles qui s'occupent du secrétariat. Notre siège est à Washington. Notre présidente est Irène Branshaw, un ancien juge fédéral aujourd'hui à la retraite.

— Vous vous chargez de prendre la défense des condamnés à mort. Jusqu'à ce jour, votre association a réussi à sortir vingt hommes du couloir de la mort. L'opinion publique n'a en général pas beaucoup de sympathie pour les avocats qui font des coups pareils.

— Les tests d'ADN ont prouvé que ces hommes étaient innocents. L'objectif de notre association n'est pas de libérer des coupables. Nous cherchons à éviter les erreurs judiciaires...

— Mais l'affaire Frog Marvin n'est pas comme les autres. Il n'y a pas de doute possible : il a bien tué ces deux policiers. Et vous tentez quand même de l'innocenter ?

— Nous ne cherchons pas à l'innocenter, protesta Darl. Seulement à lui éviter la peine capitale. Nous demandons la perpétuité.

— Son exécution est fixée à mercredi prochain en Floride. Vous avez obtenu une réponse à vos derniers recours en grâce ?

— Non, mais on a encore une semaine devant nous. Je ne permettrai pas à l'État de Floride de tuer un enfant.

— Vous parlez toujours de Frog Marvin, qui a quand même trente-neuf ans, comme d'un enfant. Pourquoi ?

— Il a le QI d'un enfant de primaire, répondit-elle d'une voix flûtée. Vous imaginez un enfant de sept ans condamné à mort, vous ? Eh bien, c'est Frog que vous tuez.

Elle riva sur son interlocuteur la lueur bienveillante mais implacable de son regard bleu saphir – ce regard dont un journaliste avait dit un jour avec un pointe d'humour qu'il « tirait plus vite que son ombre ». Ses cheveux bruns ondulés adoucissaient l'expression intense de son visage aux traits fins, ravissants, qu'on aurait dit de porcelaine tant son teint était clair. Son tailleur et son attitude étaient d'une simplicité austère. Elle avait encore maigri, nota Elie. L'affaire Marvin manifestement la rongeait encore plus que les autres. De mois en mois, elle devenait plus inquiète, plus lasse, plus dangereuse aussi.

Le présentateur se tourna vers l'œil de la caméra.

— Pour ceux qui viendraient de se joindre à nous, il y a douze ans, Frog Marvin et son frère aîné Tom furent condamnés pour avoir tué deux officiers de police de Floride pendant une attaque à main armée dans une quincaillerie. Tom est en prison pour le reste de ses jours, mais Frog va être exécuté parce que c'est lui qui a tiré.

Darl hocha la tête et leva la main droite pour demander d'intervenir. Elie remarqua, comme chaque fois qu'il la voyait sur le petit écran, qu'elle ne portait aucune bague et pas d'autre bijou que le pendentif Hardigree dont le diamant étincelait sous les projecteurs. « Elle est fidèle à sa grand-mère », pensa Elie.

Elle serait toujours la petite-fille de Swan, toujours une Hardigree, et il serait toujours le fils de celui qui avait assassiné sa grand-tante.

— Tom a donné l'ordre à Frog de tuer ces policiers, dit-elle. Personne ne nie que Tom était une brute qui faisait vivre Frog dans la terreur depuis toujours. Tous les témoins du braquage sont formels : Frog lui a dit qu'il ne voulait pas « leur faire de mal ». À quoi Tom lui a répondu en hurlant de tirer sinon c'était lui qui allait faire du mal à Frog... Une fois qu'il eut tiré, Frog a laissé tomber son arme et a fondu en larmes.

— Les familles des victimes sont venues témoigner la semaine dernière sur ce plateau. D'après eux, peu importent les circonstances.

— Je plains ces pauvres gens de tout mon cœur, mais l'homme qui a tué les êtres qui leur étaient chers est bien Tom Marvin, pas Frog Marvin. Frog n'a fait qu'obéir. Il n'avait pas la force de se révolter contre son frère.

— Vous avez pris cette affaire spécialement à cœur.

— Toutes les affaires sont importantes pour moi.

— Vous connaissez bien Frog Marvin maintenant, n'est-ce pas ?

— Cela fait cinq ans que je travaille sur cette affaire. Elle est parmi l'une des toutes premières que j'ai eues à traiter en entrant au Phoenix Group.

— Avant cela, vous étiez avocate à Atlanta, commise d'office dans des affaires.

— Oui, c'est cela, pendant plusieurs années. J'ai été engagée par le Phoenix Group peu après sa fondation en 1996.

— Vous n'allez pas vous enrichir à force de travailler pour le gouvernement et les œuvres de bienfaisance. Vous n'avez jamais envisagé d'entrer dans la cour des riches et des puissants ? Autrement dit, dans un cabinet privé ?

— Les riches et les puissants ont les moyens de faire respecter la justice. Ils n'ont pas besoin de mon aide.

— Cynique ?

— Réaliste.

Elle poursuivit par une explication du travail effectué par l'association. Sa voix basse, à l'accent du Sud, mélodieuse, un peu rauque, si sensuelle... Elle avait l'air aussi à l'aise devant les caméras de télévision qu'au tribunal. « Je pourrais l'écouter jusqu'à la fin des temps », se dit Elie comme à chaque fois. Elle commençait à devenir une célébrité à force de passer dans ces émissions. Elie gardait tous les enregistrements sur CD-Rom. Il n'en manquait pas une.

— Vous avez reçu des menaces de mort à propos de l'affaire Marvin ?

Elle opina ; haussa les épaules. Elle semblait s'estimer capable d'écraser tous ceux qui se dressaient sur son chemin. Elle avait les yeux durs et énigmatiques de sa grand-mère. Mais pour Elie, derrière ces yeux, il y avait toujours la petite fille en rose.

— Ce sont les risques du métier, rétorqua-t-elle.

Elie se leva d'un bond de son fauteuil pour s'emparer de son téléphone portable parmi tout un bric-à-brac électronique sur la table à côté de lui. Quelques secondes plus tard :

— William ? Que sait-on de ces menaces de mort ? Rappelle-moi quand tu auras trouvé !

Après avoir raccroché, il se mit à arpenter la pièce devant le moniteur où Darl continuait à être interviewée.

— Que voulez-vous qu'il advienne de Frog Marvin ? interrogea le présentateur.

— Je voudrais qu'il soit condamné à perpétuité. Je ne cherche pas sa réintégration dans la société...

— Si vous échouez, il va être exécuté par injection létale mercredi prochain. Assisterez-vous à l'exécution ?

— Au premier rang, oui, s'il le faut. J'ai lutté à ses côtés tout ce temps. Je ne vais pas l'abandonner à la dernière minute.

— Un éditorialiste d'un journal de Floride vous a qualifiée de « requin aux yeux bleus ». Vous êtes si dure que cela ?

— Oui.

— Vous êtes capable d'assister à la mort de Frog Marvin ?

— Ce qui est difficile, ce n'est pas tant d'assister à une mort, mais de vivre avec, énonça-t-elle sans ciller.

Le présentateur se tourna vers la caméra.

— Après la page de publicité, nous aurons d'autres questions à poser à Darl Union, l'avocate de Frog Marvin, le handicapé mental qui doit être exécuté pour meurtre la semaine prochaine en Floride.

Elie se rassit, les yeux sur le visage de Darl. Elle avait les traits tirés, le teint pâle. *Ce qui est difficile, ce n'est pas tant d'assister à une mort, mais de vivre avec...* Avec quelle mort vivait-elle ? Quels souvenirs conservait-elle de Clara et de son père ? Les pensées se bousculaient dans son esprit. Il comprenait son obsession de la peine de mort mieux qu'aucun autre... Il comprenait pourquoi elle s'acharnait à défendre cet être sans défense, cet enfant attardé qu'était Frog Marvin. Car cette femme de trente-cinq ans avait jadis été une petite fille en rose qui avait eu le courage de se jeter dans une mêlée de garçons pour sauver un étranger.

Un projet délirant germa dans l'esprit d'Elie.

— Bon sang, tu ne peux pas aller la trouver comme ça, marmonna-t-il en se prenant la tête dans les mains.

Pourtant, il devait en avoir le cœur net. Il fallait la rencontrer en territoire neutre pour lui annoncer ce que Bell comptait faire autour du Stone Cottage. Et surtout, il était persuadé qu'il avait le devoir de l'épauler dans l'adversité, d'être auprès d'elle là où la mort fauchait les innocents. Il fallait à tout prix qu'il essaye.

Vingt-cinq ans après, ils allaient se retrouver, lui et Darl.

11

J'avais perdu. J'avais épuisé toutes mes munitions. Plus de recours possible. Frog Marvin allait mourir. Et c'était ma faute.

Mercredi matin. L'aube. La Floride. Une chaude journée de septembre se levait à l'horizon, loin du monde féerique de Disney World ou des plages accueillantes de l'Atlantique ou du golfe du Mexique. Quelques heures plus tôt, le gouverneur avait refusé d'intervenir en faveur de Frog. J'étais debout dans une cour fermée à l'extérieur de la prison, les yeux fixés vaguement sur les écharpes rose et marron qui drapaient le soleil levant. Il faisait sombre encore ; l'air moite et lourd sentait l'herbe coupée, le sapin vert des piquets et la boue des caniveaux.

J'avais à peine dormi cinq heures au cours de ces dernières quarante-huit heures. Et quand parfois mes paupières s'alourdissaient, je cédais au sommeil, je rêvais d'Elie, de Jasper, de Clara et même de Preacher Al. Comme s'ils étaient là devant moi. Elie avait toujours treize ans, et hurlait éternellement : « Papa, non ! », tandis que Jasper s'écroulait, la poitrine trouée d'une balle mortelle. Mon silence, ma peur, ma loyauté envers ma famille, tout cela l'avait condamné. Et aujourd'hui, voilà que c'était au tour de ce pauvre Frog Marvin de mourir par ma faute.

— Il est temps d'y aller, dis-je au jeune homme et à la jeune femme qui fumaient cigarette sur cigarette.

Des étudiants en droit en stage au Phoenix Group. Pas vraiment utiles. Ils s'étaient contentés de me suivre comme des toutous en observant chacun de mes gestes et, chaque fois qu'ils me croyaient hors de portée de voix, de se murmurer que j'étais sur le point de craquer. Eh bien, ils avaient peut-être raison. J'avais des pieds de plomb. Je marquai une halte devant la porte que me tenait ouverte un gardien pour essuyer les brins d'herbe et la rosée sur mes chaussures noires. N'importe quoi pourvu que je n'aie pas à réfléchir...

— Je suis prête, mentis-je.

J'emboîtai le pas aux gardiens et les suivis dans une cellule isolée. Frog, toujours galant, se leva pour m'accueillir. Un vieil aumônier des prisons se tenait debout à ses côtés, l'air d'avoir envie de rentrer sous terre. Frog était très grand, énorme, avec un visage rond et souriant, des yeux verts un peu globuleux... D'où son surnom : *Frog*. Grenouille. Au premier abord, on aurait dit une sorte de monstre grotesque.

— Miss Darl, me dit-il d'une voix pressante avec son accent rocailleux, j'avais peur que vous n'ayez pas le courage de venir me voir une dernière fois.

— Frog, quand je dis que je viens, c'est que je viens, vous le savez bien. N'est-ce pas ?

Il me contempla avec tendresse.

— Oui, Miss.

— J'étais juste furieuse d'avoir à vous annoncer ce qu'avait dit le gouverneur. J'avais besoin d'être seule pour réfléchir. Je me demandais ce qu'on pourrait faire d'autre. Mais il n'y a rien d'autre à faire, Frog. Je suis désolée. Si seulement on pouvait tout reprendre à zéro. Je m'y prendrais tout autrement. Je ne commettrais pas les mêmes erreurs.

— Oh, non, Miss, vous n'avez rien à vous reprocher. Tout le monde dit que vous êtes la meilleure avocate du monde...

Il tordait ses pauvres grandes mains et se balançait d'un pied sur l'autre.

— ... J'ai fait quelque chose de mal, et je suppose... Je suppose qu'il vaut mieux que je meure, voilà.

— Frog, vous avez seulement obéi à votre frère. Je ne veux pas que vous mouriez.

— Je... Il le faut, il le faut bien. C'est ce qu'ils disent. J'opinai. Mes yeux me piquaient atrocement ; j'avais une boule dans la gorge. La lèvre inférieure de Frog se mit à trembler :

— Ne soyez pas triste, murmura-t-il.

— Je suis triste parce que je vous ai laissé tomber.

— Miss Darl, ne dites pas ça. J'avais peur de vous au début quand vous êtes devenue mon avocate. Vous aviez des yeux méchants. Mais ensuite, quand vous avez souri, et que j'ai vu votre sourire, j'ai vu que vous étiez en fait bien gentille. Très gentille. Et vous avez toujours été tellement bonne pour moi. Vous ne pouvez pas me laisser tomber. Sans vous, je serais fini.

L'aumônier se racla la gorge et sortit de sa Bible

une petite carte de prière qu'il tendit à Frog en proposant :

— Lisons cela ensemble à haute voix.

Frog tourna et retourna la carte entre ses gros doigts, le visage de plus en plus rouge. Il ne savait pas lire. Je lui pris la carte et soufflai :

— Je vais vous la lire, Frog.

— Ça raconte à quoi ça ressemble, là-haut, le Ciel ?

L'aumônier bomba le torse, comme si on lui demandait son avis « officiel ».

— Le Ciel n'est pas à la portée de notre entendement. Il est auréolé de miséricorde et de...

— Il y a une gentille fille et un terrain de basket qui vous y attendent, coupai-je, me rappelant mes conversations avec Frog. Hambone sera là pour vous accueillir, et Papy Bo aussi. Tous les deux. Dès que vous serez endormi, ils viendront vous chercher...

Les seuls bons souvenirs que Frog avait jamais évoqués devant moi : son chien et son vieux grand-père. Pauvre Frog. Le retard mental, la précarité, la maltraitance, tout avait comploté pour lui rendre la vie misérable.

Frog me considéra avec une lueur d'espoir au fond de ses yeux de batracien.

— Ils seront là quand je vais mourir ?

— Oui. Il suffit que vous vous endormiez et ils viendront vous prendre par la main.

— Comment vous le savez ?

Après un instant d'hésitation, je répondis :

— Parce que les morts me visitent dans mes rêves.

Mes *cauchemars*. Mais cela, je me gardai de lui préciser.

— Et on les reconnaît quand on les voit ? C'est vraiment eux ?

— Ils sont toujours là, confirmai-je. Ils attendent de me fermer les yeux.

Frog exhala un soupir rauque.

— Alors c'est vrai.

Un homme en costume noir se présenta à la porte de la cellule. Il déclara d'un ton neutre :

— C'est l'heure, Mr Marvin.

Frog se pencha vers moi et murmura :

— J'ai si peur... Miss...

J'aurais donné n'importe quoi pour pouvoir empêcher ça, ce crime... ce meurtre... le meurtre d'un innocent. D'un pauvre enfant battu, abandonné... livré à la cruauté des hommes. C'était insupportable.

Je lui ouvris les bras, il pencha son grand corps vers moi, enfouit sa grosse tête au creux de mon épaule. Je caressai son dos. Puis le repoussai avec douceur. Il se redressa et se tourna vers l'aumônier en ordonnant d'une voix tremblante :

— Donnez-lui le cadeau !

Avec un soupir, le prêtre sortit un petit objet de la poche de sa veste.

— Mr Marvin m'a demandé d'acheter ceci pour vous.

J'ouvris l'emballage en papier de soie. À l'intérieur, un petit cœur en plastique sur lequel avaient été peintes de minuscules fleurs.

— Mon cœur est à vous pour l'éternité, dit Frog.

Je sentis ma raison chavirer. Ces mots... *Pour l'éternité...* Les mots d'Elie Wade gravés au plus profond de mon âme. Voilà que Frog, pour qui je m'étais tant battue, battue en vain, pendant des années, les prononçait. Alors que j'étais sur le point, une fois encore, d'assister à la mort d'un homme que je savais innocent.

Je l'embrassai sur la joue :

— Je t'aime, chuchotai-je.

Lui, c'était sans doute la première fois qu'il les entendait, ces mots. Il fondit en larmes.

— Maintenant je peux aller au Ciel, sanglota-t-il.

Quelques minutes plus tard, comme en transe, j'entrai dans la petite pièce où Frog allait être mis à mort. Un jeune journaliste d'une chaîne de télévision de Floride m'aborda en me disant :

— Je ne sais pas comment vous pouvez.

Je me tus. Je ne le savais pas moi-même.

Une journaliste d'une agence de presse se pencha vers moi tandis que nous prenions place sur les chaises disposées pour les spectateurs.

— Il paraît que le Phoenix Group paye pour l'incinération de Frog Marvin. Et que vous envoyez ses cendres chez vous en Caroline du Nord. Est-ce vrai ?

Je fis la sourde oreille. Je l'entendis distinctement me traiter de « glaçon ». En fait, j'avais plutôt l'impression d'être une pelote d'épingles tant j'étais énervée. Les bourreaux emmenèrent Frog à l'autre bout de la pièce, le firent s'allonger sur un lit à roulettes, l'attachèrent. Tremblant de tous ses membres, il tourna la tête vers moi :

— Je vais fermer mes yeux maintenant, et je ne les rouvrirai que lorsque Hambone et Papy Bo viendront me chercher...

Il se tut, la bouche en proie à des spasmes incontrôlables. Puis il reprit, d'une voix à peine audible :

— J'ai pas peur, parce que vous êtes là et vous attendez avec moi... Darl.

Je hochai la tête. Les mots me restaient dans la gorge. L'odeur de détergent, le vrombissement du climatiseur, la stridence du plafonnier au néon me faisaient tourner la tête. Il me revenait des images de Clara et de Jasper. Des bulles à la surface de la fontaine, une flaque de sang sur le marbre devant le Stone Cottage. Elie se jetant sur le corps inerte de son père. Le regard vide d'Elie quand le shérif Lowden m'avait emmenée de force. Et maintenant l'énorme corps de Frog étalé les bras écarté, comme un crucifié sur cette espèce de table... Quelqu'un à côté de lui approcha la perfusion de son bras : le poison allait se distiller goutte à goutte dans ses veines. Il allait s'endormir pour ne plus se réveiller parce que d'une façon ou d'une autre, je n'avais pas dit ou fait ce qu'il fallait dire ou faire. Un cri immense et silencieux naquit tout au fond de mon être. Je serrai dans mon poing le petit cœur en plastique. Je le pressai contre ma joue en montrant bien mon geste à Frog. Il me sourit. Puis il ferma les yeux.

Il ne les rouvrit pas.

L'entrée de la prison était plongée dans le chaos : des dizaines de manifestants hurlaient derrière un service d'ordre, brandissant des banderoles et entonnant des slogans au bénéfice des caméras de la télévision. Pour moitié, ils étaient pour le meurtre de Frog. L'autre moitié était contre. Je plissai les paupières, aveuglée par les lumières blanches des caméras vidéo et les rayons dorés du soleil levant qui filtraient entre les banderoles dont je distinguais quelques inscriptions – seulement les plus haineuses :

À MORT LE TUEUR DE FLICS !
VA DONC RÔTIR EN ENFER, FROG !
UNE ORDURE DE MOINS SUR TERRE !

Les policiers qui contenaient les fureurs de la foule avaient l'air mal à l'aise.

— Darl, je ne peux pas te laisser faire ça, déclara William Leyland tandis que je me dirigeais vers la horde hurlante des manifestants et des journalistes armés de micros.

Le responsable de la sécurité du Phoenix Group s'était exprimé avec autant de brusquerie que le lui permettait son doux accent chantant de la Jamaïque. Il posa une main brune sur mon bras.

— Allez, viens, Darl, tu ne peux pas faire ça. C'est pas raisonnable. Il y a des voitures qui nous attendent. Les autres y sont déjà. Il faut y aller. Ça ne servira à rien de parler à cette bande d'excités.

— Au contraire, ça me fera du bien ! ripostai-je en arrachant mon bras à son étreinte.

Les opérateurs de la télévision braquèrent sur moi leurs projecteurs. En voyant approcher l'avocat de Frog, ceux qui étaient contre la peine de mort applaudirent. Les autres me huèrent. Une femme dans la foule vociféra :

— Alors, ma jolie, qu'est-ce que ça t'a fait de voir ton débile chéri crever sous tes yeux ?

Un militant contre la peine de mort la poussa si violemment que la police dut intervenir. William se rua vers moi et tenta de s'interposer entre la foule et moi en disant :

— Tu vas provoquer une émeute. Arrête !

— Je ne peux pas, décrétai-je en me plantant de l'autre côté des barrières qui retenaient plus ou moins la foule.

Serrant toujours le cœur de plastique de Frog dans mon poing, je plongeai mon autre main dans la poche de ma veste chiffonnée pour en sortir une feuille de papier pliée en quatre.

— Je voudrais vous lire quelque chose, repris-je. Ce texte est l'extrait d'un rapport de l'assistante sociale sur Frog Marvin et son frère. Il a été écrit en 1979, alors que Frog avait douze ans et Tom quinze... Bon... Voilà... (Je me raclai la gorge.) Frog a l'air très apeuré et son corps est couvert de bleus. Il se réfugie souvent chez les voisins en les suppliant de le cacher parce qu'il est poursuivi par des « monstres ». Le seul adulte chez lui est son oncle, un alcoolique notoire. Les voisins témoignent que l'oncle bat les deux enfants, et que Frog est en plus battu par Tom. Tom a cassé la mâchoire et le bras de Frog l'année dernière. Tom a tué et torturé de petits animaux sous les yeux de Frog. Le médecin note que Frog a été abusé sexuellement... (Pause.) Frog Marvin a grandi dans la chambre des horreurs. Personne n'a eu le cœur de faire cesser son supplice et, à présent, personne ne veut savoir ce qu'il a souffert. Les monstres de Frog Marvin, eh bien, c'est *nous !*

Je vis quelques visages chagrinés autour de moi, mais aussi beaucoup de regards durs et agressifs. Un petit homme replet joua des coudes pour se mettre au premier rang.

— C'est à cause de gauchistes pleurnichards comme vous que des salopards comme lui courent les rues. Je me contrefous de ce qui lui est arrivé quand il était petit, à ce fumier ! Je m'en fous s'il avait trop la trouille de son frère pour s'en aller. Je m'en fous s'il avait un haricot à la place de la cervelle ! Compris ? Il a tué deux flics et il méritait de crever !

Sur ces paroles, il m'arracha des mains la feuille et le cœur en plastique et les brandit au-dessus de sa tête.

— Qu'est-ce qu'ils peuvent nous servir comme baratin, ces sales gauchistes ! hurla-t-il.

— Ta gueule, espèce de sale plouc ! riposta un membre du groupe contre la peine de mort.

La foule des militants se porta en avant au milieu des cris. L'empoignade devenait générale. Les équipes de télévision braquèrent projecteurs et objectifs sur la mêlée. Je me penchai par-dessus la barrière, pris l'affreux petit bonhomme par le col de sa chemise et tentai de récupérer mon bien. Mais, plus rapide que moi, cet individu déchira la feuille et envoya les morceaux aux quatre vents. Quant au cœur, il termina écrasé sous sa semelle.

— Maintenant, faites-moi un procès ! grimaça-t-il, triomphant.

Un poing anonyme me frôla alors la joue pour s'écraser sur la bouche de mon agresseur. Ce n'était pas le poing de William, puisque ce dernier était en train de me pousser de côté. Je vis le petit homme basculer en arrière. La foule se referma sur lui. Puis la barrière bascula en avant. Les policiers avaient beau jouer de leurs bâtons, les gens se précipitaient sur moi. Je perdis l'équilibre, à moitié assommée.

— Sortez-la de là ! entendis-je William hurler à l'adresse du propriétaire du poing salvateur.

Un bras puissant me souleva par la taille. Mes pieds se détachèrent du sol. J'étais enlevée... Lorsque mon ravisseur me reposa à terre, je me tournai vers lui, furieuse :

— Lâchez-moi, espèce de brute, il faut que je récupère mon cœur...

Je laissai ma phrase en suspens. Deux grands yeux noirs me contemplaient dans un visage triangulaire encadré de cheveux noirs. Une voix en moi me souffla : « Regarde-le bien et souviens-toi. » Me souvenir de quoi ?

— Je m'en charge, dit l'étranger d'une voix profonde dont l'accent du Sud me fit frissonner jusqu'à la moelle des os.

Devinant mon trouble, il précisa :

— Votre cœur. Je m'en charge.

William accourut subitement en criant :

— Pars ! Pars avec lui. Je t'en supplie.

— Pour aller où ? dis-je.

— Notre amie Irène a tout organisé pour toi. Je t'en prie. Pars ! Tu peux avoir confiance en lui. C'est un vieil ami à moi. Il s'appelle Solo. Allez, ne t'inquiète pas. Vas-y !

— William, je...

— Je l'emmène, déclara ledit Solo d'un ton abrupt.

Une voiture de location attendait de l'autre côté de la rue qui bordait la prison. Solo, me tirant par la manche, ouvrit la portière côté passager. Je me cramponnai à la carrosserie, la tête tournée vers la mêlée confuse que j'avais provoquée, à moi toute seule... J'en étais malade. Tout ce cirque, en plus de la mort de Frog... Solo posa une main sur mon épaule, une main étrangement chaude et amicale. Je levai vers lui un visage désolé.

— Regardez ce qui arrive... À cause de moi. Qu'est-ce que j'ai fait ?

Ses yeux s'adoucirent, mais gardèrent leur expression un peu lointaine.

— Vous les avez obligés à tourner leurs yeux audedans d'eux-mêmes, et ils n'ont pas aimé ce qu'ils ont vu. Maintenant, montez dans la voiture. C'est fini, il est temps pour vous de souffler un peu. De respirer un grand coup...

— Je n'ai pas soufflé depuis des années, murmurai-je comme à part moi.

— C'est que vous n'allez pas là où il y a assez d'oxygène.

Il me poussa gentiment dans la voiture. Je m'assis sur le siège, luttant contre les sanglots, au point d'étouffer. J'enfouis mon visage dans mes mains.

Un avion de tourisme nous attendait non loin de la prison. À voir la livrée écaillée de la carlingue et le cuir griffé des sièges, on devinait que l'appareil avait bourlingué par tous les temps. Mes valises se trouvaient déjà à l'intérieur, sur les sièges arrière. Je grimpai à côté de Solo dans le cockpit. Quelques minutes plus tard, nous étions dans les airs et la Floride étendait en contrebas sa palette bleu émeraude. Une heure plus tard, j'aperçus à l'ouest le scintillement des vastes étendues du golfe du Mexique.

L'île de Saint George m'apparut posée au large de la baie d'Apalachicola comme un sourcil de sable blond. On appelle parfois cette région de la Floride « la Côte oubliée ». Ou, quand on a l'âme moins romantique, « l'Aisselle ». Éloignée des grandes voies de circulation autoroutière, elle égrène le long du rivage ses petits ports de pêche, ses bars à huîtres et ses larges plages désertes piquées çà et là de bungalows sur pilotis perdus au milieu des dunes.

Irène Branshaw, l'ancienne juge fédérale à la tête

du Phoenix Group, avait décrété que je devais aller me reposer sur cette île, dans sa maison de vacances. En d'autres termes, de mon point de vue personnel, elle avait commandité mon rapt. Et le ravisseur n'était autre que ce nouvel employé de William : Solo. Mais je n'étais pas en état de l'interroger. Comme un oiseau blessé, frileusement recroquevillée sur mon siège, j'étais incapable de m'intéresser à ce qui se passait autour de moi.

De gros nuages noirs s'amoncelaient à l'horizon. Des rafales de vent secouaient par intermittence la carlingue. Solo pilotait avec un calme imperturbable. Derrière nous, le soleil embrasait la terre et le ciel. Je fuyais les flammes de l'Enfer avec un étranger.

Nous ne parlions ni l'un ni l'autre. Je restais assise, là, les mains croisées sur ma jupe froissée. La tête posée sur le cuir du siège, je regardais dans le vide, sans penser à rien, quand, soudain, mon pilote chuchota quelques mots incompréhensibles en se penchant vers les cadrans du tableau de bord.

— Quelque chose ne va pas ? interrogeai-je en redressant vaguement la tête.

— Non, je calculais simplement le rapport du poids du carburant et de la vitesse.

— Nous allons tomber en panne ?

— Non. C'est juste une habitude. Je compte, je calcule...

Il hésita, puis ajouta d'un ton autoritaire :

— Respirez un grand coup.

J'opinai, reposai ma tête sur le siège et fermai les paupières. Je pouvais avoir entièrement confiance en lui, m'avait assuré William. Bon, il était sans doute bon en maths.

Bon en maths. Oui, c'était rassurant.

Je m'endormis.

Dans mon rêve, Frog mourut pour la deuxième fois.

L'avion de Solo se posa sur une petite piste au milieu des pins sur l'extrémité méridionale de l'île. Irène y maintenait une vieille Jeep. Solo empila mes bagages sur le siège arrière, plus un vieux sac de voyage en cuir qui lui appartenait. Je contemplai un instant ce sac en essayant en vain de me former une opinion sur son propriétaire. Il faisait une chaleur tropicale à terre. Et comme je n'avais presque rien avalé depuis deux jours, je me mis à voir des lucioles.

— Merci, je crois qu'à partir d'ici, je vais pouvoir me débrouiller toute seule, dis-je en m'accotant à la Jeep, en nage dans mon tailleur.

Il me dévisagea longuement en tournant entre ses doigts une carte à jouer, l'as de cœur.

— Ce n'est pas une bonne idée, déclara-t-il.

Comme pour lui donner raison, mes genoux se dérobèrent. Solo me souleva dans ses bras pour me déposer sur le siège du passager de la Jeep.

— Lâchez prise. Je me charge de tout.

Quelques minutes plus tard, nous roulions sur la seule route goudronnée de l'île. Je vis passer des restaurants, des échoppes à touristes, des pinèdes sablonneuses. Puis il bifurqua sur un chemin qui s'enfonçait entre les arbres. Bientôt, le chemin se transforma en véritable piste de sable bordée de joncs marins qui penchèrent vers nous leurs têtes noires. La mer s'ouvrit devant nous. Il arrêta la Jeep à l'arrière d'une maison sur pilotis, grise avec des tuiles corail. Au-delà luisaient les dunes blondes et les eaux bleues du golfe sous un ciel où les nuages voguaient comme de grands vaisseaux blancs.

— Merci, je viendrai chercher mes valises plus tard, lui lançai-je distraitement par-dessus mon épaule en gravissant l'étroit escalier en bois sans son aide, en me cramponnant des deux mains à la rampe tant la tête me tournait.

Mais, ne tenant aucun compte de mon injonction, il les monta quand même. Le séjour était décoré de jolis meubles clairs et de canapés moelleux. Une longue véranda donnait sur les dunes et la mer. Irène avait veillé à ce que la cuisine soit bien approvisionnée. Je pris une bouteille d'eau dans le réfrigérateur, drapai ma veste sur le dossier d'une chaise et sortis un carnet et un stylo d'une de mes valises, que Solo avait eu l'amabilité de déposer sur le seuil de la grande chambre du rez-de-chaussée avant de s'éclipser d'un air hésitant.

Je me dirigeai d'une démarche titubante vers une des chaises longues de la véranda. Comme dans un rêve, je m'assis, soulagée de sentir la caresse de la brise sur ma peau. J'enlevai mes chaussures (mais pas mes bas) et bus avidement quelques gorgées d'eau. Puis, sans transition, je me penchai sur mon carnet pour jeter quelques réflexions qui m'étaient venues à propos de l'affaire Marvin. J'avais une foule de coups de téléphone à passer, des comptes rendus à rédiger... Je n'avais pas le temps de m'apitoyer sur mon sort.

— Je sais que ce n'est pas mes oignons, lança Solo derrière moi, mais quoi que vous soyez en train de faire, à mon avis, cela peut attendre. Je vais vous préparer quelque chose à vous mettre sous la dent.

— Non merci. Vous pouvez partir maintenant. Je vais téléphoner à William et lui dire que je n'ai plus besoin de vous. Je vous remercie de tout ce que vous avez fait pour moi, mais ça va. J'ai du travail. Il faut que je réfléchisse.

Silence. On n'entendait que le chuchotis des vagues sur le sable et le cri déchirant des mouettes. Finalement, il déclara :

— Je suppose que vous n'avez pas bien regardé la maison.

— Elle est très jolie. Pas de problème.

Il vint se poster devant moi. Grand, mince, les épaules carrées. Il était vêtu d'un pantalon de toile et d'une chemise en lin bleu pâle dont il avait retroussé les manches. Le genre d'homme qui ne s'habillait pas par goût de l'élégance, mais pour être à l'aise.

— Oui ? soupirai-je, exaspérée.

— Bien, alors je vais vous mettre au parfum, dit-il d'un ton patient. Il y a eu un sacré orage cette nuit. Je ne sais pas si vous avez remarqué, mais la grande route était jonchée de branches arrachées. La maison a souffert, des tuiles et des bardeaux qui ont volé en éclats... L'électricité est coupée – l'eau que vous buvez est sans doute tiède – et il y a deux grands pins couchés dehors... Mais ce qui m'inquiète le plus, c'est que le système d'alarme ne fonctionne plus. Et le générateur est en panne lui aussi, alors qu'il aurait dû prendre la relève...

Je redressai la tête. Tout était si vague dans mon esprit, à croire que j'avais de la brume dans la tête. Je n'avais strictement rien vu !

— Vous êtes bricoleur ? m'enquis-je.

Il s'accroupit au bout de la chaise longue. Et moi, je ne vis plus que ses yeux. Immenses, noirs, étrangement familiers. Je repoussai de toutes mes forces les pensées qui m'assaillaient.

— Je peux tout réparer, me confia-t-il, sauf vous.

Comme je le dévisageais avec un peu trop d'intensité, il se leva en m'expliquant :

— Les mots, vous savez, c'est pas mon truc. Je vais me mettre au boulot. Mais il n'est pas question que je vous laisse seule. Je vais prendre une chambre du haut.

— On parlera de ces questions d'organisation plus tard, déclarai-je en retournant à mon carnet.

Les doigts crispés sur mon stylo, j'avais l'intention de dresser la liste de toutes les démarches que j'avais effectuées pour Frog à partir du jour où j'avais accepté de le défendre. Opération qui me permettrait ensuite de faire une synthèse et de savoir où exactement j'avais pris le mauvais tournant.

Solo me laissa seule, ou du moins me fit croire que je l'étais.

Je m'éveillai au milieu de la nuit, encore en tailleur et en collant. Sous la véranda, la brise moite était comme une caresse chaude et salée. Des dizaines de boules de papier froissé gisaient éparpillées autour de la chaise longue, mes tentatives d'analyse logique s'étant égaillées au vent marin comme de minuscules buissons d'amarante. Une demi-lune envoyait ses pâles rayons jusqu'à moi. J'avais une migraine immense. Lorsque je me dressai sur mon séant, je remarquai la présence d'une petite table basse que quelqu'un, dans mon sommeil, avait disposée à côté de moi avec des fruits, du fromage et une bouteille d'eau minérale. La touche Solo...

J'avançai une main tremblante vers la pomme. Et, dès que j'eus mordu dans la chair tendre et sucrée, en proie subitement à une fringale innommable, je dévorai tout ce qui me tombait sous la main. Je me gavai. Je bus l'eau d'une seule traite. Puis, rassasiée, le coude appuyé sur le plateau de la petite table, je baissai la tête. Tous les événements de ces derniers jours repassèrent dans mon esprit comme un film... Et je me pris à songer que ma vie n'avait aucun sens. Personne n'échappait aux fantômes de son passé. J'avais quitté Burnt Stand le jour de mes dix-huit ans, le jour même de ma majorité. J'avais bourré à craquer ma petite voiture et, mes économies en poche, j'avais roulé vers le Sud, vers la Géorgie, jusqu'à ce que les buildings d'Atlanta se dressent à l'horizon. Dormant dans une chambre d'hôtel minable, j'avais travaillé comme serveuse dans un snack appelé The Peanut Room, aux murs tapissés de photos de l'ex-président Jimmy Carter. Je m'étais inscrite à la fac de droit d'Emory University.

Swan successivement m'ordonna de rentrer, tenta de me raisonner, m'offrit beaucoup d'argent. Et quand elle vit que ma décision était inébranlable, elle me coupa les vivres. Je sais que ma fugue lui a brisé le cœur – j'avais fini par comprendre que les règles qu'elle m'imposait lui étaient aussi douloureuses qu'à moi. Elle ne voyait qu'une seule façon de préserver l'honneur des Hardigree : un autoritarisme farouche. Et, pour ma part, je me défendais avec les armes que je possédais.

Pour payer mes études de droit, je fis un emprunt et conjuguai deux jobs, dormant sur des canapés de copains ou dans les chambres d'ami des uns et des autres. Cinq ans. Mais au bout de ces cinq ans, je ne devais plus rien à personne. Je refusai des propositions alléchantes de la part de prestigieux cabinets d'avocats pour m'attacher au palais de justice d'Atlanta. Je gagnais à peine de quoi payer une location minable et me nourrir plus ou moins bien. Mais peu m'importait. Je travaillais comme une bête, j'étais une martyre, une ascète. Si un homme parfois franchissait le seuil de mon studio, il était vite oublié pour les affaires en cours. J'avais la vocation. Je voulais sauver les innocents de la terre. Aucun autre Jasper Wade n'allait mourir tant que j'étais là. Quant à ceux de mes clients qui se révélaient coupables – la grande majorité –, ils méritaient au moins un procès juste. Aussi, le jour où Irène Branshaw me contacta pour le Phoenix Group, je sus tout de suite que j'avais trouvé l'exutoire à ma soif obsessionnelle de rédemption.

Jusqu'à l'affaire Frog Marvin.

— Je ne peux pas continuer comme ça, murmurai-je au vent nocturne.

Je me levai en titubant un peu, contemplai la plage sous le clair de lune, les eaux ténébreuses de l'océan. Une voix sourde me soufflait : *Vas-y, il suffit de s'enfoncer sans un regard en arrière...* Que faire de cette pensée abominable ? J'étais comme folle. Je n'avais pas envie de mourir, mais je ne savais plus comment vivre non plus. Je me tournai vers la nuit, doucement, aveuglément, plongeant les mains dans mes cheveux emmêlés, me tenant les tempes comme si ma tête était sur le point d'exploser. Mon regard tomba alors sur l'autre chaise longue, à quelques pas de la mienne.

Je retins ma respiration. La lune éclairait comme un projecteur le long corps de mon compagnon endormi. Solo. Je m'approchai sur la pointe des pieds et le contemplai ; son visage agréable, triangulaire, buriné, son corps d'athlète. Il s'était changé. Il était maintenant vêtu d'un jean délavé et d'un tee-shirt. Le visage au repos, il avait l'air étrangement vulnérable. Il dormait sur le dos, ses bras épais, musclés, repliés sur sa poitrine et ses grands pieds croisés aux chevilles : une position de guerrier prêt à bondir. Il avait la tête enfouie dans les couches moelleuses des coussins assortis au matelas de la chaise longue.

Je posai ensuite mon regard sur l'ordinateur portable sur le plancher sous sa chaise, à côté d'une tasse vide et d'un thermos de café – sans doute s'était-il efforcé de rester éveillé aussi longtemps que possible. À quelques pas, un petit objet bizarre luisait dans le clair de lune comme une araignée métallique. Un gadget d'une trentaine de centimètres d'envergure. Un drôle de jouet, un robot...

Perplexe, je fis mine de retourner me coucher. L'océan luisait et murmurait sous la voûte noire piquée d'étoiles. Les dunes avaient des allures de collines magiques avec leurs sommets clairs qui semblaient surgir des profondeurs ténébreuses de la terre. De ces petits crabes qu'on dirait peints à la chaux et que l'on appelle joliment des *ghost crabs*, des crabes fantômes, se dépêchaient de traverser les étendues de sable. Je bombai le torse, décidée à ne pas me laisser impressionner par le romantisme du paysage. J'allais assumer mes erreurs, examiner chaque détail de ma vie... *Et peut-être te décideras-tu enfin à entamer ta longue marche dans l'eau*, me soufflait une voix lointaine et pénétrante.

Mes mains tremblaient. Je soulevai ma jupe froissée. Pieds nus, je marchai jusqu'au bout du chemin de planches. Je commençais à descendre l'escalier en bois vers la mer lorsque, soudain, l'étrange araignée de métal émit un bruit strident. Je fis volte-face. La chose se rua vers moi comme une sorte de homard monstrueux.

Il ne fallut pas à Solo plus d'une seconde pour bondir sur ses pieds. L'araignée-homard me poursuivait en hurlant. Solo traversa la véranda en deux enjambées, la tête penchée sur le côté comme un rapace guettant sa proie. Mais dès qu'il m'eut repérée, il se détendit et sortit une télécommande de la poche de son jean. Il pressa un bouton et la bête se figea.

— Désolé, dit-il. C'est un gadget que j'ai construit. Il est juste équipé de quelques capteurs de mouvements. Il est plutôt vilain mais il fonctionne...

Il continuait à se diriger vers moi d'un pas tranquille.

— ... Ça va ? Vous avez besoin de quelque chose ? Vous vous promenez au clair de lune ? Bien. Je vais vous accompagner. Ne faites pas attention à moi.

Encore toute tremblante, je lançai :

— Quelle horreur, ce truc !

— Je pensais bien qu'à un moment ou à un autre vous auriez envie de vous baigner. Il valait mieux que je sois là. L'océan, c'est si vaste...

Se doutait-il que j'avais besoin d'être protégée contre moi-même ? Soudain accablée, je remontai l'escalier, les jambes flageolantes. Je me sentais tout d'un coup stupide – et déprimée. Je m'arrêtai à quelques centimètres de lui.

— Je suis fatiguée, mais je n'ai pas besoin d'un chaperon.

Il me dévisagea alors avec une intensité qui me troubla.

— Vous savez, je sais tout ce que vous faites pour Phoenix. Je sais quels efforts vous avez déployés pour sauver ce pauvre Frog Marvin. J'ai vu quel genre de personne vous êtes, et je devine plus ou moins vos pensées à cette heure... C'est pourquoi je ne vais pas vous laisser seule avec elles !

Je fus soudain prise d'un vertige délicieux, comme si le sang se retirait de mon visage pour remplir un endroit chaud et réconfortant de mon corps. Une sensation qui m'apporta un soulagement profond. *Comment peux-tu si bien me connaître ?* Cette langue si vraie, cet accent, ce visage. Ce visage. Ces yeux noirs.

— Vous avez en partie raison, murmurai-je. Mais ce qui est arrivé est ma faute, et ça je ne peux pas l'oublier.

Solo me considéra longtemps de son regard pénétrant, ses traits reflétant tour à tour des émotions indéchiffrables pour moi. J'aurais juré voir des larmes briller dans ses yeux. Mais non. La lune me jouait des tours. Il avança la main comme pour me toucher le bras, puis laissa son geste en suspens.

— Frog aurait voulu que vous soyez heureuse. Il aurait voulu que vous pensiez que vous avez fait tout votre possible pour le sauver. Je vous le garantis.

Sa voix au timbre grave me pénétrait comme des vagues chaudes. Je perdais la raison.

— Vous me connaissez peut-être, mais moi je ne vous connais pas, réussis-je à articuler.

— Je sais une chose en tout cas : je ne vais pas vous laisser vous promener seule sur la plage... Si vous résistez, je n'hésiterai pas à vous boucler de force dans votre chambre...

Du coup, mon sang se glaça dans mes veines. Je le considérai d'un air stupéfait. Pour conclure qu'il était sérieux. Je n'avais pas la berlue : il venait de me menacer !

— Demain, je pars ! déclarai-je. Et vous ne pourrez pas m'en empêcher !

Là-dessus, je rentrai d'un pas furieux. Une fois dans ma chambre, je l'entendis qui traversait le salon. Puis qui s'affairait dans la grande cuisine, ouvrant et fermant les placards blancs, puis de nouveau pieds nus sur le tapis du salon, comme s'il voulait faire le moins de bruit possible. Ensuite, silence. Il n'était pas monté à l'étage...

Curieuse, j'entrouvris ma porte. Il s'était allongé sur un canapé. Son petit monstre électronique veillait au milieu du tapis. Je refermai la porte, arpentai quelques minutes la chambre, puis m'assis au bord du grand lit, frissonnante, furibarde. Je m'étendis ensuite sur le drap gris perle. Au bout d'une minute, je dormais.

Il faut le lui dire. Tu dois lui dire qui tu es. Cette pensée revenait comme une rengaine dans l'esprit d'Elie tandis qu'il nageait dans les eaux tièdes du golfe de bonne heure le lendemain matin. Chaque mouvement de bras enfouissait plus profondément en lui cet ordre intimé par sa conscience. *Dis-lui. Dis-lui la vérité aujourd'hui.*

C'est moi. Elie. S'il y a des questions qui te

hantent, sache qu'elles me hantent aussi. Je dois retourner à Burnt Stand pour trouver des réponses... pour nous deux.

Si seulement elle voulait bien se souvenir du lien fort et brûlant qui les avaient unis, enfants. Si seulement elle ne se contentait pas de le regarder comme le fils de celui qui avait tué sa grand-tante. Si seulement elle ne le voyait pas comme le fils d'un meurtrier...

Elie fit la brasse papillon pour franchir la ligne des vagues et nager vers la plage. *Je lui parlerai dès que je serais rentré. Dès qu'elle se réveillera.* Il se mit debout dans l'eau qui écumait autour de sa taille, essuya les gouttes salées de ses yeux. Comme il aimait la mer, cette substance inépuisable qui étale à l'infini son perpétuel défi, tout à la fois monotone et turbulente, aussi mystérieuse que ses rêves ! Cette eau merveilleuse avait le pouvoir de le régénérer. Après avoir nagé, il se sentait plus propre, plus pur. Elie inspira à fond l'air marin, les yeux clos, la tête renversée en arrière, puis il secoua au loin l'eau de ses doigts. Il passa les pouces dans l'élastique de son maillot pour le remonter sur ses hanches minces, et rouvrit les yeux.

Darl, debout au sommet d'une dune, le fixait de son regard saphir.

Elle s'était débrouillée pour sortir sans déclencher le système d'alarme de son araignée électronique. Un vent doux jouait dans ses cheveux ondulés. Sa chemise de nuit humide collait à son torse et à ses cuisses, laissant apparaître en transparence sous le coton blanc un bikini tout noir. Cette vision de Darl avec ses seins hauts et sa longue silhouette cambrée contre la brise marine, jamais il ne l'oublierait. À son émoi sexuel se mêlait un chagrin sans nom, car il savait à présent qu'il l'aimait, cette Darl devenue femme, digne et blessée, assombrie par un passé qu'elle traînait comme un boulet.

— Je me suis échappée, s'écria-t-elle d'une voix sans gaieté.

Elle descendit la pente douce de la dune et se dirigea vers lui, s'arrêtant au bord des vagues. Elle écarta l'étoffe de son vêtement de son corps, mais le vent avait d'autres idées. Une rougeur se répandit alors sur ses joues, trahissant sa gêne, mais ses yeux, soulignés du cerne noir de la fatigue, gardaient une expression qui lui vrillait l'âme.

— Je suis passée par le balcon, offrit-elle en guise d'explication. J'avais envie de me promener un peu toute seule...

Elie continuait à la contempler, muet d'incertitude. *Dis-lui qui tu es. Dis-le-lui maintenant !* Mais il restait dans l'eau fraîche, de peur qu'elle ne s'aperçût de son émoi.

— Quand vous étiez petite, commença-t-il prudemment, je parie que vous trouviez toujours moyen de détourner le règlement.

Elle s'immobilisa tout à fait.

— Vous faites de drôles de suppositions.

— Mais qui sont vraies.

Elle opina :

— Vous êtes fin psychologue. Ou alors vous avez effectué des recherches sur mon compte ?

— Je... Je n'oserais pas...

Elle l'interrompit d'un geste de la main.

— Il n'y a pas de mal. Je sais ce que vous voulez dire. Vous avez été très gentil avec moi cette nuit...

Le saphir de ses yeux sembla se liquéfier sous

l'effet du souvenir et des regrets. Elie en avait la gorge nouée.

— ... Je tiens à vous remercier. Vous m'avez empêchée de marcher seule sur la plage. Vous avez eu raison. J'étais... épuisée, je ne savais plus où j'en étais. Je me suis fait peur, je dois l'avouer. Je ne sais même plus ce que je veux maintenant – il faut dire que je n'ai pas la conscience tranquille après la mort de Frog Marvin. Je n'ai pas fait ce qu'il fallait pour le sauver. Il faut que je reconsidère chaque étape de l'affaire. Que je réfléchisse. En tout cas, je sais une chose : il est bon pour moi de me trouver ici, loin de tout et de tous. Personne ne va venir me dire que penser. Je vais pouvoir me ressourcer. Pendant quelques jours, je ne vais plus avoir ni passé ni avenir... Je vais pouvoir vivre ici et maintenant. Et cela, Mr Solo, sera ma réflexion philosophique de la journée. Vous voulez vivre ici et maintenant avec moi ?

Le poids de la situation s'alourdit sur les épaules d'Elie.

— Bien sûr, marmonna-t-il. Je ferai en sorte que personne ne vienne déranger votre retraite.

Quelque chose dans son intonation dut la troubler, car elle rougit de nouveau et son regard reprit son inquiétante fixité. Elie maudit tout bas sa maladresse. Lui qui avait toujours su si bien manier le cynisme avec toutes les femmes qui lui étaient tombées dans les bras se révélait incapable de trouver les mots justes. Darl passa sa main dans ses cheveux pour les ramener en arrière et le remercia d'un petit signe de tête poli.

— Je comprends maintenant pourquoi William a tant confiance en vous. Vous êtes très consciencieux.

Sur ce, elle tourna les talons et remonta le sentier entre les dunes, caressant d'une main distraite les pommes brunes des grands joncs marins qui paraissaient ployer le cou sur son passage. Elie resta planté là, au milieu des vagues, tourmenté par un sentiment de culpabilité lancinant : il n'avait pas eu le courage de franchir le pas et de les mener tous deux dans le seul monde où ils pourraient jamais cohabiter.

Il n'allait rien lui dire. Pas encore.

Je n'ai jamais commis l'erreur de me dire qu'un jour Elie me reviendrait. Il ne vivait plus aux États-Unis et n'y mettrait sans doute jamais plus les pieds. Je savais pourquoi. Dix années plus tôt, j'avais réussi à retrouver sa trace.

C'était par une belle journée de printemps, à Atlanta, quelques semaines seulement après mon entrée au cabinet du procureur en qualité d'avocat à la cour. J'avais vingt-cinq ans, et je n'avais ni froid aux yeux, ni peur de me surmener. Mieux, j'étais extrêmement fière de moi. J'avais décroché mon diplôme et, avec mon salaire, je pouvais me permettre de louer un minuscule studio au dernier étage d'un building de style gothique qui donnait sur Ponce de Leon, un boulevard extravagant où de vieilles demeures désuètes accueillaient des boutiques de tatouage et où les prostituées avaient leur tabouret réservé dans les bars à côté des étudiants yuppies de Georgia Tech.

Ce matin-là, j'examinais le relevé de mon compte en banque en sirotant du thé brûlant à une table en chêne que j'avais chinée aux puces de Lakewood.

Swan m'avait envoyé 5 000 dollars pour me féliciter d'avoir passé mon diplôme – c'était plus fort qu'elle, elle était fière de moi, même si elle ne l'avait jamais admis. « Tu as fait tes preuves, m'écrivait-elle dans le mot qui accompagnait son chèque. Quand tu seras prête à rentrer à la maison, Hardigree Marble fera volontiers appel à ta science juridique. »

J'avais eu l'intention de verser cet argent à une œuvre de charité. Mais, à présent, il me venait une autre idée : au moins une partie de la somme pouvait être consacrée à un usage tout aussi utile. J'allais m'offrir un petit cadeau qui n'eût certainement pas été au goût de ma grand-mère. Je comptais en effet éclaircir un doute qui me mettait au supplice depuis des années.

Je téléphonai à un détective privé que j'avais rencontré pendant un stage chez un des grands avocats d'Atlanta. Si vous vouliez retrouver quelqu'un, c'était à lui qu'il fallait s'adresser.

— Je voudrais retrouver un homme du nom d'Elie Wade, lui déclarai-je.

Je lui expliquai que je ne savais presque rien de lui. Juste son âge – dans les vingt-huit ans à l'époque. Sa date de naissance, parce que je l'avais notée jadis dans mon agenda d'enfant pour ne pas oublier de lui souhaiter chaque année son anniversaire et de lui offrir un cadeau. Je connaissais le nom de ses parents et, bien entendu, celui de Bell.

— Il vit peut-être dans le Tennessee, précisai-je. C'est là qu'il est né. Je ne sais pas où lui et sa famille sont allés après avoir quitté Burnt Stand, en Caroline du Nord, mais j'ai entendu dire qu'ils avaient enterré le père d'Elie non loin de Nashville.

C'était mince, me répondit le détective. Mais il me remonta le moral en observant que la date de naissance allait lui permettre d'examiner les fichiers du gouvernement. Je raccrochai et regardai par la lucarne au-dessus de mon évier. La pollution urbaine avait recouvert d'un fin manteau grisâtre le cornouiller en fleurs dont les racines étouffaient dans le macadam craquelé du trottoir. Échouée un peu plus loin, une antique camionnette arborait un drapeau confédéré et un *sticker* en forme de feuille de chanvre indien. Drôle de mélange, me dis-je en contemplant cette relique se réclamant à la fois d'un passé évanoui et du misérable miracle de la drogue. Je me sentais comme le cornouiller, seule et abandonnée au milieu d'un monde sans charme.

Trois semaines plus tard, mon fin limier me rappela pendant mon petit déjeuner avec mes renseignements :

— Je n'ai pas eu de mal à le dénicher, votre Elie Wade. Il est recherché par le FBI.

— Mais pourquoi ? soufflai-je en serrant très fort le combiné.

— Il est associé à une maison de jeux en ligne spécialisée dans les paris sur le sport. Il s'est installé sur une île des Petites Antilles depuis cinq ans... Car c'est là-bas, dans ces paradis fiscaux, qu'on peut décrocher des contrats de licence pour l'exploitation de ces sociétés off-shore.

Comme je me taisais, mon interlocuteur fit claquer sa langue contre son palais :

— Vous en faites pas comme ça, c'est pas si terrible que ça en a l'air. C'est juste un jeune type qui profite d'une absence de législation internationale sur les cybercasinos et se fait une fortune sur le dos des dingues de sport. Vous pigez ? Il est le bookmaker des Américains là-bas.

— C'est un joueur professionnel ? demandai-je, le cœur serré.

— Oui. Et un bon. Il n'a pas laissé passer le train d'Internet, allez ! Mais si jamais il remet les pieds aux États-Unis, il ne s'en sortira pas. Ici, il est *persona non grata*. Oui, Elie Wade est un apatride.

— Et sa mère ? Et sa sœur ?

— Oh, elles vivent dans le luxe ; il veille à ce qu'elles ne manquent de rien.

— Elles vivent avec lui ?

— Oui. Sa mère s'occupe des bonnes œuvres d'une Église de missionnaires. Sa petite sœur est chargée des relations publiques d'un des palaces des îles. Votre Elie ne les mêle pas à ses affaires. Elles ont une belle maison, des vêtements haute couture... Vous savez, à votre place, je ne m'inquiéterais pas pour ce type. Il est hors d'atteinte là-bas. Il est en train de ramasser un paquet de fric, et voilà. Il n'est pas en règle avec la loi, soit, mais le seul inconvénient, c'est qu'il ne peut pas revenir ici...

Le détective attendit quelques secondes, mais comme je n'émettais pas un son, il ajouta :

— Écoutez, Darl, vous êtes une chouette fille. Je ne sais pas exactement quel type d'info vous voulez, ni ce que vous n'avez pas envie d'entendre.

— Racontez-moi la suite, dis-je, prise de nausée.

— Eh bien, si vous croyez que vous allez pouvoir retrouver un ancien petit ami, n'y pensez plus. Je veux dire, il a déjà des femmes plein les bras. Une copine qui dirige un club de plongée, une autre qui tient sa comptabilité. Il ne souffre pas de la solitude, croyez-moi, il ne se languit pas de vous...

Bien sûr, je n'aurais pas dû être étonnée, ni déçue, ni avoir cette impression de trahison. Je n'avais que dix ans quand Elie avait quitté Burnt Stand. Et je n'étais plus aujourd'hui une vierge effarouchée. J'avais même essayé plusieurs fois à l'université de vivre avec quelqu'un. Et pourtant, d'apprendre tout cela sur Elie me laissait un goût de défaite. Certes, il avait survécu, et même prospéré, même si ce qu'il faisait n'était pas très glorieux. Il était heureux – heureux de m'avoir oubliée, d'avoir oublié les trois années passées à Burnt Stand.

J'avais toujours caressé l'idée qu'un jour je le retrouverais, que je m'avancerais vers lui et lui dirais la vérité sur le meurtre de Clara. Il y avait droit. Pour lui. Pour la mémoire de son père. Il méritait d'être vengé. Si cela n'avait tenu qu'à moi, je lui aurais depuis longtemps ouvert les yeux, mais il y avait Matilda, et Karen, qui savait tout... sauf que sa grand-mère était une meurtrière. Karen s'était éloignée de Matilda et de moi après la disparition de Clara. Comme moi, dès sa majorité, elle avait quitté Burnt Stand. Nous n'avions pas communiqué depuis des années.

Ce matin-là, je posai mon menton sur ma main et m'interrogeai sur la décision à prendre. Je n'avais plus de famille. Elie était devenu un riche voyou. Et moi, en ma qualité d'avocate, j'avais sans doute le devoir de protéger la société de la mafia du jeu. Mais je n'en avais pas la moindre envie.

Je me contentai de verser des larmes dans ma tasse de thé, et d'essayer de l'oublier.

12

J'ouvris mes deux valises d'un gris austère et contemplai ma garde-robe avec consternation. Lorsque j'avais préparé mes bagages une semaine plus tôt pour la Floride, j'avais été convaincue que j'obtiendrais la grâce de Frog à la dernière minute et serais vite de retour à Washington. Tout ce que j'avais emporté, outre mes tailleurs, c'était une robe en lin sans manche, un bermuda et une deuxième chemise de nuit. Je pris une douche, enfilai la robe, me fis une grosse natte et chaussai une paire de lunettes noires.

Un bruit sonore au-dessus de moi me fit sursauter. On aurait dit que quelqu'un enfonçait un clou dans le plancher. J'ouvris la porte coulissante qui donnait sur mon balcon. La voix rugissante de l'océan monta jusqu'à moi, portée par le vent salé. Je trottai pieds nus sur mon balcon et levai les yeux. Solo, assis en haut d'un escabeau, était en train de réparer une planche de l'avant-toit.

Sa silhouette se détachait sur le bleu marine du ciel. On aurait presque dit un adolescent. De son bermuda dépassaient de longues jambes terminées par de grands pieds souples et couverts de sable qu'il avait passés autour des montants en métal. Ayant drapé sa chemise sur la boîte à outils de l'escabeau, il était torse nu. Sa bouche était hérissée d'une rangée de clous. Avec une expression d'intense concentration, il leva son marteau. Des tendons saillirent sur son bras tandis qu'il enfonçait le clou d'un seul geste.

« C'est comme ça qu'on les aime, nos hommes. Bruts de décoffrage, mais durs », m'avait susurré Clara au bord de la piscine. Une partie de moi s'inquiétait toujours – sans doute à tort d'ailleurs, mais peu importe – qu'une tare héréditaire ne se transmît chez les Hardigree de mère en fille, nous rendant soit légères soit castratrices, ou les deux. Je me tenais toujours sur la réserve avec l'autre sexe, mettant un temps fou à me sentir en confiance. Et pourtant, voilà que je me surprenais à déshabiller Solo du regard, même s'il était déjà à demi nu... J'avais la chair de poule. Il fallait que je me reprenne. J'avais l'habitude, la discipline – et la mienne méritait d'être qualifiée de fer – étant ma force principale.

— Vous avez besoin d'aide ? lançai-je.

Il se retourna si vivement que je le crus un instant sur le point de perdre l'équilibre. En l'occurrence, il sourit et tous ses clous tombèrent en cascade par terre, autour de mes pieds, comme des gouttes d'eau dure. Je m'agenouillai pour les ramasser.

— Laissez tomber, j'en ai d'autres, dit-il en riant.

— Je n'aime pas le gâchis, observai-je en posant les clous au creux de ma paume pendant qu'il descendait de l'escabeau.

— Je parie que vous gardez un pot de confitures

dans votre cuisine plein de vieux clous, d'épingles et de trombones ne pouvant servir à rien...

— À vous entendre, on croirait que vous en avez un tout pareil dans votre cuisine !

— Mmm... Touché !

Il s'assit au bord du balcon et ajouta :

— Je suis content de vous voir de nouveau sur pied.

Après un moment d'hésitation, j'opinai :

— J'ai dormi, cette nuit.

— Bien. Rendez-moi ces clous, petite voleuse.

Je levai vers lui ma main en coupe. Solo cueillit les clous un à un sur ma paume, à me donner des frissons.

— Ils sont à vous, soufflai-je alors que nos regards se croisaient, sensuels.

L'air troublé, il acquiesça. Je tournai les talons et rentrai dans ma chambre sans un mot de plus.

Assise sur mon lit, je m'enveloppai de mes bras et me berçai doucement.

Dans l'après-midi, un coursier vint livrer à la maison une petite boîte que Solo réceptionna. Il passa un tee-shirt pour venir frapper à ma porte.

— Vous n'avez rien à craindre, fit-il remarquer en montrant l'adresse de l'expéditeur à Washington. William m'a dit qu'il vous l'envoyait. Mais je ne vous laisserai pas ouvrir un colis toute seule...

— J'ai l'habitude de recevoir des lettres d'injures, Mr Solo. Pas de l'anthrax... Et je sais ce qu'il y a là-dedans. J'ai demandé à William de me l'envoyer en express.

Il fit la grimace en me voyant m'escrimer sur la

boîte avec mes ongles courts. En un clin d'œil, il tira de la poche de son jean un grand canif en acier et l'ouvrit avec une célérité qui me laissa pantoise. Posant alors une main protectrice sur la mienne, il découpa le ruban adhésif du bout de sa lame. La boîte s'ouvrit comme par magie. Puis, avec la même dextérité et la même nonchalance, il glissa le couteau dans sa poche.

J'enfouis mes doigts dans le film plastique à bulles et en fis sortir le cadeau de Frog... le petit cœur en plastique. Fêlé, griffé, mais encore entier. Quelqu'un avait passé un fil de soie dans la boucle. Je laissai échapper un gémissement sourd. Solo se détourna.

— Je vous attends dehors, me souffla-t-il.

— Frog ne savait pas lire, m'entendis-je lui déclarer de but en blanc.

Solo se tourna vers moi. Je hochai la tête. Il attendit ; son immobilité m'indiqua que l'analphabétisme n'était pas pour lui un problème inconnu.

— Je sais, dit-il.

— Même en prison, ses codétenus se moquaient de lui. Ils le traitaient d'idiot, de retardé mental. Il a voulu écrire des lettres aux familles des policiers qu'il avait tués, des lettres d'excuses. Je les ai écrites pour lui. Je lui ai dit qu'il ne fallait pas qu'il s'attende à recevoir de réponse. Et il a compris. Ensuite il m'a demandé d'écrire à son frère en prison. « Je t'aime, Tommy. Je sais que tu ne voulais pas que je fasse du mal. » Mais Tommy Marvin ne lui a jamais répondu. Rien. Le salaud !...

Je reposai le cœur dans sa boîte.

— ... Frog était convaincu que son frère ne lui écrivait pas parce qu'il savait qu'il ne pouvait pas lire. « Il n'aime pas que les autres se rendent compte comme je suis bête », m'a dit Frog un jour. L'humiliation, c'était ça, le pire, pour lui...

— Je sais, lâcha Solo d'une voix calme. Je sais ce que ce genre de chose peut faire à un homme.

Comme je levai vers lui un regard interrogateur, il me tourna le dos et sortit de ma chambre. Je l'entendis ensuite vaquer dans la maison. Nous ne nous sommes plus revus ce jour-là.

Le lendemain matin, Solo nagea, puis passa une serviette autour de son cou et resta sur la plage à écrire sur son minuscule ordinateur portable. Quant à moi, je l'observai de mon balcon, où j'avais disposé mes papiers sur une table. J'avais la migraine après une nuit affreuse à me tourner et me retourner dans mon lit, quand je ne sombrais pas dans un sommeil peuplé d'images de cauchemar, au point qu'à un moment donné je m'étais levée pour vérifier si Solo dormait bien sur le canapé du salon. La vue de son grand corps assoupi m'avait étrangement rassurée. À présent, le soleil glissait ses rayons brûlants jusque sous le parasol planté dans la table. La main appuyée sur mon poing, je regardais Solo. Il jeta un coup d'œil à la mer, puis se remit à tapoter avec son stylet sur l'écran de sa boîte électronique. Je me saisis du combiné du téléphone que j'avais pris soin de disposer à côté de mes dossiers et composai le numéro du Phoenix Group à Washington.

— Où as-tu trouvé ce type ? demandai-je à William.

William étant lui-même un personnage assez énigmatique (son doux accent des Caraïbes et son attitude flegmatique en toutes circonstances cachaient un mystère), il se montrait tout aussi discret sur la vie privée des autres que sur la sienne. Mais il était entendu chez Phoenix que ses opinions sur les questions de sécurité – et ses choix d'assistants – étaient incontournables.

— Çà et là, répondit William.

— Merci, c'est précis. Solo, c'est son vrai nom ?

— Sans doute un sobriquet. Il préfère qu'on l'appelle comme ça.

— Tu ne peux pas ouvrir pour moi son fichier personnel, hein ? C'est un ancien soldat, un ancien flic, un samouraï à la retraite ?

— S'il te plaît, arrête... Quelle imagination ! En tout cas, une chose est sûre : c'est un vrai gentleman. Je peux te dire aussi qu'il n'a jamais été marié, qu'il n'a pas d'enfant et qu'il est le propriétaire de l'avion qui t'a amenée là où tu es aujourd'hui. En plus, c'est un sorcier de l'informatique. C'est lui qui a conçu le logiciel qui brouille les messages de notre courrier électronique.

— Tu veux dire qu'il a écrit les programmes de cryptage de Phoenix ?

— Oui, sans parler des autres systèmes de sécurité et de l'assemblage de nos ordinateurs. Et aussi le système d'alarme de chez Irène sur l'île Saint George.

— Alors, il fait le garde du corps au noir ?

— Pas vraiment. Il a voulu prendre sa part de responsabilité dans cette affaire... Je te répète ses propres paroles.

— Mais... pourquoi ?... William ? insistai-je comme il se taisait.

— Parce que ça fait longtemps qu'il suit ton travail pour la fondation, et qu'il a beaucoup d'admiration et de respect pour toi. En plus, l'affaire Frog Marvin l'a particulièrement touché.

— Pourquoi ? répétai-je bêtement.

— Il vient d'une famille pauvre. Il comprend ce que c'est que d'être faible et sans défense. S'il te plaît, n'essaye pas d'analyser ses motifs. Accepte la main qu'il te tend. Il veut seulement que tu te reposes parce qu'il pense que tu l'as bien mérité. Et moi aussi !

— Je me suis assez reposée comme ça. Je devrais prendre un vol de Tallahassee et rentrer demain à Washington.

— Si tu veux un bon conseil : abstiens-toi. Irène a donné l'ordre de ne pas te laisser remettre les pieds au bureau ou rentrer dans ton appartement. Il fait plutôt vilain par ici, tu vois...

Je sentis la peau de ma nuque se hérisser.

— Que s'est-il passé ?

— Les journalistes ont monté un siège autour de ton immeuble pour t'interviewer à propos de l'émeute à la sortie de la prison. La police a mis la main au collet d'un homme charmant qui s'amusait à tagger des obscénités sur la porte de ton appartement.

Je fermai les paupières. Je me figurais les mots qu'il avait dû y peindre à la bombe : les mêmes que sur les banderoles après l'exécution de Frog. William poursuivit d'un ton adouci :

— Dans quelques jours, le soufflet se dégonflera de lui-même et plus personne ne s'intéressera à l'affaire Frog Marvin. Alors en attendant, reste à te dorer au soleil...

— J'ai l'impression que je n'ai pas le choix.

Après un instant d'hésitation, William déclara avec une voix de prédicateur :

— Les voies de Dieu nous sont parfois obscures...

— Dieu a sans doute d'autres chats à fouetter, répliquai-je en riant avant de raccrocher, le cœur lourd.

Sur la plage, Solo se retourna et leva la main en guise de salut. Le ciel, la mer, lui... J'avais sous les yeux un tableau idyllique. Il avait l'air de faire corps naturellement avec le paysage marin. Il se tenait au bout de la terre comme s'il était mon seul phare.

Et subitement, je me sentis envahie d'une bouffée de bonheur. Je levai à mon tour la main.

Depuis quelque temps, je buvais plus que je ne voulais bien l'admettre. Cet après-midi-là, je me dirigeai vers le bar du vaste salon et me versai un grand verre de bourbon arrosé de quelques gouttes d'eau et de glaçons. Puis je m'enfonçai dans les coussins moelleux du canapé en rotin et écartai du plat de la main la collection de coraux qui décorait la table basse en verre, pour y poser mon ordinateur portable. Mais à peine avais-je avalé deux gorgées, que je me pris la tête dans les mains. Si seulement, me disais-je, j'étais dans le cadre spartiate de mon appartement de Washington, avec mon vieux fauteuil et mes livres partout. Je n'arrivais pas à chasser de mon esprit une image, toujours la même : quelqu'un avait écrit des mots sur ma porte avec une bombe de peinture : *Pute*, ou *Va baiser ta grenouille en Enfer*.

— Alors, comme ça, on se soûle ? lança Solo du seuil.

Je me redressai d'un seul coup. Sa haute silhouette s'encadrait dans la porte de la terrasse. Son torse nu ruisselait de sueur. Il avait une ceinture piquée d'outils à la main. Il la laissa tomber, s'essuya avec son tee-shirt puis leva les bras pour enfiler ce dernier. Je ne voyais plus que sa poitrine bombée, les muscles saillants de ses bras ; et cette vision d'intimité simple, si familière et sans arrière-pensée, me le rendit encore plus séduisant.

Je détournai les yeux dès qu'il sortit la tête du vêtement.

— Alors, la maison est comme neuve ? Vous avez tout réparé ?

— Ça ira. En tout cas, l'électricité remarche.

Je fis cliqueter les glaçons dans mon verre en lâchant :

— J'ai vu !

— Vous avez avalé quelque chose aujourd'hui ?

Je fis cliqueter une deuxième fois mon verre.

— De la glace, répondis-je.

— Bon, eh bien, je vais aller vous préparer un steak de baleine et nous allons jouer aux Esquimaux. Je reviens...

Là-dessus, il escalada l'escalier quatre à quatre. Quelques minutes plus tard, après avoir entendu gargouiller l'eau de la douche, je le vis redescendre, ses cheveux mouillés accentuant le côté anguleux de son visage viril. Il avait troqué jean et tee-shirt contre un pantalon de toile et une belle chemise en lin bleu roi. Mais il était toujours pieds nus. L'air préoccupé, sans un mot, il vint s'installer sur le canapé à côté de moi. Son odeur un peu salée mêlée à celle de l'eau de toilette dont il avait dû s'arroser me fit tourner un peu la tête. Il jeta un coup d'œil à sa Rolex, puis ramassa la télécommande du poste de télévision.

— C'est l'heure de votre *soap*, déclara-t-il en appuyant sur une touche.

Il zappa jusqu'à tomber sur le générique de début d'un show appelé « Attractions ».

— Mon petit doigt m'a dit que vous avez une bonne amie qui s'y produit, laissa-t-il tomber.

Je le fixai avec une expression consternée :

— Je suppose que c'est William qui vous a raconté ça...

— Chut ! La voilà.

Une jeune femme très mince, ravissante, moulée dans une robe du soir à paillettes, me sourit. Ses longues mains couleur de miel s'agitèrent gracieusement tandis qu'elle s'adressait à l'acteur noir beau comme un dieu qui partageait le plateau avec elle. Son visage – dont les traits affichaient une ressemblance frappante avec les miens – exprimait une colère contenue. Ses yeux noisette brillaient à l'abri de ses longs cils noirs. Elle avait de longs cheveux frisés tricotés de rubans de soie.

Cette créature exotique, lointaine, n'était autre que Karen. Mais à présent, elle se faisait appeler Kare Noland – Kare « Sans-Terre » en français.

— Kare Noland a le charme glacé d'une pythie, en effet, fit remarquer Solo. Ce n'est pas étonnant qu'elle joue si bien un rôle de prophétesse.

Je le considérai un bon moment en réfléchissant à ce que je pouvais bien trouver à lui rétorquer – Karen jouait en effet un personnage du nom de « Cassandra ».

— Vous regardez souvent cette émission ? demandai-je.

Il opina. Je me tournai de nouveau vers l'écran, pris une nouvelle gorgée de bourbon, puis me résignai à me confier :

— Pour moi, elle est et restera toujours Karen. Ma cousine.

La nouvelle de mon métissage familial ne parut pas l'ébranler.

— Vous la voyez beaucoup ?

— Elle a quitté la maison à peu près à la même époque que moi. Vers les dix-sept, dix-huit ans. Elle voulait devenir comédienne. Elle voulait faire table rase du passé. Elle m'a déclaré que nous n'avions rien en commun... Elle avait pris une décision : celle de devenir noire.

Je laissai échapper un long soupir parfumé au bourbon, me levai, puis abaissai un regard furieux vers Solo qui me dévisageait paisiblement.

— Voilà, Mr Solo, c'est la plus longue conversation sur ce sujet que j'aie jamais eue, avec quiconque. Vous avez des pouvoirs incroyables.

— Je sais écouter, voilà tout. Ce que vous me dites, je ne l'oublierai pas. Je crois que ça, vous le savez.

— Je sais que vous aimez recueillir des données. Des chiffres, des faits, des détails...

— Je suis un type ordonné. Tout ce que je suis capable de faire, c'est d'essayer de comprendre pourquoi les choses sont comme elles sont.

— Je parie que vous savez qu'on a couvert de mots orduriers la porte de mon appartement à Washington.

Il fit oui de la tête :

— Écoutez, dans deux jours, personne ne se rappellera qui était Frog Marvin ni pourquoi vous avez lutté pour lui laisser la vie sauve. Ces chiens auront trouvé un autre os à ronger. Ils vous laisseront tranquille.

Il avait raison, hélas. Tout le monde s'en fichait dans ce monde où la mort, la destruction et l'injustice se réduisaient à une échauffourée grotesque encouragée par les médias. Mais pour moi qui, loin des feux des projecteurs, avais accompagné un de mes semblables dans les noires profondeurs du désespoir et de la souffrance, la réalité était comme un coup à l'estomac. Je croisai les mains, prise d'une subite nausée. Solo me dévisagea un instant, puis débita tout d'un trait :

— Cela ne veut pas dire que votre action n'a servi à rien.

— Vraiment ? Vous croyez qu'après la mort de Frog, les choses vont changer, vous ? Ai-je même un peu contribué à rendre la vie ici-bas plus vivable ? Non. Il est mort, il n'y a pas de retour en arrière possible, dis-je en me penchant pour ramasser la télécommande et l'agiter en direction du petit écran et du visage de Karen. Voilà encore quelqu'un que j'aime, mais que je suis incapable d'aider. Et ce que je vous montre là n'est que la partie visible de l'iceberg. Je laisse toujours tomber les gens qui comptent sur moi et ceux que j'aime n'ont rien à espérer de moi.

J'éteignis le téléviseur et jetai la télécommande sur le canapé. Solo se leva et vint me prendre par les épaules. Je me pétrifiai à son contact. Dans son visage anguleux, ses yeux noirs avaient une expression grave d'une intensité extraordinaire.

— Si je savais comment on oublie les morts pour ne penser qu'aux vivants, je n'en ferais pas un secret. Je vous ai vue, vous aussi, à la télévision la semaine dernière. J'ai entendu vos paroles : vous disiez que le pire n'est pas de voir mourir. Le pire, à vous entendre, c'est de vivre avec. Eh bien, vous avez raison.

— Vous avez perdu des êtres chers ?

— Oui.

— Et vous vous êtes remis ?

— Je n'en suis pas sûr, je ne le serai peut-être jamais.

Ses mains me lâchèrent. Il s'en alla d'un pas lent se poster devant la baie vitrée, face aux vagues silencieuses derrière l'écran de verre. Les épaules subitement affaissées, il posa ses mains sur ses hanches. Je le rejoignis.

— Vous pouvez me raconter ce qui s'est passé ? dis-je, le regard perdu dans l'immensité bleue de la mer et du ciel.

— J'ai vu mon père mourir sous mes yeux.

Le sol se déroba sous moi. *Elie...*

— Co... comment ? bredouillai-je d'une voix sourde.

— Dans... une ba-gar-re.

Il prononça ce mot en appuyant chaque syllabe, comme s'il s'efforçait de l'imprimer dans son esprit, puis ajouta :

— Il le méritait peut-être, qui sait ? Mais ce n'est quand même pas juste.

— Vous le rendez responsable de sa propre mort ?

— Sans doute. Je ne suis pas un bon fils, hein ?

— Si, je pense que si. Tout est si compliqué... On peut passer toute une vie à essayer de comprendre...

— Vous avez raison, je ne comprendrai jamais. Je cherche des réponses qui ne viendront pas. Les miens ne se sont jamais remis de sa mort. J'ai mis un point d'honneur à bien m'en occuper... à les entretenir dans de fausses convictions.

— À leur faire croire qu'il ne méritait pas de mourir ?

— Oui.

— Mais vous, vous êtes persuadé qu'il l'a... comment dire... cherché ?

— Je n'en sais rien. Sans doute. L'explication est quelque part là-bas, dit-il en faisant un geste vers le lointain horizon. Il l'a emportée avec lui.

— Vous avez pour lui à part égale de l'amour et de la haine, c'est cela ?

— Oui. C'est très dur.

J'avais le cerveau en feu. Comment décrire mes rapports avec Swan, et la mort de Clara, et ses conséquences ? Solo était la première personne à qui j'avais envie de me confier.

— Quelqu'un dans ma famille a été... assassiné.

Ce fut à son tour de se pétrifier. Il me dévisagea avec des yeux hagards.

— Qui ?

— Quelqu'un de très proche. Je ne peux pas... J'ai beaucoup de mal à en parler, même aujourd'hui. C'est arrivé quand j'étais petite. J'ai eu le sentiment d'avoir été à l'origine de l'enchaînement qui a mené à cette catastrophe. Si seulement j'avais agi d'une autre manière, prononcé d'autres paroles... C'est comme pour Frog, ajoutai-je d'une voix faible.

— Mais à l'époque vous étiez toute gosse.

Je levai vers lui un regard ferme :

— Même les gosses savent distinguer le Mal du Bien. Et de toute façon, j'étais une drôle d'enfant, j'avais de drôles d'idées dans la tête. Je savais très bien ce qui était mal, ce qui était bien, et ce que j'aurais dû faire.

— Ils ont trouvé le meurtrier ? dit-il dans un

chuchotement, comme s'il avait peur de laisser sortir le passé de sa boîte de Pandore.

— Celui qui a été accusé du meurtre... On ne peut pas dire qu'on lui a donné la possibilité de se défendre. Il n'y a pas eu de procès.

Solo se rapprocha de moi :

— Mais vous étiez convaincue que c'était bien lui le coupable ?

Je me mordis les lèvres. Un froid engourdissement me gagnait à mesure que je reprenais le contrôle sur mes émotions. Je m'effrayais parfois moi-même de cette capacité à devenir de marbre, à ne rien laisser transparaître de ce qui m'étreignait le cœur... tout comme ma grand-mère, comme Swan. Je m'écartai légèrement de Solo.

— Disons que le système n'a pas bien fonctionné, ni d'un côté, ni de l'autre. C'est comme ça que j'ai appris qu'il est plus facile d'accuser quelqu'un que de prouver son innocence. C'est la raison pour laquelle je suis devenue avocate. J'avais à tout prix besoin de prouver mon innocence.

— *Votre* innocence ? s'étonna-t-il en penchant la tête de côté dans un geste qui, je ne sais pourquoi, me bouleversa.

— Je veux dire l'innocence de l'accusé, répondis-je d'une voix neutre en me détournant pour cacher mon trouble.

Il continua à scruter mon profil comme s'il cherchait à lire dans mon âme. Oui, c'est vrai, je cherchais à me racheter, désespérément. Cet homme, cet inconnu, ce mystérieux Solo avait deviné ma soif de rédemption. Sauf qu'une seule personne au monde avait le pouvoir de me pardonner... *Elie*. J'enfilai vivement les sandales que j'avais laissées près du canapé et déclarai sans le regarder :

— Ça nous ferait du bien de changer d'air.

Après un bref temps de silence, il opina :

— J'ai remarqué un restaurant de bord de mer sur la route. Je vous invite à dîner... Coucher de soleil aux fruits de mer, ça vous dit ?

Sa gaieté me rassura.

— Bien sûr, dis-je. Et surtout, nous parlerons d'autre chose...

Nous nous sommes assis sur le sable au pied de la terrasse du petit restaurant en plein air, ensorcelés par la beauté des vapeurs pourpre et or qui drapaient l'horizon d'un voile somptueux et mouvant. Il faisait déjà moins chaud. Des haut-parleurs accrochés à des poteaux de bois déversaient dans le crépuscule les mélodies de vieux tubes. Solo avait déjà bu deux bières. Je me contentai d'un peu d'eau minérale, de crainte de perdre ce qu'il me restait de sang-froid. Les bras autour de mes jambes repliées, je me tenais intérieurement sur mes gardes. Le vent soulevait mes cheveux et séchait la peau de mon visage. À côté de moi, Solo, à demi étendu, appuyé sur ses coudes, avait allongé ses longues jambes. Un crabe fantôme grimpa sur sa cheville à l'aide de sa grosse pince et vint se percher un instant sur le cuir de ses mocassins avant de détaler de travers, comme il convient à une bestiole de son espèce. Solo l'observa, les paupières mi-closes.

— On dirait que rien ne vous irrite jamais, lançai-je.

— Oh, ça, détrompez-vous.

— Je vous ai vu ce matin vous promener sur la plage. Vous preniez des notes. Pourquoi ?

Il se tourna vers moi.

— Je calculais le volume et la vélocité des vagues. Un jeu, quoi. J'essaye d'évaluer le nombre de vagues par minute, par heure, par millénaire... Ça me détend... Oh, vous pouvez rire, c'est pas interdit. Je « comptais l'eau », conclut-il avec un sourire de chat.

Je lâchai mes genoux pour me pencher vers lui, stupéfaite de me sentir tout à coup sous le charme de cet étranger. N'avait-il pas calculé aussi le poids du carburant et de la vitesse de l'avion ? Je pensais aussi à son petit robot, à son micro-ordinateur, à son expertise en matière de programmes de cryptage et donc à sa capacité à utiliser des équations mathématiques complexes...

— Je connaissais autrefois quelqu'un qui aimait autant les chiffres que vous, répliquai-je.

Solo laissa échapper un rire bref, presque douloureux, me sembla-t-il.

— Un savant fou dans mon genre ? Qui ne sait rien faire d'autre que calculer, calculer...

— C'était le garçon le plus gentil du monde. Et un génie des mathématiques, lui aussi.

— Mmmmm... Et peut-on savoir ce qu'il en a fait, de son « génie » ? Est-il universitaire, ingénieur, médecin ?

Je ramassai une poignée de sable que je laissai s'écouler entre mes doigts.

— C'est triste, dis-je, mais il a mal tourné. C'est un joueur professionnel, un bookmaker...

Comme mû par un ressort, Solo se dressa aussitôt sur son séant. Puis, l'air soudain très sombre, sur ses gardes, il plia sa jambe et enlaça son genou.

— Qu'est-ce qu'il y a ? interrogeai-je, étonnée par ce subit changement d'humeur.

— Je deviens un vieux croûton, voilà ce qu'il y a, murmura-t-il en voûtant le dos et en s'étirant. Comme on fait son lit, on se couche... Je viens de me rendre compte combien ça a été dur tout du long.

Je méditai un moment ces paroles énigmatiques. De son côté, il continuait à contempler l'océan.

— Alors, ce gentil garçon n'était pas si gentil que ça, en fin de compte ? susurra-t-il.

— Ce n'est pas ce que j'ai dit. Je sais seulement qu'il a échoué aux Caraïbes où il a monté une affaire juteuse de paris sportifs sur Internet ou je ne sais quoi. Il y a dix ans de cela, j'avais engagé un détective privé pour qu'il le retrouve.

— Il devait compter beaucoup pour vous si vous vous êtes donné tout ce mal. Un vieux flirt ?

— Mmm... oui, si on veut, dis-je après une légère hésitation.

— Vous n'avez plus essayé de prendre de ses nouvelles après ça ?

— Non. Mais je sais qu'il travaillait dans l'illégalité la plus totale. Aux citoyens américains, les paris sont interdits aussi bien sur Internet qu'à l'intérieur des États-Unis. Contrevenir à cette interdiction revient à violer la loi.

— Vous ne pourriez pas aimer un homme qui tord un peu le cou à la règle ?

— Il ne s'agit pas de ça. Ce qu'il a fait ne me regarde pas. Je ne suis même pas sûre d'être moi-même en faveur de la proscription du jeu. Si les gens ont envie de jeter leur argent par les fenêtres, ça les regarde, après tout.

— Mais vous avez été déçue qu'il n'ait pas suivi une carrière respectable ?

— À mon avis, ce qu'il a fait, il l'a fait pour sa famille. Il a eu une enfance difficile. Je n'ai pas à le juger, énonçai-je en regardant calmement Solo. Vous aussi vous avez perdu votre père et vous avez été obligé de vous occuper des vôtres...

Je laissai ma phrase en suspens, m'attendant à ce qu'il me fît quelque confidence. Il hocha la tête.

— Je ne vous dirai rien, mais si je devais m'épancher, croyez-moi, ce serait dans votre jolie petite oreille...

Après une pause, je repartis :

— C'est drôle, vous et moi, on a la même manie. On se lance dans de grandes réflexions et on s'arrête au bord de l'aveu.

Le silence se prolongea. Une fois le soleil disparu derrière l'horizon, le vent tomba d'un seul coup. Des étoiles se mirent à scintiller çà et là dans le ciel obscurci. Solo me demanda si ça ne me dérangeait pas qu'il fume un cigare. Bien sûr que non...

— Je suis obsessionnelle et psychorigide, d'accord, mais je ne suis pas à cheval sur le politiquement correct.

— Bravo ! s'exclama-t-il en sortant un petit cigare parfumé d'une luxueuse boîte argentée scellée d'une étiquette rouge.

Je humai avec délice l'odeur capiteuse des volutes de fumée qu'il soufflait dans l'air à présent si tranquille.

— Vous fumez le cigare... Vous êtes aussi chasseur... et pêcheur ? m'enquis-je, non sans une certaine ironie.

Il plissa les paupières.

— J'aime bien la pêche à l'occasion, je n'ai pas de fusil.

— Pacifiste ?

— J'ai vu assez de meurtres comme ça.

La noirceur de ce simple constat me serra le cœur. Je contemplai son visage dont les traits s'estompaient dans les brumes du soir.

— Je comprends, soufflai-je.

Au bout d'un moment, Solo reprit la parole d'une voix incroyablement douce et vibrante :

— Ne restez pas là à vous morfondre sur la mort de Frog. Ça ne le fera pas revenir à la vie et vous, vous en avez une à vivre, de vie. Vous n'êtes pas au bout de vos peines si vous voulez sauver les innocents comme lui. Ils ont besoin de vous. Ce que je vous dis là semble banal, mais c'est la vérité.

— Donnez-moi la recette et je l'appliquerai. Comment vivre dans la vallée de la mort sans avoir peur du Mal ? Comment ne pas y perdre toutes ses illusions ?

— En ne se décourageant pas, en persévérant, en ne perdant pas l'espoir qu'un jour viendra où votre combat sera victorieux.

— Ne pas perdre l'espoir, je vois, souris-je d'un sourire triste et las. Vous êtes de ceux pour qui le chemin compte plus que l'objectif, c'est ça ?

— Je vous parle d'espérance, et d'amour.

Je croisai son regard dans la nuit tombante. Cet homme avait aimé, était aimé. J'en étais convaincue. Par qui ? Des hordes de femmes ravissantes, sa famille, ses amis. Peu importait. Il s'exprimait avec la force de conviction d'un être à qui l'expérience a tout appris. À côté de lui, j'étais une oie blanche. Mes pensées volèrent vers Swan, Matilda, Karen. Chacune une pièce disjointe d'un ensemble qui aurait pu en effet, dans une autre vie, s'appeler « une famille aimante ».

— Arrêtez !

La voix grave de Solo m'avait fait tressaillir. Il ajouta :

— Arrêtez de toujours réfléchir, réfléchir, laissez éclater vos sentiments...

Là-dessus, il écarta le cigare de ses lèvres et souffla de petites bouffées de fumée tout autour de mon visage.

— La fumée fait fuir les vilaines pensées... C'est un vieil adage cherokee.

Il venait par inadvertance de me livrer un indice précieux concernant ses origines. Cette allusion à une tribu indienne, son accent rocailleux... Oui. Il devait avoir grandi quelque part dans les Appalaches.

— Vous êtes de la montagne ? ne pus-je m'empêcher de lâcher.

Il acquiesça et laissa tomber ces mots :

— Je viens en fait du berceau de la Country Music, si vous voulez tout savoir.

— Ce serait bien si vos tours de sorcier marchaient, ajoutai-je en suivant des yeux les petites boucles de fumée qui se dissipaient dans l'air autour de moi.

— Vous m'avez compris de travers. Vous avez rendu l'espoir à Frog Marvin. Et vous lui avez donné de l'amour. Il est mort heureux. Vous ne pouviez pas faire plus, hélas.

Il replaça le mégot de son cigare éteint dans le joli tube argenté, avec des gestes précis de prêtre accomplissant un rituel, un petit rituel calme qui eut sur moi un étrange effet réconfortant.

— C'est facile de me répondre ça, répliquai-je en scrutant son visage dans la pénombre ouatée par la brume du soir.

— Les réponses sont souvent plus faciles et plus simples qu'on ne le croit. Ce sont les questions qui nous déchirent l'âme.

Nouveau silence. Une musique d'une nostalgie poignante, une vieille ballade des Righteous Brothers, emplit l'air nocturne. Solo se retourna pour regarder les quelques couples qui se mouvaient étroitement enlacés sur la petite piste de danse de la terrasse au-dessus de nous.

— Vous savez ce qui m'irrite ? Eh bien... la danse.

Je restai un moment sans bouger, un œil sur lui, un œil sur la terrasse. *Attention*, me disait une petite voix, *tu es sur une pente dangereuse.*

— C'est ma grand-mère qui m'a élevée. Une dame du Sud. Elle m'a envoyée suivre des cours de danse de salon à Asheville, en Caroline du Nord, le berceau du pas de deux. Je suis imbattable, lançai-je en lui tendant la main. Vous voulez essayer ?

— Je vais vous marcher sur les pieds !

— Nous n'avons qu'à enlever nos chaussures. On ne peut pas se faire mal quand on est nu-pieds.

— Bon, puisque vous insistez, soupira-t-il comme à regret en m'aidant à me relever.

Le cœur battant à tout rompre, j'ôtai mes sandales, lui, ses mocassins. Une fois sur la piste, je posai ma main gauche sur son épaule droite en lui indiquant :

— Mettez votre main droite sur ma taille, de ce côté, oui...

À travers le fin coton de ma robe blanche, je sentis ses doigts presser doucement mon côté gauche juste au-dessus de ma hanche. J'appuyai sa main gauche, laquelle tenait toujours ma droite, contre sa poitrine, m'ingéniant à garder une certaine distance.

— On n'a pas besoin de rester collés l'un contre l'autre comme les autres.

— Rabat-joie !

— C'est ça, moquez-vous de moi.

— Bon, je suis content d'être là, voilà...

Et nous voilà en effet emportés par la cadence joyeuse de la musique. En dépit de ses protestations, il se révélait un excellent danseur. Ma main fondit dans la sienne. La pression de ses doigts sur ma taille me donnait des frissons. Je fixai le col de sa chemise bleue. À un moment donné, je fis un faux pas sur une planche de guingois et je trébuchai sur son pied.

— Hé ! Un peu d'égard pour votre cavalier, madame, attention où vous mettez les pieds.

Ce fut plus fort que moi. J'éclatai de rire. Il en profita pour resserrer notre étreinte. Son haleine me brûla la joue. Son odeur me donna un léger vertige. Réconfort, sexe, danger, espoir... Tout se mélangeait dans mon esprit. Je levai vers lui un regard éperdu. Je me noyai au fond du lac sans fond de ses yeux noirs tandis que nous ralentissions nos gestes jusqu'à nous tenir presque immobiles au milieu de la piste.

En arrivant à la hauteur de la maison, les lampes s'allumèrent automatiquement, inondant l'aire de stationnement d'une lumière crue. J'escaladai d'un pas vif l'escalier en bois qui, lui, était à peine éclairé. Dans le noir, je ne vis pas la petite boîte en carton sur le palier. Le bruit de mes pieds heurtant la boîte fit bondir Solo.

— Ne la touchez pas ! aboya-t-il en se glissant devant moi avec une souplesse de félin.

Mes yeux s'habituant à la pénombre, je distinguai le logo blanc et or de la Hardigree Marble Company. Mon nom et l'adresse de Floride étaient écrits d'une main élégante. Au-dessus, dans la même écriture, étaient inscrites les initiales : SHS. Swan Hardigree Samples.

— C'est de ma grand-mère en Caroline du Nord, susurrai-je d'un ton las. Je doute qu'elle m'envoie une bombe !

Solo ramassa le paquet. Je distinguais mal son visage dans l'obscurité.

— Votre grand-mère doit se faire du souci pour vous. Vous l'avez appelée pour la rassurer, je suppose. Non ?

— On ne se parle guère. Je vais rarement la voir.

— Mais vous êtes proches.

— Nous sommes... inséparables, mais pas proches.

Je tressaillis. Si jamais Swan avait su combien je me sentais faible, sans volonté, elle en aurait sûrement profité.

— Ma grand-mère ne m'aurait pas envoyé quelque chose ici si ce n'était pas important. Il faut que je monte l'ouvrir.

Après avoir inspecté l'emballage sous toutes ses coutures, Solo n'en insista pas moins pour porter le paquet, comme si ce dernier pouvait bel et bien nous exploser à la figure. Une lettre était jointe :

Ma chère Darl,

Je me rends compte que tu n'as aucune intention de faire appel à moi dans cette épreuve, mais je tiens à te dire que ton bonheur ou ton malheur ne me laissent pas indifférente. J'ai donc appelé les bureaux du Phoenix

Group à Washington. Irène Branshaw m'a appris que tu espérais pouvoir transférer les cendres de M. Marvin à Burnt Stand. Je me suis permis de leur trouver une place dans notre propre caveau et je t'envoie avec la présente un échantillon d'urne et de dalle funéraire. Il provient de la pièce de marbre la plus belle qui soit. Avec ton accord, je mettrai les graveurs au travail tout de suite. Tu vois, je suis fière de toi, je tiens à toi.

Il avait fallu vingt-cinq ans de séparation et une exécution particulièrement tragique pour arracher ces mots à ma grand-mère. Je m'assis au bord du canapé et me mis en devoir d'extraire du plastique à bulles un pesant cube de marbre. La matière polie, luisante et finement veinée était teintée du rose le plus délicat.

— Votre grand-mère vous a envoyé un gros caillou, énonça Solo d'une voix neutre où pointait une cinglante ironie qui semblait être dirigée autant contre lui-même que contre moi.

Il se tenait dans l'ombre, adossé au mur, les mains dans les poches, les épaules basses. L'œil noir.

— Ma grand-mère a soixante-dix-sept ans mais elle est solide comme un roc, oui, en un quart de siècle, elle n'a pas abandonné l'idée qu'un jour je retournerais là-bas reprendre les rênes de l'entreprise familiale.

Je plaquai la paume de ma main sur le marbre froid. J'avais la chair de poule. Ce que Swan m'avait en réalité envoyé, ce n'était pas seulement un caillou, comme disait Solo, mais un morceau de nous-mêmes – de notre identité familiale. Je me levai avec le morceau de marbre serré dans mes bras.

— Je vais me coucher. Bonne nuit.

Je passai devant lui comme un bateau poussé par le vent, prenant garde de rester bien droite, de respirer lentement, de garder un visage lisse. Swan m'avait élevée sur ses propres fondations enracinées dans les profondeurs douloureuses de son orgueil. J'avais appris à son contact à me tisser une carapace à partir de rien, de l'air que je respirais. Je n'avais besoin de personne, même pas de Solo. C'était plus sûr ainsi. J'allais franchir le seuil de ma chambre quand Solo m'interpella d'une voix rude :

— Votre grand-mère voudrait vous faire croire que vous êtes de marbre. À vous de lui prouver qu'elle a tort.

— Je ne sais pas comment m'y prendre, rétorquai-je en fermant ma porte.

13

« Jette donc ce fichu pavé de marbre Hardigree par la fenêtre avant qu'il ne soit trop tard. Et, merde, dis-lui qui tu es ! », se répétait Elie tout en nageant avec une furieuse énergie, conscient de se trouver pris dans les filets de complications nouvelles. Il allait, avant le réveil de Darl, retourner à la maison de la plage pour préparer du café et son passage aux aveux. Il irait droit au but. Maintenant, il savait qu'elle ne haïssait pas son souvenir, malgré ce que son père avait fait. Elle lui avait confié sur lui-même des choses dont il était stupéfait qu'elles soient restées ainsi gravées dans sa mémoire. Il n'avait pas besoin d'en apprendre plus. C'était tout ce qui comptait.

Elie plongea plus profondément la tête dans l'eau salée, détendant les bras pour nager vers les rouleaux derrière lesquels s'étendait le sable blond dc la plage. Impossible de changer l'accusation contre son pèrc. Bell se leurrait en croyant qu'ils allaient trouver une réponse en creusant la terre de Burnt Stand. Mais à présent, il tenait pour assuré que Darl ne s'y opposerait pas. Elle était pour les procès équitables. Elle leur accorderait le droit d'essayer de prouver l'innocence de leur père.

Il se rapprochait de la rive. Mais au moment où il posa le pied sur le fond sablonneux, une vague plus grosse que les autres l'arracha à la terre ferme et quelque chose d'incroyablement puissant lui retint le bras. Il avait assez d'expérience, après des années de natation dans les Caraïbes, pour savoir ce que c'était. Dès qu'il eut repris pied, il retira brutalement son bras de l'eau.

Il venait d'être mordu par un petit requin bordé, tout gris avec le bout des nageoires noires, qui, en poursuivant un banc de poissons, s'était heurté à lui par accident. Toujours est-il que le sang giclait d'une profonde entaille en forme de croissant qui avait sectionné la moitié de son biceps. Elie courut sur la plage, tenant son bras loin de son corps, laissant sur le sable un filet de sang d'un rouge étincelant. Les yeux fixés sur la plaie, à mesure qu'il prenait conscience de la gravité de la blessure, il se sentait saisi de vertiges et de nausées. « Pas de chance, se dit-il. Juste au bon moment ! »

Son corps épanchait un sang mauvais qui défigurait la vérité, tel un acide fort brûlant ses espérances.

— Tu m'as sauvé la vie, petit con ! vociféra une voix dans son oreille.

Ces mots venaient d'être prononcés par un docker, colosse chauve et chiqueur répondant au nom de Jernigan et occupant la fonction de contremaître. Car Elie, en le poussant violemment sur le côté pour lui éviter de se faire aplatir par un chariot élévateur fou, avait été happé et éjecté à cinq mètres. Il contempla l'index de sa main droite : une belle fracture. L'os dépassait de la chair en bouillie ;

le sang giclait. Janvier. Un froid de glace. Sa main fumait. Il fut pris d'un haut-le-cœur. Il n'avait que quatorze ans. Pour se faire embaucher, il avait menti sur son âge. Maintenant, ils allaient découvrir la vérité. Il allait perdre son emploi. Celui de sa mère chez l'épicier ne rapportait presque rien. Il fallait qu'il travaille.

Du sang. Le sang de son père. Le sang de l'échec et de la honte. Il était là, sur sa main. Ses jambes se dérobèrent. Le dénommé Jernigan le rattrapa par le col de sa chemise trempée de sueur et souffla son haleine fétide sur son visage, comme s'il voulait chasser un grain de poussière.

— Tombe pas dans les pommes, petit con. T'sais que t'es mon employé modèle du mois.

Là-dessus, cette brute, cette grande gueule du Tennessee, le traîna à l'infirmerie.

Deux jours plus tard, quand Elie se représenta au travail avec une attelle au doigt et la main boursouflée comme un gant de boxe, il retrouva un Jernigan bien disposé à son égard.

— Viens donc voir par là, le maigrichon, ordonna-t-il gentiment en poussant Elie dans une arrière-salle miteuse des grands docks.

Des hommes se tenaient assis autour d'une table en bois crasseuse dont le centre était recouvert de cartes à jouer, de jetons de poker, de billets de dix et vingt dollars.

— Ce jeune homme, annonça Jernigan, est un champion du calcul mental. Je voudrais pas qu'il reste un abruti de débardeur toute sa vie. Il mérite d'apprendre un vrai métier.

Le docker tira une chaise et Elie se joignit aux joueurs.

— Ça te gêne pas de jouer avec un homme de couleur ? grogna Jernigan en montrant d'un doigt sale un gros camionneur noir en face de lui.

Elie croisa le regard froid du Noir.

— Non, pas du tout, monsieur, dit-il en s'adressant à son vis-à-vis et en ignorant Jernigan.

Le Noir opina et fit glisser une bouteille rose – du gin – vers Elie en disant :

— Tiens, bois donc un coup.

Elie prit une gorgée de gin et eut un haut-le-cœur. Mais il réussit à garder un visage imperturbable, l'œil fixé sur les cartes qu'un des joueurs ramassait, battait, coupait. Puis l'homme les déposa devant lui en disant d'un ton sec, autoritaire :

— Il faut que t'apprennes à battre.

Elie n'arrivait pas à manipuler les cartes avec son doigt, elles lui glissaient des mains. Le visage en feu, il sentait battre le sang dans sa main blessée. Pourtant une étrange assurance le gagnait. Cinquante-deux petites fiches de carton dont les figures se combinaient de manière précise et logique. Ce n'était pas compliqué à mémoriser. En abaissant son regard sur ses mains, il vit qu'une carte ayant arraché une croûte dans sa paume, des gouttes de sang brillaient sur sa peau gercée par le froid de l'hiver. La tête se mit à lui tourner, il était au bord de l'évanouissement. Mais il se cramponnait aux cartes, à l'avenir, au réconfort du calcul mental. Son père n'allait pas lui gâcher ça, quand même.

Les chiffres se glissaient sous sa peau.

« Compte les cartes. Compte-les dans ta tête », se dit Elie pour éviter de perdre connaissance. Penché sur l'évier blanc de la cuisine, il s'efforçait de comprimer la plaie à l'aide de glaçons enveloppés dans des serviettes en papier et de ne pas regarder son sang s'écouler en filet dans la bonde. Il entendit derrière lui la porte de la chambre du bas s'ouvrir. Il s'appuya plus lourdement à l'évier. La tête lui tournait ; il était couvert d'une sueur froide. Du sang avait aspergé le bas de la chemise rayée qu'il avait réussi tant bien que mal à enfiler sur son maillot de bain mouillé. Il pressa ses cuisses contre le placard sous l'évier, détestant de toute son âme la façon dont son corps se dérobait à l'odeur et à la vue du sang, aux réminiscences de l'ancien traumatisme. Hélas, c'était plus fort que lui : il revivait à chaque fois en pensée la mort de son père. Il tenta de se concentrer sur les pas de Darl traversant le salon. On aurait cru qu'elle marchait avec des bottes de plomb tant ils étaient lourds ; il ne savait plus où il en était, les sensations lui parvenaient comme tordues, déformées.

Il cacha son bras sanglant dans l'évier tandis que Darl venait s'accouder au comptoir de la cuisine. Elle avait un air d'élégance austère dans son costume pantalon beige. Le pendentif Hardigree étincelait discrètement sur son tee-shirt en soie blanc. Elle avait coiffé sa splendide chevelure en un chignon qui lui dégageait la nuque et le visage. Des lunettes de soleil anéantissaient son regard. Elle avait revêtu son uniforme, son armure.

Et elle avait une valise dans chaque main. Elie se cramponna au bord de l'évier. Ainsi les jeux étaient faits, et il avait perdu. Elle partait.

Mais la voilà qui penchait la tête de côté, les sourcils froncés.

— Vous êtes malade ? Vous... vous êtes blanc comme un linge, ma parole.

— Vous pourriez me descendre la trousse de première urgence qui se trouve dans le placard au-dessus du micro-ondes ?

Le regard de Darl s'abaissa sur le carrelage blanc. Elle s'immobilisa. De grosses taches de sang ponctuaient une trajectoire depuis la baie vitrée jusqu'à la cuisine.

— Mais, qu'est-ce que..., murmura-t-elle en faisant le tour du comptoir et en se figeant à la vue de son bras.

— Ça va, ça va, mentit-il. Un petit requin m'a grignoté pendant que je...

Rapide comme l'éclair, elle arracha ses lunettes de ses yeux et prit un torchon propre pour lui confectionner un garrot. Elle en sortit un deuxième du placard sous l'évier. En comprimant son bras pour arrêter l'hémorragie, elle trempa ses mains et ses poignets dans son sang sans en paraître affectée, alors que lui vacillait sur ses jambes. Quand elle passa un bras autour de sa taille, Elie serra les dents.

— Quand je pense que non content d'être un danseur exécrable, je tourne de l'œil à la vue de mon propre sang !

Elle se tourna vers lui et, l'espace d'un instant, il crut apercevoir au fond du dur saphir de ses yeux la flamme d'une sincère affection.

— Dommage, en effet, et en plus vous allez me faire manquer mon avion.

Il évalua ses chances à vue de nez et se dit qu'elle bluffait.

— Parfait, dit-il tout haut.

— Épouse ? Petite amie ? lui avait demandé une infirmière dans le modeste hôpital de la baie.

— Son avocate, avait répliqué Darl du tac au tac sans l'ombre d'un sourire.

Elie avait suffisamment repris ses esprits pour apprécier son aplomb. Il était parvenu à remplir les formulaires du service des urgences en évitant de montrer à Darl son vrai nom. Ensuite, il avait été soulagé quand elle avait insisté pour l'accompagner dans la cabine où un médecin s'appliquait à présent à lui faire des points de suture dans le bras. Elle se tenait assise auprès de lui, perchée sur un tabouret en métal, muette, ses yeux bleus fixés avec une férocité d'aigle sur les gestes méticuleux du médecin. Ce dernier, un bavard, leur racontait qu'il était le fils d'un pêcheur de crevettes et qu'il avait préféré « en baver » à la fac de médecine que de passer sa vie dans la baie d'Apalachicola à se prendre les pieds dans les filets. Il jetait du côté de Darl de petits coups d'œil timides – ce qui n'avait rien de surprenant au demeurant – mais elle ne le voyait même pas, tant elle était concentrée sur le bras d'Elie. Elle confia à ce dernier d'une voix éraillée :

— Vous auriez pu perdre tout votre sang et mourir.

Non, il n'aurait pas pu en mourir, la contredit le jeune médecin. Mais je vous trouve très blanche...

Elle le fusilla du regard.

— Je ne suis pas d'accord avec vous. N'essayez pas de me rassurer. Vous ne m'impressionnez pas.

Le médecin la contempla bouche bée, rougissant

jusqu'aux oreilles. Elie s'aperçut alors que le visage de Darl était défait, d'une pâleur inquiétante ; des gouttes de transpiration perlaient sur son front. Il lui prit le poignet de sa main libre et tâta son pouls : son cœur battait à tout rompre.

— Il sait ce qu'il dit, insista Elie. Il a raison. On dirait qu'un vampire vous a vidée de votre sang. D'abord je manque de m'évanouir, ensuite c'est vous. Ah, la belle équipe !

— Vous auriez dû m'appeler dès que vous êtes rentré comme ça, lui reprocha-t-elle.

— Écoutez, je suis peut-être stupide, mais je n'aime pas m'évanouir devant les jolies femmes. De toute façon, ce n'est pas grand-chose...

— Si, c'est grave, affirma-t-elle d'une voix forte en s'écartant de lui, vacillante.

Le cœur d'Elie se serra. Elle ne supportait pas plus la vue du sang que lui. Plusieurs personnes dans les cabines voisines se penchèrent pour voir ce qui se passait dans la leur. Le jeune médecin considéra Darl en rougissant de nouveau.

Une infirmière vêtue de rose arriva en traînant des pieds.

— On a un problème, ma petite dame ? demanda-t-elle.

Darl se leva.

— En effet. Un gros problème. Je suis allergique au rose ! s'exclama-t-elle en fixant la blouse de l'infirmière et fronçant les sourcils. Et ne restez pas là comme un brigadier à me donner des ordres !...

Puis se tournant vers Elie, elle enchaîna :

— ... Cet homme a dû attendre vingt minutes avant d'être soigné. Dieu sait combien de litres de sang il a perdu. Vous êtes de marbre, de marbre rose ou quoi ?

L'infirmière, éberluée, répéta :

— De marbre rose ? De quoi vous parlez exactement ?

Darl esquissa un geste vague, consciente de l'absurdité de ses paroles. Elie bondit sur ses pieds (aussitôt imité par le médecin qui ne voulait pas lâcher son fil) et se servit de son bras valide pour prendre Darl par les épaules.

— Elle vous prie de l'excuser, prononça-t-il à l'adresse de l'infirmière. Maintenant, si vous aviez la gentillesse de la laisser tranquille...

L'infirmière s'éloigna. Elie se rassit sur la table de chirurgie en obligeant Darl à se percher de nouveau sur le tabouret à côté de lui. Elle enfouit son visage entre ses mains et frissonna. Lui-même tremblait de tous ses membres.

— Pardon, murmura-t-elle entre ses doigts. Je craque...

Il resserra l'étreinte de son bras autour de son épaule, si violemment qu'elle laissa presque échapper un cri de protestation. Puis s'abandonnant, elle posa sa tête au creux de son épaule. Le médecin les regardait tous les deux d'un air dubitatif, sans doute jaloux...

— Allez, on termine le boulot, l'encouragea Elie d'une voix qui n'admettait pas de réplique.

Elie prit dans sa paume l'arrière de la tête de Darl.

Je comprends, brûlait-il de lui chuchoter. *Je connais tes souvenirs.*

Blême de rage à l'idée de m'être montrée aussi ridicule, je contemplai les bateaux de pêche et de plaisance qui dansaient sur les eaux clapoteuses du petit port de la baie d'Apalachicola. Une vue enchanteresse, pittoresque, rare à une époque où les golfs miniatures, les centres d'attractions aquatiques, les chaînes de fast-food, le bétonnage généralisé et les boutiques de souvenirs hideux avaient envahi toutes les côtes de Floride. Solo, une cannette de bière fraîche à la main, m'observait du coin de l'œil comme un faucon guettant sa proie. Nous étions assis côte à côte sur un banc, accoudés à l'une des grandes tables de pique-nique en bois de la terrasse du Wild Oyster, un restaurant en plein air. Autour de nous, touristes et pêcheurs se gavaient d'énormes plats de fritures de fruits de mer et d'huîtres accompagnées d'une sauce piquante. Tous jetaient dans notre direction des regards pleins de curiosité. On formait un drôle de couple, en effet, moi dans mon élégant costume pantalon beige maculé de sang, lui dans sa chemise rayée tout aussi grand-guignolesque, son maillot de bain et ses mocassins.

— Je ne sais pas ce qui m'a pris à l'hôpital, soufflai-je sans le regarder. Je me suis conduite comme une dinde. Ça devient une habitude, on dirait. Je vous demande pardon.

— Hé, fit-il d'une voix si ferme que je me tournai pour croiser son regard. Vous n'avez rien à vous reprocher.

Je lui montrai d'un geste du menton son bras et l'énorme pansement dont la blancheur tranchait sur son bronzage.

— Comment vous sentez-vous ?

Il vida sa cannette d'un trait avant de répondre :

— En pleine forme. La bière est un antalgique très efficace.

— Bien, opinai-je en retournant à la contemplation des bateaux du port. Alors, si vous vous sentez mieux, on pourrait louer un bateau pour aller faire un petit tour dans la baie. Ça nous remettra sur pied tous les deux, un peu de vent du large...

— Ah, je vous vois venir, vous, vous voulez aller punir les requins pour me venger.

— Vous voyez, je suis une bonne avocate, lançai-je, sarcastique, en me levant comme mue par un ressort. Allons-y ! On étouffe ici.

— Très bien, opina-t-il en jetant une poignée de dollars sur la table. Je vais aller voir si je trouve un bateau. Et c'est moi qui paye. Ne discutez pas.

Je le considérai d'un air interloqué. Il avait une expression têtue qui remuait en moi des souvenirs vagues et poignants.

— Ça va être dur pour moi... de ne pas discuter, souris-je.

— Parfait.

— Je vais me changer.

— Où ça ? Comment ?

Je lui indiquai un petit stand au coin de la grande terrasse où l'on vendait des tee-shirts et des shorts en coton bleu frappés en orange fluo au logo et à la devise du restaurant : *Sortez de votre coquille !*

— Mmmm... Je serais ravi de vous voir en bleu, commenta Solo. Et combien de temps vous prendra cette métamorphose ?

Je lui adressai un sourire empreint d'un cynisme amusé.

— Quelques secondes, si tel est votre souhait.

La baie était immense. La mer étale, aussi lisse et polie qu'une plaque de verre. Des ponts modernes et des routes festonnaient le lointain horizon d'îlots de pierre blanche. Des petits bateaux de pêche – crevettes et huîtres – sillonnaient le vaste bassin, aussi légers que des oiseaux de mer. Elie faisait longer lentement la côte au puissant canot à moteur de location. La baie étaient à eux... à lui, à Darl. Assise à la proue, les jambes repliées sous elle, cramponnée des deux mains au garde-fou, elle présentait à Elie son profil ciselé, tandis qu'elle laissait son regard errer sur la forêt de conifères, la mangrove, les bancs de sable. Elle avait dénoué son chignon. Le vent faisait onduler sa chevelure sur ses épaules et plaquait sur elle le mince coton bleu de son tee-shirt et de son short, moulant les courbes de ses longues cuisses, de ses hanches larges, de sa taille mince, des globes somptueux de ses seins. Il se rappela l'avoir entendue dire qu'elle était une adepte de la marche à pied ; à Washington, elle parcourait ses huit kilomètres par jour dans un grand parc près de son immeuble. Mais elle n'avait rien d'une athlète, avait-elle ajouté. Elle ne tenait pas en place, c'est tout.

À présent, à cause de lui, la voilà qui restait parfaitement immobile. Elle contemplait le paysage et Elie la contemplait, elle, sa pulpeuse sirène.

La coque du canot à moteur claquait sur la surface dure des eaux. Un air frais balayait leurs visages. Elle renversa la tête en arrière, ferma les paupières, inspira profondément puis le regarda.

— Ça sent la pastèque ! cria-t-elle pour se faire entendre malgré le bruit du moteur.

Il se contenta d'opiner. Hypnotisé par sa beauté.

Ciel bleu. Yeux de saphir. Corps de naïade... Elle montra du doigt l'avant du bateau et ajouta, en hurlant de plus belle :

— Vous voulez venir profiter du paysage pendant que je pilote à votre place ?

— *Barrer*, pas piloter, corrigea-t-il en riant.

— J'ai grandi dans les montagnes, pas les pieds dans l'eau. Mais vous, vous êtes un vrai marin, ça se voit. Les bateaux, ça vous connaît...

— J'en ai eu quelques-uns.

— Sur des lacs ?

— Sur l'océan.

Elle pencha la tête de côté comme pour mieux enregistrer cette nouvelle bribe d'information le concernant ; peut-être pour l'ajouter au « fichier » qu'elle avait ouvert à son nom dans un coin de son cerveau ?

— Combien avez-vous versé au propriétaire de ce splendide canot pour qu'il accepte de nous laisser partir sans lui ?

— Assez pour qu'il danse de joie en comptant les billets dans l'enveloppe !

— Merci... Merci de toutes ces attentions...

— Ne me remerciez pas. Moi aussi je profite du paysage...

Il n'y avait d'ambiguïté ni dans ses propos ni dans le regard appuyé qu'il posa sur elle. Elle ne se détourna pas. Mais quand elle abaissa finalement les yeux sur la mer, il lui trouva un air coupable. Elle se pencha en avant pour plonger sa main dans la poche de son short. Elie fronça les sourcils en la voyant sortir un objet qu'elle déroba à son regard : un talisman ? Elle le frotta du bout des doigts.

Subitement l'eau se mit à frémir autour du canot. Darl jeta un œil interrogateur à Elie qui coupa aussitôt le moteur et vint la rejoindre à la poupe. Un banc de minuscules poissons argentés tournoyait sous la surface comme un nuage de lucioles aquatiques.

— Les pêcheurs s'en servent comme appât, énonça Elie. Ils les appellent des *pogies*.

Darl, qui serrait toujours dans son poing son mystérieux talisman, agita sa main libre vers la surface de l'eau :

— Salut, les *pogies*, je vous présente les hommages du monde de l'air.

Mes hommages. Elie en eut le souffle coupé. Cette expression désuète de petite fille modèle, telle une lame acérée, venait de trancher le fil qui reliait son âme à sa pensée consciente. Il était soudain rempli de nostalgie et de désir.

— Vous voyez comme ils vous répondent : *Mes hommages*, Darl.

Avec une infinie lenteur, elle se redressa et se tourna vers lui. Il se tenait si près d'elle, qu'il percevait les battements de son cœur sous le coton bleu de son tee-shirt. Lui aussi entendait son cœur battre, battre, battre. Il considéra le pendentif Hardigree sur la peau satinée de sa gorge.

— Vous avez un porte-bonheur autour du cou et l'autre dans la main, pourquoi ? interrogea-t-il en indiquant son poing d'un mouvement du menton.

Il crut un instant qu'elle allait se fermer comme une huître tant l'incertitude obscurcissait son regard. Mais elle leva son poing vers le pendentif en énonçant :

— Celui-ci, c'est pour ma famille... Il me rappelle que je suis capable de... *tout !*

Une pause. Elle fit une grimace, le genre de moue que l'on fait quand on mord dans un citron. Elle déplia la paume de sa main :

— Et celui-là c'est... pour l'inspiration.

Nouvelle pause. Puis un murmure :

— Pour l'amour et l'espoir dont vous parliez l'autre soir.

Elie contempla le petit morceau de marbre qu'il avait poli pour elle un quart de siècle plus tôt. Le frottement des doigts de Darl avait presque effacé les courbes du signe de l'infini qu'il y avait gravées. Il resta sans voix. Elle le dévisagea d'un air inquiet :

— N'essayez pas de me comprendre, Mr Solo.

— Trop tard.

Elie avança sa main vers elle pour relever une de ses longues mèches brunes. Elle n'esquissa pas un geste. Son regard de saphir se fixait tour à tour sur les yeux et la bouche d'Elie.

— *Mes hommages*, répéta-t-il.

Alors elle laissa échapper comme dans un soupir :

— *Mes hommages*.

Il se pencha à peine, juste de quelques centimètres, juste assez pour poser sa bouche sur la sienne. Un baiser doux, facile. La volupté lui arracha un faible soupir auquel elle répondit. Il passa un bras autour de sa taille et l'embrassa plus avidement. Darl ouvrit les lèvres, mais garda les bras le long du corps. Il toucha le bout de sa langue avec la sienne. Elle frissonna des pieds à la tête.

— Arrêtez, murmura-t-elle.

En tremblant, Elie se détacha d'elle.

— Ça va ?

Elle fit oui de la tête, son regard dans le sien,

paraissant lutter contre un violent accès de mélancolie. Elie retourna à l'arrière pour remettre le moteur en route. Mais elle ne le quittait pas des yeux, le poing serré très fort, accrochée au cadeau qu'il lui avait offert autrefois, quand ils étaient tous les deux des enfants. Il avait le cœur qui battait à tout rompre.

Si seulement elle savait.

Je venais d'embrasser un homme que je connaissais à peine et lui avais prêté l'âme d'Elie. J'appartenais désormais à Solo. Il ne désirait qu'une seule chose : moi – une chose que je pouvais aisément lui donner. J'avais eu son sang sur mes mains. Sa tendresse était une espèce de rédemption, après tout.

Ce soir-là, devant la maison, nous avons fait un feu entre les dunes avec du bois ramassé sur la plage. Enveloppés tous les deux dans la même couverture, nous avons regardé le soleil se coucher en nous passant une bouteille de pinot grigio et un plat de crevettes. Les pâles crabes fantômes sautillaient autour de nous. Solo leur lançait de petits morceaux de crevettes en pariant sur ceux qui seraient assez rapides pour les attraper avant les autres.

— Un dollar sur le p'tit gars près des ajoncs, dit-il. Il a l'air d'en vouloir à mort.

— Non, il est trop loin, il ne dépassera pas le tas de coquilles de clams, rétorquai-je. Moi je parie un dollar sur le gros là-bas près de la plume de mouette.

— Non, il est trop lourd sur pattes, celui-là. C'est un crabe de trait, pas un crabe de course.

Je souris. Nous avons vidé la bouteille, nettoyé

le plat, et la nuit est tombée. Je devais à Solo dix-sept dollars.

— Voici pour la reconnaissance de dette, dis-je en signant mon nom dans le sable.

— Alors je ferais mieux de la réclamer avant que la marée monte.

C'était l'excuse que nous attendions. L'espace entre nous était électrifié par notre désir. Nos chuchotements se répandaient dans l'obscurité traversée des lueurs rougeoyantes du feu. Je lui pris la main. *Elie*. Je voyais *qui* j'avais envie de voir. Je l'embrassai. Comme sur le bateau. Un premier baiser doux, presque poli. Mais le deuxième nous fit basculer sur la couverture, étroitement enlacés, nos voix se mêlant à la grande voix de la mer.

Il était tout ce que je voulais qu'il fût, et plus encore. Une fois debout, nus, dans ma chambre inondée par le clair de lune, devant la porte-fenêtre du balcon ouvert sur le grondement de l'océan, il me souleva et me plaqua contre la froide surface du mur. Il ajusta son corps au mien ; je sentis son sexe dur contre mon ventre. Jamais je n'avais éprouvé cette impression d'être moulée à un autre être humain, ouverte à toutes les sensations. Nos bouches s'entre-déchiraient, nos épines dorsales s'arquaient, nous nous cramponnions l'un à l'autre comme des naufragés à la dérive. *Darl*, murmura-t-il, mais moi je ne pouvais prononcer son nom – j'avais trop peur de l'appeler Elie et de rompre l'enchantement. Je couvris sa bouche de la mienne, étouffant le fantôme d'Elie dans ma gorge.

— Pose-moi, je ne suis pas de marbre finalement, tu sais, dis-je.

— Je m'en étais aperçu, figure-toi, répliqua-t-il

en plongeant son visage dans mes cheveux et en me portant aveuglément jusqu'au lit.

Je me réveillai le lendemain, couchée sur le côté, dans une flaque de soleil encore tiède à cette heure matinale. Il était juste devant moi. Il suffisait que j'étende le bras pour le toucher. Je humai son haleine, chaude et forte, agréable, à l'image de cet inconnu si bon que j'avais désormais dans la peau. Nous avions fini par nous endormir, juste avant l'aube, sans relâcher notre étreinte. Ma main droite était pelotonnée dans la sienne sur l'oreiller. Ses doigts formaient comme un nid protecteur tandis que je restais offerte, la cuisse entrouverte, un pied entre ses chevilles. Nous ne pouvions nous empêcher de nous toucher, même en dormant. Doucement, je tournai mon poing dans sa paume, étonnée de constater à quel point elle était calleuse. Comment un pareil génie de l'informatique avait pu acquérir des mains de travailleur manuel ?

Je scrutais les aspérités de ses traits anguleux, ses longs cils noirs posés sur sa pommette saillante, l'ombre d'une barbe naissante sur ses joues, ses mèches de cheveux noirs sur son front haut. Au cours de la nuit, j'avais surpris au clair de lune sur son visage, sans qu'il s'en doute, des expressions de souffrance, de manque, d'adoration. Il m'avait donné ce que moi aussi je lui avais donné : des abîmes de désespoir sans nom. Rien qu'à le regarder, j'avais envie de gémir. Je me sentais humide, tendre, éclatée, comme si la nuit s'était glissée en moi telle de la cire brûlante, tapissant les coins et les recoins de ma peur, bouchant les fissures de la honte. Je m'étais toujours retenue devant l'amour. L'amour sincère exigeait une confiance aveugle, et il n'était pas question de confier mon secret d'enfant à qui que ce soit.

Même pas à lui.

Je m'éloignai peu à peu, imperceptiblement, retenant mon souffle de crainte de le réveiller, puis je me mis debout au pied du lit, fascinée par la forme de son grand corps sous le drap. Des préservatifs encore scellés dans leur emballage jonchaient le sol comme autant de tentations. Il avait été prêt, et cela me troublait peut-être encore plus que le reste. J'enfonçai mes orteils dans l'épaisseur moelleuse de nos vêtements abandonnés à terre. *Bouge ! Allez ! Arrête d'essayer de le comprendre, de te comprendre...* J'entrai dans la salle de bains et regardai le reflet de mon corps nu dans la psyché encadrée de coquillages blancs. Quel genre de sirène faisais-je ? Je vis des yeux agrandis, comme illuminés de l'intérieur, des traits tirés, des cheveux en désordre tombant en cascade sur des épaules d'un blanc rose, humides de sueur, la mienne, la sienne... Il y a trois jours, j'assistais au meurtre légal de Frog Marvin. Bouleversée de douleur et d'angoisse, j'avais songé au suicide. Que s'était-il passé depuis lors ?

Maintenant je savais *qui* j'étais : une survivante. La force des Hardigree coulait dans mes veines. J'avais aussi dans le sang cette faiblesse pour les hommes rudes. J'entrai en titubant dans la cabine de douche et m'appuyai des deux mains sur le robinet, faisant gicler une eau glacée sur mon visage renversé. Que l'eau me lave de l'arôme musqué de Solo, de l'odeur de saumure qui lui collait à la peau...

J'enfilai un peignoir blanc dont je serrai la ceinture d'un geste décidé. Car je savais que j'allais sortir de la salle de bains, faire ma valise, lui dire au revoir. Il n'était pas question de lui révéler les mobiles singuliers de mon âme souillée. J'entrai donc dans la chambre, les poings serrés au bout de mes bras collés à mes côtés. Et je me figeai sur place. Torse nu, il se tenait debout devant la porte-fenêtre ouverte, me tournant le dos, plongé dans la contemplation de l'océan. Il avait mis son pantalon en toile chiffonné et fumait un de ses petits cigares dont la senteur boisée traversait par effluves l'air marin. Sans s'apercevoir de ma présence, il fit rouler les muscles puissants de ses épaules sous sa peau tannée par le soleil. Le pansement blanc sur son bras était teinté de rouge. On avait oublié sa blessure pendant la nuit. Il sortit entre pouce et index son cigare de sa bouche et passa son autre main dans ses cheveux puis se massa rageusement la nuque.

J'étais pétrifiée. Il avait l'air si préoccupé... Avait-il lui aussi quelque chose à m'avouer ? Je n'avais pas envie de gâcher les quelques moments qu'il nous restait à passer ensemble. À cet instant, il pivota sur ses talons et soutint un long moment mon regard, avant de laisser glisser ses yeux le long de mon corps drapé d'éponge blanche. Il lança son cigare dans le sable sous le balcon.

— Il faut qu'on parle, déclara-t-il.

— Je sais. Je suis peut-être un peu vieux jeu, mais j'aimerais connaître ton nom de famille. Où tu vis, d'où tu viens, ce que tu fais dans la vie... Et je voudrais aussi savoir ce que tu cherches à me dire depuis trois jours. Je vois une grande tristesse et des regrets dans tes yeux...

— Ne te méprends pas. Tout ce que j'ai fait, je l'ai fait consciemment. Et je ne trouve pas de mots assez forts pour te dire ce que j'éprouve pour toi.

Je lui tendis les mains :

— Alors ce que tu as à me dire peut attendre encore un peu.

Un trouble indéfinissable se peignit sur son visage. Il eut un pauvre sourire, presque une moue de résignation. Nous étions perdus. Deux enfants perdus. Il me prit dans ses bras, me souleva de terre. Notre baiser fut le baiser de deux amants se retrouvant après une longue séparation. J'enfonçai mes doigts dans la chair de son dos et m'offris à lui. Le lit nous cueillit tandis qu'il défaisait d'un seul geste la ceinture de mon peignoir et que sa bouche explorait déjà mes seins, mon ventre et plus bas.

J'aimais cet homme. Et peu m'importait qui il était.

Le téléphone sonna une éternité plus tard, alors que je reposais entre ses bras, le dos contre son ventre, son souffle dans mon cou. Une brise légère séchait la sueur qui luisait sur notre peau. J'haletais encore. Mes souvenirs, mes questions, mon dilemme, j'avais emballé proprement tout cela dans un coin de mon esprit. Je prenais un plaisir voluptueux à caresser ses mains.

— Lâche-moi, me demanda-t-il tandis que le téléphone continuait à tintinnabuler dans la pièce voisine.

Je fronçai le nez. Le déclic du répondeur. Puis une voix de femme âgée à l'accent du Sud. Elle se présenta comme une amie de Swan.

— Ma chérie, c'est urgent...
Je me dressai sur un coude. Solo se redressa lui aussi derrière moi.

— ... ta grand-mère et Matilda sont à l'hôpital.

14

Swan avait été terrassée par une crise cardiaque pendant la nuit. Matilda, elle, s'était écroulée dans la salle d'attente de l'hôpital. Une attaque. Dans la précipitation du départ, je réagis à peine lorsque Solo me dit :

— Tu tiens à ta grand-mère et à son amie, ça se voit.

Il affichait une mine maussade, comme accablé. Il ajouta après une pause :

— Je t'emmène, bien sûr.

— Merci.

S'il te plaît, ne meurs pas, Grand-mère.

Ma première pensée. Une pensée à me glacer le sang. Pendant des années, mes rêveries avaient été empoisonnées par la mort de ma grand-tante. C'était l'époque où je croyais encore qu'un jour je retrouverais Elie, et que je lui dirais la vérité. J'aimais Swan Hardigree Samples, ma grand-mère, ma Némésis. J'avais pour elle autant de dévotion que de haine et d'amertume. Et pas plus aujourd'hui qu'hier je ne savais que faire de cette ambivalence dans mes sentiments.

En tout début d'après-midi, l'avion décolla de la

piste sablonneuse de l'île Saint George pour piquer vers le continent. Solo pilota son petit appareil au-dessus des immenses champs de coton et de cacahouètes des plaines de Géorgie, des collines recouvertes de forêt, des banlieues sans fin d'Atlanta, s'élevant à mesure que les reliefs bleu-vert des vieilles Appalaches se haussaient à notre hauteur. Je ne rompis le silence qui s'était installé entre nous que lorsque je vis le ciel de la Caroline du Nord.

— Presque arrivés.

Il ne m'avait pas entendu. Tandis que le paysage déchiqueté et les villages de mon pays défilaient en contrebas tel un tapis vert, je glissai un regard au profil de Solo. Il avait les lèvres pincées. Ses mains agrippaient les commandes avec plus de force que nécessaire. Il avait mis un pull-over en coton blanc, un pantalon de toile gris, des souliers de marche. Pour ma part, je portais un tailleur bleu très strict. On n'avait pas l'air d'appartenir au même monde, tous les deux. Il paraissait concentré, retiré en lui-même... comme moi. Je hurlai par-dessus le vrombissement du moteur :

— Tu es déjà venu dans ces montagnes ?

Après un temps de silence, il opina :

— Quand j'étais gamin.

— On a un hôpital maintenant chez moi, pas très loin du nouvel aérodrome. Une fois qu'on aura atterri, je téléphonerai au gérant de ma grand-mère et il nous enverra une voiture.

Solo se contenta d'acquiescer. Je poursuivis :

— Tu pourras rester chez ma grand-mère.

Il tourna vers moi un visage imperturbable, mais je remarquai qu'il serrait les commandes à les briser.

— J'irai à l'hôtel, merci.

— Ce n'est pas de la politesse. J'aimerais que tu restes avec moi... Je sais que ton boulot est terminé, mais...

— Tu crois que pour moi tu es « un boulot » ?

Je me raclai la gorge, regardai par la fenêtre, puis de nouveau le dévisageai :

— Tu ne comprends pas que je t'ouvre toute grande ma porte ?

Il posa un instant sa main sur la mienne, caressant ma paume du bout de son pouce rugueux.

— Je tiens à toi, c'est vrai.

Quelques minutes plus tard, il fit perdre de l'altitude à l'appareil, qui contourna le flanc de la montagne, frôlant presque les falaises de granit et les cimes des grands sapins qui bordaient la petite vallée encaissée où j'avais tant de souvenirs. Bientôt la ville de marbre rose s'offrit à nos regards, majestueuse et inchangée.

— Chez moi, énonçai-je d'un ton neutre.

Je plongeai la main dans mon sac à main en cuir et pris le caillou qu'Elie avait arraché au nid de pierre en contrebas.

C'était l'automne dans la haute vallée. Les cornouillers – les premiers arbres à changer de couleur – avaient revêtu leurs habits rouges. Solo fit rouler son petit avion sur la piste de l'aérodrome campagnard. Dès que l'appareil fut à l'arrêt, un grand Noir dégingandé sortit du bâtiment et s'avança à pied à notre rencontre. Un gros SUV se profilait derrière lui. La quarantaine, cheveux presque rasés, fine cicatrice sur la joue droite. L'élégance décontractée de sa mise – pantalon en velours côtelé noir, chemise rayée, bretelles en cuir, cravate en soie – adoucissait l'impatience de son regard. De la poussière de marbre ternissait ses souliers à épaisses semelles. Il avait les grandes mains tendineuses des tailleurs de pierre. C'était Léon Forrest.

— Léon ! m'exclamai-je en courant vers lui, les mains tendues. Dis-moi tout !

Il prit mes mains dans les siennes d'un mouvement amical et ferme.

— Tu sais que ta grand-mère ne va pas s'avouer vaincue aussi facilement. Les médecins disent qu'elle est en bonne voie. Ils parlent d'infarctus mineur. Et Matilda s'est remise de son attaque. Elle a juste un peu de mal à parler et ne voit pas très clair.

Un vif soulagement me fit venir les larmes aux yeux. Je me tournai vers Solo pour faire les présentations :

— Mr Forrest est le gérant de la marbrerie. Léon, je te présente Solo, un ami, il travaille pour la même boîte que moi.

Solo considérait Léon d'un regard luisant, avec, aurait-on dit, un étonnement mêlé d'affection. Mais je n'avais pas toute ma tête, avec ces émotions. Je me faisais sans doute des idées. Pour sa part, Léon fronça les sourcils en serrant la main de Solo.

— On s'est pas déjà rencontrés quelque part ? avança Léon.

— Je suis content de vous voir... je veux dire de vous rencontrer, débita Solo. Même dans des circonstances aussi tristes.

Tout en marchant vers le monstrueux véhicule tout-terrain de Léon, je me tournai vers ce dernier d'un air sombre :

— Comment Grand-mère a réagi quand elle a su que je venais ?

Il me répondit par un regard désolé et un soupir :

— Elle a dit à Matilda que tu serais sans doute stupéfaite d'apprendre qu'elle avait un cœur.

Le New County Hospital, construit au sommet d'une colline au nord de la ville, chatoyait au soleil couchant dans sa rose livrée de marbre. J'abandonnai Solo et Léon dans la salle d'attente qu'ornaient les élégants portraits de Swan et Matilda, membres bienfaitrices siégeant au conseil d'administration, et pris l'ascenseur jusqu'au quatrième : le service de cardiologie. Je notai au passage que le deuxième étage portait le nom de ma mère, Julia Samples Union. Sept ans plus tôt, j'étais revenue à Burnt Stand pour un bref séjour afin d'assister à la cérémonie d'inauguration. J'avais préparé un petit discours en l'honneur de ma mère et demandé sans prendre de gants à ma grand-mère pourquoi elle rendait hommage à la mémoire d'une fille qu'elle avait rejetée.

— Je ne l'ai jamais rejetée, elle, seulement ses choix, avait répliqué Swan.

— J'ai grandi en croyant qu'elle m'avait abandonnée.

— La personne qui t'a dit une chose pareille était cruelle, et dans l'erreur.

— Tu me l'as laissé croire.

— Je voulais le croire moi-même. C'était tellement moins douloureux que de m'avouer que je l'avais repoussée, que j'avais causé sa mort.

Avec ces mots d'une franchise stupéfiante, elle

avait mis un terme à la conversation et par la suite avait refusé d'aborder de nouveau la question de ma mère. À l'époque, j'étais encore avocate à la cour d'Atlanta. Je pleurai tout le long des quatre heures qu'il me fallut pour redescendre de la Caroline du Nord.

Je dépassai l'étage dédié à ma mère en tapant du pied d'impatience. Je sortis de l'ascenseur avec un calme trompeur. Une flèche indiquait le service de cardiologie. Et qui était là, dans le couloir, sur un fauteuil roulant, vêtue d'une belle robe de chambre bleue passée sur sa chemise de nuit d'hôpital ? Matilda.

— Mon Dieu ! m'écriai-je en me ruant vers elle.

— Darl, murmura-t-elle de cette voix jadis de velours et qui me semblait à présent douloureuse, éraillée.

— Tu ne devrais pas être au lit ?

— Je t'attendais. Et je tiens à rester auprès d'elle.

Je m'accroupis sur un genou pour la prendre dans mes bras. Elle était si frêle. Maigre, des cheveux d'un blancheur immaculée, une peau froissée comme du papier de soie doré.

— Où est ta chambre ? m'enquis-je. Je vais te ramener.

— Pas question. Je lui ai promis que je viendrais avec toi. Elle fait la sieste.

Les mots sortaient de sa bouche au ralenti, tordus, déformés par un mal étrange. Mais ses yeux, eux, n'avaient pas perdu la vivacité de leur regard.

— Ils l'ont mise dans un de ces horribles lits de réanimation. Elle est hors d'elle. Tu sais combien elle tient à son intimité. Allons la voir. Elle s'est fait beaucoup de soucis pour toi.

Je poussai en silence son fauteuil jusqu'au service de réanimation cardiaque, derrière l'épais rideau de plastique, agitant la main à l'adresse des infirmières, qui se redressaient, à croire qu'elles étaient au garde-à-vous, et me saluaient de leurs jolies voix à l'accent chantant de nos montagnes.

Comme si j'étais quelqu'un de très spécial (comme si leur emploi dépendait de moi ?). Mon estomac se noua. Était-ce vraiment ainsi que j'apparaissais aux gens d'ici ?

Une série de lits où l'on apercevait derrière les rideaux à moitié tirés des corps immobiles bardés de tuyaux. Les feux du couchant rutilaient aux carreaux des fenêtres, inondant les flancs majestueux des montagnes, faisant monter une fine brume du fond de la vallée. Le paysage de mon pays natal était beau à en mourir.

— Elle est là, murmura finalement Matilda en s'arrêtant devant un des lits et en écartant doucement le rideau.

La salle avait été plongée dans l'obscurité. Seul un mince faisceau de lumière tombant d'un spot encastré dans le ciel de lit baignait le visage de Swan. Elle aussi avait la poitrine et les bras hérissés de tuyaux de perfusions. Un mince tube transparent faisait un T renversé sous son nez aquilin. Ses paupières étaient closes. J'approchai le fauteuil de Matilda, puis allai me poster de l'autre côté du lit, sans toucher Swan. Je me penchai un peu pour mieux la voir. Son teint avait la couleur de la cendre, sa peau était ridée, et pourtant encore très belle. Ses cheveux, gris argent. Splendides. Elle les portait plus longs que les femmes n'osent le faire à son âge. Ils bouclaient au creux de son épaule. J'effleurai le col de dentelle de sa robe de chambre en soie blanche. Matilda me chuchota :

— Elle ne voulait pas de la chemise de nuit de l'hôpital.

— Bien sûr que non.

Matilda chuchota à l'oreille de ma grand-mère :

— Swan, elle est là. Darl.

La belle endormie poussa un soupir dans son sommeil. Pas de réponse. Matilda dit plus fort :

— Ma sœur...

C'était un ordre. Elle jeta un coup d'œil du côté du rideau, de peur d'avoir été entendue. Comme si toute la ville n'était pas au courant. Mon cœur se serra. Swan et elle se ressemblaient tellement, toutes deux si jalouses de leurs secrets, de leur honneur.

Swan ouvrit les yeux d'un seul coup, comme une poupée que l'on relève. Elle n'avait jamais versé dans la demi-mesure. Soit elle avait l'air en hibernation, soit elle était complètement réveillée. Les médicaments avaient ôté l'étincelle de ses yeux bleus, mais leur regard était toujours aussi direct. Je les vis se rétrécir de plaisir en me voyant, puis elle se ressaisit :

— Si tu es venue me voir mourir, je vais te décevoir.

Je me penchai vers elle et lui murmurai d'une voix presque inaudible :

— Je suis venue m'occuper de toi pendant ta convalescence. Si tu le souhaites.

— Et qu'ai-je fait au monde pour mériter tant de dévotion de ta part ?

— Je n'en ai aucune idée.

— C'était donc la seule façon de te ramener à la maison une bonne fois pour toutes ?

— Je ne compte pas rester. Je suis seulement ici pour soigner ma grand-mère malade. Ce n'est pas la même chose.

— Le devoir, pas la dévotion, alors.

— Tu t'attends à me voir devenir sentimentale ? Tu détestes ça.

— C'est vrai. Alors, tu restes ?

— Jusqu'à ce que tu sois remise sur pied.

— Je vais peut-être rester une pauvre infirme. Tu seras obligée de m'étouffer sous mon oreiller...

— J'y réfléchirai.

Matilda laissa échapper un petit cri de douleur. Ce dialogue cruel qui, pour ma grand-mère et moi, s'inscrivait dans le cours normal des choses, la choquait. Il faut dire qu'en général nous réservions ce type d'échange à nos heures de tête-à-tête. Je me tournai vers Matilda avec une petite moue d'excuse, puis de nouveau vers Swan :

— Je vais dormir à Marble Hall. Je reviendrai te voir demain matin de bonne heure... Que s'est-il passé hier ? On m'a raconté que quelqu'un est venu te voir au bureau et qu'après ça, tu n'avais plus l'air dans ton assiette.

Un éclair de colère traversa le saphir des yeux de Swan.

— Léon joue les espions, maintenant ?

— Je t'en prie. Il m'a seulement dit qu'une jeune femme est venue te parler et que tu t'es enfermée avec elle. Tu es sortie de ce rendez-vous très pâle. Il s'est inquiété. C'est son travail. C'était qui, cette femme ?

— Ça me regarde. Pour le moment. On en discutera plus tard, quand j'aurai une chambre à moi.

En attendant, tu diras à Léon que c'est toi qui t'occupes de la marbrerie pendant que je suis malade. Si quelqu'un doit m'espionner, autant que ce soit ma petite-fille.

— Léon se débrouille comme un chef. Il n'a pas besoin de moi.

— C'est un gérant, il n'est pas de la famille. Il n'est pas un des nôtres.

J'aurais dû m'esclaffer. Mais le rire se serait étranglé dans ma gorge. Quand Swan disait « un des nôtres », ce n'était pas à une quelconque histoire de race qu'elle faisait référence, mais à l'appartenance au sang Hardigree. Je murmurai de nouveau à son oreille :

— Tant mieux pour lui. Nous avons tendance à tuer les nôtres – ou à laisser les autres mourir pour nos crimes. Alors, s'il te plaît, pas de plaisanterie à propos d'oreillers... Ça s'inscrit un peu trop bien dans les traditions familiales.

Matilda, qui n'en avait pas perdu une miette, laissa échapper un deuxième gémissement. Quant à Swan, elle me considéra avec une expression de pur orgueil :

— Reviens demain. J'ai quelque chose de très important à te dire. On verra si tu es aussi forte que tu le laisses croire.

— Ne joue pas au plus fin, Grand-mère. Je ne suis pas d'humeur.

— Ce n'est pas un jeu, je t'assure.

Là-dessus, elle tourna la tête vers Matilda et prononça :

— Bien, maintenant Darl, tu peux rentrer à Marble Hall et raccompagner au passage Matilda à sa chambre. J'ai besoin de me reposer. J'ai l'intention de me remettre en un temps record...

Son regard bleu n'avait pas quitté Matilda.

— ... Toi aussi tu dois te reposer. Je vérifierai. Demain, je leur demanderai de me déménager dans ta chambre.

On nous avait donné congé. Matilda lui caressa la main en guise d'au revoir. Swan se contenta de la fixer d'un air calme et sévère. Matilda fit oui de la tête. Les paroles ne leur étaient pas nécessaires. En cela, elles étaient semblables à des jumelles, communiquant grâce à quelque mystérieux langage. Je poussai le fauteuil de Matilda à travers le service en sens inverse. Je me sentais comme une acrobate sur la corde raide. Des douleurs me vrillaient la nuque et les tempes. Dès la lourde porte de la section des soins intensifs franchie, Matilda se tordit le cou pour me regarder et, l'œil brillant, articula une bouillie de mots que je n'eus cependant aucun mal à déchiffrer :

— Comment as-tu pu être si cruelle avec elle à propos du passé ?

— Tu sais, c'est notre façon à nous de compter les points.

Mais pourquoi, pourquoi ? répéta-t-elle en serrant sa main contre son cœur.

Je me penchai, tremblante, et d'une voix rauque, suppliante :

— Le remords ne hante-t-il pas tes jours et tes nuits ? Moi, oui. Et dernièrement, c'est devenu insupportable.

— C'était un accident.

— Tu sais ce que je veux dire. Il n'y a pas que Clara.

— Un accident. Comment peux-tu adresser des reproches à Swan après toutes ces années ?

— Matilda, tu n'as jamais voulu regarder les choses en face.

— Tu es la seule personne qu'elle ait au monde, sa seule famille. Tu ne peux pas la traiter comme ça.

— Sa seule famille, vraiment ? Les temps ont changé. La société n'est plus la même. N'est-il pas grand temps que la ville sache officiellement que vous êtes sœurs toutes les deux ?

— Demi-sœurs. Sa demi-sœur de couleur.

Matilda était agitée de tels tremblements que je pris peur. Mais elle se redressa cependant sur son fauteuil, digne et indignée :

— Je ne veux pas que les gens sachent que je suis une Hardigree... Une Hardigree noire. Karen en subirait l'humiliation, cela nuirait à sa carrière.

— Je vais lui téléphoner à New York pour lui dire que tu as besoin d'elle.

Je dus me pencher pour comprendre ce qu'elle prononça ensuite dans un souffle :

— Je ne lui demande pas de venir.

— Je suis bien revenue pour Swan. Elle reviendra pour toi. Poussant le fauteuil d'une main, je pressai ma tempe du bout de mes doigts.

— Ne viendra-t-il donc jamais, le temps où nous pourrons avouer la vérité et accepter ce qu'on a fait et qui nous sommes ?

Le visage de Matilda se rembrunit ; une tête de vieille lionne.

— Non. La vérité a brisé nos cœurs. Garde ta vérité, je garderai la mienne.

Burnt Stand. Du sang, la mort et Darl. Trois forces se disputaient l'âme d'Elie alors qu'il patientait dans le hall de l'hôpital. À quelques kilomètres seulement, son père avait expiré devant le Stone Cottage dans les bras de sa femme, les yeux levés vers son visage, implorant son pardon. S'il n'avait pas tué Clara Hardigree, quelqu'un d'autre l'avait fait. C'était l'évidence même. Sans doute une personne qui la connaissait. Quelqu'un de Burnt Stand. Quelqu'un qui se trouvait peut-être à portée de voix à l'instant où il formulait cette possibilité...

Léon posa à Elie quelques questions, que ce dernier esquiva. Si bien que l'œil noir de Léon devint méfiant. Elie avait honte. L'hypocrisie n'était pas dans son style. Et il tenait à garder l'estime de Léon.

— Bien, je vais vous laisser tranquille maintenant, finit par dire Léon. J'ai une petite fille et un petit garçon qui m'attendent à la maison, plus un vieux père qui va trop cuire les *collards* et crier après les gosses si je ne rentre pas à l'heure.

Cela ne l'étonnait pas de Léon. Il avait toujours été un tendre sous ses dehors de dur. Il l'imaginait bien cuisinant son ragoût au chou et s'occupant de sa famille.

— Vous avez des enfants. C'est bien.

Étonné par cette remarque un peu trop personnelle de la part d'un inconnu, Léon le fixa intensément.

— Ma femme est morte il y a quelques années. J'élève mes enfants tout seul. C'est des braves gosses, dit-il en donnant à Elie des clés de voiture. L'Explorer est à votre disposition pendant votre séjour. Il appartient à la marbrerie. On m'a laissé une autre voiture dans le parking de l'hôpital.

— Merci, c'est très gentil de votre part.

— J'espère que vous voudrez bien répondre à mes questions plus tard. On est plutôt curieux par ici en ce qui concerne les *étrangers*.

— Pas de chance. J'ai pas grand-chose à dire.

— C'est ce que vous ne dites pas qui a éveillé ma curiosité, voyez-vous... Bon, Mr Solo, on se reparlera bientôt. Bonsoir, conclut-il avec un léger mouvement du buste avant de se détourner pour sortir.

— Léon... Attends...

Léon s'immobilisa, tourna doucement la tête vers celui qui venait de l'apostropher en termes si familiers.

— Oui ?

Elie soutint son regard.

— Je ne m'appelle pas Solo. Mais Wade. Elie Wade.

Léon commença par le dévisager d'un air incrédule, puis peu à peu, ses traits se détendirent : il le reconnaissait. Elie le comprit dès qu'il vit Léon caresser du bout du doigt la zébrure blanche sur sa joue noire. Léon s'approcha d'Elie d'un pas lent, puis lui présenta une main large et calleuse. Une main de tailleur de pierre, tout comme celle d'Elie.

Les deux femmes les plus importantes dans ma vie étaient vieilles et malades ; toutes deux gisaient sur des lits d'hôpital. Solo vint à ma rencontre dans le hall. J'avais l'impression qu'un vide se creusait à la place de mon ventre, sous mon plexus solaire. J'avais du mal à respirer. Ma tête me lançait. Ma vue se brouillait.

— J'ai pas mal de travail qui m'attend ce soir, lui déclarai-je. Il faut que je téléphone aux amis de ma grand-mère et aux gens avec qui elle est en affaires. Tu n'es pas obligé de rester avec moi. Il y a plusieurs hôtels en ville...

— En d'autres termes, tu me fiches dehors, c'est ça ? Mais avec moi, tu vois, il ne faut pas prendre de gants. Tu n'as qu'à me donner l'ordre de disparaître de ta vue et là, je comprendrai.

— Bon, soupirai-je. Je préfère que tu restes. Je t'emmène dans l'antre familial...

— Marble Hall ?

Tiens, il connaissait le nom de la maison ? pensai-je confusément à travers les élancements qui me vrillaient le crâne. J'avais dû lui en parler en venant. Je lui indiquai le chemin, plus ou moins précisément sans doute, étant donné mon état de confusion mentale. Je fermai les yeux, me pris la tête entre mes mains. Un malaise insurmontable m'envahissait. Solo passa un bras autour de mes épaules.

— Allez, raconte. Qu'est-ce qui ne va pas ? dit-il.

— J'ai la migraine, parvins-je à articuler. Ça m'arrive. Celle-ci est une horreur. J'ai un médicament dans ma valise.

— Tu n'as pas besoin d'une pilule. Tu as besoin de pleurer, voilà... Tu veux que je te fasse pleurer ?

— Non. Tu es le seul élément dans ma vie qui ne me rende pas triste à mourir. Alors ne me fais pas pleurer, je t'en prie.

Solo se mordilla la lèvre inférieure d'un air soudain maussade.

— Bien, laissa-t-il finalement tomber. Pour ce soir, on s'en tiendra là...

Il me conduisit dehors, où je rendis tout ce que j'avais dans l'estomac sur la terre du jardin de méditation que ma propre grand-mère avait donné à l'hôpital. Solo tint mes cheveux en arrière et essuya ma bouche du dos de sa grande main calleuse. « Bienvenue à Burnt Stand ! », avais-je envie de lui hurler.

Je me dirigeai vers le SUV de Léon, malade mais résolue à ne pas perdre ma dignité. Pendant le trajet, je laissai ma tête dodeliner sur le dossier du siège en m'efforçant d'oublier où j'étais et pourquoi. Je ne songeai pas à le guider sur les petites routes menant à Marble Hall.

Il y arriva sans encombre, et sans mon aide.

La grande demeure était telle que dans mes rêves – majestueuse en haut de l'allée de marbre concassé, me tendant ses bras froids et roses entre les grands sapins, arbres de Noël géants montant la garde au milieu des buissons taillés. Tout autour, l'immensité de la forêt couvrait les collines jusqu'aux montagnes lointaines, bleutées dans le jour finissant. À ma gauche, par-delà le jardin, la piscine, la terrasse, la vieille fontaine-pagode, il me suffirait de parcourir quelques centaines de mètres à pied pour me retrouver devant la tombe moussue de Clara, à l'ombre des fleurs de pierre. Et un peu plus loin, le Stone Cottage m'attendait lui aussi, vide dans son écrin de verdure, ses fenêtres et ses portes bâclées, le marbre de ses murs disparaissant sous la vigne vierge. Déjà l'automne posait ses couleurs de flammes sur les arbres. Bientôt les feuilles tomberaient, sur le potager abandonné, sur le jardin immobile, sur les ossements de Clara... Je savais exactement ce que je trouverais là-bas si seulement j'avais le cran de traverser le bois.

— Comme c'est bon d'être rentrée chez soi, ironisai-je en réprimant un haut-le-cœur.

Solo me prit la clé des mains et me précéda dans le grand escalier du perron. Gloria, la gouvernante latino-américaine de Swan, avait eu la délicatesse de laisser les lampes allumées. Dans la vaste entrée, les tapis persans de Swan étouffèrent nos pas. La gouvernante avait, sur le marbre de la desserte, déposé à mon intention un petit mot, d'une écriture soignée, sur du papier à lettres à l'en-tête de Hardigree Marble. Elle avait préparé du rôti et une salade, qui m'attendaient dans le réfrigérateur.

De nouveau en proie à une affreuse nausée, je traversai le salon pour sortir avec autant de précipitation qu'un animal pris au piège. Un piège qui pour moi se matérialisait sous la forme de ces meubles d'antiquaire, de ces portraits de Swan, d'Esta, de ma mère, qui chaviraient dans la pénombre du crépuscule. J'ouvris en grand les portes-fenêtres qui donnaient sur le jardin et la piscine et m'assis sur le bord d'une chaise longue en osier. Solo s'approcha doucement.

— Pas de lumière, s'il te plaît. Ça va aller mieux, je vais prendre un médicament.

Il s'assit derrière moi sur le coussin.

— Essayons d'abord à ma manière.

Il posa ses mains larges et puissantes sur mes épaules, puis tira ma veste en arrière par le col. Je me raidis.

— Ce n'est pas ce que tu crois, ajouta-t-il d'une voix grave et un peu moqueuse. J'essaye seulement de te débarrasser de tes vêtements sales. Car s'il y a une chose dans laquelle tu n'excelles pas, c'est vomir proprement.

Je rougis de honte et le laissai m'enlever le vêtement souillé.

— T'as une chance folle de me voir – et de me sentir – comme ça, ironisai-je. Tu es bien le seul à avoir eu ce privilège.

Il jeta ma veste au loin sur les dalles de marbre.

— Tu prends ta revanche pour hier. Tu sembles oublier que je t'ai mis du sang partout... On est quittes, vois-tu...

Il posa de nouveau ses mains sur mes épaules, soulevant l'étoffe douce de mon chemisier blanc.

— ... Je t'ai goûtée de l'intérieur, continua-t-il. Je veux tout connaître de toi...

J'émis un gémissement sourd, puis m'emparai d'une de ses mains. Nos regards errèrent sur les silhouettes fantomatiques des arbres. Ses doigts s'enfoncèrent dans les plis de mon chemisier. Il émanait de lui une mélancolie à la mesure de la mienne. Comment pouvait-il être si proche de moi dans ma tristesse ? Mon Dieu, j'avais besoin de lui, besoin de ce cher étranger. Pourtant, je n'avais pas le droit de l'entraîner dans cet abîme de complications qu'était mon passé. Si nous avions une chance de bonheur, il fallait que je le sauve de mes propres turpitudes.

— Je voudrais que tu partes demain, déclarai-je de but en blanc. D'ici une semaine ou deux, une fois que tout ici sera en ordre, on se retrouvera. Quelque part. Où tu voudras. Je viendrai. Et on se dira tout. Je te le jure. Mais je tiens déjà beaucoup trop à toi pour te permettre de traîner ici et de t'impliquer dans mes histoires.

Silence. Puis il répliqua :

— On en reparle demain.

Ses doigts se mirent à malaxer les muscles tendus de mes épaules et de mon cou. Je gémis d'une souffrance délicieuse tandis qu'il appuyait, massait, tordait ma chair qui s'amollissait comme de la pâte entre ses mains. Des larmes piquèrent mes yeux. Je réprimai une furieuse envie de pleurer. Ça faisait mal. Je me sentais mieux. Je refusais de me laisser aller. Ensuite, il se mit à étirer en douceur ma nuque, les muscles de ma mâchoire ; ma moelle épinière s'allongea et j'eus la sensation que la douleur me quittait comme un serpent qui se retire dans son trou. Je me tournai vers lui, stupéfaite :

— Qu'est-ce que tu as fait ?

— Un truc que j'ai appris au long de mes tribulations. J'ai débloqué tes chakras, ou appelé ton guide spirituel, ou je ne sais quoi... changé ton « huile de tête » ! Qui connaît les mystères de l'univers ? Du moment que ça marche, c'est tout ce qu'on demande au Bon Dieu, non ?

Là-dessus il se leva, vint se poster devant moi et me tendit la main pour m'aider à me relever.

— L'eau de la piscine fume, me dit-il. Elle est chauffée ?

— Oui, ma grand-mère nage tous les jours de l'année. Elle adore se baigner. Quand elle était petite, la ville a été détruite dans un incendie. Depuis l'eau est synonyme de sécurité pour elle.

— Allons-y. Un bon bain nous fera grand bien à tous les deux.

Je me levai, les jambes un peu flageolantes. Il me souleva dans ses bras.

— Je n'ai pas envie de dépendre de toi à ce point, protestai-je.

— Permets-moi au moins de te porter. Je ne suis pas bon danseur, alors il faut bien que je fasse quelque chose correctement, non ?

Il me déposa au bord de la piscine. Et nous voilà nous déshabillant l'un l'autre avec des gestes maladroits d'adolescents. Descendant dans l'eau chaude main dans la main. Nous accroupissant à la dernière marche de l'escalier. Je me glissai entre ses cuisses, mon dos contre sa poitrine, je posai ma tête sur son épaule. Je mis mes mains en coupe pour me rincer le visage et la bouche tandis qu'il enroulait ses bras autour de moi, posant une main sur mon sein gauche, caressant mon mamelon d'un pouce distrait et rugueux.

Je soupirai de plaisir et de souffrance. L'eau semblait nous avaler comme un sirop noir. Son sexe durcissait contre le bas de ma colonne vertébrale. Je tapotai le pansement sur son bras.

— Pas très hygiénique, observai-je.

Il frotta sa joue contre la mienne.

— Arrête donc de penser.

Comme pour appuyer ses paroles, il tira légèrement sur mon mamelon. J'arquai mon dos contre son sexe. C'était si bon d'être désirée par cet homme extraordinaire, inimaginable de connaître un pareil bien-être. Je tournai mon visage vers lui. Il embrassa le bout de mon nez.

Dans les ténèbres de mes paupières closes, je cherchai le lieu maudit qui m'empêchait d'être moi. Un lieu tout à la fois au-dedans et au-dehors, car il était aussi là-bas, dans ce coin de forêt au-delà de la terrasse. J'ouvris des yeux coupables, les tournai vers la rangée de cygnes en marbre qui surveillaient, surveillaient sans trêve...

La voix de Solo s'éleva alors, rocailleuse, chuchotante à mon oreille :

— Il pourrait y avoir n'importe quoi là-bas. Qu'est-ce que tu vois, toi ?

Je réprimai un hoquet de surprise. On eût dit qu'il avait lu dans mes pensées.

— Le souvenir d'un garçon que j'ai aimé. Il s'appelait Elie.

Silence. L'air parut s'électrifier. Ses bras resserrèrent leur étreinte autour de moi.

— Darl...

Il n'y avait pas la moindre nuance de reproche dans son intonation. Je frissonnai.

— Tu me le rappelles. Même la façon dont tu prononces mon nom. Je te regarde et je vois l'homme qu'il aurait pu devenir. C'est pourquoi tu es ce que tu es pour moi. Pardonne-moi. J'aurais dû te le dire plus tôt, quand nous étions encore en Floride.

— Chut. Dis encore. Je veux tout savoir sur lui.

— Il avait treize ans quand je l'ai vu pour la dernière fois. Moi dix. Tu me diras que c'est impossible... mais je le vois encore là-bas dans les bois. Je l'imagine. Il vivait pas loin d'ici avec les siens. J'allais le voir à pied... Il m'attendait. Nous avions un coin à nous. C'était tellement innocent...

Après une pause, je repris :

— Mais c'est cruel pour toi. Tu ne mérites pas de jouer les succédanés...

— Si je suis le type d'homme que tu espérais qu'il devienne, alors je suis content.

Solo me fit pivoter sur moi-même. Même dans la nuit, je sentais son regard qui me scrutait comme s'il voulait déchiffrer une énigme. Et la douleur s'insinua de nouveau derrière mes tempes. Je le repoussai violemment. Et lui, comme si je l'avais giflé, me lâcha, puis plongea ses doigts dans mes cheveux et massa mon cuir chevelu. Nos yeux rivés l'un à l'autre. La sueur perlait à mon front. Il articula d'une voix rauque :

— Je t'ai fait mal ?

— Non. C'est ma migraine qui revient, murmurai-je tandis qu'il me serrait contre lui.

— Pleure, m'ordonna-t-il. Pleure pour ce garçon. Être aimé par toi, c'est la chose la plus douce. Pleure pour toi-même, parce que ton Elie t'aimait, et il avait raison de t'aimer. Pleure.

Il avait plus d'emprise sur mes émotions que moi sur les siennes. Car je fis quelque chose que je n'avais encore jamais fait, jamais, avec personne : je pleurai à chaudes larmes.

Et il me tint contre son cœur.

15

« Voyons, Elie, silence. Tu fais trop de bruit avec tes grands pieds. » C'est ce que Darl lui murmurait en le précédant dans l'escalier de service pour monter dans sa chambre. Par ce beau jour d'été, Swan était partie à une réunion à Asheville et la mère d'Elie les avait emmenés, lui et Bell, à Marble Hall. Avec Darl, ils avaient passé la matinée à déballer et à ranger des conserves dans le garde-manger, sous l'œil attentif de Bell qui récitait au fur et à mesure : « Haricots. Tomates. Pommes de terre. Citronnade... » Elle avait finalement appris à lire. À l'heure du déjeuner, leur mère s'était endormie avec son sandwich au salami à la main dans un des gros fauteuils en cuir de la bibliothèque. Bell faisait la sieste roulée en boule sur le tapis à ses pieds.

— Elle va m'arracher la peau des fesses si elle m'attrape là-haut, avait énoncé Elie à voix basse en suivant Darl, le cœur battant.

Elle l'avait pris par la main pour lui faire franchir une porte laquée rose. Une vraie chambre de petite fille modèle, avec meubles en bois peint, rideaux de mousseline, coussins, lit à baldaquin, rangées de poupées... et des tonnes de livres empilés çà et là.

Devant une telle masse de lecture, il avait laissé échapper une exclamation de surprise. Elle avait dégagé une petite place au milieu des poupées et des livres sur son lit. Elie avait secoué la tête. Il n'avait que onze ans mais son père l'avait déjà instruit sur les us et coutumes concernant l'usage du mobilier.

— Je ne peux pas m'asseoir sur ton lit, avait-il protesté.

— Comme tu voudras.

Elle avait soulevé une pile de livres dans ses bras.

— Tu n'as qu'à t'installer devant la fenêtre.

Le large rebord du bow-window était réchauffé de coussins de brocart rose.

— Tu veux lire *Huckleberry Finn* ? avait-elle ajouté en lui tendant un volume.

Elle l'avait déposé sur ses genoux puis, brandissant un deuxième livre, avait déclaré :

— Je suis en train de lire la série des *Casey Girl Mysteries*. J'en suis au quatrième. *La Momie d'Oak Street*.

— Mmm...

Il était déjà plongé dans le merveilleux récit de Mark Twain. Remontant ses épaisses lunettes sur son nez, il s'était appuyé aux coussins roses et avait plié devant lui ses jambes maigres et bronzées que découvrait son jean coupé au-dessus du genou. Darl s'était calée dans le coin opposé et ouvrant son livre à une page marquée d'un fil de couleur, avait allongé ses jambes nues à partir de l'ourlet de dentelle de son short rose. Leurs pieds nus se touchaient. Ni l'un ni l'autre n'avait fait mine de le remarquer. Ils lisaient en silence, baignés de la chaude lumière de l'après-midi, leurs orteils se caressant doucement.

Le rebord de la fenêtre a disparu, constata Elie en se réveillant. *La fenêtre tout entière a disparu !* Dans la chaleur et l'angoisse de la nuit, il n'avait même pas vu ce qui l'entourait. Swan avait dû remodeler la pièce après le départ de Darl. Rien ne témoignait plus désormais de l'existence de la petite fille rose. Le mobilier de bois sombre, sculpté, le motif argenté du papier peint, les lignes « design » des lampes à pied... Swan s'était employée à trouver un style reflétant celui de la jeune femme que Darl était devenue.

Et elle s'était trompée du tout au tout.

Il se hissa sur un coude pour regarder le visage de Darl reposant sur l'oreiller. Elle dormait. Son cœur se gonfla de tendresse. Elle avait une mine abominable. Ses cheveux décoiffés, emmêlés, encadraient un visage pâle, aux yeux cerclés de noir. Il ne l'en aimait que davantage. Oui, il l'aimait.

— Je t'aime de toute mon âme, murmura-t-il tout bas.

Il se glissa hors du lit, la borda, ramassa une serviette de bain bleue qui traînait par terre et, s'en ceignant les reins, sortit sur le palier puis descendit le grand escalier.

En bas, il fut accueilli par un double cri de surprise horrifié. Deux femmes aux cheveux de jais, l'une en robe, l'autre, la plus jeune, dans un uniforme de femme de chambre, le considérèrent d'un air sidéré.

— Pardonnez-moi, mesdames...

La femme de chambre pouffa de rire. La plus âgée s'enquit avec un fort accent espagnol :

— On ne nous avait pas annoncé un invité...

— Vous êtes Mrs Gloria, je suppose ?

— Oui, je suis la gouvernante de Mrs Swan, opina-t-elle après avoir donné quelques ordres brefs en espagnol à la femme de chambre.

Cette dernière partit en trottinant vers la cuisine. Elie se dit qu'il était inutile de se perdre en explications. Il s'excusa dans un espagnol impeccable puis, toujours dans cette langue, informa Gloria que la petite-fille de Mrs Swan avait été malade la veille au soir, en conséquence de quoi elle ferait la grasse matinée.

— Quand elle se lèvera, dites-lui que je serai bientôt de retour. Je vais faire un tour en ville.

Avait-elle été impressionnée par la maîtrise de sa langue maternelle ? Quoi qu'il en soit, Gloria hocha la tête avec une expression taciturne. Elie redressa ses larges épaules, réajusta la serviette autour de ses hanches et sortit d'un pas calme de Marble Hall par la grande porte.

Je suis de retour, Swan. Et cette fois, je ne vous appartiens pas. Vous n'avez plus aucun pouvoir, ni sur moi, ni sur les miens. J'ai dormi sous votre toit, avec votre petite-fille. J'ai planté ma tente sur votre territoire. Il détestait penser à Darl en ces termes, comme si elle était un trophée. Une fois dehors, dans la lumière dorée de ce début d'automne, il ouvrit le coffre de l'Explorer et sortit de son sac des sous-vêtements, un jean et un pull-over en laine polaire. Il s'habilla et, toujours debout derrière l'énorme véhicule, il se rasa, à sec (en se coupant à deux reprises), avec force jurons. En essuyant les perles écarlates que le sang avait formées sur ses joues, il se prit à songer : « Tu as une gueule de brute et de bon à rien. » Après quoi, il prit son porte-documents, qui contenait aussi son ordinateur et son téléphone portable.

Il appela William à Washington. Elie lui avait déjà laissé un message la veille au soir.

— Ah, enfin, je pensais que tu m'avais oublié, lui reprocha William.

— Qu'est-ce qui ne va pas ?

— Je prends un vol pour la Californie dans une heure. Karen Noland est à Los Angeles, dans les studios de télévision. Je tiens à lui parler de vive voix.

— Bien.

Les messages que Darl avait laissés à Karen à son appartement new-yorkais et à son bureau étaient en effet restés sans réponse. Elie sortit sa montre-bracelet de son sac de voyage. Il était près de 10 heures. Trois heures plus tôt à Los Angeles. Avec un peu de chance, William allait pouvoir parler à Karen à temps pour la persuader de rentrer dès ce soir.

— Tu es un ami, mon vieux, lança Elie. Je te revaudrai ça. Tu as autre chose à me dire ?

Hélas, oui, admit William dont le doux accent jamaïcain prenait des intonations inquiétantes. Je viens de l'apprendre, sinon je t'en aurais informé plus tôt...

— Quoi ?

Une pause.

— Ta sœur. Ta mère. Elles sont là-bas.

— Quoi ?

— Elles sont à Burnt Stand. Depuis deux jours. Ta sœur a eu un rendez-vous avec Swan Samples. Il y a deux jours. Elles sont encore sur place... Elles croient qu'elles te rendent service, que ça te soulage d'un poids...

Elie avait soudain la bouche sèche. Il nota le nom de l'auberge où Bell et sa mère avaient élu domicile. Quelques secondes plus tard, il était au volant de l'Explorer.

Solo m'avait abandonnée pour aller se promener. Je me sentais inquiète. Après trois jours d'une présence continuelle, il s'était envolé sans prévenir pour visiter seul Burnt Stand. Je pris une douche et passai un pantalon, un pull et des chaussures en cuir marron. Debout au milieu de mon ancienne chambre, je me fis une natte épaisse et dure comme un morceau de cordage. Qu'est-ce que Solo espérait apprendre dans ma ville natale ? Cherchait-il à en savoir plus sur moi après mes pleurs de la veille ?

Je sortis mon talisman du fond de la poche de mon pantalon et contemplai longuement le signe à demi effacé. Puis je le posai sur une commode comme si sa place était là. Je promenai mon regard autour de moi. Swan avait tout refait après mon départ. Elle avait délibérément condamné la fenêtre qui donnait sur les bois, le Jardin de pierre et le Stone Cottage.

« La vérité n'en est pas moins toujours là, même sans la fenêtre. » Cette phrase, je l'avais prononcée un jour devant elle. Et elle, elle m'avait regardée de son regard glacé et avait répliqué : « J'ai des souvenirs si horribles que je ne rêverais même pas de te les raconter. Je les ai mis de côté. J'ai fermé la fenêtre. Toi aussi, tu la fermeras. »

Et, à présent, j'avais donné accès à ce sanctuaire

à Solo. Au fond, j'avais peut-être envie d'oublier ce qui était arrivé à Elie et aux siens. Peut-être étais-je en train de me transformer en Swan sans m'en apercevoir. On change peu à peu, jour après jour et puis, un beau matin, on ne se reconnaît plus, la passion qui nous a si longtemps fourni notre raison d'être s'est évanouie comme par enchantement. Était-il proche, le jour où mon passé emmuré ne laisserait plus filtrer la voix de la vérité ?

En frissonnant, je ramassai mon talisman et le fourrai au fond de ma poche.

Le Rakelow Inn se trouvait dans une petite rue ombragée de Burnt Stand, au milieu du gazon et des fleurs. Une bâtisse de style vaguement colonial, bien entendu tout en marbre. C'était l'une des Esta Houses. Elie fit la grimace.

Sa mère avait fait des ménages chez les Rakelow avant d'être engagée par Matilda à Marble Hall. Elle avait nettoyé les cabinets des Rakelow, ramassé les crottes du caniche des Rakelow, souffert avec le sourire et en silence que les enfants Rakelow essuient leurs bottes pleines de boue sur le seuil qu'elle venait de laver à grande eau. Elie avait toutes ces images dans la tête tandis qu'il s'efforçait de comprendre pourquoi sa mère et Bell avaient décidé de revenir à Burnt Stand sans lui – avant la date qu'ils avaient plus ou moins fixée la veille de son départ pour la Floride. Et, à présent, sa mère était assise sur un joli canapé dans la plus belle suite de l'hôtel, ses mains d'ouvrière sagement croisées sur la jupe de son élégant tailleur bleu. Bell se tenait debout devant la fenêtre, tel un papillon avec ses longues écharpes de soie drapées sur son chemisier et son jean. Elle était en larmes, mais inébranlable. La petite Jessie, quant à elle, dormait au creux d'un grand lit, nichée dans des duvets moelleux.

La famille Wade était de retour. Riche.

— Je comprends que vous vouliez montrer à tous ces gens ce que nous sommes devenus, dit Elie d'un ton plein de lassitude. Ça ne m'ennuie pas du tout. Mais vous auriez pu me prévenir.

Assis sur un autre des canapés de la suite, il posa ses coudes sur ses genoux et se frotta le menton. Sa mère observait la bosse que son pansement au bras dessinait sous son pull.

— Si nous avions voulu faire ce que tu dis, la « revanche des Wade », riposta Bell, on se serait arrangées pour que tout le monde nous reconnaisse. Alors que j'ai signé le registre sous le nom de Bell Canetree.

— Bien, mais alors pourquoi avoir rendu visite à Swan et lui avoir révélé ton identité ?

— Je tenais à être honnête avec elle. Je voulais qu'elle sache qui avait acheté sa terre. Je me suis dit qu'elle me serait reconnaissante de m'être expliquée sur mes intentions en ce qui concerne sa propriété. Tout ce qu'on cherche, après tout, c'est la vérité. Je pensais qu'elle serait contente elle aussi de savoir. Elie, tu ne crois pas que la façon dont sa sœur est morte ne la poursuit pas comme une malédiction ?

En guise de réponse, Elie éclata de rire :

— À mon avis, rien n'empêche Swan Samples de dormir. Surtout pas ce qu'il est advenu de son insupportable sœur Clara !

Bell rougit.

— C'est pas parce que tu penses que Swan est méchante, qu'il faut parler comme ça d'elle. Je suis sûre qu'elle tient à connaître l'identité de l'assassin de Clara. Et à ce qu'on retrouve son corps.

— Dans son esprit, c'est Papa l'assassin. Et elle est convaincue que les restes de Clara gisent au fond du lac.

— Elie ! s'exclama Bell en levant les bras au ciel. Je lui ai dit la vérité. Cela va nous faciliter la tâche... et te permettre aussi de courir plus aisément après Darl...

Piqué au vif, Elie se redressa :

— Tu aurais dû me prévenir quand j'étais en Floride. Je t'aurais conseillé de laisser les choses telles qu'elles étaient pour le moment.

Sa mère intervint alors pour dire :

— Elie, que faisais-tu exactement avec Darl là-bas ?

— Je m'occupais d'elle. Elle ne va pas bien.

— Et tu as trouvé intelligent de ne pas lui dire qui tu es ?

— Non, Maman, je n'ai rien trouvé du tout, je me suis trouvé dans cette situation, c'est tout.

— Tu devrais avoir honte.

Les mots de sa mère s'enfoncèrent comme des poignards dans son cœur. Elle avait raison, bien sûr. Il laissa échapper un soupir :

— Rien n'a marché comme prévu. Tout est arrivé si vite. Elle ne pouvait pas me concevoir autrement que comme un étranger. Mais au fond d'elle-même, j'en suis persuadé, elle m'a reconnu. Elle n'en a pas conscience, voilà tout.

— Tu lui as menti, accusa sa mère.

Elie se voûta et, en contemplant la moquette, avoua :

— Oui, je lui ai menti.

— Comme Bell quand elle a voulu acheter la terre de Mrs Swan.

— *Maman*, dit Bell d'un ton de reproche.

— Aucun d'entre nous n'a de quoi être fier, déclara leur mère en se levant. Quand Bell est allée voir Mrs Swan pour lui avouer la vérité, je lui ai dit : « Oui, il le faut. Nous n'allons pas continuer à tricher. » Nous ne faisons pas honneur à la mémoire de votre père. Elie, tu dois révéler qui tu es à Darl... Aujourd'hui !

Elie fit oui de la tête, puis tourna son regard sombre vers sa sœur.

— Prépare-toi à affronter la tempête que notre retour ici va déclencher. Quand ils sauront qui on est, ils vont nous accuser d'avoir causé la crise cardiaque et l'attaque de Swan et de Matilda.

— C'est pas vrai ! s'écria Bell, horrifiée. Swan et moi avons parlé très gentiment. Elle n'a pas du tout eu l'air bouleversé. Elle m'a dit qu'elle avait besoin de réfléchir à notre projet... mon idée de retourner la terre et tout ça... et que nous en reparlerions quand tu serais là. J'ai dit que tu étais en voyage d'affaires. Je n'ai pas dit où. Elie... je te le jure... Elle est restée... de marbre.

— Tu t'es fait avoir, sourit Elie. Elle est comme le serpent qui attend sa proie, immobile. Elle t'a mise en confiance. Elle attend que tu t'approches un peu trop près... Tu as de la chance qu'elle ne t'ait pas encore mordue. Je suppose qu'elle compte nous manger tout crus.

— Mrs Swan m'a toujours très bien traitée, assura leur mère.

— Elle pense que Papa a tué sa sœur, soupira

Elie. Pour elle, l'affaire est classée. Je t'assure qu'elle est furieuse qu'on vienne ici remuer toute cette boue.

— Mais, argua leur mère, Darl interviendra en notre faveur. D'après toi, Elie, elle est convaincue de l'innocence de votre père. Tu dis que Darl est quelqu'un de bon.

Elie se détourna, et d'une voix étranglée par l'émotion, articula :

— La bonté même.

— Alors dis-lui qui tu es, et si tu lui as donné la preuve qu'elle peut compter sur toi, elle te fera confiance et te pardonnera... et respectera nos intentions.

Elie vint poser la main sur l'épaule de sa mère :

— Nous avons une double épreuve à passer.

Sa mère acquiesça.

Gloria, la nouvelle gouvernante, ne m'aimait manifestement pas. J'étais assise à la table de la salle à manger devant une tasse de café et des toasts que je m'étais moi-même préparés à la cuisine sous son œil désapprobateur. J'avais ensuite disposé les dossiers de ma grand-mère autour de moi sur l'acajou qui sentait bon l'encaustique. Gloria se tenait sur le seuil sous prétexte d'allumer les lampes dans la pièce et me regardait comme si j'avais tué Swan pour prendre sa place sur le trône de Marble Hall.

— J'ai téléphoné à l'hôpital, déclara-t-elle avec son accent espagnol. Mrs Swan et Mrs Matilda viennent d'être mises ensemble dans la même chambre.

Elle s'exprimait non sans un certain mépris à

mon égard, à croire qu'elle se préoccupait plus que moi du bien-être des deux vieilles dames.

— Oui, je sais. Je vais aller leur rendre visite dans une minute, mais il faut d'abord que je regarde ces papiers.

— J'ai préparé quelques babioles pour votre grand-mère et Mrs Matilda. Des fruits. Des muffins. Mrs Swan raffole des muffins aux myrtilles. Et j'ai mis des tranches de jambon et des cookies sans sucre pour Mrs Matilda. Vous savez qu'elle a du diabète...

— Merci, vous êtes très efficace.

— J'ai posé les clés de la voiture sur la table de l'entrée. Mrs Swan a acheté une Lexus ce printemps.

— Parfait, merci, dis-je en parcourant le premier dossier des yeux.

Gloria se racla la gorge :

— Une réunion est prévue pour la semaine prochaine. On attend des invités à dormir. C'est une réunion très importante.

Je fronçai les sourcils et agitai la feuille que j'étais en train de lire :

— Ceci serait-il la liste des invités ?

Gloria fit oui de la tête. Je lus une douzaine de noms, dont celui de plusieurs directeurs d'organismes sociaux de l'État et de présidents d'associations œcuméniques. Tous des VIP. De quoi pouvait-il bien s'agir ?

— Dois-je annuler la réunion ? me demanda Gloria.

— Non.

— Vous les recevrez ?

— Je crois que je peux me débrouiller.

— Là d'où je viens, une petite-fille respecte les volontés de sa grand-mère. J'espère que vous trouverez la force dans votre cœur de continuer son travail... J'ai un immense respect pour votre grand-mère.

— Parfait. Alors vous allez pouvoir m'aider. Ma grand-mère a bien reçu quelqu'un il y a deux jours... une femme ? Elle vous en a parlé ?

— Je n'en sais rien, répondit Gloria en me fixant, interloquée.

Et tu ne me dirais rien même si tu savais, pensai-je. Je la dévisageai un peu brutalement.

— Ma grand-mère n'est pas précisément ce qu'on appelle une femme charmante et aimable, propre à inspirer l'affection. Pourquoi lui êtes-vous si loyale ?

Une lueur d'orgueil blessé fit étinceler son regard.

— Elle paye bien et elle traite les gens correctement. J'ai travaillé chez des Américains qui ne faisaient ni l'un ni l'autre. Chez nous, on s'attend pas à ce qu'un employeur soit aussi un ami. On comprend que les puissants protègent les faibles, et que les faibles doivent être fidèles à leurs maîtres.

— Ça s'appelle de la dictature, Gloria.

— Quand les puissants sont des dames comme Mrs Swan, tout va bien.

Ainsi Swan s'est hissée au rang d'Eva Peron et d'Imelda Marcos, songeai-je.

— Merci, dis-je tout haut. Je voulais juste savoir.

Gloria serra les lèvres, mais n'esquissa pas un geste : elle n'avait visiblement pas la moindre intention de partir. De mon côté, j'en avais assez. Je lui lançai un regard lourd de sous-entendus. Ses yeux s'arrondirent. Elle venait de reconnaître en moi ma grand-mère, froide, dangereuse. Elle se contenta d'opiner avant de quitter la pièce.

Je passai rapidement le reste des dossiers en revue. Ce que je découvrais me stupéfia. Swan avait engagé un demi-million de dollars de sa poche dans l'achat d'un terrain et dans un projet de construction portant le nom de « Stand Tall ». Une gigantesque somme d'argent, même pour Swan. Il s'agissait d'une sorte de foyer ou de centre d'éducation pour les jeunes en difficulté de la Caroline du Nord.

Je posai les papiers sur la table et contemplai longuement le vide. Soit c'était encore une de ses manœuvres visant à me ramener à Burnt Stand, soit elle tentait de s'acheter une place au Paradis.

Tu n'y arriveras pas, Grand-mère. On ira toutes les deux en Enfer.

La chambre commune de Swan et Matilda était si grande qu'avec tous les bouquets qui s'y pressaient, on aurait dit une serre. Les fleurs étaient accompagnées de cartes souhaitant à Swan un prompt rétablissement, signées du gouverneur, de quelques députés, de tous les directeurs des mines et des grands propriétaires terriens des États du Sud. Je posai le panier préparé par Gloria sur la table entre les lits jumeaux. Ma grand-mère avait l'air fatigué, mais sinon plutôt alerte, en dépit de sa perfusion et de son tube à oxygène.

— Je suis sortie des soins intensifs en un temps record, me dit-elle. N'est-ce pas effrayant d'avoir des forces surhumaines ?

— Ça ne compte pas si on appartient au conseil

d'administration et que le cardiologue est obligé de faire vos quatre volontés s'il veut garder son service.

— Si j'avais de pareils pouvoirs, je m'en servirais pour te faire obéir au doigt et à l'œil.

— Tu ne crois pas si bien dire. Alors, qu'est-ce que c'est que cette histoire de « Stand Tall » ?

— D'abord, c'est un jeu de mots.

— Ça, je sais. Mais *qui* doit « se tenir debout et bien droit » ? Qui doit faire preuve d'une telle dignité ?

— J'ai l'intention d'ouvrir une maison pour enfants inadaptés. Un centre dirigé par la Fondation Hardigree, que je viens de créer pour l'occasion. Mon avocat t'apportera tous les papiers. Je suis sûre que cela va t'intéresser. C'est un héritage dont tu pourras être fière...

Elle marqua une pause, ses yeux bleus luisant d'une froide lueur d'amusement.

— ... un héritage dont tu ne pourras pas te désister, si j'ai bien calculé mon coup.

— S'il vous plaît, ne remettez pas ça, toutes les deux, intervint Matilda d'une voix traînante, les mots se télescopant.

Matilda. Pelotonnée sur son lit dans sa robe de chambre en soie bleu pâle, un plaid posé sur ses jambes, si frêle qu'on aurait dit une fée. Swan, comme toujours, était tout en blanc. Quelle paire elles formaient toutes les deux, ces matriarches aux cheveux de neige, ces sœurs que ne différenciait plus à présent que la couleur de leur peau. Mon cœur se serra.

— Excuse-moi, Matilda.

— Tu as parlé à Karen ?

— Pas encore. Elle n'est sans doute pas à New York. J'ai laissé plusieurs messages. Je la rappellerai cet après-midi.

Matilda soupira. Swan indiqua de l'index le téléphone sur leur table de chevet commune.

— Matilda, c'est à toi de lui laisser un message. Qu'elle entende ta voix.

Mais Matilda secoua la tête.

— Pour rien au monde je ne m'abaisserai à mendier.

À cet instant, quelqu'un frappa à la porte.

— Entrez ! dis-je.

La porte s'ouvrit pour laisser le passage à la haute silhouette de Léon. Il avait presque l'air d'un dandy dans sa veste de tweed et son pantalon en laine. Seul indice de sa condition de travailleur : la fine poussière de marbre qui couvrait ses chaussures. La pièce sembla soudain rétrécie.

— Bonjour, dit-il, manifestement mal à son aise et très inquiet, je suis passé voir si vous aviez besoin de quelque chose...

— Si vous aviez un élixir de jeunesse, riposta Swan.

— Alors, là, eh bien...

— Vous avez quelque chose pour moi ? interrompit Matilda, les yeux fixés sur la petite carte bristol blanche que Léon tenait entre ses longs doigts noirs.

— Oui, Carla Ann a fait un dessin pour vous, dit Léon en lui donnant le papier.

Carla Ann avait six ans. Léon avait aussi un fils, Reggie, trois ans. Il avait rencontré sa femme – « une gentille Yankee » – à l'université de Caroline du Nord. Pour son malheur et celui de ses enfants, elle était morte d'un cancer foudroyant. Matilda adorait les enfants de Léon. Elle tint la carte pressée contre son cœur.

Léon se tourna vers moi pour me saluer. Je le saluai à mon tour, puis il ajouta :

— Ton ami et moi, on a eu une petite conversation hier soir en bas dans le hall de l'hôpital. Tu sais, je pense que c'est un type bien.

Je le considérai d'un œil méfiant. C'était si peu son genre de s'enticher d'un étranger sur un coup de tête...

— Merci. Je lui transmettrai, rétorquai-je.

Avec une expression aimable, et comme s'il cherchait à protéger ma réputation devant ma grand-mère, il précisa :

— Tu as bien fait de lui prendre une chambre au Rakelow.

L'étincelle qui s'alluma dans mon regard le cloua sur place.

— Euh..., dit-il, consterné. J'ai vu son Explorer garé devant l'hôtel en venant ici...

Je pris pitié de Léon et vins à sa rescousse :

— Mais oui, c'est vrai...

N'empêche, mille questions se pressaient dans mon esprit : qu'est-ce que Solo pouvait bien fabriquer au Rakelow Inn ? Avait-il décidé de prendre une chambre en ville ? Mais pourquoi ? Tandis que Léon continuait à bavarder de choses et d'autres, je sentais les yeux de Swan sur moi, perçants. Dès que Léon eut prit congé, elle se dressa sur son séant.

— Parle-moi un peu de ton ami.

Je lui décrivis en quelques mots la situation... d'un point de vue purement factuel.

— C'est tout ce que tu sais sur lui ?

— Je viens de le rencontrer il y a quelques jours.

— Je vois.

— Non, tu ne vois rien du tout. C'est un homme remarquable. Il est venu jusqu'ici parce que je le lui ai demandé. Je peux compter sur lui.

— Tu aurais dû me parler de lui plus tôt, dit sèchement Swan.

— Hier soir ? Comment aurais-je pu ?

Swan me vrilla d'un regard sévère :

— J'ai des choses à te dire. Ferme cette porte.

J'obtempérai. Puis me postai au pied du lit de Swan. Appuyée à ses oreillers, souveraine, d'un calme dû tout autant à la volonté qu'aux médicaments, elle avait pourtant une expression pétrie d'une angoisse indicible.

— Comme je te le disais hier, j'ai quelque chose à t'annoncer.

— Je ne vois pas ce que cela a à voir avec mon ami.

— Rien peut-être. À moins que tu ne sois victime d'un mensonge bien troublant...

— Grand-mère, où veux-tu en venir, à la fin ?

Elle lissa son drap du plat de la main, un geste qui acheva de me paniquer, car jamais je n'avais vu ma grand-mère hésiter ou tergiverser. Jamais ! Puis elle ouvrit toute grande la main, écartant ses doigts pâles et osseux sur la blancheur du lit.

— J'ai vendu cent hectares de terrain derrière Marble Hall.

Je restai sans voix. Ce terrain était dans la famille depuis plus de soixante ans. C'était Esta qui l'avait acquis. Le Stone Cottage avait été construit dessus. Et le Stone Flower Garden. Et *la tombe de Clara*... J'agrippai la barre du lit et me penchai vers elle :

— C'est une plaisanterie ?

— Pas du tout. J'ai vendu à un acheteur de Memphis. Un notaire qui se disait chargé de gérer de grosses fortunes... Bref, dans la promesse de vente, j'ai inclus certaines clauses. Dont l'interdiction de toucher au jardin...

— Comment as-tu pu prendre un risque pareil. Tu sais bien que les contrats sont faits pour être violés !

Je me tournai vers Matilda, essoufflée, et lui demandai :

— Tu étais au courant ?

Et comme elle opinait, j'ajoutai :

— Et tu as donné ton accord ?

Elle opina de nouveau.

— On l'a fait pour toi, continua Swan. Pour te montrer que ce lieu n'avait aucun pouvoir réel. Que tu ne dois pas en avoir peur.

— Je n'en crois pas mes oreilles ! m'exclamai-je. Je n'arrive pas à croire que vous ayez vendu notre jardin à des étrangers... Vous savez bien qu'un contrat, ce n'est rien qu'une feuille de papier !

— On a pris le risque. Je vais transférer l'argent de la vente à Stand Tall.

C'était donc de là que provenait le fameux demi-million de dollars ! J'en étais en sueur.

— Qu'est-ce que tu essayes de prouver ? Que nous sommes invincibles ? Que nous ne sommes pas punissables ?

— Tais-toi, ordonna Matilda d'une voix tremblante. Tu ne comprends donc pas. Nous voulons faire quelque chose de bien, pour toi, pour nous, pour notre famille. Nous voulons que tu restes, et que Karen revienne vivre ici. Nous voulons vous transmettre quelque chose dont vous serez fières toutes les deux. Quelque chose qui métamorphosera une terrible erreur en une bénédiction...

Swan leva un index autoritaire.

— Tu me trouves arrogante ? téméraire ? dit-elle avec un pâle sourire. Tu as peut-être raison. Ce notaire n'avait qu'un seul client, du moins pour cette affaire. Je le savais, mais j'étais loin de me douter de l'identité du client en question.

— Dis-moi, demandai-je en me raidissant, prête à tout entendre.

Après un instant d'hésitation, Swan articula :

— La femme qui est venue me voir il y a deux jours s'appelle Bell Wade. C'est elle qui a acheté le terrain.

Le temps sembla soudain tomber goutte à goutte de l'horloge qui « tictaquait » sur le mur. Matilda enfouit son visage dans ses mains, puis posa la tête sur l'oreiller et ferma les yeux. Je n'étais pas encore remise du choc, toutes les pièces du puzzle se mettant rapidement en place dans mon esprit, que Swan reprit :

— Et elle a l'intention, avec l'aide de son frère, de retourner la terre afin de prouver l'innocence de leur père.

Elie.

— Tu ferais bien d'aller parler à ton « ami », ajouta Swan. Prions le Ciel que ce ne soit pas Elie Wade.

Elie descendait le vaste escalier de marbre. Il venait de quitter sa sœur et sa mère avec l'intention d'aller retrouver Darl. Les deux battants de la porte de l'hôtel grands ouverts laissaient entrer l'air frais et pur de la montagne. Au-delà, la pelouse, les fleurs et l'allée dallée de pierre rose étincelaient sous le soleil.

Darl remontait l'allée.

Elie s'arrêta net. *Seigneur ! Elle sait !* Un seul regard à sa démarche, à son visage pétrifié, lui avait tout dit. *Elle sait !* Il se remit à marcher, à marcher à sa rencontre... Ce fut au tour de Darl de s'immobiliser. Elle leva vers lui des yeux d'animal blessé.

— Elie ? fit-elle d'une voix à peine audible.

Il se contenta de faire oui de la tête.

Elle chancela comme s'il l'avait frappé, puis pivota sur ses talons et s'éloigna.

Elie ne fit qu'un bond. Il lui bloqua le passage, tendit la main vers elle...

— Non ! dit-elle d'un ton catégorique.

Il laissa sa main retomber le côté et se pencha vers elle.

— Je ne t'ai menti que sur un point. Solo. Mon nom... Qui d'ailleurs me correspond. Je sais que je te dois des explications. Mais, pour le moment, je veux seulement que tu saches que, si je t'ai menti, ce n'était ni pour te blesser ni pour me servir de toi.

Elle resta muette. Il eût préféré la voir hurler de rage ou se répandre en injures. Mais elle se taisait. L'air était comme électrifié par le trop-plein d'émotions. Il percevait chez elle un tremblement de tout son être qui lui serrait le cœur. Lui-même avait les mains qui tremblaient. Ce fut plus fort que lui. Il la prit par les épaules.

— S'il te plaît, viens avec moi, dit-il d'une voix sourde. Allons parler de tout cela dans un coin tranquille. Je te dirai tout ce que tu voudras savoir. Je n'ai rien à cacher, et je veux que tout soit bien clair entre nous. Pour moi aussi, tu sais. Je sais que ça doit te sembler bizarre, mais c'est vrai.

Darl secoua imperceptiblement la tête :

— Tu as menti pour acquérir le terrain.

— C'était une erreur.

— Lâche-moi. Tu ne sais pas dans quoi tu t'embarques.

— Je t'en supplie, écoute-moi, poursuivit-il en la retenant par les épaules. Au cours de ces derniers jours, tu as fait ma connaissance ; j'aurais aussi bien pu être un étranger. Et nous avons découvert que nous avions à partager toute une vie d'amour et de confiance mutuelle. Ne laisse pas une stupide erreur gâcher notre entente. Ne détruis pas tout sur un mouvement d'humeur...

— C'était fichu dès le départ. *Il y a vingt-cinq ans que c'est fichu*. Maintenant, lâche-moi !

Il fit un effort surhumain pour ne pas la serrer passionnément contre lui et relâcher son étreinte sur ses épaules. Ses mots si cruels résonnaient encore à ses oreilles : *Il y a vingt-cinq ans...*

— Quand tu me prenais pour un autre, tu n'avais pas la même attitude. On dirait que tu n'as plus qu'une envie : m'oublier !

Elle le dévisagea un instant d'un air hagard, puis prononça dans un souffle :

— C'est toi qui dois m'oublier ! corrigea-t-elle.

Pour lui, cette phrase n'avait aucun sens. Il ouvrit la bouche pour protester, quand la voix de sa sœur s'éleva derrière lui.

— Darl !

Darl se tourna vers le perron, déchirée entre la joie et la douleur. Bell et sa mère se tenaient sur le pas de la porte de l'hôtel. Bell avec son bébé dans les bras. Sa mère, les mains croisées sur sa gorge.

— Je vous en supplie, pardonnez à Elie, énonça sa mère. Il voulait seulement vous venir en aide. Il était convaincu que vous refuseriez de lui adresser la parole s'il vous avouait qui il était. Il a eu tort de vous mentir et Bell a eu tort d'acheter le terrain en douce... Mais ils ont tous les deux agi sans penser à mal. Aucun d'eux ne veut causer de tort à personne. Ce que nous voulons, c'est... c'est... essayer de blanchir la mémoire de mon Jasper. Pour lui, pour nous...

Le regard dur sous la brillance des larmes, Darl acquiesça. Quand elle leva les yeux vers Elie, ce dernier crut que son cœur allait se briser. Quelles pensées pouvaient bien traverser à cet instant son esprit ? Pourquoi le rejetait-elle ainsi, comme si elle se détestait elle-même ?

— Fais ce que tu dois faire, dit-elle enfin, mais ne compte pas sur moi.

Là-dessus, elle leur tourna le dos et s'en alla. Il la laissa partir... pour l'heure.

16

Los Angeles avait des allures de mauvais rêve dans le brouillard jaune et moite de la pollution hors des murs du sombre studio où Karen se trémoussait sur le capot lustré d'une Jaguar noire. L'œil des caméras enregistrait le moindre de ses gestes. Derrière elle, un cercle de danseuses plus qu'à demi nues se déhanchaient en cadence avec la musique rap.

— Coupez ! hurla le réalisateur. Merde !

La chorégraphe, une Nigérienne musculeuse au front ceint d'une étoffe multicolore, se mit à son tour à insulter les filles.

— On fait une pause ! déclara le réalisateur.

Karen se laissa glisser du capot de la voiture. Elle était en nage, et nauséeuse à vomir. Elle avait l'horrible sensation que ses seins étaient sur le point d'exploser sous la pression du bustier de sa mini-robe en cuir. La jupe était si courte que le courant d'air généré par le ventilateur lui gelait les fesses.

— Miss Soap Opéra est trop chic pour entendre toutes ces conneries ? protesta une des filles en haussant la voix, afin que Karen n'en perdît pas une miette.

Karen croisa les bras sur son ventre et passa entre les danseuses – noires, latinos, blondes –, toutes animées par une féroce ambition et une jalousie tenace à son égard. *Dis, la pouffe, on est toutes au courant, tu sais*, semblaient dire leurs yeux rapaces. *Cool T t'a plaquée et c'est bien fait pour toi !*

Elles avaient toutes l'air de penser que Karen s'ingéniait désespérément à regagner les faveurs de Cool T en jouant dans son dernier clip. En fait, c'était elle qui l'avait plaqué quelques semaines plus tôt, après qu'il l'eut giflée, pour la première et la dernière fois. Mais voilà, pendant leur brève histoire d'amour, il avait eu le temps de lui arracher la promesse de participer à son prochain clip – et il s'était assuré de sa parole en lui demandant de signer un contrat en bonne et due forme. Dieu merci, il n'était pas venu en personne assister à sa déconfiture. Elle ne souhaitait qu'une chose : que ce supplice prît fin.

Karen, toujours pliée en deux, courut au bout du couloir jusqu'aux toilettes dont l'équipe de tournage avait l'usage. Une fois qu'elle eut rendu tout ce qu'elle avait dans l'estomac, elle se contempla dans le petit miroir au-dessus du lavabo. Son agent l'avait pourtant prévenue : Cool T était un individu peu recommandable. Il avait un casier judiciaire long comme le bras, et ses vidéos étaient très moches. Si moches que les producteurs d'« Attractions » avaient menacé de la renvoyer de l'émission si elle avait le malheur de se montrer dans un de ses clips.

— Comment est-ce que j'en suis arrivée là ? demanda-t-elle à son reflet dans le miroir.

Parce que tu en as marre ! Parce que tu détestes cette vie !

En sortant des toilettes, elle s'adossa au mur du couloir. Les yeux fermés, elle se massait doucement l'estomac, quand soudain une voix masculine dit avec un accent chantant :

— Miss Noland ? Veuillez me pardonner de vous aborder ainsi...

Elle sursauta. Un visage sympathique la contemplait. La douceur de son expression contrastait avec le physique d'haltérophile de son propriétaire. Le grand Black était vêtu d'une veste et d'un pantalon de toile impeccablement coupés. Il n'était pas de Los Angeles, conclut-elle, et n'appartenait pas non plus au monde du show-business. Il avait tout de l'être humain normal, songea-t-elle non sans une pointe d'amertume. Elle le considéra d'un air las.

— Qui êtes-vous et comment êtes-vous entré dans ce studio d'enregistrement sans autorisation ?

— Je m'appelle William Leyland. J'ai beaucoup de relations chez les agents de la sécurité. Et je suis plutôt pressé. Alors je ne vais pas tourner plus longtemps autour du pot... En plus, ma femme dirige une grosse boîte de pub à Washington. Elle est une de vos fans. Quelques coups de fil à la compagnie de disques de Mr Cool T, et les portes se sont ouvertes en grand. Désolé de vous avoir prise au dépourvu.

Karen avait la chair de poule. Avait-elle affaire à un malade mental comme il y en avait tant parmi ses fans ? Ils savaient inventer les histoires les plus rocambolesques. Elle se mit en devoir de s'écarter peu à peu de cet homme qu'elle prenait pour un individu dangereux.

— Très bien. Venez avec moi, nous allons bavarder un peu, marmonna-t-elle pour gagner du temps.

— Miss Noland, s'il vous plaît. Je suis venu vous voir de la part de Darl Union.

Karen se figea.

— Darl ! Il lui est arrivé quelque chose ?

— Non, non, elle va très bien. Elle ne voulait pas vous inquiéter, mais votre grand-mère et la sienne ont été hospitalisées à Burnt Stand.

Karen sentit sa gorge se nouer. Même après toutes ces années d'éloignement, elle était envahie d'un flot d'angoisse, d'amour et d'inquiétude. *Ma seule famille*.

— Ma grand-mère, répéta-t-elle. Elle... Qu'est-ce qu'elle a ?

Il lui expliqua que Matilda avait été victime d'une attaque sans gravité. Karen s'appuya plus lourdement au mur, retenant de toutes ses forces les larmes qui piquaient ses yeux. Depuis quand sa grand-mère avait-elle été souffrante ? Elles se parlaient régulièrement au téléphone mais, bien sûr, ne se disaient en fait pas grand-chose. Matilda était si orgueilleuse. *Tout comme moi*, pensa Karen.

— Vous venez tout de suite ? s'enquit l'étrange messager de Darl. J'ai pris un billet en première classe pour vous sur un vol partant de LAX dans une heure. Une limousine vous attend à la porte de ce studio.

Un appel résonna à l'autre bout du couloir :

— Hep ! Toi, là-bas !

Un jeune assistant rasta arborant des dreadlocks, un clap et une tonne d'arrogance, lui adressait de grands signes.

— On t'attend ! hurla-t-il en montrant le plateau derrière lui d'un geste du pouce.

Karen le considéra avec un sourire maussade.

« J'ai grandi dans le Sud, où les gens savent ce que c'est que d'être poli ! avait-elle envie de hurler. Ma grand-mère est une dame, et moi aussi ! » Voilà que la nausée la reprenait. L'épaisse couche de maquillage qui recouvrait son visage se mit à la démanger atrocement. Ses seins emprisonnés dans leur carcan de cuir criaient à la rescousse. Pour le pire ou le meilleur, elle se trouvait à un tournant de sa vie. Darl l'avait envoyé chercher, et sa grand-mère avait besoin d'elle. Elle n'était pas seule au monde.

— Mr Leyland, dit-elle, je rentre chez moi.

Combien d'indices avais-je choisis d'ignorer ? Comme j'avais été aveugle... Pourtant Elie avait tenté de me le dire à plusieurs reprises. C'était indéniable.

Une révolution s'accomplissait en moi. L'ombre du passé se détachait des ténèbres comme le spectre de mes regrets, le fantôme de mes remords. Car Elie n'avait aucune idée de ce que *moi* je lui cachais ! Tout le bonheur que j'avais éprouvé à respirer à ses côtés, à poser mes pas auprès des siens, à m'abreuver à la lumière de ses yeux... Eh bien, toute cette joie s'émiettait à présent comme les ossements de ma grand-tante sous leur tapis de mousse. Il ne me restait désormais plus à chérir que mon mal secret.

Elie.

— Ainsi, c'est bien lui, dit Swan d'une voix calme.

Assise sur une chaise à son chevet, la tête basse, les épaules affaissées, je me contentai de hocher tristement la tête. Nous étions seules. Matilda avait été emmenée dans une salle d'examen pour une échocardiographie. Ma grand-mère esquissa un de ses pâles sourires.

— Un médium a dit à sa sœur qu'ils trouveraient une preuve dans le sol de la propriété.

J'émis un rire bref et douloureux.

— Ah, on a été pris dans l'univers spirite !

Swan posa sa main légère, presque transparente, sur mon épaule et enfonça ses ongles dans ma chair. Le tuyau de sa perfusion se balança dangereusement. Je levai le front et soutins son regard de glace.

— À quoi penses-tu ? me demanda-t-elle.

— Je réfléchis. Je vais peut-être lui avouer la vérité. S'il est l'homme que je crois qu'il est, il ne fera rien pour nous nuire.

Les ongles de ma grand-mère me blessèrent à travers l'étoffe de mon chemisier.

— Voyons, cet homme que tu crois connaître... a-t-il hésité à te mentir sur son identité ? Il a gagné ta confiance tout en sachant qu'il allait venir ici nous causer mille ennuis. Alors qu'il aurait pu entrer en contact avec toi par le passé. Il a eu le temps, non ? Des années et des années... Mais, bien entendu, il avait dû quitter les États-Unis pour se réfugier je ne sais sur quelle île tropicale. Un homme sans scrupule, on dirait. Tu ne sais même pas comment il a réussi à se réintroduire sur le territoire américain...

Toutes ces images défilaient dans mon cerveau fébrile, et pourtant elles se résumaient à une seule chose : *J'avais couché avec lui*. Ce qui n'était pas négligeable, non ? Bon, me raisonnai-je, je ne sais plus où j'en suis, je tiens des arguments de midinette...

— Quels que soient ses crimes, finis-je pas déclarer, il a le droit à la vérité.

— Vraiment ? Il a le droit de te détruire sans autre forme de procès ? Ma chère petite-fille, je sais ce que je t'ai fait. Tu as toutes les raisons du monde de me détester. Mais je vois aussi que j'ai réussi à faire de toi une femme forte et fière, qui défend des causes justes et bonnes. Tu n'as pas tué Clara. Tu n'as pas tué Jasper Wade. J'aurais donné cher pour éviter que tu ne voies, que tu ne saches tout ça... Cela m'aurait permis de mourir heureuse. Mais le fait d'être au courant ne te condamne pas. Si tu dis à Elie Wade la vérité, et qu'il se révèle, contrairement à ce que tu supposes, un homme qui ne pardonne pas, il va te briser. L'honneur des Hardigree sera à jamais souillé. Et tu pourras dire adieu à ta carrière. Personne ne te fera plus confiance après ça, ni les juges, ni la presse, personne ! Tu n'auras plus de vie !

— Si j'étais seule en cause, il y a longtemps que je le lui aurais dit.

— Bien, alors sache que si tu parles, *c'est Matilda que tu assassines*. Quelle que soit la réaction d'Elie. Rien que de savoir la vérité au grand jour la tuera. Et si tu as quelque espoir de voir revenir un jour Karen, tu peux mettre une croix dessus. Si elle apprend que sa grand-mère est mêlée à la disparition de Clara, tu crois qu'elle comprendra ? Tu crois qu'elle supportera ? Ne ressentira-t-elle plus que du dégoût et de la pitié pour Matilda ? Karen mérite-t-elle de voir sa carrière se briser ? Tu veux la ruine de Burnt Stand ? Car sa réputation va être éclaboussée par cette histoire... Une si belle ville... *Notre* ville.

Je me sentais prise dans un étau. Mes épaules s'affaissèrent un peu plus. J'étais désespérée.

— Elie mérite de savoir, affirmai-je tranquillement. C'est comme ça.

— Alors, laisse-le trouver tout seul.

J'écarquillai les yeux. Elle hocha la tête en ajoutant :

— Tu crois sérieusement que c'est important ? Qu'il cherche donc. S'il découvre la tombe de Clara, qu'est-ce que cela prouvera ?... Il l'aura trouvée sur le terrain qu'il vient d'acheter, près de l'endroit où lui et les siens ont vécu autrefois, au moment de sa disparition. Tout le monde – lui compris – croira que son père l'a enterrée là, et voilà tout.

— Tu veux qu'il trouve son corps ? m'exclamai-je, consternée.

Swan se pencha vers moi :

— Vu la situation, oui, c'est mon souhait le plus cher. Ça mettra un terme aux rumeurs sur la disparition de Clara. Elie et sa famille auront leur réponse et se tiendront tranquilles. Et nous, on dira une petite prière pour le repos de la défunte...

Swan s'adossa de nouveau à ses oreillers, mais sa main me serrait encore l'épaule comme une serre.

— Nous ferons à Clara un enterrement beaucoup plus beau qu'elle ne le mérite.

J'articulai lentement, d'un ton très calme :

Tu veux sa ruine, mais je ne te laisserai pas faire.

Elle resta un moment silencieuse, puis :

— Il faudra bien que tu choisisses entre lui et ta famille. C'est à toi de voir.

Elle aurait fait une bonne avocate, mais un juge

impitoyable. Je me tus. Je savais qu'elle savait qu'elle me tenait.

— Il faut que je réfléchisse, dis-je.

Silence. Finalement, presque dans un chuchotement, elle déclara :

— À tes yeux, le monde entier est innocent, sauf moi.

Je la fixai sans ciller :

— Il y a eu une époque où, pour moi, tu étais le monde entier.

Elle lâcha mon épaule. Ses ongles avaient dû laisser sur ma peau de minuscules ecchymoses en forme de croissant.

Des petites marques. Son sceau.

Tommy Rakelow avait été le gosse de riche le plus infect de l'école. Il était toujours derrière ceux qui prenaient plaisir à martyriser ou à se moquer de leurs camarades, railleries qui plus d'une fois menaient à des échanges de coups de poing. Elie n'avait jamais cassé la figure à ce petit salopard, justement parce qu'il était *petit*. Tommy, comme Elie, frisait la quarantaine, mais il était toujours petit, à moitié chauve et ventripotent. Il tenait l'hôtel avec son épouse. C'est donc lui qui interpella Elie sous la véranda que ce dernier arpentait, cigare à la main.

— Je suis absolument navré, mais ces dames ne vont pas pouvoir rester ici ce soir, dit Tommy.

— Ah bon, quel est le problème ?

— Mon épouse a commis une petite erreur. Nous avons une réservation pour la suite du haut à partir de ce soir jusqu'à la fin de la semaine.

— Qu'à cela ne tienne, ma mère et ma sœur prendront celle du bas.

— Oh, mais nous sommes complets.

Elie perçut une lueur fourbe au fond des yeux de Tommy. Un frisson glacé courut le long de sa colonne vertébrale.

— Vous savez qui je suis, dit-il.

Tommy recula d'un pas.

— Pas si vite, Wade, je ne veux pas d'ennuis...

— C'est Swan Samples qui vous a demandé de jeter ma famille dehors ?

— Je répète que je ne veux pas d'ennuis. Je vais être franc avec vous. Vous n'avez pas l'air d'avoir les moyens de séjourner dans notre établissement. Voilà.

Maudite Swan !

— Si tu dis un mot de cela à ma mère ou à ma sœur, je te préviens, je fais ce que j'aurais dû faire quand on était à l'école... Je t'aplatirai contre ces murs de marbre !

Tommy devint blanc comme un linge.

Elie tourna les talons. Le moment était venu d'abattre quelques-unes de ses cartes.

Burnt Stand Realty. Une façade de marbre rose. Elie poussa la porte de l'agence immobilière sans prendre la peine de la refermer derrière lui. Le battant claqua avec un grand bruit. Un jeune homme élégamment vêtu se leva derrière le bureau.

— Vous êtes le réceptionniste ?

Le jeune homme esquissa un mouvement de recul.

— Non, je suis l'agent...

Elie le dévisagea en fronçant les sourcils.

— Vous êtes d'ici ?

— Non. D'Asheville. Ma femme et moi, nous avons déménagé l'an dernier. Mais je vous assure que je connais à fond les richesses immobilières du centre historique de...

— Parfait, dit Elie en tirant une chaise devant le bureau et en s'asseyant. Une des Esta Houses est-elle à vendre ?

— Ah, je vois que vous avez déjà entendu parler de nos demeures de charme. Eh bien, oui, plusieurs d'entre elles sont à vendre, toutes en parfait état, et deux d'entre elles en partie meublées. Des antiquités bien sûr, des tapis persans...

Il marqua une pause, les yeux sur le jean délavé d'Elie, sur le pansement visible sous son pull, sur ses joues piquées de points rouges là où le rasoir l'avait écorché, et surtout sur ses grandes mains calleuses d'ouvrier.

— ... mais, voyez-vous, ces maisons sont d'un prix assez élevé. J'aurais quelques fermettes à vous proposer dans les environs...

— Je prendrai les Esta Houses.

Le jeune homme le regarda avec une expression incrédule.

— Comment ?

— J'achète toutes les Esta Houses. Meublées, vides, que sais-je. Et une fois que ma mère aura choisi celle qui lui plaît, je veux que vous engagiez un décorateur afin qu'il la rende vivable dès demain. Je vais loger ma mère et ma sœur dans un motel pour cette nuit, mais demain soir, je veux qu'elles dînent à leur table dans leur Esta House préférée. Ensuite vous vous occuperez de me trouver des locataires pour les autres. Ouaip... Des carriers, ou alors d'autres personnes qui ne peuvent pas se permettre ce genre de logement. Vous leur direz que le loyer est gratuit. C'est pas formidable ? Des gens ordinaires vont avoir la possibilité d'élever leurs enfants dans le luxe des Esta Houses ? Mmm... C'est amusant d'être propriétaire dans votre ville.

Alors, fixant sur l'agent son regard noir, il conclut :

— Ça ira ?

Le jeune homme le contemplait, bouche bée.

— Mais... mais il s'agit de plus de deux millions de dollars en tout. Ce... Ça va prendre du temps, de la papera...

— Bah... Bah..., coupa Elie en sortant son téléphone portable de sa poche de chemise. Ça prendra le temps d'un coup de fil à ma banque. Je paye comptant.

Je fis des longueurs dans la piscine de Marble Hall jusqu'à en avoir le souffle coupé. Je ne pouvais plus lever les bras, mais j'étais incapable de faire taire la ritournelle qui tournait, tournait dans ma tête, m'enfermant dans mon dilemme. Gloria, en introduisant Léon dans le jardin, renifla d'un air de dégoût devant mon pantalon et mes chaussures posés au bord de la piscine. *Vous n'êtes pas une dame comme votre grand-mère*, semblait dire son regard. Je nageai en sous-vêtements et chemisier. Léon, lui, se contenta de prendre une expression inquiète. Je m'accoudai au rebord de marbre, reprenant tant bien que mal mon souffle. *N'essaye pas de comprendre*, aurais-je voulu lui crier.

— Je suis venu te dire que je ne prends parti ni pour ni contre Elie Wade, déclara-t-il d'une voix posée, comme s'il énonçait un fait.

J'opinai, aspirant l'air dans mes poumons puis le laissant filer en disant :

— Je ne te demande rien.

— Ta grand-mère, si. Je lui ai exprimé ma position, et elle m'a licencié.

Je commençai à pouvoir respirer normalement.

— Je me charge de Grand-mère. Tu n'es pas licencié. Garde ton poste.

— Tu ne comprends pas. Je sais que Swan prend ses décisions de manière à servir au mieux les intérêts de la marbrerie et sa propre réputation. Je ne suis pas assez bête pour penser qu'elle m'aurait mis là où je suis si elle avait estimé que la présence d'un Noir à la tête de Hardigree Marble lui ferait perdre des ventes. Tu sais, il y a des gens qui m'ont poussé à ne pas travailler pour elle. D'après eux, je pourrais monter ma propre affaire n'importe où.

— Alors pourquoi es-tu resté ?

— C'est ma ville, c'est ici que j'ai grandi, je suis chez moi ici... Je me sens utile. J'arrive à voir comment je contribue à faire évoluer les choses... Je sais que je m'exprime mal, s'excusa-t-il avec un sourire mélancolique. Mais Elie fait partie de mon univers. Il est des nôtres. C'est un tailleur de pierre comme moi. Même s'il est blanc.

— Je suis certaine qu'il serait fier de t'entendre.

— Bien, alors tu comprendras que je préfère laisser tomber mon emploi que de trahir Elie. S'il pense que son père était innocent et qu'il y a moyen de le prouver en retournant la terre derrière le Stone Cottage, alors, par tous les dieux, je vais lui donner un coup de main. On a toujours dit que Jasper Wade était mort pour rien. Ta grand-mère cherchait un coupable, elle lui aurait collé le crime sur le dos. Je ne sais pas si c'est vrai, mais c'est ce qu'on raconte. Elie a plus d'amis qu'il ne le croit. D'anciens carriers. Des hommes qui respectaient son père.

— Je compte sur toi pour aider Elie le plus possible, déclarai-je à la stupéfaction de Léon. Et je veux que ce soit officiel. Invite-le à la carrière. Fais en sorte qu'on vous voie bien tous les deux. Je veux que tout le monde lui prête main-forte... Parce que je ne peux rien faire pour lui personnellement.

— Mais tu te charges de calmer ta grand-mère ?

Je fis oui de la tête. Il s'accorda un instant de réflexion, puis reprit :

— Bon. Alors je vais te décrire un peu la situation telle qu'elle se présente maintenant. Elie vient d'acheter cinq Esta Houses. Près de deux millions d'investissement. Et tout d'un coup ! La totalité !

Pourquoi ? Je me cramponnai au rebord de la piscine en écoutant les explications de Léon :

— Tommy Rakelow a jeté dehors sa mère et sa sœur. Ta grand-mère y est sûrement pour quelque chose. Elie a décidé de les installer toutes les deux dans une Esta House, dès demain. Il a l'intention de louer les autres pour un loyer symbolique à des ouvriers de la marbrerie. On ne parle que de ça à la carrière. Les hommes sont fous d'excitation. Il pose ses jalons. Il fait savoir qu'on n'a pas intérêt à s'attaquer à lui et à sa famille. Swan ne peut rien faire pour l'arrêter.

Je bouillais intérieurement à la pensée des stratagèmes éhontés de ma grand-mère. Léon secoua la tête d'un air de ne pas y croire.

— Elie m'a révélé son identité hier soir. De son propre chef. Je ne lui demandais rien. Mais il m'a prié de garder cette information secrète. Je le lui ai promis. Je n'ai pas l'impression qu'il ait de mauvaises intentions, ou qu'il cherche à mentir délibérément. Il ne m'avait pas vu depuis vingt-cinq ans et il m'a accordé sa confiance. Je ne lui refuserai pas la mienne. Et j'espère que ce sera la même chose pour toi...

— Je lui laisserai sa chance : je compte lui ouvrir toute grande la porte, si c'est ce que tu veux dire.

— Tu ouvres la porte, mais tu ne la franchis pas avec lui, c'est ça ?

— C'est ça.

Léon se renfrogna. Je l'avais déçu. Il ajouta :

— Bien, comme tu voudras, après tout, tu es une Hardigree.

Cette remarque me froissa, évidemment. D'ailleurs, il le savait, puisqu'il se détourna aussitôt pour partir, se contentant de me lancer par-dessus son épaule :

— Elie te donne rendez-vous au Stone Garden avant la tombée du jour...

Mon sang ne fit qu'un tour. Ainsi Léon était bien un messager !

— ... Si tu veux vraiment lui laisser sa chance, vas-y et écoute ce qu'il a à te dire.

Et sur ses paroles, Léon s'en fut.

Je me hissai sur le rebord de la piscine, le regard dans les profondeurs de la forêt. *Elie*. Son nom était pour moi comme un chant triste et merveilleux. Elie. Mon amant, cet étranger, cet homme riche, avide de vérité, victime des machinations de Swan...

Elie, debout sur les restes de Clara.

Elie était accroupi au milieu des ronces et des mauvaises herbes qui avaient envahi le petit jardin du Stone Cottage. Les érables qui entouraient la maison avaient grandi, en vingt-cinq ans. Les murs et le toit disparaissaient sous la vigne vierge et le chèvrefeuille dont les entrelacs de verdure laissaient çà et là entrevoir des bouts de marbre rose et le bois des planches qui bâclaient les fenêtres et les portes.

Il fit quelques pas et enfonça ses doigts dans la couche d'humus. L'endroit où son père était mort. Son sang avait fertilisé le sol. C'était là, exactement là. Elie contempla les fines granulations noires de la terre qui roulait entre ses doigts, puis leva sa main pour en humer l'odeur. Après quoi il ploya le cou et, le front bas, pria en silence. *Mène-nous à la vérité, coûte que coûte.*

Il avait la chair de poule. Soudain, comme s'il obéissait à une force supérieure à la sienne, il se leva et porta ses regards au sommet de la colline. Seuls quelques rais de lumière filtraient à travers les frondaisons des grands arbres. Darl était debout là-haut, qui l'observait, noyée d'ombres mouvantes. Un vent doux soulevait sa chevelure et faisait onduler son chemisier blanc et sa longue jupe couleur de bois clair. Il eut la sensation qu'elle avait toujours été là, l'attendant, pétrifiée dans le monde minéral de Swan. Elle leva lentement la main, comme si elle s'apprêtait à jurer sur la Bible, puis se détourna et disparut de l'autre côté de la colline, par le sentier rétréci par l'envahissement de la mousse. Le sentier qui menait au Stone Flower Garden.

Il la suivit.

Mes cauchemars à propos de Clara n'avaient jamais rien eu de fantastique ni de symbolique ; ils ressemblaient plutôt à des extraits de films d'horreur où chaque détail morbide était souligné avec une force terrifiante. Clara sortait toujours de sa tombe à la force de ses griffes. Elle jaillissait, toute droite, zombie éclaboussant le sol de terre, de feuilles et de vers grouillants. Ses yeux caves jetaient des lueurs froides couleur saphir. Son pendentif Hardigree étincelait dans les haillons gluants de sa poitrine. Elle passait un bras autour du socle moussu, le caressait, puis levait la tête vers les fleurs sculptées qui se déversaient du grand vase. *Un jour viendra où ces fleurs de pierre parleront.*

J'avais un goût amer dans la bouche, les jambes en coton. Debout, la tête haute, les mains croisées sagement devant moi, je me tenais au bord du cercle tracé par les bancs de marbre, gardiens du jardin immobile sous son suaire végétal. Je regardais Elie qui marchait vers moi, tout en surveillant du coin de l'œil la base de la sculpture. Impossible de me détourner de Clara.

Elie Wade venait à ma rencontre dans son apparence d'adulte – épaules larges, haute stature, grands yeux noirs qui me faisaient battre le cœur. Son visage anguleux semblait avoir accumulé plus d'expériences qu'un homme en a en général à quarante ans. Son regard était sans concession. Il s'était glissé à la place de son propre fantôme, cet enfant que j'avais tant aimé, si innocemment. Solo était là aussi, en chair et en os. Elie était un être entier, et il était de retour. Ma poitrine se gonflait tout à la fois de joie et de souffrance.

Il marqua une halte de l'autre côté du jardin que son grand-père avait construit à la demande de mon arrière-grand-mère.

— Je savais que tu viendrais, dit-il. Tu ne peux pas t'empêcher, tout comme moi, de te rappeler ce qu'on a été l'un pour l'autre...

Il esquissa un pas en avant, puis de nouveau s'arrêta en me voyant lever la main en guise d'avertissement. Il me faisait penser à un chasseur s'approchant à pas comptés de sa proie : une biche, un daim, un animal prêt à s'évaporer dans le sous-bois.

— J'ignorais ce que mijotait Bell, continua-t-il. Sinon, je l'en aurais empêchée. Son projet n'est pas raisonnable. Mais quand elle m'a mis devant le fait accompli, j'ai bien dû admettre qu'à moi aussi le passé pèse comme un boulet. Et il pèse sur ma mère. Et sur toi. J'ai compris en Floride combien il t'entrave...

— Qu'est-ce que tu traînes d'autre comme boulet ? *Le jeu ?* Es-tu venu ici te cacher des autorités ?

— Les bookmakers dans mon genre qui s'occupent de sport ne sont pas prioritaires sur la liste des hommes à abattre... Mais ne t'inquiète pas, j'ai réglé mes comptes avec la société. Je n'ai rien à me reprocher, et la justice non plus.

— N'empêche, tu as fait fortune.

— J'ai investi judicieusement mes gains. Dans des start-up, des actions high-tech. J'ai contribué à lancer plusieurs boîtes dans la Silicon Valley.

La tête me tournait. Un peu vacillante, je lui lançai :

— Où as-tu rencontré William ?

— On était associés dans les mers du Sud. Il

s'occupait de sécurité. Il a ramassé pas mal de fric, lui aussi. Il n'a plus besoin de travailler.

— Et ça l'amuse de résoudre les épineux problèmes de sécurité que posent les activités du Phoenix Group ?

— Il partage vos convictions. Les objectifs de Phoenix lui plaisent beaucoup.

— J'essaye seulement de voir où est le lien avec toi.

— Je vais tout te dire. Assieds-toi, écoute.

— Tu as manœuvré pour placer ton vieux copain là où il pourrait m'espionner. Je me trompe ?

Il se rembrunit.

— Non. Je t'en prie, laisse-moi t'expl...

— Tu aurais pu aussi bien venir me trouver ! coupai-je. Tu aurais pu me parler de toi. J'aurais compris.

D'une voix sourde, il répliqua :

— À l'époque, je ne le savais pas.

Un poids me tomba sur les épaules.

— S'il te plaît, promets-moi que vous ne démolirez pas ce jardin.

— Je ne peux pas t'en faire la promesse. Je suis arrivé ici en me disant que cette entreprise était démente, mais maintenant, je tiens à aller jusqu'au bout.

Il va creuser. Il va trouver Clara et arriver à une fausse conclusion.

— Si tu trouves la preuve que c'est un autre qui l'a tuée, que feras-tu ?

— Je veillerai à ce qu'il soit arrêté et mis derrière les barreaux. Ce n'est pas ce que tu veux aussi ? Tu m'aiderais, non ?

Je tressaillis des pieds à la tête. Non, je ne m'étais

pas trompée. Le feu de la passion le dévorait. Rien ne ferait obstacle à sa soif de vengeance.

— Ma grand-mère est malade, et si vieille. Matilda aussi. Si seulement tu voulais bien attendre...

— Leur mort ? dit-il d'un air maussade. Tu penses que pour elles les ragots qu'une telle découverte provoquerait comptent plus que de savoir *qui* a tué Clara ? Écoute, je sais que Swan et Clara se détestaient, mais dans le fond de son cœur, ta grand-mère a forcément envie de connaître le sort de sa sœur.

Bien, songeai-je, *le voilà donc, mon dilemme. Maintenant, je ne peux plus y échapper. Il faut faire face*. Tout haut, j'arguai :

— Je suis d'accord avec toi en ce qui concerne tout ce que tu cherches à faire pour ta famille, mais je n'approuve pas ton plan.

Il avança d'un pas, ses yeux noirs me vrillant l'âme.

— Tu penses que c'est Papa le coupable, hein ? Tu es persuadée que c'est lui. Et si c'est vrai, tu ne peux pas supporter l'idée d'être avec moi.

— Je... jamais...

— Tu mens mal, Darl. Je le lis dans tes yeux. Tu me caches quelque chose. Et ce ne peut être que ce que je viens de te dire. Sinon, ça n'a pas de sens. Tu seras obligée de me repousser s'il s'avère que c'est Papa qui a tué Clara. Tu as l'honneur des Hardigree à défendre. N'est-ce pas ?

— Comment peux-tu... ? Tu me connais à peine ! protestai-je.

Ce fut comme si j'avais appuyé sur un bouton. Instantanément, il traversa le jardin, marchant sur la tombe de Clara, et monta la pente vers moi en quelques enjambées. Puis, avec la même vivacité, il me prit dans ses bras. Je posai mes paumes à plat sur sa poitrine et poussai de toutes mes forces en me débattant.

— Je te connais à peine ? répéta-t-il. Ne me redis jamais une chose pareille. Tu sais que c'est faux.

— Je ne peux pas t'aider ; je ne peux pas te dire que je t'approuve. Je ne peux pas continuer comme en Floride, débitai-je tout d'un trait.

— Ne te laisse pas dévorer par Swan. Regarde ce qu'elle t'a fait ! Elle a si bien réussi à t'embobiner que tu deviens comme elle. La fille d'autrefois, et même la femme que j'ai connue en Floride... Jamais elle ne m'aurait rejeté comme tu es en train de le faire. C'est ça que tu appelles protéger l'honneur des Hardigree ? Tu ne peux pas m'aimer parce que je suis un « rien-du-tout » ! Tu ne me feras pas croire une chose pareille.

— Mais je t'aime... Je t'ai toujours aimé.

— Darl...

Il plongea son regard dans le mien, promena amoureusement sur ma joue la caresse rugueuse et brûlante de son pouce. Ses paroles, sa voix se gravaient en moi. On était tous les deux au bord des larmes. À cet instant, une cloche tinta au loin – c'était la vieille cloche dont Matilda se servait jadis pour nous avertir qu'il était temps de rentrer à la maison.

— Il faut que je parte. Laisse-moi, je t'en supplie...

Il me relâcha à regret, en disant :

— Je ne m'avoue pas battu. Je ne vais pas laisser ta grand-mère te priver de bonheur. Et si quelque chose d'autre te tracasse, je le découvrirai.

Ses mots se mêlaient au tintement de la cloche, achevant de me déchirer le cœur. Je remontai la pente à reculons.

— Ne me redonne jamais rendez-vous ici. Ce jardin est envoûté, dis-je.

— Je t'aime.

Je secouai la tête :

— Non, c'est impossible.

Nous étions, nous aussi, envoûtés.

William m'attendait sur la terrasse, au milieu de la garde des cygnes de marbre. Debout à ses côtés, éclairée par la lumière dorée du couchant, une belle jeune femme en pantalon et pull noirs me regarda sortir des bois. Karen. Elle s'élança aussitôt à ma rencontre : ce n'était pas arrivé depuis vingt-cinq ans. Quelques secondes plus tard, nous étions dans les bras l'une de l'autre.

Elle ignorait tout.

Dès que nous sommes entrées, Karen et moi, dans la chambre d'hôpital, j'ai vu que Matilda avait été mise sous perfusion. Un mince tuyau se rattachait à son bras droit. Elle somnolait sous les couvertures. Et subitement j'eus d'elle une vision terrible : elle n'était plus qu'une vieille femme malade à la tête grise. Karen se figea au milieu de la pièce, la main sur la bouche, les yeux arrondis par l'horreur. Swan, allongée telle une pâle impératrice dans sa robe de chambre en soie, avait suspendu la lecture d'un petit recueil de haïkus qu'elle tenait à la main. Elle était encore sous perfusion et sous oxygène, le petit tube transparent ornant le bas de son visage comme un bijou barbare. Sa belle chevelure blanche cascadait sur la dentelle de son col. Elle avait l'air fatigué, mais ses yeux de saphir vrillèrent Karen jusqu'à la moelle.

— Karen, dit-elle d'une voix ferme. N'en fais pas trop. C'est très mauvais pour elle.

Je contemplai Matilda avec un frisson de peur.

— Que s'est-il passé depuis ma visite ce matin ?

— Les analyses ont montré qu'elle a une insuffisance cardiaque. Les médecins lui ont prescrit des médicaments.

Karen marcha comme un marin ivre jusqu'au chevet de Matilda.

— Grand-mère ?

Matilda ouvrit les yeux, émit un bruit grave. Karen s'assit au bord de son lit.

— Grand-mère, répéta-t-elle.

Matilda leva une main tremblante. Karen se pencha pour la serrer violemment dans ses bras. Tandis que leurs sanglots s'élevaient dans la chambre, je m'assis sur la chaise au chevet de Swan. Nos regards se croisèrent. Je ployai le cou pour murmurer à son oreille :

— Je sais, pour le Rakelow Inn. Et pour le licenciement de Léon.

Swan resta impassible. Seule une lueur méchante fit briller le saphir de ses yeux. Elle ramassa l'oreiller qui lui servait d'accoudoir et me le tendit en disant d'un ton moqueur :

— Tu n'as pas envie d'abréger mes souffrances ?

— Si.

La lueur cynique dans ses yeux s'éteignit. Sur le lit voisin, Karen et Matilda continuaient à sangloter dans les bras l'une de l'autre. Swan, elle, ne me touchait jamais. Jamais je n'avais pleuré au creux de son épaule.

— Je ferai ce que tu voudras, murmurai-je. Mais laisse les autres tranquilles.

Une expression victorieuse détendit ses traits ; elle fit oui de la tête.

Ce soir-là, une petite foule se rassembla devant un motel à la périphérie de Burnt Stand.

— Ne vous mêlez pas à ces gens, dit Elie à sa mère et à Bell. On ne les connaît pas. Si ça se trouve, ils nous mettent sur le dos la maladie de Swan et de Matilda. Je vous avais prévenues.

Elie sortit du bâtiment de plain-pied pour traverser le parking encombré de toutes sortes de vieilles voitures, de pickup, de motos. Plusieurs douzaines d'hommes et de femmes aux allures brutales avaient l'air d'attendre quelque chose. Des carriers et leurs épouses. Subitement, un homme, grand, mince, se détacha de la masse : c'était Léon.

— On voudrait vous donner quelque chose à emporter sur la tombe de ton père dans le Tennessee, Elie, déclara Léon.

Elie poussa un soupir de soulagement, puis appela sa mère et Bell. La foule s'écarta pour exposer une remorque transportant une stèle en marbre d'un rose tendre sur laquelle était gravé dans une calligraphie d'une finesse exquise :

JASPER WADE
MARI & PÈRE
TAILLEUR DE PIERRE
REPOSE EN PAIX DANS LA JUSTICE.

— C'est écrit avec notre cœur, dit Léon. Mais c'est à vous de rendre ces paroles vraies.

17

Le lendemain matin, au moment où Karen et moi quittions l'hôpital, les deux réceptionnistes se levèrent pour se précipiter vers nous.

— Kare Noland ! s'exclamèrent-elles d'une seule voix. Cassandra ! On adore votre émission. Votre grand-mère est tellement fière de vous.

Je m'écartai pour laisser les deux dames aux cheveux blancs recueillir l'autographe de Karen. Cette dernière les remercia d'un air ému.

— Grand-mère parle donc tant de moi ? s'étonna-t-elle une fois dehors.

Nous nous sommes assises sur un banc de marbre dans le jardin de méditation – une donation de Hardigree Marble comme le rappelait la plaque –, au milieu des azalées.

— Oui. Elle ne manque jamais un épisode. J'ai vu des gens l'arrêter dans la rue pour parler avec elle de ton personnage. Tu verras son visage... comme il rayonne.

Dans ce nid de feuillage baigné d'une douce lumière, Karen me confia :

— Mon contrat arrive à son terme. J'ai dit à mon agent que je ne voulais pas le renouveler. Les dernières scènes ont été tournées... Mais Cassandra ne va pas mourir. Ils ont déjà trouvé une comédienne pour reprendre le rôle... Alors, tu vois, je ne suis plus une célébrité pour longtemps.

J'écoutai en fronçant les sourcils, un peu interloquée :

— Mais pourquoi abandonner ?

— Je suis enceinte.

Mon cœur battit une fois, deux fois et je lui demandai d'une voix calme :

— De combien de semaines ?

— Huit.

— Et tu aimes le père de l'enfant ?

— Non, et il m'a bien fait comprendre que pour sa part il n'en veut pas. Ce n'est pas plus mal. Il ne vaut rien.

— Je le connais ?

— Ça m'étonnerait. À moins que tu ne fréquentes des gangsters.

— Que s'est-il passé ?

Elle contempla les dalles de marbre sous nos pieds.

— J'ai cru frapper à la porte de l'amour, je me suis trompée. Mais qui sait ? J'ai de quoi vivre. Je suis pas mal physiquement. Je n'ai que l'embarras du choix, côté mecs. Blancs ou Noirs, riches ou pauvres...

Elle se mordit la lèvre inférieure et détourna son regard pour prononcer d'une voix vibrante :

— Mais devenir mère... c'est la première fois dans ma vie que je fais vraiment quelque chose de beau.

— Il va falloir le dire à Matilda.

— Je ne sais pas. Elle m'a toujours mise sur un piédestal. J'étais intouchable... Mais c'est elle qui l'est, belle et intouchable. Moi je veux seulement être une bonne mère célibataire.

Elle baissa la tête et, les coudes sur les genoux, posa son front sur le dos de ses mains croisées. Je passai un bras affectueux autour de ses épaules.

— Peut-être devrais-tu commencer à chercher l'amour là où il est le plus accessible, le plus sincère, le plus vrai... autrement dit : *ici*.

Elle se redressa comme si je l'avais piquée avec une aiguille. Et, après un instant de réflexion, souffla :

— Tu m'as manqué, à moi aussi.

Nos têtes se rejoignirent, nos joues se frôlèrent. Et nos regards se levèrent vers l'entrée de l'hôpital où la haute et mince silhouette de Léon venait de se profiler. Il était entouré d'une poignée d'hommes qui l'écoutaient d'un air respectueux. Je me figurai aussitôt qu'ils discutaient de la situation d'Elie. Mon cœur se serra.

— Tu te rappelles Léon Forrest ?

Karen me jeta un coup d'œil stupéfait, puis leva un regard rêveur vers le gérant de la marbrerie.

— *Léon*, chuchota-t-elle.

Comme s'il avait entendu la douce voix de Karen prononcer son nom, Léon se tourna alors vers nous et nous aperçut. En reconnaissant Karen, ses traits se pétrifièrent.

— Karen ? appela-t-il avec un timbre grave, joyeux, craintif, comme s'il n'osait trop y croire.

Elle se leva aussitôt pour franchir les quelques pas qui les séparaient et lui tendre sa main fine. Karen considéra pensivement le visage scarifié de Léon, tandis qu'il tenait sa main dans les siennes avec une infinie délicatesse, comme s'il venait de ramasser une précieuse pièce de porcelaine. Ils bougeaient à peine. Se taisaient. On aurait dit un film au ralenti. Il étaient en train de se retrouver.

Regarde ce qui leur arrive. Je sentis un frisson courir le long de mon épine dorsale. Des larmes brûlèrent mes yeux. Ma cousine trouvait d'instinct le chemin du retour et de la tendresse. Je ne pouvais lui gâcher ses chances de bonheur. Il ne me restait plus qu'à pleurer les erreurs qui jalonnaient ma vie. Mes pensées volèrent vers Elie. Hélas, une horreur lente et tranquille transformait notre amour en larmes.

Elie s'était réveillé, couvert de sueur, dans la chambre à coucher élégante aménagée à une vitesse record par le décorateur chargé de meubler l'Esta House choisie par Annie Gwen et Bell. La maison occupait tout le coin d'une rue plantée de beaux chênes. Les précédents propriétaires, un notable d'Asheville à la retraite et son épouse – des amis de Swan –, étaient morts. Les enfants, qui vivaient loin, l'avaient mise en vente, cette belle villa de marbre avec portique, patios et salles de réception ornées de lustres en cristal et de meubles d'antiquaire. Bien entendu, les héritiers avaient empoché le chèque d'Elie sans poser de questions.

Sa mère et Bell s'étaient installées avec le bébé dans une suite de chambres dont les balcons donnaient sur le jardin, et les salles de bains gigantesques étaient équipées de baignoires à hydromassage. Bell passait des heures pendue au téléphone de la bibliothèque à parler à son médium, ou à son mari. Et chaque soir, en pleurant, elle promettait au pauvre Alton qu'elle ne tarderait pas à revenir sur terre.

— Il faut laisser Maman affronter ça toute seule. Il s'agit de son honneur. On est ses enfants. On nous a fait du tort. Elle doit nous défendre.

Ces paroles, Bell les chuchotait à Elie qu'elle retenait par le bras. Elie rongeait son frein pour ne pas suivre sa mère, qui se dirigeait d'un pas de sénateur vers les ascenseurs de l'hôpital en regardant les peintures accrochées aux murs de part et d'autre du vaste hall : de somptueux tableaux dans des cadres dorés, des portraits des membres du conseil d'administration, dont ceux de Swan et de Matilda. Vêtue d'un discret tailleur en laine gris marron et d'escarpins d'un brun clair, elle ressemblait malgré sa haute taille à une souris contemplant deux gros matous.

— Je ne peux pas, confia-t-il à Bell. Je ne peux pas la laisser seule à seule avec Swan. Attends ici avec Jessie. Ce ne sera pas long.

Bell se cramponna de toutes ses forces à son bras.

— Elie ! Non ! Laisse...

À cet instant, la porte de l'ascenseur s'ouvrit pour laisser le passage à... Darl. Dans son pantalon gris et son pull blanc moulant, ses cheveux relevés négligemment en un chignon souple retenu par une barrette, elle avait l'air d'une jeune fille. Devant sa silhouette charmante, son expression tout à la fois soucieuse, un peu lointaine et infiniment triste, Elie sentit les flammes d'une voluptueuse tendresse courir dans ses veines. Le regard saphir de Darl se posa tour à tour sur lui, sur Bell et surtout sur leur mère, qu'elle considéra avec une gentillesse un peu gênée.

— Vous avez demandé à voir ma grand-mère ? dit-elle à Annie Gwen.

— Oui, on a une petite affaire à régler. Je suis

désolée, Darl, je sais qu'elle est souffrante, je ne resterai pas longtemps. Mais j'ai quelque chose d'important à lui dire.

— À propos de ce qui s'est passé au Rakelow Inn ?

— Personne ne traite mes enfants comme des malpropres ! opina Annie Gwen. J'espère que votre grand-mère n'a pas toute sa raison, sinon on va avoir du mal à lui pardonner.

— Eh bien, non, elle a toute sa raison et elle sait exactement ce qu'elle fait. Elle n'a aucune excuse. Vous, Bell et Elie... Je vous demande pardon du fond du cœur. C'est une honte que vous soyez obligés de vivre dans une maison en ville. Je vous en prie, venez vous installer à Marble Hall pendant la durée de votre séjour...

Annie Gwen et Bell la contemplèrent, bouche bée. Darl croisa le regard d'Elie. Un regard courroucé, mais ému. Il hocha simplement la tête.

— Je vous en prie, répéta Darl.

— C'est très aimable de ta part, répondit-il très poliment. Mais *notre* maison est très confortable. Nous n'avons pas besoin d'aumône.

Darl esquissa une grimace.

— Ce n'est pas comme ça que je voyais la chose.

Annie Gwen lui tapota affectueusement le bras en disant :

— On sait, on sait. Merci, mais je veux juste toucher un mot à votre grand-mère.

— Bien. Je monte avec vous.

Darl prit Annie Gwen par le bras et toutes les deux s'engouffrèrent dans l'ascenseur. À la dernière seconde, juste avant la fermeture de la porte, elle se tourna vers Elie qui lui lança à voix basse :

— Occupe-toi bien d'elle.

Et de toi-même, ajouta-t-il intérieurement tandis que les battants se refermaient.

Annie Gwen était la veuve de l'homme que nous avions tué : Jasper Wade. Le fils d'Anthony Wade, grand-père de Karen et grand amour de Matilda. J'entrai dans la chambre de Swan et Matilda, accablée par la conscience aiguë de nos méfaits. Annie Gwen était devenue à cet instant pour moi plus qu'une simple femme : un symbole, un être trahi par les siens – *nous*.

Matilda l'accueillit avec une courtoisie silencieuse, drapée dans sa dignité sur son lit d'hôpital. Swan était étendue comme un monarque recevant l'ambassadeur d'un pays du tiers-monde. Annie Gwen et moi nous tenions debout entre les lits jumeaux. Je me refusais à la laisser affronter seule Swan.

— Je ne suis pas venue ici pour vous créer des ennuis, commença-t-elle en se tournant vers la souveraine tout de soie blanche vêtue. Vous avez toujours été juste avec moi par le passé...

— Annie Gwen, coupai-je en devançant ma grand-mère, personne n'a été juste ni avec vous ni avec les vôtres il y a vingt-cinq ans. Nous vous devons des excuses pour la façon dont ma grand-tante Clara a colporté des histoires sur votre beau-père Anthony Wade. Et pour la manière dont ma grand-mère vous a laissés tomber... Vous laisse toujours tomber.

Swan me transperça de son regard saphir. Puis elle s'adressa à Annie Gwen :

— Tout s'est déroulé si vite, et dans un tel désordre. Je regrette sincèrement ce qui s'est passé. Tout comme je regrette d'avoir donné l'impression au directeur du Rakelow Inn que vous et votre famille n'étaient pas bienvenues à Burnt Stand. C'est un malentendu, je vous assure. Je lui ai juste posé une question sur votre confort...

Je laissai passer quelques secondes, pour bien souligner la portée du mensonge de Swan, puis rétorquai :

— C'est faux. Les amis de ma grand-mère descendent toujours au Rakelow. Elle fait tourner la boîte. Elle a bien dit au gérant qu'elle ne voulait pas de vous. D'où votre éviction.

Le fin visage blanc de Swan était si pétrifié qu'on l'aurait dit d'albâtre. Quant à Annie Gwen, elle n'avait pas l'air de savoir comment réagir à ma franchise un peu brutale, pas plus en tout cas qu'au silence hautain de son ancienne patronne. En fin de compte, elle lâcha :

— Mrs Samples, vous nous devez des excuses, à moi et à mes enfants.

— Eh bien, recevez-les, répondit Swan en me lançant un regard de glace. Les choses ont bien tourné pour vous, finalement, Annie Gwen. Il paraît qu'Elie s'est fort bien débrouillé dans la vie. Et votre fille a fait un beau mariage. Vous avez une ravissante petite-fille. Vous avez de la chance.

Annie Gwen fronça les sourcils, comme si elle ne savait pas très bien dans quel sens interpréter ces paroles.

— La vie a été dure pour nous autrefois, il nous a fallu beaucoup de travail et de courage pour nous en sortir.

— Alors pourquoi vouloir remuer un passé si douloureux pour tout le monde ? questionna Swan, d'une logique impitoyable.

— Nous voulons faire la vérité sur mon Jasper. L'idée que la terre elle-même dissimulerait un secret est une lubie de ma fille, et je sais que ça semble bien bête, mais le Seigneur nous a peut-être envoyés ici pour une raison qu'il est seul à connaître et qu'il nous révélera en temps voulu.

Matilda, qui s'agitait de plus en plus sous ses couvertures, posa ses maigres doigts bruns sur son cœur et articula avec son étrange diction d'aphasique à laquelle je n'arrivais pas à m'habituer :

— Je vais vous dire pour quelle bonne raison Il vous a peut-être envoyés : « Stand Tall ».

Silence. Swan enveloppa sa demi-sœur d'un regard stupéfait.

— ... Je parle aussi au nom de Swan, continua Matilda, quand j'affirme que ce serait un honneur pour nous de vous voir siéger à nos côtés au conseil d'administration.

— Qu'est-ce que c'est... ce « Stand Tall » ? s'enquit Annie Gwen en se tournant vers moi, sans doute pour ne pas fatiguer Matilda.

Je lui décrivis rapidement les objectifs de cet ambitieux projet de réhabilitation des enfants égarés. À mesure que je parlais, je vis une lumière danser au fond de ses yeux marron.

— J'en parlerai à Elie. C'est lui qui s'occupe de la gestion de mes œuvres caritatives. Je n'y arrive pas, avec ces grosses sommes. Il se charge de diriger le travail de mon comptable.

— Annie Gwen, vous n'avez pas à donner de l'argent à Stand Tall, m'empressai-je de préciser.

— Oh, je n'accepterais jamais de siéger au conseil d'administration sans avoir versé ma part...

En montrant bien qu'elle ne se laissait pas acheter, elle adressa un hochement de tête à Swan et à Matilda.

— Merci mille fois, dit-elle à Matilda. Mon fils viendra discuter avec vous de ce magnifique projet...

Puis, me tapotant la main :

— Merci à vous aussi. Je vais redescendre toute seule, je connais le chemin.

Et elle sortit, toujours la discrète, modeste et douce Annie Gwen Wade.

Après son départ, Swan se dressa sur son séant pour fusiller Matilda de ses prunelles saphir. Matilda énonça d'une voix calme et lente, s'efforçant de détacher les mots les uns des autres :

— C'est-la-veuve-du-fils-d'Anthony.

Puis Matilda se retourna dans son lit et nous tourna le dos, comme un grand oiseau fatigué, me sembla-t-il. Elle tira la couverture sur son épaule.

Swan et moi avons alors échangé un regard – le sien était sombre ; le mien célébrait une petite victoire, ma première !

Les cendres de Frog arrivèrent dans une boîte en carton banale, par la Poste. Je reçus le paquet des mains de Gloria sur le seuil de Marble Hall et l'emportai dans la bibliothèque, où je le posai sur une table en marqueterie entre un échiquier de marbre et un petit buste d'Esta. Puis je m'assis dans un fauteuil en face du meuble, comme pour accueillir un invité passé à l'improviste. Je me mis à parler à Frog dans le silence de mon cœur :

Dans la vie, le truc, c'est de tenir son fil bien en main ; j'ai perdu le mien. Je ne suis pas certaine de le retrouver un jour – et je refuse d'être responsable de ce qui arrive aux autres.

Karen était à l'hôpital. La maison baignait dans une tranquillité presque inquiétante, comme si elle retenait son souffle en l'absence de Swan. Finalement, je montai pour passer un tailleur gris tout ce qu'il y a de plus classique : l'uniforme de la femme d'affaires. Je redescendis avec mon sac en bandoulière et mes clés de voiture dans la main.

— Je vais à l'aéroport d'Asheville, informai-je Gloria. Téléphonez à l'hôpital, s'il vous plaît, et dites à Karen que je prends un vol pour Washington. Je serai de retour ce soir.

— Vous laissez cette boîte avec les cendres de ce... cet homme... ici ?

— Il ne mord pas.

— Il a tué deux personnes. Il ne mérite pas votre hospitalité.

Je la dévisageai d'un air qui fit reculer d'un pas cette femme revêche.

— Pourquoi est-ce que personne ne mérite jamais qu'on lui pardonne, dans cette maison ?

Et je la laissai plantée là, bouche bée.

Les bureaux du Phoenix Group, logés dans un bâtiment de grès brun de Pennsylvania Avenue, donnaient sur une artère où le trafic était intense. À un jet de pierre de la Maison-Blanche, du Washington Monument et du Lincoln Memorial. Mon appartement, lui aussi, se trouvait à deux pas, dans une belle résidence en brique au milieu d'un quartier animé et commerçant desservi par le métro. Bref, je me sentais chez moi dans la capitale, autant en tout cas que je pusse l'être dans une grande ville.

En descendant de mon taxi devant les locaux du Phoenix Group, j'eus cependant l'impression de flotter dans un environnement étranger.

— Bonjour, quelle joie de vous revoir ! me lança le garde à la réception.

Je traversai le hall d'entrée tapissé d'une boiserie sombre et pris l'ascenseur jusqu'au quatrième étage. La réceptionniste, une jeune et jolie étudiante qui finançait ses études en travaillant pour le cabinet, leva vers moi un visage avenant tandis qu'avançant sur la pointe des pieds sur l'épaisse moquette, je posai un doigt sur mes lèvres. Elle eut un large sourire.

— Irène m'attend, dis-je.

(Je n'avais en réalité aucune envie de parler aux cinq autres avocats de notre association, m'étant fixé une mission qui, pour être simple, n'en était pas moins douloureuse.)

La jeune fille appuya sur un bouton. Irène vint elle-même ouvrir la porte de son bureau. Une petite femme aux cheveux gris tirés en arrière. Costume pantalon anthracite égayé comme toujours d'un foulard aux coloris vifs noué savamment autour de son cou et maintenu en place par une pince en or. Elle avait une allure folle et vous donnait envie de découvrir les secrets de sa sagesse.

— Vous faites une drôle de tête, me dit-elle en m'invitant à entrer. Moi qui m'attendais à vous retrouver avec bonne mine, on dirait que vous êtes passée par le feu.

— J'ai quelque chose à vous confier.

Je m'assis devant son bureau encombré d'un ordinateur et de piles de dossiers ; elle s'installa en face de moi dans un gros fauteuil en cuir, l'air plus que jamais d'un juge. Elle avait été la première femme noire nommée juge fédérale. Et sa retraite n'était pas sonnée depuis un an que déjà elle montait le Phoenix Group. Dans sa jeunesse, elle avait manifesté aux côtés de Martin Luther King. Son intelligence et son équité étaient célèbres parmi les gens de robe. Aussi étais-je déchirée d'avoir à lui dire ce que je devais lui dire.

— Je donne ma démission.

— Pourquoi ?

— Première raison : je fais une piètre avocate de la vérité et de la justice.

— Vous n'avez rien à vous reprocher en ce qui concerne Frog Marvin. Je n'accepte pas votre démission. Ou alors, il faut me donner des raisons plus solides.

— Le devoir m'appelle chez moi.

Silence. Elle me considéra avec une expression sévère en fronçant ses sourcils gris.

— Vous êtes en train de vous détruire, conclut-elle. Et j'aimerais comprendre pourquoi.

— Il faut que je reprenne l'entreprise familiale en Caroline du Nord.

— Il n'y a pas que ça. Allez, dites-moi...

— Tout est changé. Ma vie est devenue un chaos.

Après un instant d'hésitation, elle déclara :

— Je suis au courant de vos relations avec Elie Wade.

Nouveau silence. Je la dévisageai, consternée. Le tic-tac d'une vieille horloge dorée dans le coin de la bibliothèque résonnait comme une cloche dans ma tête. Je ne savais plus où j'en étais.

— William vous aura informée, articulai-je finalement.

— Je sais tout.

— William me met dans une situation délicate, j'espère que cela ne nuira pas à sa position dans ce cabinet. Pour ce qui est de mes relations avec Elie Wade, je vais vous...

— Inutile, coupa-t-elle en se levant. Suivez-moi.

Je lui emboîtai le pas. Elle me conduisit dans la petite salle de conférence. Quand elle ouvrit la porte, je crus que mes jambes allaient se dérober sous moi. Elie se leva pour nous accueillir. La lumière électrique faisait briller ses cheveux noirs d'un éclat surnaturel. Il portait un pantalon de toile marron, une chemise rayée et des bretelles qui mettaient en valeur sa carrure de nageur. J'entendis Irène refermer doucement la porte derrière moi : elle nous laissait en tête à tête.

Sans un mot, je m'assis en face de lui et posai les paumes de mes mains à plat sur la surface froide du bois sombre. Il avait singulièrement l'air chez lui dans cet environnement feutré.

— Je pensais ne jamais rentrer des mers du Sud, commença-t-il d'une voix vibrante. Mais ma mère et Bell n'étaient pas heureuses là-bas. Et puis Bell est tombée amoureuse d'Alton Canetree, un promoteur immobilier du Tennessee. Il lui a demandé de l'épouser et de le suivre... J'étais associé à William, comme je te l'ai déjà dit. Nous avions monté une société de pari sur le sport qui nous rapportait une fortune. Je me suis mis à jouer quand j'étais adolescent, Darl. Je gagnais. Tu sais, au fond, c'est des maths, il suffit de bien calculer les risques. Nous étions dans la misère en quittant Burnt Stand. J'étais prêt à tout pour rapporter de quoi manger à la maison. Dans les tripots, on s'est passé le mot sur mes « talents ». C'est parti de là. Je ne prétends pas que c'était bien. Mais c'est comme ça.

— Comment t'es-tu trouvé mêlé au Phoenix Group ?

— William en a eu assez, lui aussi, d'être un apatride. Il est né en Jamaïque, mais il a de la famille aux États-Unis... dont Irène... sa grand-mère.

Je retins mon souffle, puis articulai un :

— Ah...

— Je suis revenu en catimini. Je ne savais pas trop vers quoi m'orienter. Devais-je rester ici et prendre un avocat... Passer aux aveux, payer ma dette à la société, me priver de liberté pendant un an ou deux ? Ou bien ramener Maman et Bell et devenir un fugitif ? J'avais déjà bien bourlingué grâce au poker, tu vois, mais ce qui me passionnait, c'était l'électronique, les ordinateurs... Bon, eh bien, je suis revenu sans avoir décidé de ce que j'allais faire...

Elie se leva pour contourner la table. Il posa sa main puissante sur le dossier d'une chaise.

— ... Je ne savais qu'une chose : je voulais te revoir. Je laissai échapper un soupir :

— Pourquoi ?

— Vingt ans s'étaient écoulés. Et pas un jour ne s'était passé sans que je pense à toi. Je me disais que tu ne voulais plus entendre parler de moi, ni de ma famille. Si tu croyais que mon père avait tué Clara, comment aurait-il pu en être autrement ? Mais il fallait que je te voie, rien qu'une fois ! J'ai retrouvé ta trace à Atlanta. J'ai découvert que tu étais avocate, une excellente avocate, d'après ce que j'ai vu. Ensuite, j'ai cherché à comprendre pourquoi tu tenais tant à défendre les pauvres gens. J'avais toujours pressenti que tu deviendrais quelqu'un de bon, mais pas de cette manière...

« Donc, je me suis caché tout au fond de la salle du tribunal et je t'ai attendue. Ensuite tu es entrée. Et tu étais là. Là ! Devant moi ! Ce jour-là, tu avais comme cliente une petite dame noire. Elle avait tué son compagnon d'un coup de pistolet. Il la battait depuis des années. Il menaçait de tuer ses enfants si elle le quittait. Elle avait l'air de sortir de l'enfer, misérable, laide, accablée par la vie. Mais tu t'es levée, et tu t'es adressée aux jurés avec une fougue qui m'a donné envie de t'applaudir. Un discours sur la nature de la compassion, sur la dignitié humaine, sur la justice et le pardon. Les jurés te regardaient comme si tu étais un prêtre leur délivrant un sermon. Et cette petite dame, ta cliente, elle levait vers toi un regard si plein de respect... Et tu as gagné. Elle a été acquittée. Et moi, j'étais retombé amoureux de toi. Je me suis dit qu'il fallait que je rachète mes fautes, que je prouve que j'étais digne de toi.

Je baissai la tête. Ses mots étaient comme des poignards dans mon cœur. Ce n'était pas lui le coupable, mais moi.

— Tu te trompes, murmurai-je tout bas.

— Je suis allé trouver Irène. Si tu préfères, je suis allé me livrer aux autorités, puisqu'elle était juge. J'ai mis sinon ma vie, du moins ma liberté, entre ses mains. Je n'ai pas parlé de William. J'avais l'intention de tout assumer. Elle m'a demandé pourquoi j'étais revenu aux États-Unis. Ce qui justifiait les risques attachés à ce retour. Et je lui ai parlé de toi. Elle m'a écouté jusqu'au bout, puis a déclaré : « Je ne vais pas vous laisser aller en prison. Débrouillez-vous pour rapatrier William, et on arrangera quelque chose. Ensuite, je voudrais que vous me présentiez à cette incroyable jeune femme, à cette Darl Union... » Je lui ai répondu que c'était impossible. Je ne voulais pas te gâcher la vie, tu comprends... Je ne voulais pas lire des reproches dans ton regard...

— Elie, je ne t'aurais jamais fait de reproches...

— Je voulais t'aider. Je voulais contribuer à élargir le champ de ton action. J'ai eu une idée, que j'ai confiée à Irène. Elle était sur le point de prendre sa retraite. Je lui proposai de monter avec mon argent un organisme qui défendrait gratuitement les pauvres. Elle a fini par accepter. Après quoi, elle a pris contact avec toi et t'a offert un poste... Voilà comment je me suis racheté. Et pourquoi tu es ici aujourd'hui.

— Phoenix a été entièrement financé par toi ?

— Oui. J'ai une énorme fortune.

Je restai muette. Comme hypnotisée, je ne pouvais détacher mes yeux d'un nœud clair dans le bois sombre de la table.

— Je n'ai pas fait ça pour t'espionner ou t'avoir sous mon contrôle. Je te demande pardon. J'implore ton pardon.

Mon pardon ! Ma gorge se serra. *Dis-lui. Dis-lui tout. Ramène-le à la maison et montre-lui les restes de Clara... Et perds-le à jamais.* J'aurais tellement voulu avoir plus de temps avec lui avant...

— Viens avec moi, lui dis-je finalement.

Dis-lui. Dis-lui pour Clara. Fais-lui confiance, il te pardonnera. C'était l'après-midi. Dans mon appartement. J'ai ouvert les rideaux dans la chambre. Nous avons regardé le lit, puis nous nous sommes contemplés.

— Tu ignores tant de choses sur moi, lançai-je.

— Chut.

Il ouvrit ma veste, déboutonna le haut de mon chemisier, posa la main à plat sur ma gorge, le pouce pressé contre la base de mon cou.

— Je ne suis pas un homme compliqué, susurra-t-il. (Je savais que c'était faux.) Mettons-nous au lit, ensuite nous parlerons.

Non, nous ne parlerons pas.

— Elie...

Il posa son autre main sur ma bouche.

— Tu es la seule personne qui m'aies jamais compris. C'est comme quand on était gosses. En mieux. Ne réfléchis pas. Ne parle pas. Moi aussi, je me tais...

Je ne résistai plus ; il me souleva de terre, me pressa contre lui ; il embrassa me seins ; je penchai ma tête vers la sienne. Il me porta jusqu'à mon lit. Et le monde cessa d'exister.

Une éternité plus tard, alors que nous nous tenions encore enlacés, il me demanda :

— Tu as encore l'intention de quitter le Phoenix Group ?

(Quand je lui aurais montré ce qu'il y avait sous la terre dans le jardin, il n'allait de toute façon plus vouloir de moi...)

— Oui, répondis-je.

— Tu ne veux plus avoir affaire à moi ?

— Ma décision n'a rien à voir avec toi.

— Je ne te crois pas.

— Après ce que je viens de vivre ici avec toi, comment peux-tu dire une chose pareille ?

— Je ne lis pas dans tes pensées, Darl. Pourquoi ne pas me dire la vérité ?

Comme je me taisais, il ajouta d'une voix lugubre :

— Bon, je m'en vais.

— Je comprends.

Nous n'avions rien à nous dire d'autre. Il s'habilla. Je m'enroulai dans le drap. Il sortit. Je me sentais nue et laide. J'étais incapable de m'arracher l'aveu.

Nous prenions, Karen et moi, le petit déjeuner sous la véranda. Elle en robe de chambre de soie rouge, moi dans un peignoir clair ayant en d'autres temps appartenu à ma mère. Comme nous avions passé la nuit à parler – je lui avais, entre autres, raconté mon voyage à Washington et ce que j'avais appris sur Elie et le Phoenix Group –, nous n'étions pas très fraîches.

— Quand j'ai appris toutes ces horreurs sur notre famille, me dit Karen d'une voix égale, d'une douceur qui me serrait le cœur, j'ai voulu quitter le plus vite possible cette ville. Je brûlais d'aller vivre dans un endroit où personne ne me connaîtrait... Mais plus je me sentais seule, plus je bouillais de colère. Je faisais comme si rien ne me manquait, ni Grand-mère, ni toi, ni la maison... Maintenant, j'ai l'impression d'avoir dépensé beaucoup d'énergie pour rien. Le passé nous colle à la peau. Comme toi avec Elie.

— Non. Tu devais partir pour pouvoir revenir et faire la paix avec le passé.

— C'est ton but ?

— Je ne sais pas quel est mon but.

— Que penses-tu qu'Elie va trouver là-bas ? lâcha-t-elle en indiquant d'un signe du menton les bois au-delà de la piscine. Je crains qu'il n'exhume la preuve de la culpabilité de son père.

J'abaissai un regard angoissé sur mes mains croisées sur ma tasse de café.

— Son père était innocent. J'en suis convaincue.

— Alors qui a tué Clara ? Qui avait un mobile ?

— Beaucoup de gens. C'était une femme maléfique.

— *Maléfique* ? Tu t'exprimes comme un prédicateur, ma parole, pas comme une avocate ! Tu ne veux pas dire que...

— Si... Peut-être parce qu'elle a été élevée ici, dans un lieu édifié sur un mensonge. Elle n'est peut-être que le sommet de l'iceberg Hardigree.

Karen hocha la tête :

— Swan et Grand-mère ne méritent pas d'avoir leur vieillesse pourrie par de mauvais souvenirs. Elles n'ont rien fait de mal. Je n'ai rien à reprocher à Elie et à sa famille, mais leur présence pèse sur elles, c'est évident.

— Que leur doit-il ? La réputation de son père ? Elie est un homme bon. Il ne veut blesser personne.

— Tu as décidé de l'aimer à nouveau, énonça Karen en plissant les yeux, éblouie par le soleil matinal.

— Je sais que ça semble fou, mais c'est vrai.

— Je te retrouve bien là. La petite fille qui n'a peur de rien... Tu avais tellement changé...

— Tant que ça ?

— Oh, oui, Darl. Complètement. Quand Clara a

disparu et que le père d'Elie s'est fait tuer. Tu n'avais même pas l'air de savoir que j'étais là. Tu t'es retirée dans ton monde intérieur. J'avais tellement de peine, tu ne peux pas imaginer... Moi aussi j'ai changé, c'est vrai. Je me suis sentie seule. J'ai décidé que je n'avais plus besoin de personne. Ni de toi. Ni de Grand-mère. Mais, voilà... J'adore cet endroit. Cette maison, cette ville. Tu crois que c'est « névrotique », comme ils disent dans les magazines ?

— Non. Je comprends. Ma famille a construit cette ville. La tienne aussi. Et la famille d'Elie. Les Hardigree et les Wade.

Le café avait un goût amer. Je me levai pour ouvrir une des portes-fenêtres et prendre une bouffée d'air.

— Et si on s'habillait et on allait essayer le nouveau restaurant sur la place avant de nous rendre à l'hôpital ? Ils ont des *bagels* et du *cream cheese* au menu du petit déjeuner. Tu te rends compte ? On devient comme le reste des États-U...

Ma phrase resta en suspens. Mon oreille venait de capter un vrombissement sourd. Je me précipitai dehors. Oui. C'était bien un bruit de moteur. Des engins de terrassement. Des bulldozers... Ils creusaient dans les bois.

Elie.

Le temps que Karen et moi nous habillions et traversions la colline, Elie avait dégagé le terrain autour du Stone Cottage. Perché sur le siège d'un énorme bulldozer orange, il manœuvrait la pelle de main de maître : encore un de ses multiples talents.

Léon conduisait un second engin tandis qu'une douzaine d'hommes – des carriers – fouillaient la terre retournée, les mains protégés de gants épais. Non loin, Bell, penchée sur un seau plein de terre, ressemblait à une archéologue au bord d'une trouvaille. Très mince et élancée, vêtue d'un jean et d'un tee-shirt vert émeraude, avec sa longue natte brune et son bébé dans un sac en toile bariolé serré contre sa poitrine, elle avait l'air d'une toute jeune fille. À quelques pas, Annie Gwen, dans un transat, la tête couverte d'un chapeau de paille à larges bords, lisait la Bible.

— Qu'est-ce qu'ils croient pouvoir trouver ? me souffla Karen. Darl, c'est tellement triste.

J'étais moi-même saisie par le pathétique de cette quête sans espoir. Dès qu'Elie nous aperçut, il coupa le moteur de son engin et sauta à terre. Léon roula dans notre direction, soulevant un nuage de poussière. Les carriers se figèrent. Bell et Annie Gwen levèrent les yeux, l'une de son seau, l'autre de son livre. Le regard noir d'Elie se posa tour à tour sur Karen et sur moi. Je le saluai d'un hochement de tête.

— Merci d'avoir envoyé William chercher Karen, lançai-je.

— Merci, Elie, confirma Karen.

Elie lui adressa un sourire. La glace était brisée entre les cousins germains (qu'étaient-ils d'autre, en effet, avec le même grand-père ?) ; entre la jolie « star » à la peau dorée et le bel homme des bois aux cheveux de jais.

— Karen ? émit Bell d'une voix pleine de larmes en se glissant à côté de nous.

Annie Gwen ne tarda pas à la rejoindre. Bell souleva le bonnet de laine qui couvrait la tête du bébé.

— Voici le dernier-né de vos cousins Wade, continua Bell plus gaiement. C'est un bonheur pour nous.

— Oui, un vrai bonheur, enchérit Annie Gwen de sa voix douce.

Karen se mit à pleurer en silence. De grosses larmes ruisselaient sur ses joues. Léon descendit du gigantesque engin et lui tendit la main, une main qu'on aurait dit secourable, puis il lui proposa :

— Tu veux venir voir à quoi ressemble le monde de là-haut ?

Sans réfléchir, elle prit sa main et grimpa derrière lui, me laissant seule sur la terre. C'est alors qu'Elie me tendit à son tour la main :

— L'invitation est valable pour toi aussi, Darl.

S'il te plaît, non ! Je t'indiquerais où creuser si je le pouvais ; je ferais ce que tu veux, si cela ne tenait qu'à moi.

— Je ne peux pas, Elie.

Il continua cependant à me tendre la main, obstinément.

— Tu refuses ? finit-il par articuler.

— Elie, ne rends pas la chose plus difficile qu'elle ne l'est, lui enjoignit Bell.

Je me tournai vers elle et vers Annie Gwen :

— Je sais que j'ai l'air d'être sans cœur. Mais je suis déchirée entre votre désir et celui de ma grand-mère. Je suis désolée de tout ce qui est en train de se passer.

Annie Gwen répliqua d'un ton calme :

— Nous savons que vous n'avez pas d'hostilité à notre égard.

Et à son tour elle me tendit la main ; je tendis la mienne. Mais d'abord je frôlai l'épaule de Bell, et la tête de l'enfant, et enfin seulement les doigts d'Annie Gwen, dans un geste suppliant, comme si je demandais leur pardon.

— J'aimerais tant que tout soit simple, soupirai-je.

Là-dessus, je retournai dans les bois sans un regard pour Elie. Il m'avait fallu toute la force de ma volonté.

Neddler's Place était toujours debout en haut de la montagne, même si le vieux Neddler était mort depuis longtemps. Le nouveau propriétaire avait rebaptisé le bar The Quarry Pit – le Trou de la Carrière. Les carriers l'appelaient tout simplement The Pit, le Trou. Ce soir-là, Elie se tint debout au milieu d'un cercle d'hommes couverts de poussière, tenant qui une chope de bière, qui une queue de billard, et leur agita sous le nez un long rectangle de papier coloré : un chèque.

— Cinquante mille dollars ! cria-t-il à la cantonade. À tout homme, femme ou enfant qui me mènera à la vérité !

Personne ne prononça un mot.

Il sortit.

— Il a engagé une douzaine de plongeurs pour explorer le fond de Briscoe Lake, m'annonça Léon en entrant dans le bureau de Swan à la carrière.

Assise à son somptueux bureau, j'étudiais comptes et factures. Léon avait en effet insisté pour que j'examine le bilan.

— Oh, Léon, soupirai-je en me redressant.

— Il est en train de retourner terre et ciel. Autant chercher une aiguille dans une meule de foin. Il s'acharne. Il fait venir du matériel de haute technologie, je ne sais pas, des sonars, des appareils photo sous-marins... Il a monté toute une équipe. Son ami, le Jamaïcain, est arrivé. C'est lui qui dirige les opérations.

Après le départ de Léon, je me pris la tête dans les mains. Elie cherchait des preuves qui n'existaient pas. La réponse à sa question ne se trouvait pas dans la terre, et encore moins dans un lac. Elle était enfouie au fond de mon cœur.

18

Une semaine s'écoula. Des arbres tombèrent, des collines furent décapitées, des fosses creusèrent le sol. La nuit, Elie rêvait qu'il déterrait des sphères de lumière, des pierres qui parlaient. Il se tournait et se retournait dans son lit, son cerveau s'escrimant à calculer le poids, le volume, la quantité de particules de granit et de mica... à sonder l'univers invisible de la poussière de marbre, les systèmes solaires infinis qui tourbillonnaient autour de lui. La vérité était cachée dans l'infinitésimal de la plus minuscule des pépites d'or. Mais toujours le chagrin le ramenait dans le Tennessee. *Regarde dans la tombe de ton père. C'est là que gît le meurtrier.*

Tout le jour, Elie avalait de la poussière jusqu'à ne plus pouvoir respirer. Il en gardait le goût âcre dans son sommeil, malgré le temps passé sous la douche, et il songeait à Darl.

La pensée de Darl ne le quittait jamais, chaude et douloureuse, aimante et fière, désespérée. Elle se trouvait de l'autre côté de cette forêt qui reculait tout doucement, se transformant en grumes qu'il revendait, parce qu'il n'était pas dans sa nature de gaspiller quoi que ce soit.

Hélas, les affaires humaines ne se mesuraient pas en termes de longueur, de poids, de prix. Aux étals du cœur, les chiffres n'avaient plus cours. Dans quelques semaines, il ne resterait plus un arbre dans la forêt, sauf le bosquet autour du Stone Flower Garden... Et encore, s'il ne trouvait rien, il lui faudrait aussi raser les fleurs de pierre.

Sa mère passait le plus clair de son temps plongée dans l'épais dossier que Darl lui avait fait porter concernant le projet Stand Tall. Elle était venue trouver Elie un soir alors qu'il se lavait les mains dans l'évier en marbre de la belle cuisine de leur Esta House. La lueur d'espoir qui brillait dans ses yeux la remplit de tristesse. Elle lui présenta le dossier de la fondation pour l'enfance inadaptée en disant :

— Quoi qu'il nous arrive ici, nous aurons au moins fait ça.

Il opina de la tête et répliqua, la mort dans l'âme :

— Je vais organiser une réunion avec Swan.

À l'hôpital, le lit de Swan était vide.

— Où est-elle ? m'enquis-je comme si ma grand-mère pouvait être devenue d'un seul coup la femme invisible.

Un beau soleil se déversait par la fenêtre de la chambre. Karen était assise au chevet de Matilda, l'air un peu affaissé, un peu coupable. Matilda leva une main décharnée et indiqua la fenêtre :

— Elle tenait à tout prix à sortir.

— Dehors ? fis-je en fixant le tuyau de la perfusion qu'elle avait soulevé en même temps que son bras amaigri.

— Il y a un jardin privé de l'autre côté du bâtiment. Tu n'as qu'à demander aux dames de la réception. Le « jardin de la chapelle ».

— Je t'attends, dit Karen. J'ai dit à Grand-mère que nous resterions dîner. Ça te va ?

J'acquiesçai de la tête, regardant Karen et Matilda se prendre la main avec tendresse. Karen avait l'intention de lui décrire la vie qu'elle avait menée jusqu'à aujourd'hui, et la raison de son retour, mais elle n'était pas encore prête à lui annoncer sa grossesse. Elle lui avait déjà confié qu'elle avait rencontré Léon et les Wade. Matilda, de son côté, lui avait décrit l'ascension de Léon à la marbrerie, la mort de sa femme, les adorables enfants que Léon élevait seul et la jolie maison de marbre qu'il avait construite pour sa famille à l'emplacement de la vieille ferme. En un mot, Matilda jouait les entremetteuses.

Je redescendis donc, mais à regret. Chaque fois que je parlais à Swan, je prenais conscience de ma place dans son univers, où les forces de l'amour et de la haine que je lui vouais m'empêchaient de sortir de son orbite. Les dames à la réception m'orientèrent vers un espace étroit entre le bâtiment principal et l'annexe. Au-delà d'une porte vitrée, le petit jardin était bien à l'abri derrière de hauts murs de marbre drapés de jasmin étoilé. Une femme à l'allure placide en blouse bleue d'aide-soignante, se tenait devant la porte vitrée. En me reconnaissant, elle me lança un regard embêté.

— J'ai ordre de ne laisser passer personne. Votre grand-mère a demandé qu'on la laisse tranquille.

— Je vous décharge de toute responsabilité. Ça ira, merci. Comme j'allais ouvrir la porte, l'aide-soignante ajouta :

— Elle a financé les ordinateurs à l'école primaire de mon fils l'année dernière. Il a gagné le concours d'informatique Hardigree Marble. Et maintenant, il a un ordinateur portable à lui. Elle est tellement bonne. Grâce à elle, cette ville est un vrai paradis sur terre.

Elle rachète ses péchés par de bonnes actions.

— J'espère que Dieu aime le marbre rose, rétorquai-je.

La femme en bleu pouffa de rire. Je pénétrai dans le jardin par une ouverture dans le mur rose et vert. Une petite fontaine gargouillait au milieu des dalles de marbre de l'allée. Contrairement au « jardin de méditation », celui-ci avait un côté austère, une ambiance zen. Des érables miniatures en gardaient les coins. Des touffes de graminées poussaient comme de grandes plumes au milieu de plates-bandes de graviers. Ma grand-mère était assise devant la fontaine sur son fauteuil roulant, dont le siège était harnaché d'une bonbonne à oxygène et de son appareil de perfusion. Le cou ployé, elle tenait ses mains contre sa bouche. Ses cheveux blancs étincelaient au soleil. Les manches larges de sa robe de chambre se balançaient comme de fines ailes blanches dans la brise d'automne.

Je marquai une halte. Une impression étrange m'étreignit le cœur. Swan, qui priait ?

Elle dut sentir ma présence, car elle redressa subitement la tête. Mais en me voyant m'approcher d'elle, sa mine sévère s'adoucit, du moins assez pour trahir un certain soulagement. Puis la flamme du sarcasme se ralluma dans ses yeux de saphir.

— Nous avons tous notre jardin secret. La mémoire est un formidable véhicule pour celui ou celle qui veut voyager.

— Certains jardins sont plus doux que d'autres, déclarai-je en m'asseyant sur le banc de marbre, moins irritée qu'accablée.

Swan n'était pas Dieu tout-puissant, non, elle n'était qu'une vieille dame qui perdait un à un tous ses amis et compagnons. Carl McCarl était mort un an plus tôt. Le baron italien aussi.

— Tu t'inquiètes pour Matilda ?

— Peut-être. Cela te paraît-il si incroyable que je prie quand je suis angoissée ? Ma piété te semble-t-elle inconvenante ? hypocrite ?

Elle eut un sourire de chat.

— Quand j'étais petite, je t'observais à l'église : tu priais sans fermer les yeux.

— En effet. Je n'ai jamais eu foi en la croyance aveugle. Dieu ne nous demande qu'un peu de bon sens.

— Je me disais que tu te tenais prête, au cas où il lui prendrait l'envie d'entrer dans notre sanctuaire méthodiste...

Je me mis alors à imiter sa voix et son accent :

— ... *Seigneur, j'ai bâti cette église pour toi. Tu serais bien de répondre à mes prières et de détruire mes ennemis...*

Je marquai une pause, l'observai. Elle restait imperturbable.

— ... Et je me figurais ce pauvre Dieu debout devant toi, son chapeau dans les mains, comme les carriers devant ton bureau. *Oui, Mrs Swan. Bien sûr, Mrs Swan. Je répondrai à vos prières et je vais tout de suite écraser vos ennemis...*

— Je suppose que tu n'es pas venue jusqu'ici discuter de mes vertus spirituelles, rétorqua Swan d'un ton sardonique, ni de l'existence de Dieu...

— Non, dis-je d'une voix calme, je suis ici parce que tes secrets sont en train de faire souffrir trop de gens.

Je lui racontai les bulldozers au Stone Cottage. Son visage garda la même expression, mais sa poitrine se souleva et elle laissa échapper un grand soupir.

— Les plus belles pierres précieuses ont été arrachées à la fange.

— Tu veux dire que la fin justifie les moyens ?

— Oui.

— Eh bien, tu as tort.

— Ah ? Regarde ce qu'a engendré ma vie de mécréante... une ville superbe, des emplois pour plusieurs centaines de personnes, des fondations... Tout ça parce que je suis une Hardigree. Et bientôt, grâce à moi, des enfants perdus de tout l'État de Caroline du Nord vont avoir une chance de s'en sortir. Ne nous complaisons donc pas dans le remords, cela ne sert à rien.

— Le remords d'avoir sacrifié la famille d'Elie ?

— Sacrifié ? D'après ce que j'ai pu comprendre, ils ont plutôt bien réussi. Elie est un homme riche. Il passe à sa mère et à sa sœur tous leurs caprices. S'il n'avait pas été frappé par la tragédie, aurait-il eu la force de se hisser là où il est maintenant ? À ton avis ?

— Bien, donc tu penses qu'au fond, tu lui as rendu service...

— Non, mais je n'ai pas à subir tes reproches.

— Je ne crois pas qu'il partagerait ton point de vue.

— Et toi, regarde ce que tu es devenue. Je suis fière de toi. Tu vas diriger Stand Tall. Tu vas voir.

Tu en feras quelque chose de merveilleux... Et si tu veux Elie Wade, je te le donnerai...

Comme je restai sans voix, elle consulta la montre en platine accrochée à une longue chaîne en argent qu'elle portait autour du cou – un cadeau de son ami le baron italien.

— ... Il va arriver d'une minute à l'autre. Il veut me parler. Il était très ponctuel quand il était petit. Voyons s'il est toujours aussi discipliné.

J'ouvris la bouche pour protester, mais la porte en verre s'ouvrit pour laisser le passage à Elie.

— Ah, fit Swan en m'adressant un sourire de triomphe.

Elie croisa mon regard d'un air gêné. Son jean et sa chemise à carreaux étaient maculés de boue rouge. Il s'était lavé le visage et les mains, mais ses cheveux étaient encore couverts de poussière.

— Mrs Swan, dit-il en saluant ma grand-mère.

C'était leur première rencontre depuis son retour à Burnt Stand.

Swan l'invita à s'asseoir sur le banc en face d'elle – pour ma part, je préférais rester debout.

— Je vais vous dire le fond de ma pensée, commença-t-elle. Je trouve méprisable ce que vous êtes venus faire ici. Et ridicule. Je n'aurais jamais dû laisser votre sœur racheter mes terres.

— Vous êtes trop bonne, ironisa Elie.

— Cela dit, je vous présente mes excuses pour toute parole que j'aurais prononcée autrefois qui aurait pu contribuer à provoquer la mort de votre père...

Je n'en croyais pas mes oreilles. Que mijotait-elle encore ? Elie fronça les sourcils et se pencha en avant comme pour mieux écouter. Ma grand-mère poursuivit :

— Je préférerais ne jamais plus avoir à prononcer le nom de ma sœur Clara, et sa mort, quoique tragique, ne me touche plus. Mais elle a été tuée, c'est un fait. Et si vous pouvez prouver que votre père n'est pas son assassin, tant mieux.

— J'ai demandé cette entrevue avec vous uniquement pour vous dire que je veux que ma mère et moi siégions au conseil d'administration de Stand Tall.

À ma stupéfaction, Swan acquiesça :

— J'allais vous l'offrir moi-même.

Je m'étranglai à moitié. Quel mensonge !

— Elle est en train de t'acheter ! dis-je à Elie.

— Ah ? souffla-t-il en se tournant vers Swan. Que voulez-vous en échange ?

— Rien, dit Swan. Je tiens à montrer aux gens de cette ville que Swan Hardigree Samples accueille la famille Wade à bras ouverts.

— Je n'ai aucune intention hostile à votre égard, déclara Elie en se levant. J'en veux seulement à celui qui a tué votre sœur et laissé mon père se faire accuser à sa place.

— Je comprends. Et moi je tiens à ce que ma petite-fille prenne les rênes de Stand Tall. Votre présence va la motiver...

Elie plongea son regard sombre dans le mien, puis, avec un petit hochement de tête à l'adresse de ma grand-mère, prit congé.

Une fois seule avec Swan, je laissai libre cours à ma colère.

— Tu veux acheter son amitié ? m'exclamai-je.

— Oui. Et ça a l'air de marcher.

— Tu n'as donc jamais assez aimé un homme pour être sincère avec lui ? Pour te sacrifier ?

Comme elle se taisait, je tournai autour de son fauteuil comme un policier autour d'un criminel pendant un interrogatoire.

— Tu aimais ton Italien ? continuai-je.

— Je l'aimais beaucoup, oui. Il me manque.

— Tu couchais avec lui ?

— Bien sûr.

— Tu n'as jamais envisagé de l'épouser ?

— Non.

Je me penchai brusquement sur elle, m'appuyant sur les deux bras de son fauteuil.

— Pourquoi ? Tu pensais qu'il voulait mettre la main sur Hardigree Marble ?

— Ma chérie, tout ce qu'il voulait, c'est me posséder, moi. Il m'adorait. Il était merveilleux avec moi. Au début, j'étais encore jeune et belle ; il m'aurait emmenée en Italie, et j'aurais vécu une vie de *contessa*.

— Un riche aristocrate qui t'adorait, énonçai-je en haussant la voix. Si tu étais devenue sa femme, tu aurais été baronne. Le comble de la réussite sociale pour quelqu'un comme toi. En plus, tu prétends que tu l'aimais. Alors ? Pourquoi ne pas l'avoir épousé ? Dis-moi pour quelle raison tu te plais à manipuler tous ceux qui t'aiment tout en rejetant leur amour ! Dis-moi pour quelle raison tu as été jusqu'à repousser un homme que tu admets avoir aimé !

Elle me considéra de ses yeux froids.

— Parce que tu étais tout pour moi, et qu'il avait les enfants en horreur. Il me voulait moi, moi *sans* toi.

Ce soir-là, debout sur le muret en marbre de la terrasse, un grand verre de bourbon à la main, j'écoutai le grondement sinistre des bulldozers d'Elie. Ils se trouvaient à un kilomètre environ, de l'autre côté de la colline, mais j'avais l'impression qu'ils étaient là, à un jet de pierre, juste de l'autre côté de la ligne des arbres que la fin du jour obscurcissait. J'abaissai mon regard sur la fontaine en forme de pagode en contrebas et me souvins avec quelle facilité Clara était tombée – rien en réalité n'était plus facile que la chute. Karen, qui m'avait aperçue de la fenêtre du salon, accourut pour me tirer en arrière en hurlant :

— Tu as perdu la tête ?

— Mon âme, corrigeai-je.

— Que s'est-il passé entre ta grand-mère et toi tout à l'heure ? Arrête de boire, raconte-moi !

Je l'enveloppai d'un regard désespéré.

— Elle a réussi à faire que je l'aime et la déteste à la fois, voilà ce qui s'est passé. Elle a acheté la loyauté d'Elie. Elle me tient pieds et poings liés...

19

Un lacis de pierres se refermait sur nous. Je sentais leur proximité dans mon sommeil. Des secrets, des mensonges, de vieilles hontes, d'anciennes amours. Le tout mélangé à des visages. Karen les percevait aussi : notre sang mêlé, nos rapports ambigus avec le monde moderne où chacun est censé être l'égal de l'autre. Un après-midi, Léon monta jusqu'à Marble Hall avec ses enfants, une fille et un garçon, bien élevés tous les deux, très émus de serrer la main à Karen.

— Cassandra, murmura la fillette. Papa me permet de vous regarder à la télévision, sauf quand vous embrassez Jeremy. Vous êtes si jolie. Je voudrais être comme vous.

Elle caressa la peau dorée de Karen, ses cheveux couleur chocolat.

— Non, c'est moi qui aimerais être comme toi, corrigea Karen en soulevant les tresses noires de l'enfant.

Le garçon demanda timidement :

— Miss, j'aimerais vous embrasser sur la joue quand je serai grand.

— Bien, mais pour l'instant, tu me permets à moi de t'embrasser ?

Le gamin écarquilla ses grands yeux et se tourna vers son père. Léon s'écria en riant :

— Une pareille aubaine, ça ne se loupe pas !

Après avoir déposé un baiser léger sur la joue potelée de l'enfant, Karen, les yeux humides de larmes, déclara :

— Je reviens dans une minute.

Après son départ, je jetai un coup d'œil inquiet à Léon et demandai à la femme de chambre d'apporter des glaces aux enfants. Puis je partis trouver Karen. Elle était dans la cuisine. Elle sanglotait dans une des serviettes brodées de Marble Hall.

— Léon m'a invitée à dîner l'autre jour, expliqua-t-elle. J'ai refusé. Maintenant, il vient me voir avec ses enfants. Tu sais ce que ça veut dire.

— Que c'est un gentleman... et qu'il est *dingue* de toi.

— Mais il ignore que je suis enceinte !

Avec un soupir, je m'assis sur l'énorme coffre en chêne où Swan rangeait la vaisselle ornée du monogramme des Hardigree.

— Tu es une Noland, dis-je à Karen. Ton père s'est conduit en héros au Viêt-nam. Tu es aussi une Wade. Ton grand-père était le plus grand tailleur de pierre du Sud. Et tu es une Dove. Ta grand-mère a supporté les pires injustices, mais elle a gardé sa dignité...

Je marquai une pause avant de poursuivre :

— Et tu es aussi une Hardigree. Ce qui signifie... que tu ne peux plus me cacher *ça*...

D'un geste, j'écartai le col de son pull et sortis le pendentif Hardigree qu'elle portait autour du cou. Elle poussa un soupir déchirant :

— Grand-mère me l'avait donné quand j'étais

adolescente. J'ai longtemps refusé de le porter. Mais aujourd'hui...

— Tu es une Hardigree, coupai-je. Toi et moi, on est comme les deux doigts de la main. C'est ce que notre famille a produit de mieux, ce sens de la solidarité.

Elle prit ma main dans la sienne.

— Tu veux que je fasse preuve de courage et que j'avoue la vérité à Léon ?

— Oui, soufflai-je avec un sourire las. Et n'oublie jamais qui tu es, et que je suis là et que je te soutiendrai toujours, quoi qu'il arrive.

— Bien, je vais le lui dire, quand nous serons seuls... Je ne veux pas mêler ses enfants à ça. Je vais prendre le risque.

En sortant de la cuisine, elle posa sa main sur mon bras :

— Tu es fière d'être une Hardigree ?

Personne ne m'avait jamais posé cette question. Que répondre ? *Impossible de séparer le bon grain de l'ivraie, la honte de l'orgueil, l'amour du remords ?* Je murmurai presque :

— Je n'ai pas encore prouvé que j'étais assez forte pour survivre à mon nom.

— Qu'est-ce que tu fabriques dehors ? lança Léon à Elie qui se tenait debout devant la porte en tôle rouillée du Quarry Pit.

— Je viens de sortir. Personne n'avait aucun renseignement à me donner. Et je n'avais pas tellement envie de m'attarder. J'ai plutôt des mauvais souvenirs là-dedans.

— Ils ne cherchent pas à te cacher quoi que ce

soit. S'ils n'ont rien à dire, c'est qu'ils ne savent rien.

— Les plongeurs n'ont rien trouvé non plus dans le lac, soupira Elie en écartant les bras. Rien dans l'eau, rien sous terre, rien dans la mémoire des gens. Rien, rien, rien. Ma sœur pleurniche au téléphone dans l'oreille de son mari tous les soirs, et ma mère fait contre mauvaise fortune bon cœur.

— Allons, allons, il ne faut pas te laisser abattre comme ça. Viens, je t'offre un verre.

Une fois au comptoir, Léon annonça :

— J'ai présenté Karen aux enfants aujourd'hui. Pour eux, elle est une princesse de conte de fées. Tu aurais vu leur tête. Ils sont sous son charme, ça, c'est sûr. Ils ont papoté avec elle pendant au moins deux heures.

— Bravo.

— J'ai invité Karen à dîner à la ferme avec les enfants et mon père. Elle a accepté. Et ensuite j'ai fait une bourde. Tu te rends compte, je lui ai dit : « C'est bien la campagne pour élever des enfants, mieux que la ville. »

— Et qu'a-t-elle répondu ?

— Elle a abondé dans mon sens. Les enfants, a-t-elle déclaré, ça doit courir dans les bois. Tu vois, elle veut des enfants. C'est ce qu'elle essayait de me dire, non ? Eh bien, je lui ai rétorqué : « J'ai des bois... » Alors elle m'a regardé avec des yeux, des yeux à vous... à vous... Bon... Et puis elle m'a chuchoté : « Je viendrai bientôt dîner chez toi et me promener dans tes bois... »

Sur ce, Léon partit d'un grand rire heureux. Elie ouvrit un tube à cigare, en tira un fin Macanudo qu'il tendit à Léon :

— On va fêter ça.

— Un balafré dans mon genre, tu crois que j'ai une chance ?

Léon colla le cigare entre ses dents en secouant la tête et ajouta :

— Tu y comprends quelque chose, toi ?

Elie opina avec la sensation que la solitude s'incrustait dans chacun de ses pores à la façon de la poussière de marbre qui poudrait le visage des hommes autour d'eux.

— Ça vous arrive tout d'un coup, dit-il après avoir vidé son verre de bière. On sait que c'est elle, ça semble l'évidence même... le reste, eh bien, le reste est un crève-cœur.

Le premier conseil d'administration de Stand Tall se tint à Marble Hall sur mon initiative, et se tiendrait bientôt, murmurait-on parmi les administrateurs, sous ma présidence. Je n'avais aucune envie de cette position, mais je commençais à penser que ce n'était peut-être pas une si mauvaise idée. En prenant le contrôle de la fondation, je protégerais Elie et sa famille des manœuvres de Swan. Cherchant à les intégrer à son système solaire, elle les attirait dans ses filets, avec l'espoir de les refermer un jour sur eux.

Karen et moi formions le comité d'accueil, introduisant les vénérables membres de la haute société nord-carolinienne dans la bibliothèque que j'avais fait dégager pour installer une longue table ovale. Des blocs-notes et des dossiers reposaient sur la nappe blanche devant chaque fauteuil. Dans un coin de la pièce avait été dressé, sur un chevalet, un dessin d'architecte de la façade de marbre et de bois du futur Stand Tall.

La curiosité et l'excitation électrifiaient l'air. Tous jetaient des coups d'œil en douce à Karen, notre célébrité. « La Miss noire de Burnt Stand », avait-elle ironisé un peu plus tôt, couchée sur le sofa du salon, un gant de toilette mouillé sur le front pour lutter contre la nausée. Elle n'avait pas encore avoué sa grossesse à Léon. Et, à présent, elle semblait toute pimpante dans son tailleur noir avec ses superbes bijoux en argent qui rehaussaient la douceur veloutée de son teint doré. Quant à moi, j'étais vêtue d'un pantalon en soie beige clair et d'un chemisier blanc – le choix de Karen, pas le mien : j'aurais préféré un tailleur tout simple. « Tu es ravissante quand tu ne cherches pas à jouer les Joan Crawford ! » m'avait-elle lancé gentiment. J'aperçus mon reflet dans un des grands miroirs de l'entrée : soleil et ombre ; crème et miel.

Léon arriva cinq minutes avant le début de la séance. Lorsqu'il entra dans la pièce, très grand, très noir, pas tout à fait élégant avec la poussière de marbre qui duvetait une manche de son costume marron, il y eut un froid dans la bibliothèque. Léon fronça les sourcils. Je traversai la pièce pour l'accueillir, mais Karen me devança et passa son bras dans le sien, puis, avec son sourire le plus télévisuel, se tourna vers les autres :

— Léon ! dit-elle d'un ton qui était en soi une caresse, tu t'assieds à côté de *moi* !

Le regard qu'il lui lança à cet instant me cloua sur place. Il aurait combattu des tigres pour la défendre. Je jetai pour ma part mes yeux du côté des deux places retenues respectivement aux noms d'Elie et d'Annie Gwen Wade. Tout le monde attendait leur arrivée. Il ne restait plus que deux minutes avant le début de la séance. Je sortis dans l'entrée pour voir s'ils n'arrivaient pas. La sonnette retentit. Mon cœur cessa un instant de battre. Je fis un signe de tête à la femme de chambre qui ouvrit les lourdes portes sculptées. Annie Gwen entra la première, Elie sur ses talons. Dans son tailleur bleu à la coupe élégante, elle avait beaucoup d'allure. Mais c'est un œil larmoyant qu'elle promenait autour d'elle, les souvenirs faisant naître sur ses lèvres un sourire mélancolique.

— J'ai fait le même travail que vous ici, autrefois, lança-t-elle à la femme de chambre.

Son expression disait à quel point elle aurait souhaité retourner à cette époque, au temps où Jasper était en vie.

Elie, à côté d'elle, était d'une beauté à couper le souffle dans son costume gris qui mettait en valeur ses épaules de nageur. C'était la première fois que je le voyais ainsi vêtu. Il remplissait le vaste hall d'entrée de sa présence. Un homme intègre, un homme auquel on ne pouvait mentir. Il soutint mon regard avec une intensité qui acheva de me troubler. Je pris Annie Gwen par la main.

— Je suis contente que vous soyez là.

— C'est pour moi aussi un bonheur, me souffla-t-elle.

Et d'un geste doux et maternel, d'un air infiniment triste, elle écarta une mèche de cheveux qui tombait sur ma joue.

Je la conduisis jusqu'à la bibliothèque, consciente de la proximité d'Elie derrière moi, dont je sentais l'odeur, mêlée à celle du coton fin de son costume et de son eau de Cologne. Les membres du conseil d'administration les contemplèrent, bouche bée. Je m'imaginais leurs pensées. Swan avait eu la générosité de faire la paix avec la famille du meurtrier de sa sœur – elle avait été jusqu'à les convier chez elle. Noble cœur. Si Elie trouvait les ossements de Clara, ils seraient les premiers à plaindre la pauvre Swan...

Je déclarai la séance ouverte puis demandai :

— Je vous prierais de vous présenter à tour de rôle.

Des hauts fonctionnaires, des présidents d'associations caritatives, un ancien parlementaire, des directeurs d'entreprise, chacun énuméra la liste de ses titres, plus prestigieux les uns que les autres. Puis Léon se leva et dit simplement :

— J'ai été carrier à Hardigree Marble depuis mon plus jeune âge, ensuite j'ai été à l'université grâce à une bourse Hardigree et, aujourd'hui, je suis gérant de la marbrerie. Je suis veuf, fermier à mes heures perdues, père, et fils aussi. Je veux contribuer à aider d'autres gosses dans mon genre à avoir la vie que j'offre à mes enfants. C'est pourquoi j'ai accepté la proposition de Mrs Samples et que je suis ici parmi vous.

Il s'assit sous le regard plein de respect de Karen.

Vint enfin le tour d'Elie. Tous les yeux se fixèrent sur lui. Il se fit un grand silence. Même son attitude impressionnait. Il avait encore moins besoin de publicité que Léon.

— J'ai grandi comme Léon, et ma cousine Karen...

Il ménagea une pause, puis continua :

— J'ai aussi grandi avec Darl. Je ne suis pas originaire de Burnt Stand, mais j'y ai vécu quand j'étais enfant, pendant quelque temps... Ma mère, dit-il en posant sa main sur l'épaule d'Annie Gwen, et ma sœur m'ont demandé de parler en leur nom. Nous avons perdu ici un être cher, et nous sommes revenus le chercher, si tant est que nous parvenions à le trouver. Nous sommes aussi venus pour nous-mêmes, pour savoir qui nous sommes vraiment. Dans ma vie, j'ai été un joueur, un investisseur, un inventeur. J'ai vécu un certain temps en hors-la-loi, mais je me suis mis en règle avec Dieu et le gouvernement...

Il y eut une sorte de soupir général. Elie sourit :

— J'ai accumulé une véritable fortune...

Il plongea son regard dans le mien et poursuivit :

— À l'époque, quand nous étions petits tous les deux, Darl Union a cru en moi. Sa famille a donné une chance à la mienne, et même si les choses ont mal tourné, cette chance nous a servis. Aussi, de la part des miens, je fais don de cinq millions de dollars à Stand Tall. À la mémoire de mon père, Jasper Wade.

Il s'assit.

Le reste de la réunion, qui dura quand même plusieurs heures, ne fut que bavardages.

« Ce ne sont pas les fleuves déchaînés et les boules de feu qui détruiront la Terre, mais la pluie et la boue rouge », pensa Elie. Le lendemain de la réunion du conseil d'administration, l'automne montra son mauvais visage. Une eau glacée, mêlée d'argile rougeâtre, lui dégoulinait dans le dos, sous son pull et sur le visage, par-dessus la visière de sa casquette de base-ball. L'inconfort ne l'empêchait pas de continuer à travailler avec acharnement. Oubliant son don de cinq millions de dollars à Stand

Tall, il attaquait à la perceuse le marbre d'une des Esta Houses dont il était à présent l'heureux propriétaire. C'était une superbe demeure, somptueuse même, dressée au bout d'une rue sur une éminence ombragée par des chênes centenaires. On l'appelait « Olson Manor », Olson ayant été un magnat des chemins de fer qui s'était installé à Burnt Stand dans les années 40. Olson Manor avait été orné de corniches et de portes sculptées par le grand-père d'Elie et constituait, du moins de l'avis de ce dernier, une véritable œuvre d'art.

Elie sentit sa poitrine se soulever d'émotion. « Que serions-nous devenus sans la malchance et sans les Hardigree ? se demanda-t-il. Serions-nous restés de pauvres Blancs du Sud ? » Au départ, le plus beau des marbres n'est qu'un caillou terne et informe. Seule la main de l'homme a le pouvoir de lui prêter cette beauté lisse, soyeuse, luisante qui fait l'admiration de tous. Ils étaient peut-être comme ça, les Wade, un matériau brut que les Hardigree avaient sublimé. Elie arrêta la perceuse électrique.

— Tu avais oublié de construire un portique à ton palais, Grand-père, dit-il tout haut en soulevant la dernière des plaques de marbre qu'ils avaient taillée, Léon et lui, à la marbrerie.

Elie avait lui-même gravé l'inscription dans la pierre, l'avait polie amoureusement. C'était la cinquième qu'il posait. Les premières habillaient déjà la façade des autres Esta Houses. Il fit pénétrer aux quatre coins de la plaque de longues vis en cuivre. Puis il recula de quelques pas, enleva sa casquette et, plissant les yeux pour se protéger de la pluie, lut :

CONSTRUITE PAR
ANTHONY E. WADE, MAÎTRE CARRIER.

Anthony *Elijah* Wade... Elijah, son propre nom... Elie ploya le cou, songeant à l'ambivalence de cet héritage. Son aïeul n'avait peut-être, au fond, été qu'un gigolo ayant avec l'autre sexe des relations purement mercantiles. Un homme avide et intéressé qui taillait la pierre comme un dieu. Quoi qu'il en soit, les Esta Houses étaient désormais des « Wade Houses ». Et Elie tenait à ce que cela se sache.

Un léger bruit de pas sur le trottoir lui fit faire volte-face. Le quartier était si tranquille, la rue si déserte, qu'on entendait venir les voitures de très loin. Pourtant, il n'avait strictement rien entendu. Ainsi qu'une apparition surnaturelle sous la branche courbe d'un chêne qui formait autour de sa silhouette élancée comme un berceau de verdure, Darl se tenait au bord de la pelouse, ses longs cheveux plaqués par la pluie moulant la forme parfaite de son crâne et de ses épaules, sa robe bleue détrempée car elle avait négligé de fermer son imperméable gris clair. Elle était tellement belle qu'il en eut le cœur serré. Elle considéra un instant la plaque d'un air rêveur, puis son regard bleu se posa sur lui. Il lut sur son visage un désespoir mêlé de fierté : oui, elle était fière de lui !

— J'ai eu du mal à te trouver, prononça-t-elle d'une voix sourde. J'ai fait le tour de toutes tes maisons.

D'un geste ample, il jeta sa casquette par terre et s'avança vers elle sous la pluie. Sans un mot, il la prit par le bras et la conduisit le long de la rangée de buis taillés dont le vert profond tranchait sur le rose du marbre.

— Te voilà toute mouillée, viens, lui souffla-t-il, l'eau ruisselant sur ses joues et dans son cou.

Il ouvrit la lourde porte d'entrée de bois sculpté et ils entrèrent dans un hall vide, à part un lustre en cristal au plafond. La maison n'était pas meublée. Chacun de leurs pas résonnait de façon étrange dans cette demeure de pierre rose.

— Viens, continua-t-il sans la lâcher, on sera mieux sous la véranda du jardin.

La véranda couverte donnait sur une pelouse automnale entourée de grands chênes et de buis taillés.

— Elie, articula enfin Darl. Il faut que je te parle. Il n'est pas question que tu fasses ce don à...

— Ce qui est fait est fait, trancha-t-il. C'était mon souhait. Je tiens à être à tes côtés.

— Non, non, Elie...

— Chut. Le silence est d'or, mon amour.

Il essuya son visage avec la paume de ses mains et, sans écouter ses vagues protestations, enfonça ses doigts dans l'épaisseur humide et parfumée de ses cheveux et l'embrassa, d'abord doucement, puis avec une intensité croissante, tandis qu'elle arquait son corps contre le sien. Puis il la fit asseoir sur une marche de la véranda, les deux jambes passées sur une des siennes, et la coucha sur son bras. Aussi naturellement que la pluie tombant sur un champ de terre sèche, il explora son corps, la posséda par de brûlantes caresses tout en s'abreuvant à l'ardeur de ses baisers. Elle s'agrippa des deux poings à son pull, puis les glissa sous la laine et explora sa poitrine, son ventre, puis plus bas, sous le coton doux de son pantalon en toile, avant de les remonter vers sa poitrine, puis son dos. Elle écarta les doigts sur ses omoplates et enfouit son visage au creux de son épaule, goûtant à pleine bouche la saveur de sa peau.

Un coup de vent envoya sur le toit une volée de glands qui martelèrent les tuiles avec un bruit de pétarade. Tous deux se redressèrent en s'écartant l'un de l'autre d'un air coupable. Elie songeait que son grand-père s'était laissé acheter par des femmes Hardigree. *Et moi, qu'est-ce que je fais ?* Si Darl ne voulait pas de lui parce qu'il était un Wade, il ne devait pas s'accrocher à elle. *Pourtant elle est avec moi, ici, dans mes bras !* Les doutes qui les avaient un instant séparés les réunirent avec violence. Ils s'enlacèrent, leurs têtes penchées l'une vers l'autre, immobiles, frissonnant dans la brise d'automne. Il y avait trois semaines jour pour jour qu'ils avaient refait connaissance en Floride.

À un moment, elle leva la tête et le repoussa légèrement.

— Sais-tu que ton grand-père a été photographié devant cette maison ?

Elie eut la chair de poule. *La photographie !* Le cliché jauni, manifestement découpé dans une image plus grande, qui l'avait intrigué toute son enfance ! Ainsi, c'était ici qu'Anthony Wade avait été saisi par l'objectif, avec, inscrite sur son visage, cette expression d'indestructibilité. Pourtant les femmes Hardigree n'allaient pas tarder à l'abattre, et il allait les laisser faire...

— Tu cherches à ce que je te laisse tomber parce que tu es une Hardigree, n'est-ce pas ? interrogea-t-il d'une voix calme. Eh bien, ne compte pas sur moi. C'est moi qui suis le maître du jeu, cette fois. Je ne veux pas finir comme mon grand-père. Et tu ne vas pas me pleurer tout le restant de tes jours.

Elle se leva, caressa doucement sa joue, l'anéantit d'un regard.

— Trop tard, chuchota-t-elle.

Puis elle le quitta.

Au cœur de la nuit, je m'assis au bureau de la bibliothèque de Swan. Marble Hall était silencieux comme une tombe de marbre. Je pris dans un tiroir plusieurs feuilles de papier à lettres à l'en-tête de Hardigree Marble et ouvris le stylo à plume que le baron italien avait offert à Swan quand j'étais petite. Et je me mis à écrire. *Il y a vingt-cinq ans de cela, j'ai assisté au meurtre de ma grand-tante Clara Hardigree, par la main de sa sœur, ma grand-mère, Swan Hardigree Samples. J'ai tu ce crime jusqu'à ce jour.*

J'écrivis jusqu'à l'aube, retraçant chaque détail de cette période, avant comme après la mort de Clara, mais sans mentionner une seule fois le nom de Matilda. Cette confession allait provoquer notre chute, à Swan et à moi, mais pas celle de Matilda ni de Karen. Une fois que j'eus terminé, je glissai les feuillets dans une grande enveloppe marron, la cachetai, y inscrivis le nom de notre procureur, puis la cachai sur une étagère élevée de la bibliothèque entre deux ouvrages sur la géologie, cette science de la Terre et des matières dures.

Le moment venu, je ne ferai appel ni au silence ni à la miséricorde d'Elie.

Parce que j'étais convaincue qu'il était prêt à m'accorder les deux.

— Tu abuses de sa bonté, dit Matilda à Swan avec cette diction lente qui était maintenant la sienne.

Matilda était debout à côté de son lit, se tenant à l'appareil de perfusion, repoussant mon aide, refusant de se coucher, fusillant Swan du regard, Swan qui, assise en tailleur contre ses oreillers, ressemblait presque à une adolescente. J'assistai à la dispute, impuissante.

— Tu ne peux pas accepter les millions d'Elie Wade, continuait Matilda. Les gens pensent qu'il est en train d'avouer la culpabilité de son père. C'est inacceptable. C'est pas juste.

— Tu as tort, répondit ma grand-mère. Je montre publiquement que j'ouvre ma porte aux Wade. Et je l'ouvre pour toi... et pour Darl.

— Elie donne cet argent afin de s'excuser auprès de toi ! intervins-je. S'excuser d'un crime qu'il n'a pas commis. Je ne te laisserai pas faire une chose pareille.

— Que veux-tu que je fasse, alors ? lança Swan. Que je les renvoie comme des malpropres, lui et sa famille ? Ou que je lui permette de se venger en lui disant la vérité ? Matilda, tu veux que Karen sache ce qu'on a fait ?...

Le visage de Matilda prit la couleur de la cendre.

— ... Regarde ma Darl, poursuivit Swan. Regarde-la donc ! Tout ce chagrin, cette rancœur à mon égard. Si seulement il était en mon pouvoir d'effacer ses souvenirs... Tu ne voudrais pas qu'il arrive la même chose à Karen ! Pas maintenant, pas quand elle vient de rentrer.

Matilda émit un grognement, ferma les yeux.

— Mais que suis-je en train de faire au *petit-fils*

d'Anthony ? Quel genre de monstre suis-je devenue ? Je l'aimais, et il m'aimait. Je le trahis...

Elle porta sa main à son front et vacilla contre le montant du lit. Je me précipitai pour la prendre dans mes bras tandis que Swan s'écriait d'une voix déchirée :

— *Matilda !*

— Sonne l'infirmière ! lui ordonnai-je en allongeant Matilda sur son lit.

20

La peur était presque palpable dans l'air. Swan passait le plus clair de son temps assise au chevet de Matilda, à l'observer comme un chat guette une souris, les mains sagement croisées sur ses genoux, les épaules droites. *Elle tremble de perdre la seule personne qui la comprenne mieux que moi*, me dis-je. Karen, le visage humide de larmes, s'était allongée auprès de sa grand-mère, et tenait sa main émaciée serrée très fort dans la sienne. Matilda était tout à fait réveillée, mais sa paupière droite et la commissure droite de sa bouche tombaient de façon inquiétante sur le côté. Elle était très faible.

— Je vais mourir, chuchota-t-elle d'une voix à peine audible, en ne bougeant presque pas les lèvres.

— Non, pas ça, ce n'est pas vrai, protesta Karen.

Swan se raidit sur son siège. Matilda et elle échangèrent un long regard chargé de l'expérience de toute une vie commune.

— Je veux rentrer à la maison, à Marble Hall, articula Matilda en butant sur chaque syllabe.

Swan fit oui de la tête.

Elie était assis dans la belle cuisine de leur maison en compagnie de sa mère et de Bell, qui venait de terminer de donner la tétée au bébé.

— Quel joli tableau de famille, lança-t-il avec un sourire tandis que la petite Jessie émettait un rot sonore.

Il croisa alors le regard de sa mère, et son sourire s'évanouit.

— Quelle famille allons-nous blesser avec notre acharnement à vouloir trouver la vérité ? questionna-t-elle. Celle des Hardigree, de Matilda, la nôtre ? Ou, puisque nous sommes apparentés les uns aux autres, toutes les trois ? Où est-ce que le droit à la justice s'arrête ? Où commence le droit au pardon ? Ne devons-nous pas cesser de chercher des réponses si elles ne doivent faire que du mal aux vivants ?

— C'est vrai, acquiesça Elie. Nous sommes en train de tuer Matilda à petit feu. Karen souffre à cause de nous. Même Darl... Et nous souffrons, nous aussi...

Il regarda Bell avec tendresse et ajouta :

— Je regrette. S'il y a une quelconque vérité enfouie sous cette terre ou dans la mémoire des gens de cette ville, elle devra émerger d'elle-même.

Bell se prit le front et pleura.

— Merci d'être venu. Matilda te réclame.

Je conduisis Elie à travers les grandes pièces de Marble Hall. Pour mieux chasser les spectres de cette lugubre soirée d'automne, j'avais demandé à ce qu'on allume toutes les lampes et que des feux flambent dans les cheminées.

— Léon et Karen sont derrière la maison, dans le jardin, poursuivis-je. Viens donc leur parler cinq minutes.

Elie posa sa main sur mon bras.

— Ma présence te gêne tant que cela ? Tu ne veux plus me parler seule à seul ?

Nous nous sommes arrêtés dans le couloir sous un petit portrait de Swan avec ma mère, un tableau que Swan avait exhumé quelques années plus tôt. Elie avait apporté avec lui la fraîcheur de la forêt. L'odeur de ses cheveux, de ses vêtements, de son corps m'enivrait.

— Oui, avouai-je. J'ai trop envie de me jeter dans tes bras, voilà la vérité, si tu tiens tant à le savoir. Ce n'est bon ni pour moi ni pour toi.

— Si tu avais confiance en moi, ça ne t'inquiéterait pas.

Je jetai un coup d'œil au tableau, à l'expression naïve de ma mère. Elle avait aimé mon père envers et contre Swan. Elle était morte en lui tenant tête. *Courage*, me sembla-t-il l'entendre murmurer.

Fais-lui confiance. Chaque fibre de mon être me soufflait que là était ma rédemption, dans cette confiance totale qu'il exigeait de moi. Une peur intense m'envahit soudain : je craignis de le perdre et de faire du mal aux autres en prenant le chemin le plus facile... qui consistait à ne jamais lui dire ce qui était enterré dans le jardin. J'avançai vivement ma main vers sa veste en lin, puis m'écartai de lui comme si je risquais de me brûler à son contact.

— On parlera plus tard, articulai-je entre mes dents en me dirigeant vers le jardin.

Léon et Karen se tenaient debout dans une flaque de lumière au bord de la piscine dont l'eau chauffée dégageait une brume légère dans l'air nocturne. Karen, emmitouflée dans un pull à col roulé en angora, avait le visage levé vers Léon. Ce dernier enleva sa veste molletonnée et la lui tendit. Elle la posa sur ses épaules à la façon d'une cape. Lorsqu'ils nous aperçurent, Karen s'avança à ma rencontre.

— C'est inadmissible ! s'exclama-t-elle en fixant la fenêtre du premier derrière laquelle s'agitaient les silhouettes blanches des deux infirmières. Swan et Matilda à la maison ! Matilda devrait être à l'hôpital ! Je la ramène dès demain matin.

Je passai un bras autour de ses épaules :

— Où as-tu pêché l'idée que tu peux donner des ordres à ta grand-mère ? De ce point de vue, elle est comme la mienne !

— Elle est malade. Elle n'a plus toute sa tête. Quelqu'un doit décider pour elle... Darl, je me fais un sang d'encre...

Léon vint poser à son tour une main sur son bras :

— Matilda m'a toujours dit qu'une vie dans la dépendance ne valait pas la peine d'être vécue. Elle veut être chez elle. Laisse-la.

Karen se montra elle-même du doigt en protestant :

— Mais moi, j'ai besoin d'elle ! Tu ne comprends donc pas ?

— Je comprends, oui, que tu es égoïste.

— Je suis *enceinte* !

S'ensuivit un silence consterné. Puis elle lui raconta tout d'une haleine : l'enfant qu'elle attendait, le père qui n'en voulait pas et dont elle ne voulait pas non plus, pour rien au monde ! Un aveu brutal, qui frappa Léon en plein cœur. Je les contemplai, saisie d'une indicible angoisse. Les traits de Léon se crispèrent, des larmes mouillèrent ses yeux. Karen murmura d'une voix rauque :

— Léon, excuse-moi. Je ne suis pas cette gentille petite fille que tu essayes de protéger. Je veux que ma vie devienne meilleure, mais pas à tes dépens.

Léon, n'y tenant plus, laissa libre cours à sa colère :

— Tu n'as qu'à faire comme ta grand-mère ! Pour commencer, tu n'as qu'à élever ton bébé dignement !

La violence de ses propos et de ses intonations blessèrent Karen, l'humilièrent. Elle nous laissa plantés là et rentra dans la maison en courant. Léon se voûta, comme si un grand poids l'accablait.

La tristesse était notre dénominateur commun.

Elie et moi sommes entrés dans l'immense chambre de Swan aux fenêtres en ogive, meublée de grands meubles d'antiquaires. Enfant, je n'avais été que rarement admise dans ce sanctuaire, et pas une fois à l'âge adulte. Matilda était étendue dans le somptueux lit de Swan, au ciel de marbre et d'acajou. La vue d'une autre personne que ma grand-mère sous ces draps superbes me troubla au point de me donner l'impression que le monde tel que je l'avais connu jusqu'ici était en train de s'écrouler. La terre tremblait soudain sous mes pieds. Swan se tenait assise sur un lit d'hôpital de location, sa robe de chambre blanche posée à côté d'elle sur un édredon recouvert de soie gris perle.

Comme à l'hôpital, elle ne quittait pas Matilda des yeux.

Karen, postée devant une fenêtre, contemplait le carreau obscur que martelait la pluie. Swan, d'un geste de la main, chassa l'infirmière de la chambre ombreuse. Je croisai le regard inquiet de ma grand-mère, qui se durcit dès qu'elle vit Elie. Ce dernier la salua d'un signe de tête puis se dirigea vers Matilda, qui réussit tant bien que mal à lever sa main gauche et à articuler doucement, la bouche un peu tordue :

— La droite tremble trop, pardonnez-moi.

Elie s'assit à son chevet, tenant sa main émaciée entre ses doigts épais.

— Ma mère et ma sœur prient pour vous, souffla-t-il.

— J'ai quelque chose à vous dire, continua Matilda péniblement. Viens, Karen, c'est pour toi aussi...

Karen avança à pas lents vers l'énorme lit.

— Grand-mère, tu ne vas pas mourir...

— Tais-toi ! intervint Swan. Écoute-la plutôt !

Matilda se tourna vers Elie et commença :

— Ton grand-père était quelqu'un de bon. Pas un gigolo, non, ce n'est pas ce que tu crois...

De stupéfaction, Elie crispa ses doigts sur la main de Matilda.

— Il n'avait pas eu beaucoup de chance dans la vie. Moi non plus, il faut bien avouer. Une fille de couleur...

Elle reprit sa respiration, anéantie par l'effort que lui coûtait la parole. Puis elle regarda de nouveau Elie :

— ... Mais je l'aimais, ton grand-père, Anthony Wade. Oui, et il m'aimait.

Comme Karen prenait sa main droite dans la sienne, Matilda fronça les sourcils en murmurant :

— C'est ma main qui tremble.

— Elle est encore forte, déclara Karen en pressant la paume de sa grand-mère contre son pull en angora, contre son cœur. Grand-mère... l'heure n'est pas aux confessions. Tu ne vas pas mourir. Tu vas devenir arrière-grand-mère. Je vais avoir un enfant.

Le visage de Matilda se figea. Puis, à mesure que Karen racontait, ses traits se détendirent et un sourire se mit à flotter sur sa pauvre bouche tordue. Ses yeux se remplirent de larmes.

— La maternité m'a rendue si heureuse. Que ressens-tu ? chuchota-t-elle une fois que Karen eut terminé son récit.

Karen porta une main à son cou ; elle semblait au bord de l'évanouissement. D'un mouvement de la tête, elle fit comprendre à la vieille dame qu'elle aussi se sentait comblée.

— Je suis fière de toi, conclut Matilda.

Dans le silence qui s'ensuivit, Karen posa son front au creux de la main de sa grand-mère, effaçant d'un seul coup des années de mésentente.

Soudain, une voix grave vibra dans la chambre. Léon se tenait sur le pas de la porte :

— Mrs Matilda, j'ai l'intention de demander la main de votre petite-fille.

Tous les yeux, de surprise, se tournèrent vers Léon, qui ajouta, les poings serrés le long du corps :

— Je l'aime, je m'occuperai d'elle et de son enfant. Je vous jure, Mrs Matilda, je le vous le jure à tous... Karen, je veux être ton mari. Je serai le père de ton bébé. Si tu veux bien de moi. Réfléchis, ne me dis rien encore. On en reparlera.

Karen continua de fixer la porte, sidérée, alors que Léon s'éloignait déjà dans le couloir. Quant à Matilda, elle tourna lentement la tête vers Swan. Le regard qu'elles échangèrent me glaça le sang, tant il était chargé de tout ce qui avait constitué leur vie : les choix, les batailles, les tragédies, la force.

— Je veux que nos petites-filles et leurs enfants vivent en paix *ici*, émit Matilda si bas que je devinai plus que je n'entendis les mots qu'elle prononça.

Swan détourna le regard.

Il était près de minuit ; la maison était tranquille. Elie, debout devant l'âtre, fumait le cigare dans le petit salon rempli de livres, presque entièrement occupé par un canapé et des fauteuils. Karen était montée s'allonger en haut et Léon somnolait à la table de la cuisine. L'infirmière dormait sur une banquette devant la chambre de Swan. Elie et moi avions à peine échangé quelques mots. Finalement, il jeta le mégot de son cigare dans le feu et s'assit à l'autre bout du canapé.

— Tu diras à Matilda que j'arrête mes recherches, me déclara-t-il.

— Qu'est-ce que cela signifie ?

— Je pars, Darl. Je ramène Maman et Bell dans le Tennessee... Je n'ai pas envie de nous détruire, ni de vous blesser, vous, les Hardigree... Nous sommes tous trop proches. Et en m'acharnant, je fais du mal à tout le monde. C'était une affaire mal engagée au départ. Je ne parviendrai jamais à sauver l'âme de mon père.

Elle a gagné. Swan a gagné... sauf si je m'en mêle... Je me levai, me rassis, me relevai, puis soudain un calme extraordinaire m'envahit. Je posai mes mains sur son visage, caressai du bout de mes doigts sa peau, sa bouche. Il prit une profonde inspiration. Je lui assurai :

— Tu n'as fait de mal à personne. Tout ce qui s'est passé a des origines si lointaines.

Il me prit dans ses bras, enfouit ses doigts dans mes cheveux, me tint serrée contre lui.

— Viens avec moi. Je t'attendrai toujours... Je te ferai oublier...

— Non ! coupai-je. C'est toi qui dois venir avec moi.

J'allais lui révéler la vérité... et le perdre. J'allais le libérer de sa culpabilité, ouvrir pour lui la porte de la cage tissée par le passé.

— Je t'emmène au Stone Flower Garden.

Il ne pleuvait plus. Le ciel tourmenté laissait filtrer un clair de lune froid et blanc où se profilaient les silhouettes trapues de mes chères montagnes. Tandis que nous grimpions la colline à travers bois, les sapins versèrent sur nous leurs larmes glacées et semblèrent vouloir nous retenir de leurs branches souples et piquantes. Les ronces accrochaient la soie de mon pantalon, griffaient le cuir de mes chaussures. Je frissonnai. Mes cheveux mouillés me collaient aux joues et au cou.

Elie portait la pelle, moi une petite pioche. Il n'avait posé aucune question. Je n'avais fourni aucune réponse. Son visage exprimait une tension extrême. J'éclairais nos pas avec le faisceau d'une puissante lampe de poche. Derrière moi, il tenait une lampe à gaz dont le sifflement me donnait des sueurs froides. Il n'avait aucune idée de ce que je lui préparais.

Une fois au sommet de l'escarpement qui dégringolait ensuite vers le jardin dépouillé de ses arbres par les bulldozers des Wade, je marquai une halte. Elie leva la lampe à gaz. À nos pieds, le monumental vase et ses fleurs de pierre luisaient doucement, allongeant à terre des ombres immobiles et démesurées. Les vieux bancs en marbre semblaient s'enfoncer dans le sol. Recouverts de terre et enlacés de plantes grimpantes, on aurait dit de petites tombes, des tombes qui retenaient prisonnières des âmes d'enfants.

Je descendis la pente, chaque enjambée me rapprochant des ossements de Clara. Une fois au pied du vase, du bout de ma chaussure, je dégageai en tremblant la terre de son tapis de feuilles mortes. Elie était presque collé contre moi.

— Où ? souffla-t-il dans mon cou.

Je lui montrai du doigt le sol au pied du vase. Il posa la lampe à gaz, puis la pelle. Je secouai la tête :

— Laisse-moi commencer.

Posant ma lampe de poche, j'agrippai des deux mains le manche de la pioche et en plantai fermement la pointe dans la terre meuble et détrempée. Je creusai, grattai, ratissai les mottes de terre, tant et si bien qu'un monticule spongieux et odorant finit par s'accumuler à mes pieds. La fange du passé se resserrait autour de moi. De ma poitrine s'échappaient, mêlées à mon souffle rauque, les bribes d'un chant funèbre. Tous les cauchemars, tous les moments où la culpabilité et le désespoir m'avaient mise au supplice au cours de ces vingt-cinq années écoulées, tout cela bouillonnait sous mes coups de pioche, exposé au jugement d'Elie.

Il finit par poser sa main sur mon épaule. Je réagis avec un temps de retard.

— Non ! protestai-je d'une voix suppliante.

Mais il m'obligea à me tourner vers lui, essuya mon visage inondé de sueur, me contempla d'un air de farouche détermination.

— Tu te trompes si tu crois être seule, me dit-il. Quoi que ce sol recèle, c'est quelque chose que nous partageons, toi et moi.

Il enfonça à son tour la pelle dans la terre à présent argileuse. Je passai ma manche sur mon front et me laissai tomber à genoux au bord du trou qui s'agrandissait. Enfant, il m'était apparu comme une caverne sans fond. Mais ma raison m'assurait que Swan et Matilda avaient enterré Clara tout au plus à un mètre de profondeur. Je tressaillais à chaque fois que la lame entamait l'argile au pied de l'énorme vase, à chaque grincement du métal contre une matière dure... contre ce qui pourrait se révéler être un os.

À cette pensée, mon cœur se souleva. Me penchant en avant, j'attrapai le manche de la pelle.

— Arrête ! Laisse-moi finir.

Je m'accroupis pour plonger mes doigts dans la boue, creusant, sarclant, malaxant avec mes ongles, saisie de dégoût au contact visqueux de l'argile rouge que j'avais mise au jour sous l'humus noir de la forêt. Je travaillai comme au ralenti. Elie s'accroupit à mes côtés. Je lui jetai un coup d'œil, un seul, un regard affolé, désespéré ; on aurait dit que j'étais en train de lui arracher le cœur. Jamais je n'avais vu une telle douleur se peindre sur un visage.

— Arrête ! Je ne sais pas ce que tu cherches à prouver, mais arrête ! Tu as vu Papa enterrer Clara ici, c'est ça ? Tu as vu quelque chose. Tu sais quelque chose. Tu as mauvaise conscience.

Il me saisit des deux mains les poignets. Je me débattis.

— Non, non, non ! Elie...

Je replongeai mes doigts dans la pâte visqueuse. Elie me reprit par les poignets.

— Darl, je ne te laisserai pas...

Je le repoussai violemment, tandis que jaillissait du fond de ma gorge un grognement rauque de bête blessée. À cet instant, mes doigts se refermèrent sur un petit objet ovale, un caillou, peut-être... Je me redressai en tenant l'objet dans mon poing serré et, à la lumière de la lampe à gaz, le débarrassai avec mes pouces de sa gangue de boue rouge. Émergea alors sur ma paume une sorte de filament entortillé que je démêlai et étirai : une fine chaîne. C'était donc bien ce que je pensais. Une seconde plus tard, un diamant scintilla comme une étoile dans son galet de marbre. Le pendentif de Clara. Au fond du trou, je distinguai les arêtes blanchâtres de ce qui devait être des vertèbres : j'avais arraché le collier des os du cou de ma grand-tante.

Elie, frappé de stupeur, considéra le bijou d'un air tout à la fois de compréhension, de répulsion, de pitié et de rage. C'était insupportable. Je me détournai, fermai le poing sur le pendentif et baissai la tête. La voix grave et vibrante d'Elie me fit presque défaillir quand il me demanda :

— Dis-moi ce que tu sais.

— *J'étais là quand Swan l'a tuée.*

Alors se produisit une chose extraordinaire : il parut se ratatiner. Je lui avais ouvert la porte de la liberté... et je l'avais détruit. Je *nous* avais détruits. Accroupis l'un en face de l'autre, nous avons pleuré à chaudes larmes, comme deux enfants, deux enfants perdus.

Swan, qui ne tenait pas en place, se trouvait à la fenêtre au moment où Darl et Elie quittaient la maison et traversaient le jardin, chargés de lampes de poche et d'outils de jardinage. Appuyant sa main contre sa poitrine soudain traversée d'une douleur fulgurante, elle sentit sous ses doigts les battements désordonnés de son cœur. Elle se rassit lentement sur son lit. *J'ai perdu. Je perds Matilda et j'ai perdu Darl. C'est ainsi que cela se termine.* Une immense fatigue la terrassa.

À l'autre bout de la chambre, Matilda se mit à s'agiter. Une veilleuse l'enveloppait dans un doux clair-obscur. Sa voix si changée appela :

— *Swan. Swan.*

Swan s'aida des barreaux du lit pour se lever et s'avança d'une démarche vacillante, avec la sensation que son cœur cherchait à déchirer sa cage thoracique. À peine si elle parvenait à respirer. Matilda émit un étrange râle. Swan s'assit à son chevet, passa un bras sous sa nuque, prit sa main tremblante dans la sienne et se pencha sur son visage.

— Quelque chose ne va pas, lui chuchota Matilda. Avec moi. Avec *nous*.

Toutes les craintes de Swan se cristallisèrent pour ne plus former qu'un immense bloc de peur.

— Je vais appeler l'infirmière.

— Non. S'il te plaît. Je ne veux pas devenir un légume.

— Matilda, non, reste...

— Libère-les. Sauve-les. Nos petites-filles. Sauve-les de nos erreurs.

— Reste avec moi pour m'aider !

— Laisse-moi partir. Laisse-toi partir. C'est la seule preuve d'amour qu'on puisse leur donner.

Matilda ne ferma qu'à demi les paupières, et soupira. Swan la prit dans ses bras, la serra contre elle, la berça en pleurant tout doucement.

— Matilda, ma sœur, murmura-t-elle.

Elie, accroupi, dévisageait Darl debout de l'autre côté de la tombe de Clara ; il écoutait son récit, devinait l'innommable souffrance qui coulait dans ses veines tel un sang maudit. Elle le regardait comme si elle était sûre d'être haïe désormais, et il ne savait encore comment lui dire qu'il était prêt à pardonner, même si sa raison la condamnait pour avoir choisi le mensonge comme moyen de sauver l'honneur de sa famille. Déchiré entre la tendresse, la colère et le chagrin, il avait envie de hurler.

Finalement Darl se tut et, portant ses mains à son visage maculé de boue et de larmes, s'affaissa sur elle-même au bord du trou. Elie, saisi de la rage du désespoir, se leva, prit la pelle, la souleva et l'abattit de toutes ses forces sur le vase de marbre. Ce fut comme un bruit de tonnerre qui ébranla la forêt. Le manche de la pelle se brisa en deux, des éclats de marbre bombardèrent le sol ; l'un d'eux frôla la joue d'Elie, juste sous l'œil, laissant sur sa peau un sillon rouge. Darl n'esquissa pas un geste. Quelques gouttes de sang perlèrent à son menton. Elle gardait le regard rivé sur lui.

— J'ai tout mis par écrit, reprit-elle. Tout ce qui concernait ma grand-mère et moi. Tout ce qui est arrivé. Tout sauf le rôle de Matilda. Je n'ai même pas mentionné son nom. L'enveloppe se trouve dans la bibliothèque. Demain, je la déposerai sur le bureau du procureur. La seule chose que je te demande – je t'en supplie, Elie –, c'est de ne jamais révéler la part qu'a prise Matilda dans cette tragédie.

— Ce que je voudrais savoir, répondit Elie qui sentait la terre se dérober sous ses pieds, c'est pourquoi tu ne m'as jamais rien dit ?

Réprimant un geignement, elle répondit dans un souffle :

— Dieu sait que je t'aime, mais j'aime aussi ma grand-mère.

Elie fit le tour de la tombe de Clara pour se jeter à genoux devant Darl.

— Donne-moi le collier ! s'exclama-t-il d'une voix rauque en lui tendant la main, paume vers le ciel.

Il faut qu'elle fasse un choix, et c'est moi qu'elle va choisir. Darl déposa le pendentif de Clara au creux de sa main terreuse.

— Choisis ! lui ordonna-t-il. Tu as le choix entre moi et ce que cet objet représente. Entre moi et Swan ! Viens avec moi.

— Je ne peux pas, soufflai-je. Swan est en moi, elle fait partie de moi. Tout ce qu'elle a enduré, c'était pour Matilda, pour moi, pour Karen. Je ne peux pas l'abandonner.

Elie prit Darl par les épaules.

— Tu viens de me rendre mon père. L'innocence de mon père. Mais je te veux, toi, aussi...

Des larmes roulèrent sur ses joues. Elle secoua la tête :

— Laisse-moi. Je saurai punir Swan, à ma manière.

C'est alors que retentit la cloche de Marble Hall.

Le cœur lourd, je rentrai à Marble Hall. Léon, sorti de l'antre de la cuisine où il s'était réfugié, m'attendait auprès de la grosse cloche en fer sur son support de marbre, sa haute et mince silhouette un peu floue dans les étranges lueurs mouvantes projetées par les spots de la piscine. En gravissant les marches de l'escalier devant Elie, je remarquai non seulement que Léon pleurait, mais que ses vêtements étaient trempés. Il se contenta de m'indiquer d'un geste du menton la piscine.

Swan gisait sur les marches du côté du petit bassin, la tête posée sur son bras replié. Sa longue chevelure blanche flottait autour de ses épaules à la surface de l'eau, d'où s'élevait une brume douce et légère. Le chatoiement de la soie blanche de sa chemise de nuit et de sa robe de chambre prêtait à la scène une allure surnaturelle, fantomatique. Un ange avait déplié ses ailes au pied de Marble Hall.

— Je l'ai trouvée au milieu de la piscine, je l'ai tirée jusqu'ici, déclara Léon d'une voix entrecoupée. Elle est descendue de sa chambre sans que personne ne s'en aperçoive... J'ai appelé une ambulance... Karen est en haut avec sa grand-mère...

Léon jeta un regard triste vers les fenêtres du haut et ajouta :

— Mrs Matilda est morte.

Elie sur mes talons, je courus vers Swan. Sautant dans l'eau, je la pris dans mes bras, dégageai son fin visage de la masse ruisselante de ses cheveux. Ses paupières étaient closes ; son teint de la couleur de la cendre.

— Swan, dis-je tout doucement. Grand-mère.

Elle ouvrit les yeux, deux saphirs sans lumière, sans vie.

— Je sais où tu as emmené Elie.

Je fis oui de la tête.

— Je lui ai tout avoué.

Ses prunelles bleues se plantèrent, par-dessus mon épaule, sur le visage d'Elie qui se penchait vers elle. J'avais conscience aussi de la présence gênée de Léon. Heureusement, ce dernier annonça :

— Je monte m'occuper de Karen.

Une fois seule avec Swan et Elie, je repris :

— J'ai pris une décision. J'ai raconté à Elie ce que nous avons fait. J'en assume les conséquences.

— Tu m'étonneras toujours, répondit-elle d'une voix à peine audible, ses yeux toujours plantés dans les yeux noirs d'Elie.

Il leva le poing au-dessus du visage de Swan puis l'ouvrit lentement, laissant se dérouler la chaîne au bout de laquelle se balançait le pendentif de Clara qui miroita dans la clarté obscure.

— Vous avez assassiné votre sœur, accusa-t-il, et vous avez permis que mon père paye pour votre crime.

Elle eut un mouvement imperceptible des paupières :

— Pousse-moi dans l'eau. Ma famille a taillé la tienne à partir de la pierre la plus rare. Je suis celle qui t'a fait ce que tu es. Grâce à moi, tu es digne de Darl. Tu es assez fort pour me tuer.

En frissonnant, je me tournai pour dévisager Elie. Ses traits se figèrent. Des larmes brillèrent dans ses yeux. Sa bonté devenait presque palpable.

— Je ne vous hais pas assez pour oublier mon amour pour Darl, rétorqua-t-il en lançant le pendentif à terre.

C'était à mon tour de pleurer, en silence, des larmes de gratitude. Le regard de glace de Swan se posa alors sur moi.

— Toi, alors ! commanda-t-elle d'une voix sifflante. Prouve que tu es capable d'accomplir ton devoir. Je t'ai montré ce qu'il fallait faire...

Elle nous avait conviés au bord de ce bassin pour un baptême pervers : nous lui rendions son âme, et elle nous rendait la nôtre. Je caressai son visage de mes doigts souillés de la terre du Stone Flower Garden.

— Je t'aime, tu n'as donc jamais compris ?

— Si. Mais il ne fallait pas. Pour toi. Et pour moi. L'amour, c'est trop cruel.

— Tu te trompes. Allez, détends-toi. Je suis là, quoi qu'il arrive...

J'avais réussi ; sa façade se fissurait, laissait échapper des flots de tendresse, de regret, de solitude. Elie m'avait lancé un ultimatum. Mais c'était Swan qui choisissait pour moi. En me libérant, elle me chargeait de tout le poids de la vérité. À moi maintenant de m'en débrouiller.

— Ma petite fille, chuchota-t-elle, c'est toi qui as mon cœur.

Je déposai des baisers sur son front, ses yeux, ses joues. C'était la première fois de ma vie que mes lèvres touchaient sa peau. Elle ferma les yeux comme si elle s'endormait, s'abandonnant et flottant au fil d'un courant invisible. Elle mourut tout doucement entre mes bras.

Darl refusa de quitter la dépouille de sa grand-mère et celle de Matilda. Karen et elle, brisées par le chagrin, suivirent les corps jusqu'à la morgue, puis dans les salons des pompes funèbres de Burnt Stand. Elles passèrent la nuit, mains dans les mains, assises dans la pénombre d'une salle fraîche au sol de marbre auprès des deux gisantes si frêles sous leur linceul blanc. De tout le pays, les gens affluèrent pour rendre hommage aux mortes ; ils étendirent des couvertures sur l'herbe pour attendre l'aube et, lorsque le soleil se leva, la foule était nombreuse sur la pelouse.

Elie traversa la ville à pied pour rentrer chez lui. Il alluma les lampes du hall, réveilla sa mère et Bell, leur annonça la mort de Swan et de Matilda. Sa mère baissa la tête et pria. Bell pleura. Elie hésitait à leur dire la vérité, et quelle vérité ? Son père était innocent. Ça, oui, elles devaient le savoir. Le plus vite possible. La voix de Darl résonnait encore à ses oreilles. *J'étais là quand Swan l'a tuée.*

— Qu'est-ce qui ne va pas ? s'enquit sa mère.

Mais, comme en guise de réponse il secouait énergiquement la tête et se détournait, elle n'insista pas. Bell resta avec Jessie, mais Annie Gwen remonta s'habiller pour l'accompagner aux pompes funèbres. La foule sur la pelouse – des carriers, des commerçants, des fermiers – s'écarta devant eux. Annie Gwen s'installa sous la véranda du bâtiment et se mit à lire à haute voix un passage de la Bible. Les gens l'écoutèrent. Elie s'assit à côté de Léon, dans un coin sombre.

— Qu'est-ce que vous fabriquiez dans les bois tous les deux, Darl et toi ? interrogea Léon d'une voix lasse.

— Je te le dirai quand j'aurai réussi à trouver les mots qu'il faut, répondit Elie.

Ils allumèrent chacun un cigare et fumèrent en silence. Et chacun d'imaginer deux jeunes filles au pied léger, deux demi-sœurs, traversant l'air frileux du petit matin pour rejoindre leurs filles tant aimées, innocentes. Elie contempla, rêveur, les cimes nimbées de vapeurs argentées. Il se figurait son grand-père voyant à travers la brume Matilda s'avancer à sa rencontre. Et son père était là, lui aussi, qui le regardait d'en haut. Elie se pencha pour poser ses coudes sur ses genoux et se prit la tête entre les mains, tirant sur son cigare, cachant l'émotion qui l'étreignait. *Papa, je sais que tu es là. Pardonne-moi d'avoir douté de toi. Pardon, Papa ; je t'aime. Parle-moi. Dis-moi ce que je dois faire.*

La réponse grandit lentement en lui, comme en écho à la présence immatérielle mais si affectueuse de son père, et il sut comment offrir et recevoir le pardon.

L'aube posait ses doigts de rose sur les rideaux clairs, sur les draps qui couvraient les corps de nos grands-mères. Karen avait posé la tête sur mon épaule. Je l'enlaçai d'un bras, pressai ma joue contre ses cheveux frisés. Nous avions épuisé nos larmes.

C'est toi qui as mon cœur.

Les derniers mots de Swan, ces paroles d'ironie, de joie, d'aveu, étaient un feu subtil qui dévorait mon âme. Elle me manquait, je la pleurais, je la détestais, je l'aimais. Et surtout, j'avais conscience de la tâche qu'elle m'avait laissée : j'allais révéler toute la vérité ! Sur elle, sur moi, sur Clara. Moi aussi, j'avais perdu mon cœur. Seuls mes aveux et Elie avaient le pouvoir de me le restituer.

— Je ne sais pas ce qu'on va devenir sans elles, chuchota Karen dans un sanglot.

J'embrassai ses cheveux.

— Nous allons continuer à les aimer et à ne jamais nous avouer vaincues, dis-je.

Conformément à ce qu'elles nous avaient appris.

Elie se leva en voyant Darl s'avancer sous la véranda des pompes funèbres, juste au moment où le soleil couronnait de ses premiers rayons les cimes des montagnes. Léon l'imita à la vue de Karen qui suivait Darl. La foule se leva de même en signe de respect. Annie Gwen ferma sa Bible et croisa ses mains d'ouvrière sur le cuir blanc usé par le frottement de ses doigts. Ses yeux, sous sa frange de cheveux gris, étaient remplis de tristesse. Le regard d'un bleu étincelant de Darl se posa sur elle, puis sur Elie : elle n'attendait pas leur pardon. Elie sentit grandir en lui une vague mais poignante angoisse. Darl prit la main de Karen, la relâcha. Karen contempla longtemps la foule d'un air étonné, puis, s'éloignant de Darl, se lova entre les bras de Léon.

Darl s'approcha de la balustrade de la véranda.

— J'ai un aveu à vous faire, commença-t-elle en se tournant vers Elie et Annie Gwen. À vous surtout, les Wade...

Puis, regardant Karen, elle ajouta :

— Et à ma cousine Karen. J'aurais souhaité que cela se passe dans d'autres circonstances, mais si ma grand-mère m'a appris quelque chose, c'est à ne pas me dérober à mes responsabilités.

Les yeux bleus de Darl plongèrent dans ceux d'Elie avec une expression d'amour et de tendresse d'une douloureuse intensité. Elle s'apprêtait à tout perdre pour lui. N'y tenant plus, refusant d'accepter ce sacrifice, il bondit à ses côtés :

— Attends ! s'exclama-t-il en posant sa main sur la joue de Darl, lui fermant la bouche d'une douce pression de ses doigts.

Puis il s'adressa à sa mère :

— Swan nous a raconté la vérité avant de mourir. C'est elle qui a tué sa sœur il y a vingt-cinq ans. Toute seule. Elle a fait cette confession à Darl et à moi avant de rendre son âme à Dieu.

Un murmure de consternation courut dans la foule. Karen émit un geignement et s'écria :

— Oh, Darl !

Même Léon ne put retenir un cri de surprise et d'horreur.

Le visage d'Annie Gwen, à mesure que cette dernière saisissait la portée de la nouvelle, exprima successivement la stupéfaction, la tristesse et l'espoir. Elle porta sa main à son cœur. Jasper était innocent. On en avait la preuve. La preuve officielle !

Sans relâcher la pression de ses doigts sur la

bouche de Darl, Elie scruta les lacs saphir de ses prunelles comme s'il cherchait à lire au plus profond de son être ; se tournant de nouveau vers l'assemblée, il précisa :

— Elle a assassiné sa sœur et laissé mon père se faire accuser. Et elle a agi seule, toute seule.

Se dégageant d'Elie, Darl prononça :

— Pourquoi ?

— Je t'aime, répondit Elie en la prenant dans ses bras.

Elle glissa ses mains tremblantes dans son dos et se serra contre lui comme si sa vie en dépendait.

Ensuite, tout se précipita, comme si la mort de Swan avait été la clé d'une porte restée trop longtemps fermée. L'après-midi même, avec Elie, je conduisis Léon et Karen au Stone Flower Garden en compagnie du shérif, du légiste, du directeur des pompes funèbres et de quelques autres personnes. Les ossements de Clara furent ainsi exhumés dans les formes. Cramponnée à la main forte d'Elie, je m'obligeai à bien les regarder. Le directeur des pompes funèbres les emporta dans un sac en plastique. Les autres lui emboîtèrent le pas. Elie, Léon, Karen et moi restâmes debout au bord de la tombe vide, sous une pluie de feuilles d'automne qui n'allaient pas tarder à remplir la cavité.

— Je suis tellement triste pour toi, me souffla Karen en m'embrassant. Ce que ta grand-mère a fait... Il va falloir que tu supportes de vivre avec...

— Ça ira. J'ai découvert que je m'en sens capable.

Je levai mon regard vers Elie, dont les yeux noirs

me disaient combien il était à la fois affligé et heureux, triste et victorieux. Karen lui frôla le bras :

— Je suis désolée pour toi aussi, Elie, pour tout le mal que notre famille a fait à la tienne... Je suis sûre que si ma grand-mère était là, elle demanderait pardon pour Swan et nous supplierait d'essayer de comprendre comment elle a pu en arriver là... Tuer sa propre sœur !

— Nous appartenons tous à la même famille, répliqua Elie d'un ton égal. Et nous continuerons à ne former qu'une seule grande famille. Voilà ce qui va se passer.

Léon se racla la gorge :

— C'est la fin de Hardigree Marble. Ça ne sera plus la même chose sans Swan et Matilda. Ni pour la marbrerie, ni pour la ville.

— Je ne suis pas d'accord ! rétorquai-je en m'adressant à Karen. Ma grand-mère nous a légué à chacune la moitié de la marbrerie... Et la moitié de la maison. Nous sommes toutes les deux propriétaires de Marble Hall.

— Oh, Darl.

— C'est tout ce qu'il y a de plus normal. Elle et Matilda étaient sœurs, l'une et l'autre des Hardigree. Tout cela leur appartenait à toutes les deux, même si les gens l'ignoraient.

Ma déclaration fut suivie d'un silence. Le notaire de Swan m'avait apporté une copie de son testament quelques heures plus tôt.

Je posai ma main sur celle de Karen :

— Tu vas rester ici ? Tu en es sûre ?

Elle jeta un coup d'œil en direction de Léon :

— Oui.

— Alors je te donne, je *vous* donne, ma moitié.

La marbrerie et la maison. À toi et à Léon, spécifiai-je.

— Darl, non, tu ne peux pas ! s'exclama Karen tandis que Léon hochait la tête.

— Karen, dis-je, tu seras parfaite dans le rôle de maîtresse de maison. Et Léon était prédestiné à diriger la marbrerie.

— Mais je ne suis pas un Hardigree, argua Léon.

— Épouse Karen, et tu le deviendras.

Léon se tut, pensif. Je dévisageai Karen qui réfléchissait. Puis je croisai son regard troublé.

— Nous reviendrons vous rendre visite, continuai-je. Nous participerons au lancement et à la bonne marche de Stand Tall.

— Et si on construisait le siège de la fondation sur la terre que j'ai dégagée autour du Stone Cottage ? suggéra Elie. Le Stone Cottage pourrait servir de cœur au nouveau bâtiment...

Je fis un pas en arrière, m'écartant de la tombe de Clara pour poser ma main à plat sur la paroi du vase aux fleurs de marbre qu'Elie et moi avions si souvent rêvé tout haut d'animer.

— Je pense que ce serait parfait, laissai-je tomber.

Matilda et Swan reposaient dans le grand salon de Marble Hall. J'avais veillé leurs corps toute la matinée, seule, et je leur avais parlé. À présent, j'attendais dans la bibliothèque ; je tirai sur l'ourlet de ma jupe gris perle, je jouai avec la chaîne de mon pendentif autour de mon cou. Dans une heure, j'allais ouvrir la porte d'entrée et laisser le passage à la foule de ceux qui venaient rendre un dernier hommage à ma grand-mère et à Matilda. La maison était remplie de fleurs. Karen, en larmes, avait préféré aller se réfugier chez Léon. Je me sentais fourbue, accablée de fatigue, de chagrin et par le poids des dettes encore impayées. Elie et moi n'avions pas été seuls un moment depuis deux jours. À peine si, depuis la mort de Swan et Matilda, nous nous étions adressé la parole. Il n'y avait rien à dire. Et je savais pourquoi, même si lui l'ignorait.

La gouvernante de Swan, Gloria, qui avait adopté Karen mais pas moi, ouvrit la porte de la bibliothèque avec une mine lugubre. Elie entra en compagnie d'Annie Gwen et de Bell, qui avait confié le soin de la petite Jessie à son mari, descendu en catastrophe après l'annonce de la double disparition.

Je fixai sur Elie un regard distant, comme si, dans son beau costume, il m'était aussi étranger que s'il était apparu dans cette pièce revêtu d'une armure. Son visage exprimait une vive inquiétude à l'idée de ce que j'allais annoncer à sa mère et à sa sœur. Il ne connaissait pas mes intentions, mais il avait raison de se méfier : je n'étais pas tellement rassurée moi-même.

— Pauvre enfant, dit Annie Gwen en m'embrassant affectueusement.

Bell m'embrassa de même.

— C'est un miracle que vous ne me haïssiez pas, dis-je, vu ce que je dois représenter pour vous.

— Comment pourrions-nous t'en vouloir pour un crime que ta grand-mère a commis ? s'écria Bell.

C'est à voir, pensai-je. Je passai derrière le bureau de Swan pour prendre l'épaisse enveloppe marron entre les deux volumes de géologie, sur l'étagère. Ma confession... Elie, comprenant aussitôt mon intention, se rapprocha vivement et s'empara de l'enveloppe. Je secouai la tête et prononçai d'une voix que l'émotion éraillait :

— Je tiens à ce que tout soit fait dans le bon ordre. Sinon, ce secret restera toujours entre nous. Non, c'est fini, je ne veux plus rien cacher à personne.

— Bon sang, me souffla-t-il à l'oreille. Il y a des choses qu'il vaut mieux taire, quand elles font trop mal.

— Je t'aime trop, j'aime trop ta famille pour garder plus longtemps ce secret, chuchotai-je à mon tour.

Et, d'une main qui ne tremblait pas, je tendis l'enveloppe à Annie Gwen et à Bell en leur avouant :

— Je suis au courant depuis le début pour le meurtre de Clara. Tout est écrit ici. Je savais ce qu'avait fait ma grand-mère. Mais j'avais peur de le dire.

Je déposai l'enveloppe sur le marbre du bureau de Swan.

— Je me sens responsable de ce qui s'est passé.

Annie Gwen et Bell avaient l'air de deux âmes en détresse. Accablées, plongées dans une profonde affliction.

— Je pensais bien que c'était ça, que vous le saviez déjà, murmura finalement Annie Gwen. J'ai vu votre regard coupable aux pompes funèbres...

Puis, se tournant vers Elie, elle précisa :

— Toi aussi, tu semblais coupable.

Je portai ma main à ma gorge et fermai les yeux. À mes côtés, Elie déclara soudain :

— Je ne veux pas que vous adressiez de reproches à Darl. J'aurais, c'est vrai, préféré qu'elle se taise !

Les yeux étincelants, Bell s'adressa à moi d'un ton exalté :

— Tu veux dire que ta grand-mère t'a raconté comment elle avait tué sa sœur quand tu étais petite fille ? Mais pourquoi a-t-elle fait une chose pareille ?

— Elle n'a rien eu à me dire. J'ai été témoin. Je l'ai vue pousser Clara du mur de la terrasse. J'ai vu Clara mourir. Et le soir même, j'ai vu Swan l'enterrer.

Le sol se déroba sous mes pieds. Je m'appuyai des deux mains au plateau de marbre du bureau. Elie me prit par la taille. Mais j'étais comme figée, pétrifiée.

— Je ne m'attends pas à ce que vous me pardonniez, articulai-je, la mâchoire rigide.

Annie Gwen contourna alors le bureau pour prendre mon visage entre ses grandes mains au parfum délicat.

— Pauvre... pauvre enfant, chuchota-t-elle de nouveau. Justice a été rendue. *Nous avons tué ta grand-mère*. En revenant ici, à Burnt Stand, nous avons tué Swan.

— Annie Gwen, vous savez bien que c'est faux...

— Oh, pas du tout. Swan avait une dette à payer, son cœur l'a payée. Et nous avons aussi tué une innocente... Matilda. Que le Seigneur nous ait en Sa miséricorde.

Et elle pressa ses paumes fraîches contre mes joues, comme si elle essayait de me communiquer sa foi.

— Ce qui est fait est fait, mon enfant.

— Laisse le passé là où il est, intervint Elie en me caressant les cheveux.

Il me semblait tout d'un coup que je respirais mieux ; j'étais plus légère : les Wade m'avaient pardonné. Mais le plus dur restait à faire : il fallait que je me pardonne à moi-même.

— Je veux voir Swan, déclara Annie Gwen d'un ton catégorique.

Je l'introduisis dans le salon. La vue des deux cercueils jumeaux entourés de fleurs au milieu de ce cadre si familier me brisait le cœur. J'avais contemplé le visage de ma grand-mère et celui de Matilda une dernière fois, et je n'avais plus le courage de m'approcher.

Annie Gwen resta un long moment debout à côté de Swan, penchée vers le visage immobile de ma grand-mère. Puis elle se mit à murmurer :

— Je vais persuader ta petite-fille de m'aimer. Elle appartient à ma famille maintenant. Je serai une bonne grand-mère pour les enfants qu'elle et mon fils auront. Tu ne seras plus qu'un mauvais souvenir, quelqu'un dont on ne parle pas souvent pour ne pas faire de la peine à Darl. Tu m'as enlevé mon mari. Mais moi je te prends toute ta famille. Je te prends ton avenir. Ce sera ma vengeance, Swan Samples. C'est cela, l'enfer que tu t'es fabriqué.

Annie Gwen tourna alors le dos au cercueil et me déclara :

— Tu aimes mon fils, et moi je t'aime aussi

— Vous n'aurez pas à le regretter, répliquai-je d'une voix vibrante.

Un peu plus tard, tous les quatre, Annie Gwen, Bell, Elie et moi, nous sommes sortis dans le jardin avec l'épaisse enveloppe brune. Elie a fait craquer une allumette et, en l'espace de quelques minutes, de ma confession il ne resta plus qu'un tas de cendres noires.

Le premier incendie de Burnt Stand nous avait légué notre nom, Hardigree, plus un passé sans tache. Le deuxième, là, sur les dalles de marbre au bord de la piscine, infiniment plus modeste mais dont la portée était sûrement aussi importante, nous donna une âme et un avenir.

Elles furent enterrées dans le caveau Hardigree au cimetière méthodiste – Swan, Matilda et Clara. Leurs noms furent gravés les uns sous les autres sur la même plaque. Je déposai les cendres de Frog dans le tombeau. À côté du nom de ma mère, nous fîmes graver celui de la mère de Karen : Katherine Wade. Tout désormais était inscrit dans la pierre.

— Viens ! me lança Elie après les funérailles, d'un ton moins autoritaire que suppliant.

Il me conduisit au Stone Cottage qui se dressait à présent au milieu d'un vaste terrain vague où, bientôt, trônerait la Fondation Stand Tall. La maison semblait garder les vibrations d'un autre temps, un temps où l'amour avait fait battre le cœur d'Anthony et Matilda, de Jasper et Annie Gwen. C'était le nôtre à présent qui cognait entre les murs de marbre construits par le grand-père d'Elie.

Je suivis Elie dans une chambre qu'il avait eu soin de préparer : un lit double avec des draps blancs et un édredon crème. Le seul lit dans toute la maison. Notre lit. Il tendit vers moi sa main gauche. Je nouai mes bras autour de son cou. Alors, il plongea sa main droite dans sa poche pour en retirer une petite pince de bijoutier. La chaîne de mon pendentif se brisa avec un bruit sec.

Je posai le bijou sur le manteau de la cheminée pour ne plus jamais le toucher.

Nous avons passé tout le jour sur cette couche, et puis toute la nuit, réparant avec la tendresse des mots et des caresses les manques du passé, nous employant à inverser l'ordre du temps.

Le lendemain matin, nous avons bouclé nos valises, dit au revoir à Karen et à Léon, à Annie Gwen et à Bell, et pris le chemin de l'aérodrome de Burnt Stand. Je portais un jean et un tee-shirt, un blouson de cuir d'Elie et de vieilles chaussures. J'étais bien. Nous avons effectué plusieurs cercles au-dessus de la ville, admirant une dernière fois la beauté de Burnt Stand, nichée au cœur des montagnes que l'automne drapait d'un manteau doré.

— Le moment est venu de nous en aller, déclara Elie.

J'acquiesçai. Nous avons filé, poussés par le vent du nord. Quelques heures plus tard, libérés du poids du passé, nous survolions le bleu infini de l'océan, lancés vers d'exotiques et tropicales aventures, frôlant l'immense auréole de la Terre, fendant l'espace de nos ailes légères.

Nous aimant, et oubliant la froideur de la pierre.

L'ours en fer des Appalaches

(Pocket n° 12282)

Géorgie, 1966. Le jour de la naissance d'une petite fille chez les Powell, leur ville dans les Appalaches accueille un ours métallique, œuvre du sculpteur encore méconnu Richard Riconni. La petite Ursula devra son prénom à ce symbole cheyenne de protection. Mais pour le fils de l'artiste, Quentin, la sculpture n'est qu'un rappel de ses souffrances d'enfant : Riconni a abandonné sa famille quand son fils n'avait que 8 ans. Un hasard va réunir Ursula et Quentin. Entre ces deux êtres fragiles, tout est désormais possible…

Il y a toujours un Pocket à découvrir

Composition et mise en page par Nord Compo

Impression réalisée sur Presse Offset par

BRODARD & TAUPIN

GROUPE CPI

35988 – La Flèche (Sarthe), le 21-06-2006
Dépôt légal : juillet 2006

POCKET - 12, avenue d'Italie - 75627 Paris cedex 13

Imprimé en France